KB265736

백공이백설

스톤 대령 이야기

1

이동희 지음

지식산업사

백공이백설 스톤 대령 이야기 1

초판 1쇄 인쇄　2010. 6. 28.
초판 1쇄 발행　2010. 7.　3.

지은이　　이 동 희
펴낸이　　김 경 희
펴낸곳　　㈜지식산업사
　　　　　본사 •경기도 파주시 교하읍 문발리 520-12
　　　　　　　　전화 (031)955-4226~7 팩스 (031)955-4228
　　　　　서울사무소 •서울시 종로구 통의동 35-18
　　　　　　　　전화 (02)734-1978　　팩스 (02)720-7900
　　　　　한글문패　　지식산업사
　　　　　영문문패　　www.jisik.co.kr
　　　　　전자우편　　jsp@jisik.co.kr
　　　　　등록번호　　1-363
　　　　　등록날짜　　1969. 5. 8.

책값은 뒤표지에 있습니다.

ⓒ 이동희, 2010
ISBN 978 - 89 - 423 - 7054 - 2　(04810)
ISBN 978 - 89 - 423 - 0061 - 7　(전2권)

이 책을 읽고 지은이에게 문의하고자 하는 이는
지식산업사 전자우편으로 연락 바랍니다.

이 책의
내용에
직접 또는 간접으로
관련된
모든 이들께
삼가 바칩니다.

책머리에

전쟁은 수많은 '드라마'를 창출해낸다. 또한 전쟁은 수많은 불가사의한 '미스터리'도 만들어낸다. 1950년 6월에서 1953년 7월까지 벌어졌던 한국전쟁도 그랬다.

이 책의 이야기도 그 가운데 하나이다. 다만 지금까지 극비에 붙여져 알려지지 않았던 이야기이다. 아니, 극비에 붙여졌다기보다 극비리에 입안(立案)되고 극비리에 전개되어 아무도 모르게 증발되어버린 '전략작전'의 이야기라고 하는 편이 더 정확한 표현일 것이다.

극비전략 M-1작전(Top Secret Strategy: M-1 Operation). 'X-1'이라 약칭되는 미 동부 전략사령부(美東部戰略司令部)에서 1952년 5월부터 그해 10월까지 극비리에 입안하고 전개했던 극비 전략작전의 공식 명칭이다.

1950년 9월 15일, 맥아더 장군에 의해 감행되었던 인천 상륙작전도 작전 개시일까지는 극비에 붙여졌었다. 그 뒤 그 과정과 결과가 천하에 공개되었다. 그것은 하나의 대규모의 일반적 군사작전이기 때문이었다.

2차대전 때 아이젠하워 장군의 노르망디 상륙작전도 그러했다.

'전략작전'이란 무엇인가?

이는 '무엇인가라는 물음'을 던질 수도 없는 특성을 지니고 있는 것인지도 모른다. 물음을 던질 수 있는 잔해(殘骸)가 남아있다고 한다면 이미 그것은 '극비 전략작전'이 아닐 것이다.

현재로서는 'M-1작전'에는 별도의 증인도 없고 따라서 제삼자의 증언도 없다.

다만 나타나 있는 전사(戰史)나 증언 및 기록들의 조각들 사이사이에서 유추해낼 수 있을 뿐이다. 고도의 전략적 차원의 '극비작전' 같은 것은 그 특성상 한 치의 차질도 허용치 않는 완벽함을 요구한다.

그러나 인간이 하는 일에 완벽함이란 있을 수 없다.

다만 완벽을 기하기 위해 최선을 다하는 것이리라. 이러한 사람들을 일컬어 '프로페셔널(professional)'이라 부른다.

처음 이 '극비 전략작전'의 줄거리에 접했을 때 사실의 진위에 대해서 한 가닥의 의심을 가지고 있었다. 과연 이러한 일이 인간의 손에 따라 기획되고 행해지고 이루어질 수 있는 것일까?

필자는 각 방면으로 한국전쟁 전반에 걸친 전쟁일지를 작성해 보았다. 미국 펜타곤에서 발표했던 한국전쟁에 관한 일지를 뒤졌고, 한국 국방부 전사편찬위원회에서 나온 한국전쟁 일지를 뒤졌다. 그러고도 각종 기록과 증언을 수집했다.

1952년 5월로부터 12월에 이르는, 이 책의 내용이 전개되는 기간 동안의 전쟁일지를 작성해놓고 그 기간의 한국전쟁을 둘러싼 갖가지 상황들을 점검해 보았다.

그곳에 너무나 큰 구멍과 공백들이 드러났다. 일반적 전쟁 상황으로는 도저히 설명될 수 없는 커다란 의문점들이 선명히 드러났다.

우선 그렇게 휴전회담(休戰會談)을 질질 끌며 억지만 부리던 공산군 측은 왜 1952년 말부터 갑자기 태도가 표변했던 것일까?

그들은 그동안 무엇을 기다리며 그렇게 회담을 질질 끌어온 것이었을까? 의문에 의문이 꼬리를 이었다.

이러한 과정에서 하나의 가정(假定)을 설정해 보았다. 즉, '코널 스톤 스토리'를 대입시켜 보았다. 맞아떨어졌다. 그것이 사실이기에 맞아떨어졌는지, 가설이 너무나 훌륭해서 맞아떨어졌는지…….

최종 판단은 독자들의 몫이다.

모든 사태나 사건은 합리성 위에서 설명되어야 한다.

필자는 그 뒤로도 수많은 자료와 정보 그리고 사람들을 접했다. 그리하여 이 이야기를 웅변으로 증명해 주는 적잖은 크고 작은 사실들을 찾아낼 수 있었다.

그러나 그것들은 필자의 의문을 어느 정도 해소시켜 주기는 했지만 그것 자체가 중요한 것이 아니었다. 지극히 중요하고 또 필자를 곤혹케 하는 것은 이 작전에 관계된 사람들의 정신세계를 어떻게 표출해 내느냐 하는 것이었다.

필자로서는 장님이 코끼리를 더듬는 우매(愚昧)함을 범하고 있다고 자책했다. 도저히 이해할 수도 없는 차원의 인간 집단들이 기획하고 실행한 일이었다.

모든 이야기나 작품은 그 자체가 정직하기만 하다면 독자에게 주는 감동도 그에 비례한다고 한다. 다만 우리에게는 정직할 수 있는 능력에 한계가 있을 뿐이다.

필자도 그 한계를 너무도 뚜렷이 의식한다.

독자 여러분들께 1952년 봄 당시 한국이 직면하고 있던 전쟁의 상황과 배경을 상기하면서 읽어 주실 것을 당부하고 싶다.

이제는 고마움을 전해야 할 차례일 것 같다. 원고를 밤새워 단숨에 읽고 나서 출판사를 추천해 준 소년시절부터 친구 한영국(韓榮國) 교수와 출간을 흔쾌히 허락해 주신 지식산업사 김경희(金京熙) 사장께 말과 글로는 다할 수 없는 감사의 마음을 드린다.

끝으로 30년이 넘는 세월을 변함없이 지도 편달해 주시며 한없는 애정과 끝없는 인내로서 지켜보아 주신 최춘국(崔春國) 선생님께 나의 마음속 가장 깊은 곳으로부터 경의를 드리는 바이다.

2010년 3월
뉴욕
헌터 대학교 도서관에서
이 동 희(李東熙)

차례

긴급소집

1

7월로 들어섰다고는 하나 아직 새벽의 바닷가는 제법 싸늘했다.

이제 막 햇살이 퍼지기 시작한 바닷가 시골길을 트럭 한 대가 먼지를 일으키며 달려가고 있었다.

아주 낡은 일제 도요다(豊田) 트럭이었다.

이름도 잘 모르는 황해도(黃海道) 해안마을로부터 은율(殷栗)로 통하는 시골길을 제법 속력을 내며 달리고 있었다.

트럭에는 민간인 복장의 사나이가 운전대를 잡고 있었고, 옆에는 내무서 군관인 듯 초록색 줄을 친 바지에 소성(小星) 3개를 달고 있는 자가 투덜거리고 있었다.

"제기랄! 이게 무슨 꼴이람…… 한잠도 못 잤으니 말야……."

"……그러게 말입니다. 아니 안악(安岳)에서 여기가 어딘데, 밤중에 잠도 못 자구 왔다 갔다 하니 말입니다.”

“……젠장! 바지에 붉은 줄만 치고 나서면 단가? 전쟁은 저희들만 하는 것도 아닌 데 말야. 툭하면 이놈 저놈 지나는 놈마다 붉은 줄만 쳤다 하면 밥 내놔라, 차 내놔라, 눈꼴시리게끔 논단 말야. 아 — 어젯밤에두 12시가 지나서 웬 인민군 중위 놈이 다짜고짜루 트럭을 내놓으라구 땅땅거리지 않아. 계급도 몰라보는지 원. 아 — 그러구는 은율을 지나 지금 우리가 갔다 오는 그 해안마을까지 막무가내루 가자는 게야. 나 원 티꺼워서……. 에잇 튀!”

내무서원은 몹시 불쾌한 듯이 열어 놓은 창밖으로 가래침을 뱉어 냈다. 그리고 반쯤 기댄 채 눈을 감고 잠을 청하는 눈치였다.

“……아!? ……아니?!”

한동안 운전대를 이리저리 돌리며 달리던 운전수가 갑자기 속도를 줄이며 군관의 옆구리를 쿡쿡 찔렀다. 몽롱하게 막 잠에 빠지려던 군관은 눈을 번쩍 떴다.

운전수가 천천히 핸들을 돌리며 앞을 보라는 표정을 짓는다. 군관은 앞쪽을 무심코 보다가 놀라면서 발을 내려 자세를 고치고 자세히 바라본다. 트럭이 가고 있는 전방에 같은 방향으로 걷고 있는 세 사람이 있었다. 그들은 인민군 해군 고급군관 일행이었다.

날이 채 밝기도 전인 이른 새벽, 이런 시골길에 일종의 이변(異變)이었다.

트럭은 서서히 세 사람의 군관일행 뒤로 거리를 좁혀갔다. 그때 일행 가운데 한 군관이 시선은 고급군관에게 준 채 경무관 완장을 두른 팔을 뒤로 들어 정차하라는 신호를 보내고 있었다. 트럭은 이미 멀찌감치 섰다.

일행 중 계급이 가장 높아 보이는 자가 멀리 산과 들을 손으로 가리키며 무엇인가를 이야기하고 있었다.

놀랍게도 그는 중성(中星) 4개의 인민해군 총좌(總佐)이고, 또 한 사람은 소성 3개의 경무관 대위였고, 팔에는 붉은 경무관 완장을 두르고 있었다. 그리고 나머지 한 사람은 인민군 특무장이었다. 이런 고장에서는 좀처럼 보기 힘든 고급군관 일행이었다.

트럭 안의 군관은 벼락을 맞은 듯 얼른 뛰어내렸다. 그러고는 멀찌감치 서서 거수경례를 붙인 채 서 있었다. 한동안 해군 총좌가 여기저기 손으로 가리키며 무엇인가를 이야기하다가 천천히 트럭 쪽을 돌아다보았다.

군관은 눈길이 마주치자 더더욱 자세를 바로하며 외쳤다.

"수고하십니다, 총좌 동지!"

세 사람 가운데 대위가 가까이 오라고 손짓했다. 군관은 손을 내리며 뛰어가 섰다. 총좌가 물었다.

"동무는?"

"안악내무서(安岳內務署) 호안계장 장병국입니다."

장 군관은 눈부신 기분으로 고급군관을 마주보았다.

"그래? 그럼 저 차는?"

"안악내무서 차입니다!"

"어디로 가는가, 지금?"

"용무 마치고 본서로 돌아가는 길입니다. 방향이 같으시다면 타십시오."

“······그래?”

“네.”

장 군관은 손을 들어 급히 오라는 신호를 트럭에 보냈다. 트럭은 네 사람 앞으로 다가와 섰다.

“이쪽으로 타십시오.”

장 군관은 총좌를 운전석 옆으로 모시고 자신은 다른 두 사람과 짐칸으로 올라탔다. 차는 다시 털털거리며 달리기 시작했다.

장 군관은 이른 아침에 뜻하지 않은 고급군관을 만나 밀려오던 잠이 깡그리 달아났다.

장 군관은 운전수에게 소리쳤다.

“이것 봐! 운전수 동무, 빨리 가자구! 항공이 오기 전에······.”

차는 더욱 속력을 높여 달리기 시작했다.

“이런 깊숙한 곳에도 공습이 자주 오는가?”

경무관 대위가 물었다.

“놈들이 안 때리는 데가 있습니까? 그래서 행동은 주로 야간에만 하기 마련입니다. 기런데 요 며칠 웬일루 양키들 항공이 극성입니다.”

“흠— 어디나 마찬가지군.”

“어디서 오시는 길입니까?”

“······동무! 그런 건 왜 묻소?”

“아······. 아닙니다. 잘못했습니다, 경무관 동무.”

장 군관은 아찔하여 눈만 멀뚱멀뚱하며 고개를 숙이고 있었다.

차가 마침내 은율 외곽을 흐르는 한내천[寒川] 다리 가까이 이르렀을 때 총좌가 운전수에게 지시했다.

"차 세워!"

차는 그 자리에 섰다.

총좌가 내려섰다. 동시에 짐칸에 있던 자들도 따라 내렸다.

어리둥절해 있는 장 군관에게 경무관 대위가 말했다.

"동무! 고마웠소. 항공이 오기 전에 동무들은 가던 길을 가시오."

"네, 알겠습니다."

장 군관이 경례를 올려붙이고는 운전석 옆에 올라타자 트럭은 먼지를 날리며 도망하듯 달려갔다.

한내천 다리 입구에 서서 주위를 살피던 총좌는 뚜벅뚜벅 강기슭으로 걸어 내려갔다. 기슭을 따라 약 300미터가량 상류 쪽으로 들어가니 으슥하게 만곡을 이룬 물가에, 뒤는 숲을 이룬 언덕으로 막혀 있고 다리도 보이지 않았다. 앞에는 유유히 한내천이 흐르고 있었다.

총좌 일행은 사방을 유심히 살핀 다음 다시 걸어 나왔다. 그러고는 읍내를 향해 걸어갔다.

은율읍은 오늘이 장날인 것 같았다. 꽤 많은 사람들이 보따리를 이고 지고 모여들고 있었다.

은율내무서장 강현직은 이른 아침에 들이닥친 인민해군 고급군관 일행을 맞아 어쩔 줄 몰라 하였다.

서장은 매우 송구스러워 했다. 도인민위원회 내무부장 계급과 버금가는 고급군관을 허술하기 짝이 없는 자기 자리에 모셔놓고 그저 처분만 기다리고 있었다.

“서장 동무의 협조를 얻으려고 찾아왔소.”

“─네. 무슨 일이든 힘닿는 데까지 다하겠습니다.”

“밤길을 오다가 차가 고장이 나서 걸어서 여기까지 오게 됐소.”

“고생이 많으셨습니다. 저희 내무서에는 추럭과 지프가 있습니다.”

그곳은 ‘내무서’라는 이름에 어울리지 않게 읍내의 변두리 산기슭의 한 과수원 창고를 개조한 것이었다. 그것도 절반은 지하실이었다. 그래야만 유엔 공군의 항공을 피할 수 있었다.

“그런데 여기 육군은 26여단이구?”

“네. 그렇습니다.”

“후방이니까 별일 없겠군.”

“그렇지도 않습니다.”

“어째서?”

“엎드리면 코 닿을 데에 섬들이 많이 있지 않습니까. 큰 섬에는 남조선 해병대가 주둔해 있고, 자질구레한 섬들에는 반동들의 유격대가 있습니다.”

“음……. 말은 들었지만 그것들이 그렇게 극성인가?”

“말씀도 마십시오. 해병대는 섬을 방어한다구 해서 잘 움직이지 않습니다만, 그런데 이 유격대라는 것들은 틈만 있으면 밤에 몰래 기어 올라와서 기습을 감행해서는 현물세를 털어가질 않나, 수송 차량을 덮치지를 않나……. 정말 골칫거리입니다.”

“음……. 그렇다면 대책은 없소?”

“대책요? 놈들은 섬에서 기회를 엿보다가 뛰쳐나옵니다. 이쪽이 지키고 있는 해안선 어디로 어느 때 올지 알 수가 있어야죠. 그러니

이 지방에서는 낮보다도 밤이 더 걱정입니다. 우리 내무서나 26여단 보다도 더 지리를 잘 알고 있습니다. 반동유격대들이 전부 이 고장 출신들이거든요. 그러니까 저희 내무서 병력 따위로는 턱도 없습니다. 26여단도 그 기나긴 해안선을 어디를 지켜야 할지 난감한 상태구요."

"그렇다면 섬들을 왜 그냥 내버려두는가?"

"어떻게 합니까? 섬을 공격하려고 하면 저쪽의 전투기가 곧바로 날아옵니다. 해군도 달려와서 합세합니다. 이런 상황에서 섬을 어떻게 공격하겠습니까? 그러다가는 병력은 폭격과 함포의 밥이 되고 말지요. 그리고 그런 섬이 한둘이라야 어떻게 해 보지요. 저희 관내에만두 일곱 개가 넘습니다. 그러니 무슨 수로 그것들을 다 때려잡습니까?"

"지도에서 보면 섬들이 그리 멀지가 않은데, 포 사격으로 안 되는가?"

"그것도 해봤습니다. 한 시간에 수백 발씩 사격하면 섬 놈들 몇 놈은 죽겠지요. 하지만 근본적으로 섬을 이쪽에서 장악하지 못하면 그 섬들이 반동유격대의 근거지로 남는 건 매한가지입니다."

"그러면 이쪽에서 아예 섬에 주둔해 버리면……?"

"만약 우리가 섬을 점령한다면 양키들의 비행기와 해군 함정이 눈 깜짝할 사이에 섬을 쑥밭으로 만들어 놓을 것입니다. 그러니 이쪽에서 섬에 발을 붙였던 만큼의 병력만 전멸되고 마는 것입니다."

젊은 여자 서원이 들어와 서장에게 보고했다.

"서장 동지! 아침식사가 준비됐습니다. 여기로 가져올까요?"

"그래요. 딴 데 마땅한 장소두 없으니……."

"네."

일행은 서장과 식사를 했다.

"저 — 총좌 동지! 피곤하실 텐데, 침실로 드셔서 좀 쉬시는 것이 어떻겠습니까?"

"저놈들의 항공도 썩 좋지를 않으니 동무의 말대로 한잠 자고 떠나도록 하지."

총좌는 여자 서원의 안내로 구석의 서장 침실로 들어갔다. 총좌가 옷을 벗고 침대에 누웠을 때 여자 서원이 들어와 부채질을 하기 시작했다.

"여성 동무! 그렇게 수고를 하면 내가 미안해서 잠을 잘 수가 없소. 부채질일랑 그만두시오."

"총좌 동지! 이것은 저의 임무입니다."

"그럼 명령이라도 받았다는 말인가?"

"서장 동무의 명령입니다."

"그러면, 내 명령이니 그만두시오."

그러나 여성 동무는 끝내 부채질을 멈추지 않았다.

씨 — 이앙 — 꽈-꽈-꽝 —.

고막을 째는 듯한 제트 전투기의 굉음이 땅속 건물을 흔들면서 내무서 상공을 지나갔다.

총좌가 잠에서 깨어났다.

유엔군 제트 전투기의 굉음이 또 한 차례 지나갔다.

부채질하던 여성 동무는 굉음에 놀라 창백한 얼굴을 하고 있었다. 총좌는 상체를 일으키며 말했다.

"양키 놈들 또 왔구먼."

여성 동무가 입혀주는 상의를 입으며 물었다.

"여성 동무는 싸움터에 가봤소?"

"못 갔습니다. 여성은 해군이 못 됩니까?"

"……글쎄……."

총좌가 서장실로 나오자 이미 점심식사 상이 차려져 있었다. 서장의 호의적인 주선으로 냉면이 점심으로 나왔다.

"서장 동무! 동무에게 폐를 끼치는 것 같소."

"오히려 죄송스럽습니다."

"동무는 언제 이곳 서장으로 왔나?"

"네. 여기 온 지가 오늘로써 꼭 3개월이 됩니다."

총좌는 고개를 끄떡끄떡하고는 경무관을 보고 말했다.

"경무관 동무! 동무는 내가 내무상 동지를 만날 때 꼭 이곳 은율에서 있었던 일을 이야기하도록 상기시켜 주도록 해! 차량 편의를 제공 받게 된 사실과 맛있게 먹은 냉면 이야기, 그리고 저 여성 동무가 부채질 해 주어 잘 잤다는 이야기……."

서장 일행은 너무도 황송하여 어찌할 바를 몰라 했다.

점심식사를 끝내고 일어나며 총좌가 말했다.

"서장 동무! 아까 아침에 거리를 오면서 보니 장이 서는 날인 듯싶던데……."

"네, 그렇습니다. 5일 간격으로 서는 장날입니다."

“그랬구먼……. 그럼 말이오. 한 두 시쯤 시골 장 구경도 할 겸 같이 나가봅시다. 여성 동무도 함께.”

“아— 네, 하지만 저놈들의 항공이 심해서…….”

“아— 그까짓 항공을 무서워해서야 어떻게 전쟁을 하겠소.”

“아, 네. 안내해 올리겠습니다.”

내무서장과 여성 서원의 안내로 총좌 일행은 읍내의 장터로 갔다.

거리거리마다에는 간단없는 공습을 피할 수 있는 대피소가 잘 되어 있었다.

일용 소비품의 거래도 지하호 속에서 이루어졌다. 중국 상인과 그들의 상품이 많이 있었다.

총좌는 홍콩제 운동화 한 켤레를 샀다.

“서장 동무! 이것은 동무의 호의를 생각해서요.”

그리고 총좌는 또 마카오에서 들어왔다는 여자용 양장지를 한 벌 끊어서 여성 서원에게 주었다.

“이것은 부채질 대가요.”

그런 중에 유엔군 제트기 편대의 기습을 받았다. 모두 숨기에 바빴다. 총좌만 선 채로 유유히 사라져 가는 적기를 바라보고 있었다.

장터에서 돌아온 총좌 일행은 4시가 가까워질 무렵 내무서를 떠났다. 이들이 탄 차는 44년식 미제 지프였고 운전은 내무서 운전수가 했다.

“폐가 많았소, 서장 동무! 다시 만날 날이 있겠지. 차는 곧 돌려보내 주겠소. 자! 그럼 수고들 하시오.”

차는 은율을 빠져나가기 전에 소비조합 앞에서 멈췄다. 경무관이 뛰어 들어갔다. 곧 몇 병의 카바이드 맥주를 사들고 나왔다.

차는 교외로 나가고 있었다. 총좌는 손목시계를 보았다. 그리고 운전수에게 말했다.

“좀 더 빨리 달리도록!”

차는 가속하였다. 운전수는 허리를 구부리며 액셀러레이터를 힘주어 밟았다.

어느덧 Y자형 삼거리에 다다랐다. 차는 26여단 본부 쪽으로 가는 왼쪽 길로 접어들었다. 잠시 달리던 차는 언덕길에서 세워졌다.

총좌 일행은 내려서 길 옆 산속을 여기저기 살피며 다녔다.

마침내 산속 어느 지점에서 총좌 일행은 무덤을 하나 찾아냈다.

무덤의 주인은 ‘고 인민해군 중위 황일선’이었고, 무덤의 잔디는 아직 뿌리도 내리지 못하고 있었다.

차로 급히 돌아온 총좌는 특무장에게 지시했다.

“동무가 운전을 교대해!”

내무서 운전수는 얼른 운전석에서 내려와 뒤로 탔다.

특무장이 운전대를 잡고 달리기 시작했다. 차는 엄청난 속도로 언덕길을 다시 내려갔다. 그러고는 방금 지나온 삼거리를 지나 다시 은율 읍내를 향해 질주했다.

차는 무시무시하게 달렸다. 커브 길에서도 속도를 늦추지 않고 그냥 한쪽 바퀴로만 돌았다. 운전수는 하얗게 질려서 떨어지지 않으려고 꼭 잡고 있었다.

차는 벌써 은율읍이 멀리 보이는 한내천 다리까지 와 있었다. 차를 다리 옆 대피소에 넣고 운전수를 대기시킨 채 총좌 일행은 물가로 해서 잡목과 잡초, 그리고 가시덩굴이 어우러진 축방 밑을 돌아 상류 쪽으로 사라졌다. 새벽에 잠시 들렀던 곳이었다. 그리고 잠시 후 다시 나타났다.

이번에는 그곳에서 그리 멀지 않은 거리에 있는 서해인민병원으로 갔다. 경무관이 뛰어내려 병원장을 데리고 나왔다. 30대 중반에 부상을 입고 예편한 군의관 대위였다. 병원장은 총좌가 앉아 있는 차 앞에 와서 경례하고 섰다.

"검열성에서 왔소."

경무관 대위가 제시한 신임장(信任狀)에는 '국가검열성(國家檢閱省)'이라는 활자에 굵직한 붉은 줄이 쳐져 있었다.

"네, 저는 이 병원의 원장 윤형도입니다."

"동무에게 좀 알아볼 일이 있는데 조용한 장소로 안내하시오."

"……조용한 장소라면……. 지하방공실이 있습니다만……."

"좋소."

총좌 일행과 병원장은 약 50미터 떨어져 있는 지하방공실로 갔다. 총좌와 병원장, 그리고 경무관이 안으로 들어가고 특무장은 그 어귀에서 대기했다.

나무책상을 사이에 두고 거칠고 딱딱한 나무의자에 윤 원장과 경무관이 마주앉았다.

"동무는 26여단과 어떤 관계가 있나?"

"네, 부대에서 환자나 부상자가 생기면 지원하고 있습니다."

“해안포부대하고는?”

“네, 거기와도 마찬가지 관계입니다.”

“좋아. 해안포부대에서 사망자가 생기면 사망 확인도 해주구?”

“……네, 그렇습니다.”

경무관은 수첩을 꺼내보며 말했다.

“그럼 지난 6월 2일, 그러니까 한 달이 넘었군. 그 해안포부대 군관 한 사람의 전사확인서를 발행한 일이 있지?”

“……”

원장은 몹시 당황하며 팔짱을 끼고 서 있는 총좌를 올려다봤다.

“이봐! 특무장 동무, 사무실에 가서 전사확인서 발행대장을 가지고 와.”

“네, 알겠습니다.”

원장은 고개를 떨어트린 채 몸을 떨었다.

특무장이 곧 장부를 가지고 왔다. 6월 2일자를 찾아보았다. 거기에는 황일선(黃一善) 중위의 전사확인서 발행 기록이 있었다.

“이거지?”

“……그렇습니다.”

“동무가 직접 시체를 확인했나?”

“……그렇습니다.”

“그렇다면 시체가 황일선 군관이 틀림없었나?”

“……”

그때 경무관이 권총을 뽑아 장전을 하며 원장에게

“당과 상부를 기만하면 어떻게 되는지 알고 있지?”

다시 물었다.

"말해 봐! 황 군관이 전사한 것이 틀림없었나?"

"……자……잘못했습니다. 하지만 그때 저는 어쩔 수 없었습니다."

"그럼 묻은 시체는 누구야?"

"모르겠습니다. 어떤 남자의 시체였습니다."

"그럼 황 군관은 어떻게 됐나?"

"저…… 저는…… 모릅니다."

"음, 알 만해! 그런데 동무는 누구의 요구로 그 따위 허위 확인서를 써 줬나?"

"……."

"말 안 하면…… 즉결처분이다."

윤 원장은 사색이 되었다. 사시나무 떨듯 온몸을 떨었다.

"저…… 해안…… 포부대의……."

"해안포부대의……?"

"연락군관 소좌 동무와 또 다른 소좌 동무의 지시였습니다."

"연락군관……."

처음으로 총좌가 입을 열었다.

"원장 동무!"

"네?"

"동무는 중대한 과오를 범했어!"

"……."

윤 원장은 나무의자에서 스르르 미끄러져 내려 땅바닥에 무릎을 꿇었다.

“총좌 동지! 한 번만 용서해 주십시오.”

원장은 그대로 땅바닥에 무릎을 꿇은 채 머리를 조아렸다.

“자아비판서를 써! 6월 2일 황일선 군관의 전사 확인을 허위로 작성해 주었다는 것과 어떤 인물들의 강요에 의해 그렇게 했다는 것을…… 그러면 그 책임은 동무에게 강요한 놈들에게 돌아가도록 조처할 것이다.”

“네. 네, 알겠습니다.”

총좌는 경무관과 원장을 남겨두고 유유히 밖으로 나왔다.

밖에는 7월의 눈부신 햇살이 비치고 있었다.

총좌는 특무장을 앞세우고 그 안쪽 숲 속의 별관 건물 쪽을 살피며 돌아보았다.

잠시 뒤 경무관이 종이 한 장을 들고 나왔다. 원장도 뒤따라 나왔다. 총좌는 자아비판서를 들여다보고는 말없이 원장을 한 번 노려본 뒤 다짐하듯 말했다.

“저쪽 별관 건물은 당분간 우리가 사용한다. 깨끗이 치우고 접근을 일절 금하도록 해.”

“네. 알겠습니다.”

총좌 일행을 태운 차는 병원을 빠져나갔다.

이번에는 내무서 운전수에게 운전을 하게 했다.

차는 은율읍을 지나 다시 Y자형 삼거리에까지 왔다. 이번에는 오른쪽 길로 접어들었다. 해안포부대로 통하는 길이었다.

차는 산기슭을 깎아 뚫어 놓은 커브가 심한 낮은 언덕길로 접어들었다. 발밑으로는 몇 굽이의 작은 계곡들이 보였다.

언덕길을 서너 굽이 돈 다음, 그 마루턱에 삐죽 내민 큰 바위 모서리를 돌아 내려가려는 찰나,

"차 세워!"

"어쩐 일이십니까, 총좌 동지?"

총좌의 뒤를 이어 차에서 뛰어내린 경무관이 물었다.

"저 골짜기로 가서 찬물로 세수라도 좀 하자구. 땀이 나누만. 자! 모두들 저쪽으로 가자구."

경무관은 운전수에게도 함께 가자고 눈길을 주면서 말했다. 운전수도 차를 길옆에 비켜 세우고 총좌 일행을 따라 골짜기로 올라갔다.

"어이, 특무장 동무! 세면도구가 들어 있는 그 노란 가방 가지고 와."

"알갔습니다."

맨 뒤에서 올라오고 있던 특무장이 재빨리 차가 있는 곳으로 다시 내려갔다.

잠시 뒤에 특무장이 가지고 온 세면도구로 총좌는 세수를 하고, 일행들도 찬물로 더위를 식혔다. 그러고는 다시 출발하기 위해 차로 내려왔다.

시동을 걸고 출발했다. 그러나 출발한 차는 2~3미터 구르더니 서고 말았다. 운전수는 당황하여 뛰어내렸다.

"다이야가 빵구 났습니다."

운전수는 너무도 황공하여 고개도 들지 못하고 구부린 채 우는 소리로 말하자 특무장이 대꾸했다.

"그럼 동무! 그 타이어를 빨리 떼시오. 다른 차가 지나가면 하나 빌려 볼 테니."

그러고는 총좌를 향해 공손하게 말했다.

"총좌 동지께서는 저 위 그늘에서 잠시 쉬고 계시면……."

"……그럴까……."

총좌는 바위를 돌아서 특무장이 손짓하여 가리킨 언덕 위 나무 그늘로 올라갔다. 운전수는 땀을 흘리며 펑크 난 타이어를 떼어내고 있었다.

총좌는 그늘에 앉아 여기저기를 쌍안경으로 보고 있다.

타이어를 떼어 놓고 차 옆에서 기다리는 세 사람은 지루하기 짝이 없는 듯 보였다.

마침내 저 멀리 해안포부대 쪽으로부터 뽀얗게 흙먼지를 일으키며 달려오는 지프 한 대가 보였다.

"총좌 동지! 지프가 한 대 오고 있습니다."

총좌가 쉬고 있는 언덕 위를 향해 경무관이 소리쳤다. 총좌는 아까부터 쌍안경으로 보고 있었다.

그러고 보니 온종일 하늘을 귀찮게 날고 있던 유엔군 전폭기들도 어느덧 사라지고 없었다. 그래서인지 아무것도 걸릴 것이 없다는 듯이 흙먼지를 날리며 달리는 지프는 점점 그 윤곽을 뚜렷하게 나타내고 있었다.

그렇게 보아 그런지 하루 종일 대피호 속에 처박혔던 차들이 이제는 됐다 싶어 철 만난 메뚜기 모양으로 여기저기에 나타나고 있었다.

　쌍안경으로 보고 있는 총좌의 눈에 지프에 타고 있는 자들의 윤곽이 들어왔다. 운전석 옆에 흰 복장의 해군 군관이 탔고, 뒤에는 민간인 한 명이 있었다.

　지프는 시시각각 다가오고 있었다. 마침내 한 굽이만 돌면 이들이 있는 고갯마루에 나타날 것이었다. 총좌가 쌍안경을 내리며 손가락을 꺾었다.

　달려오던 지프는 굽잇길에 올라서며 세워져 있는 차를 피하면서 커브를 크게 잡았다.

　운전석 옆 좌석에는 해군 소좌가 비스듬히 기대앉아 있었다. 경무관이 왼손을 치켜들어 차를 세웠다. 그러고는 정중하게 소좌에게 경례했다. 해군소좌는 거만스러운 태도로 답례했다.

　"동무들! 왜 그러오?"

　경무관이 차에 다가섰다.

　"네, 총좌 동지를 모시고……."

　차 위의 소좌는 황급히 뛰어내렸다. 바위 옆으로 중성 네 개의 총좌 계급장이 내려오고 있는 것이 아닌가. 소좌는 총좌를 향해 거수경례를 붙였다. 다가온 총좌는 상대를 한번 훑어보고는 물었다.

　"동무는 3815의 군관이오?"

　"……네, 그렇습니다."

　소좌는 순간 긴장하며 대답했다. 이 부근에서 자신의 부대를 3815라고 부르는 자는 거의 없었기 때문이었다.

　"나는 중앙으로부터 긴급하고도 중대한 용무가 있어 동무의 부대로 가는 길이었는데 보다시피 차가 저렇게 파열이 돼서……."

“아 ─ 네, 그렇습니까?”

“그런데……. 동무의 차를 좀 이용할 수 있겠소?”

“네, 쓰실 수는 있습니다만, 저는 지금 여단 본부에 저 당원 동무를 인계한 뒤 곧바로 중앙으로 가야 하는데 어떻게 했으면 좋겠습니까?”

소좌는 묻지도 않은 자신의 행선지까지 털어놓았다.

“그렇다면 동무는 연락군관이오?”

“네, 그렇습니다.”

“그렇다면 우선 동무 차의 예비 타이어를 좀 빌리도록 하지.”

“네.”

소좌는 대답과 함께 자기의 운전병에게 눈짓으로 지시했다.

“그럼 부대장 동무는 지금 어디 있소?”

“부대에 계십니다.”

“에에……. 그러면 말이오. 이거 중요한 것인데 부대장 동무에게 긴급히 전달되도록 동무에게 부탁하오.”

총좌는 무엇인가를 꺼내려는 듯 가방을 들추면서 말했다.

“네, 그렇게 하겠습니다.”

“에 ─ 그럼 이리로 좀 오오.”

총좌는 기밀문서처럼 보이는 봉투를 꺼내들고는 바위 모퉁이를 돌아 골짜기 쪽으로 올라가며 말했다. 소좌가 뒤를 따랐다. 올라가던 총좌가 걸음을 멈추고 경무관에게 소리쳤다.

“경무관 동무! 그 내 가방에서 붉은 봉투 좀 가지고 와.”

“네.”

“아니! 그러지 말고 그 가방을 그냥 가지고 와.”

“네.”

차가 서 있는 곳에서는 보이지 않는 골짜기의 샘물가로 올라간 총좌는 약간 높은 바위에 걸터앉으며 소좌에게 그 아래 바위에 앉으라고 손짓했다.

소좌가 총좌 앞에 다가가 앉으려는 찰나 바싹 붙어서 쫓아오던 경무관이 소좌의 허리에서 권총을 뽑으며 꼼짝 못하게 팔을 뒤로 꺾었다. 눈 깜짝할 사이에 소좌는 완전히 무장을 해제당하고 말았다.

“아니…… 총좌 동지, 무슨 일이십니까?”

“동무를 반동 혐의로 체포한다.”

“……네?! 반동……?”

경무관이 한 손으로 소좌의 권총에서 실탄을 빼어내고 다시 소좌의 허리에 권총을 꽂았다. 그리고 팔을 풀어 주었다.

“거기 잠깐 앉아.”

소좌는 총좌 앞에 앉았다. 그 순간 경무관이 소좌를 잡아 일으켜 무릎을 꿇게 했다. 그러고는 소좌의 옆에 경계태세로 섰다.

총좌는 담배를 피워 물었다.

“동무! 동무는 틀림없는 3815의 연락군관인가?”

“네에, 그렇습니다.”

“그렇다면 동무가 이철호(李哲鎬) 소좌인가?”

“네, 제가 바로 이철호입니다.”

“음 — 그래. 그러면 황일선 중위도 잘 있는가?”

“아아, 그 동무 말씀입니까? 그 동무는…… 폭격으로 전사했습니다.”

“전사? 아니, 언제?”

“약 한 달 됐습니다.”

“확인한 사실인가?”

“네, 시체를 확인한 뒤에 묻었습니다. 그리고 황 동무의 복장도 부대장 동지께서 손수 회수 처리하셨습니다.”

“부대장 동무가?”

“네.”

“음— 그렇다면 역시 김동수 대좌 동무의 사상도 의심스러워지는군…….”

“……네?! 무슨 말씀이신지…….”

총좌는 질문의 방향을 바꾸었다.

“그런데……. 저 차에 있는 민간인 동무는 누구인가?”

“아 네, 열성당원으로서, 후보 공작원입니다.”

“공작원 교육소는 어디인가?”

“이곳에서 그리 멀지 않습니다.”

“부대장 동무에게는 내가 후에 사유를 말할 것이니, 일단 교육소로 돌려보냈다가 훗날 가도록 해도 되겠는가?”

“네……. 긴급 공작원은 아닙니다만…….”

“동무는 먼저 여단 본부에 들렀다가 중앙으로 직행한다고 했는데, 그럼 부대에는 언제까지 돌아오기로 되어 있는가?”

“중앙에 보고문을 전달하고 다시 연락문서를 받아 귀대하게 되어 있습니다만, 부대로 먼저 가서 총좌 동지의 연락문서를 부대장 동지께 전달하겠습니다.”

“음, 그래. 그건 그렇다 하고, 황 중위 시체를 매장할 때 동무도 함께 그 시체를 확인했겠지?”

“네, 부대장 동지와 공작관 동지, 그리고 제가 입회하여 확인한 뒤에 묻었습니다.”

“그러면 그 매장한 장소는 전사한 지점 근처인가?”

“네, 그 근처입니다.”

“좋아. 그러면 동무는 지금이라도 그 현장을 안내할 수 있겠군?”

“네, 할 수 있습니다.”

“음……. 그렇다면 이 소좌의 사상도……?”

“총좌 동지! 저는 지금 무슨 말씀이신지 도무지 알 수가 없습니다. 저에게 무슨 잘못이라도…… 있습니까?”

총좌의 미간에는 격분의 소용돌이가 일었다.

“무슨 소리야! 그러니까 체포한 것이 아닌가!”

말소리는 낮으나 지극히 엄한 말투로 계속했다.

“김동수 부대장도 곧 체포할 것이지만 하여튼 동무들은 하나도 돼먹질 않았어!”

놀란 표정으로 바라보는 이 소좌를 노려보며 총좌는 마지막 말을 했다.

“죽지도 않은 황 중위를 죽은 것처럼 허위보고를 한 것은 물론이고, 그로 인해 상상도 못할 문제가 벌어지고 있어!”

“…….”

“황 중위는 지금 살아 있어!”

“……?! 넷? 황 동무가요??”

“그래!”

“황 중위는 지금 유엔군 측에 가 있어!”

“……네?! 유, 엔……?”

총좌는 속사포처럼 쏘아댔다.

“황 중위가 생포됨으로써 우리의 작전 기밀이 다 알려졌단 말야!”

“아니, 백공이백설이?”

순간 이 소좌는 손으로 자신의 입을 막았다. 너무도 놀란 나머지 말해서는 안 될 것을…….

총좌는 소좌의 마지막 말을 되씹고 있었다.

“그래……. 백·공·이·백·설! 말이야.”

이 소좌는 손을 내리고 놀란 눈을 굴리며 혼잣말처럼 중얼거렸다.

“총좌 동지의 말씀을 듣고 보니 실은 그 시체가…….”

“폭격에 죽은 놈은 황 중위가 아니라 그 옆 마을의 세포위원장이었다!”

“……”

“동무들의 사상을 재검토해야겠어! 극비로 조사할 테니까 동무는 협조하도록.”

“……네, 잘 알겠습니다.”

“그러면 민간인 공작원은 일단 교육소로 귀대시키고, 동무의 운전병으로 하여금 그를 감시하면서 대기하도록 하고, 동무는 이 조사 업무에 적극 협력하도록 하게.”

“네, 알겠습니다.”

“지금 내려가서 다른 동무들에게는 눈치 못 채도록 하고, 동무는 현재 체포된 몸이라는 점을 잊어서는 안 돼! 서툰 짓을 하면 가차 없이……. 알겠는가, 소좌?"

"네."

이 소좌는 공손히 답하고 일어섰다.

"그리고 이 소좌!"

이번에는 부드러운 소리로 총좌가 불렀다.

"네?"

"내가 다른 동무들 앞에서 '무엇 무엇을 이렇게 하면 어떻겠는가?' 라고 물으면 '그렇게 하는 것이 좋겠습니다'라고만 대답해! 알았는 가?"

"네, 그렇게 하겠습니다."

총좌와 경무관, 그리고 이 소좌가 계곡을 내려왔을 때에는 벌써 차의 타이어가 갈아 끼워져 있었다.

경무관이 내무서 운전수에게 말했다.

"동무는 돌아가도 좋소. 다음부터는 예비 타이어를 달고 다니시오. 수고 했소. 서장 동무에게도 고맙다고 전해 주오."

운전수는 차에서 내려 총좌와 경무관에게 각각 경례했다. 그러고 는 이어 차를 돌려 내려갔다. 일행은 모두 이 소좌의 차에 간신히 끼어 탔다. 경무관이 이 소좌의 운전병에게 물었다.

"연료는 충분한가?"

"네, 땅크에 꽉 차 있습니다. 그리고 예비도 한 통 있습니다."

차가 언덕길을 내려섰을 때 총좌가 이 소좌에게 말했다.

"이 동무, 그렇다면 당원 동무는 일단 교육소로 돌아가서 별도 지시가 있을 때까지 운전병 동무와 대기하도록 하고 우리는 바로 가는 것이 좋겠다 ― 그런 말이오?"

"네, 그렇게 하는 것이 좋겠습니다. 총좌 동지."

차는 벌써 삼거리를 지나 26여단 본부로 향하는 길을 달리고 있다.

"8호 교육소로 간다."

이 소좌가 운전병에게 지시한다.

차는 더운 바람을 뚫고 달렸다. 황 중위의 무덤이 있는 고갯길을 지날 때 총좌는 이 소좌를 돌아다보았다. 이 소좌는 은밀히 눈길을 돌려 무덤 쪽을 보았다.

차는 어느새 공작원 교육소 앞에 닿았다. 이 소좌의 운전병과 공작원이 내렸다. 총좌가 운전병을 불러 돈을 듬뿍 집어주며 말했다.

"우리가 돌아올 때까지 큼직한 개나 한 마리 잡아먹으면서 쉬도록 해."

운전병이 감격하며 다가와 돈을 받았다. 그때 총좌가 나직이 운전병만이 듣도록 말했다.

"동무는 우리가 돌아올 때까지 저 당원 동무를 철저히 감시하도록. 절대로 교육소 밖으로 가서는 안 되오!"

"네, 알겠습니다."

차는 방향을 돌려 왔던 길을 엄청난 속도로 달렸다. 특무장이 운전했다. 총좌가 돌아보며 이 소좌에게 물었다.

"여기까지가 26여단 구역이지?"

"네, 그렇습니다."

"저기서도 부대장 동무에게 연락을 취할 수가 있는가?"

총좌는 벌판 건너에 있는 26여단 예하부대 막사인 듯한 것을 가리키며 물었다.

"네, 무전은 안 되고, 전화로 됩니다."

어느덧 차는 한내천 다리가 있는 곳까지 왔다. 이번에는 총좌가 경무관을 돌아보며 말했다.

"경무관 동무! 저 축방 밑이 바로 황 중위와 관계가 있다는 그 현장이란 말이지?"

"네, 그렇습니다."

"그러면 여기를 조사한 다음에 김 대좌에게 연락하도록……!"

차가 세워졌다. 그리고 다리 아래 대피소로 차를 넣었다.

총좌와 이 소좌, 경무관과 특무장 네 사람은 축방 밑을 걸어 들어갔다.

약 300미터가량을 상류 쪽으로 걸어 들어갔다. 후미진 아늑한 공간이 펼쳐졌다. 뒤로는 벼랑을 이루고 나무가 울창하게 자라고 있었고, 양옆은 숲과 언덕에 가려서 사방이 보이지 않았다. 오직 맑은 강물만이 유유히 흐르고 있었다.

총좌 일행은 이 소좌를 둘러싸고 적당한 위치에 자리 잡았다.

웅장하고 수려한 구월산 골짜기를 그 원천으로 하여 흐르고 있는 이 강은 언제부터인지는 모르나 그 물결 그대로의 이름인 한내천[寒川]이라고 불리어 내려오고 있었다.

총좌는 이상하게 두리번거리고 있는 이 소좌를 향해 조용히 입을 열었다.

"이 소좌! 이것은 김동수 부대장에게 물을 이야기지만 '백공이백설

(102白雪)'은 잘돼 가고 있는가?"

"……?!"

이 소좌는 잠시 망설였다. 황 중위의 죽음에 대한 조사를 뒤로 하고 왜 '백공이백설'에 대해 묻는 것인가.

"……네. 잘되고 있다고 봅니다만, 며칠 전부터 적(敵) 측에 이상한 징후가 나타나기 시작했습니다."

"이상한 징후라구……?"

"네, 저……."

"……음, 기밀 사항이다, 그런 말이지?"

"……죄송합니다."

"일본 요코스카 특수 군수물자 수송과 백령도 대병력의 갑작스러운 진주 말이지?"

"아니, 그것을……."

"그 정도는 다 듣고 내려왔지."

"……네."

"음 — 중앙에는 보고됐는가?"

"네, 1차 보고는 했습니다만, 방금 그 2차 보고를 가지고 가던 중이었습니다."

"그 2차 보고의 내용을 소좌가 알고 있는가?"

"……네. 상륙부대로 보이는 미 해병대 대병력이 어제 야간을 기해 계속 백령도로 오고 있는데, 이상한 병기류와 군수물자가 많이 올라오고 있다는 내용입니다."

"음 — 그렇다네. 그건 그렇고……. 백공이백설의 우리 측 진도는?"

이 소좌는 대단히 민망한 표정을 지으며 말했다.

"……그 문제는……."

이 소좌는 입을 다물고 만다.

"음 — 극비 사항이라서 직속상관 이외에는 언급을 할 수 없다는 것이구면……."

총좌는 지금까지의 태도를 바꾸어 자리를 고쳐 앉았다. 그는 다시 한 번 무엇인가를 확인하듯 시계를 보면서 말했다.

"좋아! 나는 지금 그대와 이러구 저러구 할 시간이 없어. 단도직입적으로 말하겠다. 나는 유엔군(UN軍) 전략장교(戰略將校)다."

"……네?"

"나는 특별한 사유가 있어서 3815부대장으로 취임하기 위해 이곳에 온 것이다."

"……네?! 총좌 동지. 무슨 말씀이십니까?"

경무관과 특무장은 벌써 자세를 고쳐 잡고 있었다. 총좌는 태연히 말을 계속했다.

"잠자코 내 말을 듣기만 해!"

총좌는 천천히 담배를 피워 물었다.

"물론 믿어지지 않겠지만 사실이다. 우리는 그대들 공산 측의 '작전 백공이백설'을 알고 있다. 이 소좌는 우리에게 협력하느냐 안 하느냐의 길만이 있다. 협력하면 살고 안 하면 죽는다."

"……."

"장교는 만국공통의 신사라고 배웠다. 비록 적군의 장교라 할지라도 거짓은 말하지 않는다. 이 소좌는 우리가 중의사(中義司)에서 황 중위 전사 사건으로 3815부대를 독전(督戰)하기 위해 온 것으로 알겠지만 그것은 아니다. 나는 유엔군 총사령부 소속 스톤 대령이다. 지금은 편의상 조선인민군 해군 총좌일 뿐이다.”

“……총좌 동지! 무슨 말씀이신지 못 알아듣겠습니다.”

“그렇겠지. 허나 유엔군이든 공산군이든 군인이라면 상급자의 명령에 복종하는 법이니까 유엔군 대령인 나의 명령에 복종하든, 인민군 해군 총좌인 나의 명령에 복종하든 상급자인 나의 명령에 복종하기만 하면 되는 것이다.”

“……”

“자! 일어들 서!”

모두는, 총좌를 따라 일어섰다. 총좌가 정색을 하고 선언했다.

“명령이다. 조선인민군 해군 소좌 이철호는 유엔군 총사령관 명에 의하여 파견된 스톤 대령에 복종할 것.”

“……”

명령을 내린 총좌는 모두를 다시 앉혔다. 이 소좌에게 담배를 내민 총좌도 담배를 피워 물고는 주머니에서 무엇인가를 꺼냈다. 사진들이었다. 그중 한 장을 이 소좌에게 주었다. 사진을 집어 본 이 소좌는 까무러칠 듯 놀란다.

이 소좌는 총좌를 한 번 보고 다시 경무관과 특무장을 돌아본 다음 그 사진 속의 사나이를 뚫어지게 들여다보았다. 이 소좌의 얼굴은 하얗게 질렸다.

“그 사진 속의 남자가 누구인가?”

이 소좌는 천천히 눈길을 들어 총좌를 보았다.

“그 사람 누구인가?”

“……황, 황일선 중위입니다.”

“그 사진에 찍힌 날짜가 언제지?”

“……6월 30일입니다.”

“오늘로부터 3일 전이지.”

“……”

“지금 이 동무는 어디 있습니까?”

“오키나와.”

“……오키나와?”

이 소좌는 도저히 믿을 수 없다는 듯 눈길을 허공에 던졌다.

“이 소좌! 그대는 전쟁이 끝나면 무엇을 하고 싶은가?”

“……”

“그대의 형님은 부모님 모시고 형제가 함께 모여 열심히 일하며 살고 싶다고 하더군.”

“……네? ……형님이라면?”

“이진호 씨 말이지.”

이 소좌는 멍하니 총좌의 얼굴만을 쳐다보고 있었다. 숨도 멎은 듯했다.

그런 이 소좌를 바라보면서 총좌는 다시 몇 장의 사진을 그의 앞에 내밀었다. 이 소좌의 손이 떨고 있었다. 자신의 친형인 이진호와 그의 가족들의 사진이었다. 그중에는 자기도 어릴 때 보았던 옛날 사진을 복사한 듯한 가족사진도 있었다.

“형수님은 그대가 죽었는지 살아 있는지 모른다면서 눈물을 흘리더군. 그대만 아니었으면 억지로라도 부모님과 온 가족을 다 데리고 피난했을 것이라면서……."

"……."

"자! 이제 그 사진들을 돌려주게."

사진들을 다시 챙겨 총좌 앞에 공손히 내밀며 소좌가 물었다.

"지금 형님 가족은 어디에 살고 계십니까?"

"부산에 살고 계시네. 사진 속의 판잣집은 형님이 손수 지으신 집이라더군."

소좌는 시선을 허공으로 돌렸다.

"그대의 형님은 자기 식구들이 편안히 지내고 있는 모습을 부모님께 알려 드리고 싶다고 했어. 나는 그러마고 약속했지."

"……."

총좌는 시계를 보았다. 그러고는 얘기를 바꿨다.

"이 소좌! 가령 말일세, 어떤 조선인민군 해군 총좌라고 하는 자가 무전으로 유엔군 함대로 하여금 때리고 싶은 곳에 함포사격을 가한다든지, 혹은 비행기를 불러들여 원하는 지점에 폭격을 가한다면 그 사람은 조선인민군 총좌는 아니겠지?"

"……."

소좌는 그저 고개를 내림으로써 시인했다.

"어이, 김 소령!"

"네."

특무장이 총좌 앞에 섰다. 이 소좌는 두 사람을 너무나 어이없이 바라보고 있었다.

"저 앞산 봉우리에 세 발 그리고 저쪽 뒷산 봉우리에도 세 발의 함포를, 그리고 B-29 편대와 전폭기들을 불러서 저 앞산과 뒷산 봉우리 없애 버리게!"

"네, 알겠습니다."

특무장은 총좌의 지시가 떨어지자 작전지도를 펴놓고 지적된 고지의 좌표를 확인하고 주머니에서 소형 무전기를 꺼내 타전하기 시작했다. 이 소좌는 소형 무전기와 송신 기술에 내심 놀랐다.

"이 소좌!"

"……네?"

"두고 보라구……. 참으로 가관일 테니까."

특무장이 송신을 끝냈음을 총좌에게 신호했다.

"이 소좌! 이제 10분 후면 나의 전투기들이 나타날 거야. 함포도 곧 날아올 테구."

총좌의 말이 채 끝나기도 전에 일대 폭발이 시작됐다.

꽈-꽈-꽝!!

슈-슈-슈 — 꽝!!

전방 강 건너 고지 정점에 한 발 그리고 뒷산 봉우리에 한 발, 그런가 하면 이번에는 앞산 그리고 또 뒷산 봉우리에 번갈아가며 여섯 발의 함포가 명중하여 작렬했다.

터져나가며 울리는 작렬음이, 이들이 앉아 있는 곳을 병풍처럼 둘러싸고 있는 산 벽에 울려 금시에 하늘이 무너져 내릴 것 같은 무서운 소리를 내면서 울려 퍼졌다.

때마침 해가 지는 무렵이어서 산봉우리마다의 화염은 마치 불꽃놀

이 폭죽을 터뜨린 것같이 보였다.

함포의 굉음이 멀고도 깊은 골짜기마다 파고들면서 그 여운만을 남기며 사라져 갈 무렵, 저 멀리 남쪽 하늘가로부터 몇만 개의 피아노 건반을 일시에 두드리는 듯한 무거운 비행편대의 폭음이 은은하게 들려왔다.

"나의 친구들이 오고 있구먼……."

총좌는 만족한 미소를 띠우며 남쪽 하늘을 바라보았다. 이 소좌도 엉거주춤 남쪽 하늘로 시선을 던졌다.

은은한 폭음 사이로 하늘이 찢기어 무너지는 듯한 소리가 세 번에 걸쳐 이들의 고막을 때렸다. 놀라서 두리번거리는 이 소좌에게 총좌가 말했다.

"여보게 이 소좌! 저 소리는 구왕산 뒤켠에 도달한 우리의 제트기 편대가 곧장 서쪽 황해 바다로 기수를 돌려 나가면서 제트 전투기 세 대가 음속돌파 비행을 함으로써, 나에게 약 3분 뒤에 이곳 상공에 나타나겠다는 신호였네."

"……."

"약 3분 뒤에 이쪽 골짜기와 저쪽 골짜기 두 패로 나뉘어서 날아올 걸세."

"……."

"이제 여기 나타날 나의 친구들은 중폭격기, 제트 전투기 그리고 함재기 등 세 기종인데, 그중 B-29 4개 편대와 F-86 세이버 제트 전투기 편대는 우리들이 있는 이곳 상공에서 폭격을 하거나 또는 엄호의 임무를 수행할 것이고, 나머지 함재기 편대들은 이곳 상공을 거쳐 곧바로 그들의 임무 위치로 갈 것이네. 즉, 이곳을 중심으로 하는 외곽 지역으로부터 일체의 차량과 병력의 투입을 통제하기 위한 조치일세. 우리의 안전을 보장하는 것이지.”

“……”

3분이 지날 무렵 유엔 공군의 F-86 2개 편대가 B-29 편대들을 선도하면서 두 갈래로 접근하여 왔다. 그러고는 이들이 있는 한내천 상공에서 합류하여 수면을 핥듯이 저공으로 달려드는 것이었다.

뒤이어 약 3킬로미터 거리를 둔 B-29 4개 편대가 약간 높은 고도를 유지하면서 따라 들어오고 있었다.

주변은 폭음으로 가득 메워져 양옆의 산허리가 그대로 무너져 내릴 것만 같았다.

B-29 편대가 지나가면서 이곳 한내천가에 앉아 있는 총좌 일행의 시야에 들어오는 모든 산에 폭격을 감행했다. 여기저기 온통 불바다가 되었다.

그렇게 중폭격기대가 지나가자 F-86 세이버 제트 전투기대가 다시 나타났다. 그러고는 굉장한 에어쇼를 벌이기 시작했다. 그들은 곧장 하늘 끝까지 치솟아 오르는가 하면 각각 몸체를 뒤집으면서 내리꽂기도 하면서 물 건너의 산과 들을 마음껏 공격하고 있었다.

총좌가 이 소좌에게 다가서서 귀에 대고 소리쳤다.

“이 소좌! 영어할 줄 알지?”

“네, 좀 합니다.”

총좌가 경무관에게 눈으로 지시했다. 경무관이 작은 수신기 콜사인을 맞추어서 이 소좌 귀에 꽂아 주었다. 그리고 총좌는 자신의 주머니에서 무선전화기를 꺼내들었다.

총좌가 통화를 시작했다.

"코널 웨인슨! 여기는 스톤."

마침내 여덟 대의 F-86 편대 가운데 지휘관기인 듯한 전투기가 고공에서 서행하며 접근해 왔다.

"어이, 스톤 대령! 웨인슨이다. 모든 조치는 완벽하다."

"알았다. 메이저 리는 훌륭한 장교다. 협력할 것이 틀림없다."

"반가운 소리다. 잠깐 기다려라."

웨인슨 대령의 편대장기는 저 멀리 사라졌다. 이들의 1차 통화는 일단 끝났다. 이 통화는 이 소좌의 귀에도 또렷이 들렸다. 다시 편대장기가 머리 위 고공으로 접근했다.

"스톤 대령! 모든 통로는 완전 차단됐다. 그리고 적군 장교가 귀관의 명에 불응할 때는 사살하라는 사령관의 명령을 전한다. 이상."

"알았다. 웨인슨 대령, 멋진 대지공격을 보여 달라!"

"오케이! 오케이!"

편대장기는 더더욱 고공으로 치솟아 올라갔다. 그러자 저 멀리 산너머 상공을 맴돌던 편대들이 순식간에 편대장기에 접근하여 대형을 이뤘다.

2개 편대로 나눠진 전투기들은 번갈아가며 총좌 일행과 이 소좌가 보고 있는 상공으로 고꾸라지듯 쏟아져 내려와서는 바로 코앞의 물 건너 강변과 야산 봉우리에 교대로 공격을 퍼부었다.

계곡을 형성하고 있는 두 줄기의 산맥과 강변은 삽시간에 또다시 화염과 검붉은 연기에 휩싸이고 말았다. 맑게 흐르던 한내천도 검붉

은 불길에 휩싸여 하늘과 땅을 분간조차 할 수 없는 생지옥을 이루고
있었다.

한동안 멋진 곡예와 공격의 장관을 벌이던 편대기들이 하늘 높이
올라가 고공을 맴돌았다.

"웨안슨 대령! 참으로 멋졌다. 이 소좌의 사진은 찍었나?"

"찍은 지 오래다. 그럼 우리는 돌아가겠다. 건투를 빈다."

"사령관께 인사 전해 주게!"

이윽고 편대장기가 사라졌다.

세 사람이 서로 마주보면서 한숨을 돌리려는 순간 사라진 줄 알았
던 편대기들이 다시 나타났다. 그들뿐이 아니었다. 아까 지나갔던
B-29 폭격기대들과 그라망 함재기들이 이곳 상공에서 다시 합류하
고 있었다.

하늘은 갑자기 비행기들로 새까맣게 덮였다. 그런 가운데 전투기
들이 산개(散開)하는가 하더니 재빨리 선회(旋回)하면서 두두두두 드
르륵, 쉬이웅 쾅! 쾅! 요란한 소리를 내면서 마지막 공중 대공연을
벌이고 있었다.

이때 경무관이 총좌에게 소리쳤다.

"대령님! 우리 차의 위치를 알려 줘야죠?"

총좌는 손을 흔들어 쓸데없는 짓임을 알렸다. 그러고는 송화기를
다시 입으로 가져갔다.

"웨인슨 대령! 자네들 잘못하면 저 다리를 부수겠네. 내가 사용해
야 할 다리니까 조심하게!"

"염려 말게. 스톤! 부서지면 공병대를 보내서 즉각 보수해 줄 테니

까. 굿바이 스톤!"

"굿바이 웨인슨!"

마침내 하늘의 대편대는 그 웅장한 모습을 저 멀리 구왕산 너머로 숨기며 사라져 가고 있었다.

서쪽 하늘의 불타는 노을과 함께 이곳 한내천의 물결을 연지 빛으로 물들이며 무섭게 피어오르던 화염도 몇 줄기 푸른 연기 고리를 남기고 있을 뿐, 사방은 어스름한 고요를 되찾고 있었다. 어느덧 멀리멀리 사라지던 은은한 비행음도 꺼져 버리고 말았다.

총좌는 얼이 빠져 멍청하게 서 있는 이 소좌에게 말했다.

"이 소좌! 이제는 우리의 정체를 확인했겠지?"

"……"

이 소좌는 아무런 대답도 못했다.

"이 소좌! 협력하겠는가?"

"……"

"이 소좌가 납득이 가든 안 가든 그것은 문제가 아니야! 모든 것은 차차 알게 될 것이지만 우선은 협력하지 않으면 안 된다는 현실을 직시해야 하네."

마침내 이 소좌가 무겁게 입을 열었다.

"……제가 어떻게 해야 되겠습니까?"

"문제는 간단하다. 김동수 부대장을 이곳으로 나오도록 해 주게."

이 소좌는 너무도 놀라운 말에 멍하니 총좌의 입만을 바라보다가 길게 한숨을 내쉬었다.

"……그렇게 하면 어떻게 하실 것입니까?"

“체포하는 것이다.”

“……”

“……”

서로 말없이 한순간 바라만 보았다. 다음 순간 이 소좌가 고개를 무겁게 저으며 말했다.

“그것은 어려운 일입니다. 부대장 동지를 그렇게 손쉽게 체포하실 수는 없을 것입니다. 그분은 보통 사람이 아닙니다.”

“이봐, 이 소좌! 다 알고 있어! 그가 혼자서 오든 경호원을 데리고 오든 또 설령 전 부대를 이끌고 오든 간에 여기에 나오도록만 하면 돼.”

그는 또박또박 힘주어 말했다.

“……”

“이 소좌! 가령 자네가 암호 연락문을 작성하여 그것을 우리 경무관이 저기 저 산부리 뒤에 있는 26여단 예하부대에 가서 전화로 연락하면 어떻겠는가?”

“……뭐라고 연락하시렵니까?”

“그 내용은……. ‘중앙에 가는 길에 황일선 중위의 무덤 앞을 지나려는데, 군의관같이 보이는 동무들이 황 중위의 무덤을 파헤쳐 놓고 조사를 하고 있었음. 들리는 말이, 가짜를 묻어 놓고 허위보고를…… 사상검토를……. 그 밖에 연락문으로는 전달할 수 없는 사항이 있어 황급히 부대로 돌아가다가 차가 전복되어 중상을 입고 지금 서해인민병원에서 입원 중. 부대장 동지께서 즉시 나와 주시기 바람. 황 중위 무덤 앞에 있던 동무들의 지휘자는 해군 총좌였음’ ― 이렇게 말이야."

"……."

이 소좌는 어이가 없어 바라보고만 있었다.

"어떻겠나? 그렇게 하면 나올 것 같은데……."

"……네. 그렇게 하면…… 나오실 것입니다."

"좋아! 그러면 그 내용으로 암호문을 작성해! 그리고 김 대좌가 즉시 나올 것인지 여부의 답을 받도록 적어 넣어! 알겠는가?"

"……네."

총좌는 경무관에게 이 소좌의 가방을 돌려주도록 지시했다.

이 소좌는 자기 부대에서만 쓰는 암호 전용지와 기밀봉투를 꺼냈다. 그리고 다들 지켜보는 가운데서 암호문을 작성했다. 전부가 아라비아 숫자뿐이었다.

"다 됐습니다."

이 소좌가 숫자만의 암호문을 총좌에게 내밀었다.

총좌는 경무관을 가까이 앉히고 이 소좌에게 행동 요령을 설명해 줄 것을 명했다. 이 소좌가 경무관에게 설명했다.

"이것을 가지고 저 산부리 뒤 부대로 가서 3815 해군 부대로 연락 사항이 있어 왔노라고 하면 직통전화를 대어 줄 것입니다. '본부 제5통신반'이라고 부르면 상대방이 저쪽에서 '여기 제5통신반, 말하시오'라는 대답을 할 것입니다. 그러면 이 숫자를…… 1112면…… 천백열둘…… 이런 식으로 읽어 주면 저쪽에서는 복창하면서 받습니다. 다 읽은 다음에 수화기를 귀에 대고 기다리십시오. 10분 이내에 '오천오백열둘이라고 전하시오'라고 하면 부대장 동지가 즉시 나온다는 뜻이고, '다음을 기록, 전달하시오' 하면서 숫자를 불러 주면 그대로 복창하면서 기록해 가지고 오십시오. 그것을 제가 보면 그 연락문의 결과를 알게 됩니다."

총좌가 끼어들었다.

"좋아……. 그렇게 하지. 하지만 만약 이 암호문 속에 동무의 구조 요청 같은 것이 있다면 우리 경무관 동무는 그 자리에서 체포되어 돌아오지 못할 것인데, 그렇게 되는 경우 이 소좌는 이 자리에서 결딴나고 마는 것이야. 그러면 여기서 저 부대까지 10분, 전화하고 답을 받을 때까지 충분히 잡아 15분, 그리고 돌아오는 시간 10분해서 35분이면 경무관이 돌아올 것인데 부대장 김 대좌가 즉각 나온다고 하면 얼마가 걸리겠는가?"

"곧 부대를 떠난다면 인민병원까지 약 70분 걸리겠습니다."

"음……. 한 시간 십 분……. 그러면 충분하겠군. 그런데 이 소좌! 이 소좌는 자신의 귀중한 목숨을 덧없이 희생할 어리석은 짓은 않겠지?"

"네, 모든 것은 알 만합니다."

총좌는 경무관을 보며 말했다.

"자! 그럼 안 경무관, 차질 없도록!"

"네, 제가 못 돌아올 때는 먼저 저 부대부터 잿밭으로 만들어 주십시오."

"알았네."

총좌는 이 소좌에게 눈길을 돌렸다.

"마지막으로 묻겠네. 틀림없겠지, 이 소좌?"

“따로 드릴 말씀이 없습니다.”

경무관은 거수경례를 하고 둑을 따라 사라졌다. 잠시 뒤 지프차에 시동이 걸리고 달리는 소리가 들렸다.

편한 자세로 앉은 총좌는 담배를 피워 물며 이 소좌에게도 권한 다음 그의 고향과 가족관계 그리고 학교 및 공산당원이 된 동기 등 그의 신원에 관해서 소상히 물었다. 이 소좌도 이에 대하여 하나도 숨김없이 털어놓고 말하는 것 같았다.

그러는 가운데 어느덧 시간은 흘러 경무관이 떠나간 지 33분이 경과하고 있었다. 총좌는 마침내 시계를 연방 들여다보면서 초조함을 드러냈다. 사실은 이 소좌가 더 초조해져 있었다.

예정했던 35분도 지나고 36분, 37분이 지나도 경무관이 돌아오는 기척은 들리지 않았다. 이 소좌는 거의 사색이 되어 경무관이 사라진 쪽만을 바라보며 어쩔 줄 몰랐다. 이제까지 평온하던 분위기는 가시고, 무거운 긴장감이 돌기 시작했다.

마침내 예정 시간에서 15분이 경과하고 있었다. 총좌와 특무장의 시선에서 살기가 돋기 시작했다.

이 소좌는 경무관이 와야 할 쪽만 바라보고 있었다.

“이봐! 이제는 더 기다릴 필요가 없지?”

무겁게 가라앉은 총좌의 목소리가 이 소좌의 목덜미를 때렸다.

“아 — 아닙니다. 절대로 아닙니다.”

특무장이 몸을 일으키며 분노의 눈길을 쏟았다.

마침내 총좌의 입에서 마지막 말이 떨어졌다.

“이 소좌! 너는 죽어야 돼!”

"······5분만 더 기다려 주십시오."

이미 특무장의 손에는 시퍼런 단도가 쥐어져 있었다. 특무장이 이 소좌에게 한 발 한 발 다가섰다. 이 소좌는 그만 눈을 감고 말했다.

"······저의 운명이 이것뿐인 것 같습니다."

"김 소령! 잠시만 기다려!"

이 소좌가 번쩍 눈을 뜨며 총좌를 보았다.

"······마지막으로 5분만 더 기다려 보자구······."

특무장이 카운트다운을 시작했다. 시간은 너무나 빨리 흘렀다. 진정 화살과 같다고 할까. 초침은 가차 없이 쉬지 않고 가고 있었다. 죽음의 카운트다운이었다.

이때 이 소좌가 불현듯 고개를 들어 다리 쪽을 응시했다. 총좌도 특무장도 듣지 못한 소리를 그가 들었던 것이다.

잠시 뒤 차 소리가 희미하게 바람결에 들려왔다. 그러고는 다리 밑 대피소로 내려오는 것 같은 소리가 나고 차 소리는 멎었다.

그리고 나무와 가시덩굴 사이로 경무관이 뛰어오는 것이 보였다. 경무관은 단숨에 뛰어왔다.

"어떻게 됐습니까? 오기로 됐지요?"

"네, 오천오백열둘이었소."

"이 소좌!"

"······네?!"

"이 소좌의 진심을 똑똑히 보았네. 이 소좌의 판단과 용기를 높이 평가하오. 동지로서 협력해 나가자구."

"······고맙습니다. 그런데 빨리 대비해야만 됩니다."

그는 아직도 상황을 판단하지 못하고 있었다.

"이 소좌! 김 대좌는 오지 않아!"

"……네엣? ……그럼?"

이상한 낌새에 이 소좌는 경무관을 돌아보았다.

"참으로 미안스럽습니다, 이 소좌."

"어떻게 된 겁니까? 그럼 연락이 안 됐다는 말입니까?"

아무도 대답을 안 하고 있었다.

"……아아 — 그랬군요."

그는 비로소 알아차렸다.

"이제서야 알 만합니다……."

"이 사람, 이 소좌! 생각했던 것보다는 둔하군 그래! 그래 가지고 어떻게 우리하고 일을 함께 하겠나."

"……저는 전혀 눈치도 못 챘습니다. 그러니까 저를 시험……."

"미안하네, 이 소좌! 너무나 가혹했던 것, 이해해 주게."

총좌는 차분히 그간의 경위를 간단히 설명하고 이 소좌도 모든 상황을 이해했다. 이해라기보다는 어쩔 수 없는 상황에 자신이 들어와 있음을 분명히 인식했다.

"……모든 것을 알 만합니다. 그리고 저는, 지금의 저로서는 총좌님을 믿고 따를 수밖에 없습니다. 협력하겠습니다. 다만 저를 믿어 주십시오."

"고맙네. 이 소좌의 말을 천금보다도 더 중하게 받아들이겠네. 그러면 이 소좌는 물론 그대의 가족들 모두도 남쪽으로 안전하게 인도할 것을 다짐해 두겠네. 그러기 위해서, 또 우선은 부득이 이 소좌의 가족을 볼모로 할 작정이네. 이 점 깊이 양해해 주기 바라네.”

“지당하신 처사라고 생각합니다. 다만 저는 저의 진심이 증명되기만을 바랄 뿐입니다.”

이 소좌는 당장 가족의 인질이 어떠한 방법과 형태로 이루어질 것인지 깊이 생각해 볼 겨를도 없었다.

“고맙네. 그럼 지금부터 양친도 뵙고, 또 부인과 아이들도 만나도록 하자구……. 그런데 이 소좌의 귀대 예정은 어떻게 되어 있지?”

총좌는 근무이탈이라는 예민한 시간성을 의식하며 물었다.

“네, 귀대 시간이라는 것은 특별히 예정되어 있지는 않습니다. 보통 이십사 시간 안팎입니다.”

“음…….”

총좌는 주위를 다시 한 번 둘러보며 벌떡 일어났다. 그리고 차를 세워둔 다리 밑으로 향했다. 이 소좌도 일행을 따라 악몽에서 깨어난 사람처럼 따라나섰다. 그는 순간 자신을 의심하지 않을 수 없었다. 자신의 발걸음이 이렇게 가벼울 수가 있단 말인가…….

묵묵히 일행을 따라 걷고 있는 이 소좌는 앞으로 맞아야 할 새로운 국면에 대하여는 도저히 가늠할 수가 없었다.

일행 네 사람을 태운 지프는 흙먼지를 날리면서 경쾌하게 달려갔다. 이 소좌는 어둠 속으로 멀어져 가는 강변의 가시덩굴을 몇 번이고 뒤돌아보았다.

“우리는 먼저 소비조합 식당으로 간다. 그리고 내일 아침까지는 이 소좌의 고향집에 도달해야 한다.”

경무관은 어딘가로 총좌의 말을 송신했다. 그러는 사이 총좌는 뒤

돌아보며 이 소좌에게 말했다.

"이 소좌! 그대는 지금부터 우리가 중의사에서 내려온 군관들이 되도록 언행을 취해 주게!"

"네, 잘 알겠습니다. 염려하지 마십시오."

"지금 우리가 가고 있는 소비조합도 3815부대에서 관장하고 있지?"

"네, 책임자는 인민군 여군 대위를 임명하고, 경비는 26여단에서 파견하고 있습니다."

이윽고 차는 소비조합 식당 앞에 닿았다.

단순한 식당이 아니었다. 명실상부한 소비조합이어서 일용잡화를 파는 연쇄점 규모를 갖추고 있고, 휴게소와 군인들의 숙박소도 겸하고 있었다.

먼저 출입문을 열고 들어선 사람은 경무관이었다. 그는 문을 들어서자 순간적으로 위험한 장해요소가 있나 없나를 한눈에 둘러보며 약간 옆으로 비켜서며 부동자세를 취했다.

이 소좌가 들어간 뒤에 총좌가 위엄을 갖추고 들어섰다. 경무관의 눈초리는 이 소좌의 언동에 초점을 맞추고 있었다.

이 소좌는 들어서는 동시에 경무관 맞은편에 부동자세로 서서 뒤에 들어오는 총좌께 지극한 태도로 거수경례를 붙이면서 엄정한 상관 예우로써 맞았다.

식당 안의 많은 군관들과 종사원들도 이 광경을 보고 전원 기립하여 해군 총좌에게 경례를 올렸다.

이 소좌는 곧 다음 행동을 취했다.

“이것 봐요, 소장 동무!”

부동자세를 취한 채 서 있는 여군 대위 소장에게 소리쳤다.

“네.”

여군 대위는 엎어지듯 다가왔다.

“특실로 안내하시오. 그리고 목욕 준비도.”

“네, 알겠습니다.”

총좌 일행은 특별히 차려온 저녁상을 받았다. 식사하면서 총좌는 이 소좌에게 그의 본가에 대하여 물었고, 지도를 펴놓고 재확인했다.

그러고는 가족들에게 줄 선물의 품목도 상의했다. 이 소좌는 극구 사양했으나 결국 여자 고무신과 홍콩제 운동화와 의류·옷감, 인삼주 등 가족의 수에 맞추기로 했다.

음식을 가장 먼저 먹어치운 특무장이 일어났다.

“저는 대피호로 가서 차 좀 손질하겠습니다.”

“음— 그러지.”

총좌가 끄덕였다.

저녁상을 물린 총좌 일행은 일찍 자기로 했다.

“자— 일찍 자야 새벽에 일어나서 이 소좌 집으로 가지. 경무관 동무, 그 잠 잘 자는 약을 하나씩 주게. 지금 9시가 지났으니 새벽 4시에 일어나 출발하기로 하지.”

경무관이 알약 하나씩을 총좌와 이 소좌에게 주었다. 그는 순간 당황하는 눈치였으나 총좌와 같이 알약을 먹고 나란히 누웠다.

이 소좌는 새벽까지 정신없이 잠에 떨어질 것이었다. 물론 총좌도 그럴 것이다. 그러나 경무관과 특무장은 교대로 눈을 붙여야 했다.

자리에 누운 총좌나 이 소좌는 각기 다른 생각에 잠겼다.

오늘, 1952년 7월 3일은 이 두 사람에게 인생의 갈림길이 되는 날이었다.

이 소좌는 아직도 정확한 사태를 파악할 수가 없었다. 그러나 이미 자신의 인생이 오늘로써 완전히 방향을 바꾼 것은 직감할 수 있었다. 옆에 누운 총좌는, 아니 유엔군 전략장교 대령이라고 하는 이 사람은, 자고 나면 시골 자기 집에 가서 부모님과 가족들을 인질로 하겠다고 했다. 도대체 어떻게 될 것인가.

아무리 생각해도 갈피를 잡을 수가 없었다. 분명한 것은 모든 상황과 처지로 보아 이미 이들에게 자신이 속해 있다는 것이었다.

이 소좌의 망막에 많은 사람들의 얼굴이 스쳤다. 부모님·처자식 그리고 지금 유엔군 측에 가 있다는 황일선 중위, 또 부산에 계시다는 형님과 그 가족들, 또한 3815부대의 간부들의 얼굴이 두서없이 스치고 있었다.

총좌도 잠을 청하며 생각했다. 옆에 누운 이 소좌에 대한 일말의 의구심을 되짚어 나갔다.

이 소좌의 처지에서 오늘의 일을 생각해 봐도 적극적인 협력자가 되지 않을 수 없다고 생각했다. 적어도 그동안 파악하고 있는 이 소좌의 출신성분과 교육 및 성장과정을 미루어 보아도 그렇고, 한 인간으로서도 그럴 수밖에 없을 것이라고 생각했다. 그러나 아직 완전히 믿을 수는 없다고 결론 내리고, 이 소좌 문제는 이미 계획되어 있는 대로 밀고 나가기로 마음을 다졌다.

총좌는 지금 이 시간 자신이 이곳 은율 소비조합 식당의 특실에 누워서 잠을 청하고 있는 현실을 다시 한 번 생각해 본다.

그랬다. 오늘 7월 3일 하루는 참으로 생애에서 가장 숨 가쁘고 벅찬 하루였다. 모든 것이 계획했던 대로 척척 진행되었다. 가장 우려했던 이 소좌 문제가 예상외로 쉽게 풀려 그는 지금 옆에 누워 자고 있지 않는가.

총좌는 어젯밤 황해에 떠 있는 미 해군 항공모함으로부터 많은 사람들의 전송을 받으며 이곳을 향해 출발하던 장면을 떠올렸다.

그 시간으로부터 만 하루, 즉 24시간이 경과하고 있었다.

총좌는 또한 어젯밤 항공모함을 떠나올 때까지 약 한 달 반 동안의 눈코 뜰 새 없었던 시간과 사건들을 두서없이 떠올려 생각해 보았다.

가물가물 잠에 빠지는 스톤의 뇌리에 그동안의 장면들이 파노라마처럼 파도를 타고 겹쳐왔다. 내려감은 스톤의 망막에는 벌써 이글이글 타는 듯한 남양의 5월 태양이 내리쬐고 있었다.

2

“스톤 중령님!”

스톤의 심중을 헤아리기라도 한다는 듯 마사지하던 손을 늦추며 자네트가 불렀다.

“……으흠?”

“뭘 그렇게 생각하고 계시죠?”

“……글쎄.”

“이번에 마치고 오신 작전……. 고생만큼이나 성공적이셨죠?”

“으흠.”

“이번 작전 결과에 대한 평가심의회가 오늘 내일 사이에 있겠죠?”

“으흠.”

“스톤 중령님! 그것만 무난히 치르시면 이제 정식 전략작전관님이 되시겠네요.”

“으흠.”

“저도 정말 기뻐요. 그렇게 되면 지금의 스톤이라는 이름도 물려주셔야겠네요.”

“글쎄.”

스톤은 비로소 기지개를 켜고 돌아누우며 자네트를 보고 묻는다.

“오늘이 며칠이지, 자네트 상병?”

“네, 오늘은 1952년 5월 17일입니다.”

“……으흠.”

스톤은 신음하듯 긴 호흡을 내뱉고는 활엽수 사이로 내다보이는 하늘을 눈부시듯 올려다보았다. 지금 막 이륙한 수송기가 날아오르고 있었다.

아직 5월 중순이라고는 하지만 검푸른 열대림의 활엽수 사이로 내리쬐는 태양이 오키나와 특유의 초여름 정취를 벌써부터 드러내고 있었다.

해안의 우거진 숲 속에는 등의자와 함께 야외용 탁자들이 놓여 있고, 해변에는 수많은 모터보트들이 여기저기 흩어져 있어 고급 휴양지의 모습이 펼쳐지고 있었다.

그러나 짙푸른 숲의 막다른 곳까지 해변가를 향하여 시원스럽게 내뻗은 여러 갈래의 활주로가 잘 닦여 있고, 3~4층짜리 올리브그린의 커다란 서구풍 건물들이 여기저기 우거진 숲 사이로 그 편린들을 드러내고 있는 것으로 보면 단순한 피서지로는 보이지 않는다.

그곳에는 외곽에 공병부대로 보이는 미군 부대가 주둔해 있었다.

그러나 자세히 살펴보면 고급 피서지로서도 또한 공병부대로서도 어울리는 곳은 아니었다.

여기저기 그늘 아래나 비치파라솔 밑에는 벌써부터 뜨거운 햇볕을 피해 쉬고 있는 무리들이 있었고, 바닷물에 뛰어들어 해수욕을 즐기는 무리들도 있었다.

스톤 중령도 숲 속의 시원한 그늘 아래 등나무 평상에 엎드려 아름다운 미녀의 마사지를 받으며 반쯤 눈을 내려감은 채, 저 멀리 검푸른 파도 위의 수상스키를 끄는 모터보트들의 포물선을 쫓고 있었다.

얼굴에 어른거리는 햇살에 스톤은 아예 눈을 감아 버렸다. 그러고는 생각에 잠겼다.

'……그래, 내가 이곳 사령부로 돌아온 것도 벌써 일주일……. 금명간에 우리가 성공리에 마치고 돌아온 작전 결과에 대한 평가심의회가 열릴 것이다. 나에게는 그것이 마지막 고비이다. 작전은 끝났으나 평가심의회의가 남아 있다. 그것만 무사히 넘기면 나도 명실 공히 어엿한 전략관이 된다. 지금의 준전략관의 탈을 벗는 것이다.'

그러니까 스톤 중령은 미 해군 제7함대가 주축이 되어 일 년 남짓 벌여 왔던 '대만해협 봉쇄작전'의 마무리에 일익을 담당하여 지난 3월과 4월에 걸쳐 작전을 끝내고 돌아와 그 과정과 결과에 대한 평가심의회를 기다리며 휴식을 취하고 있는 터인 것이다. 그는 아직도 준전략관이었으나 전략작전관 자격으로서 처음 참가한 작전이었으므로 그 결과에 대한 평가가 아주 신경을 모으게 하는 것이다.

'……그래. 지금 전 세계는 우리의 희망대로 인식하고 있지 않은가.

‘대만해협 봉쇄작전’의 전략은 참으로 완벽하고도 훌륭했어. 마치 봉쇄작전이, 중공군의 대만 침공을 미국이 미리 막아 주려는 것처럼 알려졌다는 사실이 바로 성공의 증거가 아닌가? 대만은 자기네 병력 1개 중대만이라도 본토에 상륙시켜 본토 수복 거점을 확보하려고 하고 있다. ……나는 처음 맡은 전략관으로서 책임을 거뜬히 해냈으니 이제는 손색없는 전략관의 자격이 생긴 것이 아닌가! 이제는 나도 이곳의 여러 전략관들, 세계 도처에서 천재들만을 끌어 모아 구성했다는 이곳 X-1(미 동부 전략사령부)의 전략가들과 당당히 어깨를 겨룰 수 있게 된 것이 아닌가?

삐-삐-삐-이-익—.

비치테이블 스피커에서 긴급 소집을 알리는 시그널과 함께 금속성의 소리가 흘러나오고 있었다.

“사령실에서 전달한다. 사령실에서 전달한다. 전략정보관, 전략작전관은 제7회의실로 집합하라. 반복한다…….”

스톤은 벌써 자네트의 손길을 밀치고 T셔츠를 뒤집어쓰며 지프로 달려가고 있었다. 그는 물론이고 사무실·침실·오락실, 해변의 숲 속 또는 해상의 모터보트에 탔던 자들도 즉각 차림 그대로 제7회의실을 향해 가장 빠른 방법으로 직행해야 했다.

해상에서 수상 스키를 즐기다가 해안을 향해 달려와서 보트나 스키를 부서져라 모래밭에 그대로 처박고 뛰어온 무리들은 막 시동을 걸고 질주하기 시작한 스톤의 지프에 총알처럼 뛰어 올랐다.

이들은 이런 경우에 누구의, 어느 부서의 차량이거나 상관없이 눈에 띄는 대로 몰고 집합지로 달려가는 것이다.

그들은 수영복을 입었거나 몸이 젖었거나 상관하지 않았다.

제7회의실!

그곳은 종합회의실이다. 이들 X-1의 전체 역량을 동원해야 할 일이 아니고는 별로 사용하지 않는 곳이다.

각처에서 각양각색의 모습 그대로 제7회의실로 달려온 70여 명의 각급 전략관 및 그 보좌관들은 자기 자리를 찾아 앉았다.

육십이 넘어 머리가 새하얀 노인인 기상 담당 보좌관이 카키복에 대위 계급장을 달고 근엄한 표정을 지으며 들어오기도 했다.

마침내 사령관 전용 출입문이 열리면서 사령관 락크(Rock) 대장이 참모장 겸 작전부장인 해리슨(Harrison) 중장과 생소한 얼굴의 젊은 중위를 대동하고 들어섰다.

아무 절차나 차례도 없이 그대로 연단에 오른 락크 사령관은 전체 회의장을 한 번 훑어보고는 조용하나 힘 있는 어조로 입을 열었다.

"확인된 정보에 의하면…… 현재의 지상전(地上戰) 형태의 일반적 전법(戰法)만으로는 도저히 승산이 없음을 판단한 적(敵)은, 현 전선의 대부분을 북한군에서 중공군으로 대체 배치하는 한편, 중공군 정예부대와 제휴·편성하는 약 5만의 대혼합(大混合) 병력으로, 주로 정크[帆船]로 구성하는 대선단을 중국 연안의 각 항구에서 발진시켜 짙은 안개 또는 남서계절풍 등의 기후 조건을 활용하여 우리의 후방인 한반도의 남서 해안지대로 기습 상륙케 한 뒤, 피부와 용모, 그리고 언어·풍습이 같은 북한군으로 하여금 일대 혼란과 내전 상태를

야기할 수 있는, 새로운 형태의 대유격전(大遊擊戰)을 감행하려는 것이다. 이는 그들이 시도하는 한국전쟁의 최종적 결전이 될 것이며, 이 전법으로 전쟁의 승리를 거두려는 기도인 것이다.

이에 대한 우리 유엔군 측의 군사적 대비는 가능하나, 이렇게 될 경우 전쟁의 양상은 일변할 것이며, 우리의 적은 정치·군사 양면에 우위(優位)를 점하게 될 것이다. 또한 수십만에 달할 피아간(彼我間)의 인명 손실은 말할 것도 없으려니와, 우리들 유엔군 측의 입장이 전략적으로 곤경에 빠져들게 될 것이다. X−1에는 벌써 이 같은 적의 기도를 분쇄하라는 명령이 내려져 있다. 이것은 한국전쟁 전반에 걸쳐 우리 X−1에 주어진 여러 형태의 임무 중에서도 가장 긴급을 요하는 중대한 지상과제인 것이다. 온 역량을 다하여 적의 기도를 무찌르지 않으면 안 되는 것이다. 이 임무의 승패여부는 한국전쟁의 승패와 종전에 중대한 영향을 끼치게 될 것이다.

적의 전략기도(戰略企圖)를 '남해작전(南海作戰)'이라 가칭(假稱)하며 이를 분쇄하는 우리의 작전명을 'M−1작전'이라 명명한다. 제관들의 분투를 기대한다."

사령관은 그가 데리고 들어온 젊은 중위를 옆으로 불러 세우면서 말을 이었다.

"상세한 내용은 여기 벤슨(Benson) 중위가 검토협의회의에서 밝힐 것이다. 벤슨 중위는 우수한 장교로서 앞으로 전개될 'M−1작전'에 특별히 참여하게 될 것이다."

사령관은 벤슨 중위를 소개한 뒤 회의장을 빠져나갔다.

제7회의실은 굶주린 이리 떼들이 피 냄새를 맡은 듯이 살기를 띠어갔다.

검토협의회의(Computer Conference)가 시작되는 것이다. 이 C.C.에
서는 우선 입수된 정보의 합리성 여부가 파헤쳐질 것이었다.

3

　락크 사령관이 밝힌 적 측 기도(企圖)의 내용은 전략관들을 경악시키기에 충분했다.

　의문점이 없을 수 없겠으나, 일단 사령관이 공식적으로 언급한 이상 가칭 ‘남해작전’에 관한 정보는 이미 결과된 정보로서 확정된 것이며, 그에 대한 진부(眞否)는 묻지 않는다. 결과지어진 정보의 소스는 언제나 영구 비밀로 해 둔다. 다만 정보 그 자체에 대한 합리성이 있고 없고만을 추구하는 것이다.

　벤슨 중위는 장군들과 전략관들, 그리고 각급 전문 보좌관들의 따가운 시선을 한 몸에 받으며 조용히 입을 열었다.

　“방금 사령관 각하께서 현재 적이 기도하고 있는 작전을 ‘남해작전’이라 명명하심에 따라, 이제 ‘적의 남해작전 기도에 관한 심의’를 진행하겠습니다. 적의 남해작전의 골자를 추정 분석하면, 방금 사령관 각하께서 지적하신 대로, 중공군 정예부대와 북한 공산군 약 5만의 대혼합 병력이 한국 후방 남해안으로 기습 상륙하는 새로운 형태의 유격전*인 것입니다. 관련 자료는 나눠 드린 유인물을 보시기 바랍니다."

"북유럽의 어느 한 나라로부터 작은 사건의 실마리가 나타나 이를 추적한 결과 명시된 바와 같은 반응이 나타났으며……."

벤슨 중위는 시종일관 차분한 태도로 말을 이었다.

"……하여 적의 '남해작전' 기도는 현재 나타나 있는 것만으로도 의심의 여지가 없는 것입니다."

가라앉은 회의실의 공기를 깨면서 문제의 변죽부터 두들기는 질문이 시작되고 있었다.

"유럽으로부터의 작은 실마리란 무엇인가?"

"수중 레이더망을 피할 수 있도록 특수 코팅된 극소형 모터보트용 엔진의 대량 발주로부터 실마리가 나오기 시작했습니다."

"적의 남해작전 결행 시기는 언제인가?"

"모릅니다. 다만 적의 심장부로 추정되는 곳에서 북유럽의 노르웨이 기상청에 황해를 중심으로 한 기상자료와 관측 및 예보자료를 극비로 요청한 사실이 포착된 바가 있을 뿐입니다."

스톤은 뒤에 앉아 있는 기상 담당 보좌관에게 금년 여름과 가을의 한국 황해상의 계절풍의 강도, 남서해안의 조수 간만의 차이 등의 상세한 자료를 주문했다.

질문은 이어졌다.

"적의 남해작전에 쓰일 정크(Junk)선이 현재 어디서 만들어지고 있
는가?"

"중국의 산동반도를 중심으로 한 각 연안에서 만들어지고 있습니
다."

"적의 남해작전 통제부는 어디이며 책임자는 누구인가?"

"모릅니다."

식사를 겸한 두 시간의 휴식을 제외하고 약 일곱 시간 계속된 검토
협의회의 결과, 적의 '남해작전'과 그 내용은 아무런 하자(瑕疵)도 없
는 보편타당하고 견실(堅實)한 것으로, 즉 적확한 정보로서 시인되기
에 이르렀다. 그 실현성을 추구하여 적(敵)이 시도해 마땅한 기도라
고 시인되기에 이른 것이다.

쏴 ―

스톤은 머리칼을 날리는 음산한 바람소리에 비로소 어둠에 덮인
해변에 나와 있는 자신을 발견한다.

깊이 ― 깊이 심호흡하는 스톤의 시선 저 끝의 수평선 하늘 너머에
그의 조국이 있을 것이었다. 그 조국은 지금 3년째 접어든, 민족의
역사상 그 유례를 찾아볼 수 없는 가장 혹독한 전화(戰禍)에 죽어가
고 있다.

그런데…… 오늘의 새로운 사태는 무엇을 의미하는가? 락크 사령
관의 육성이 다시금 스톤의 뇌리를 때린다.

"……후방인 한반도의 남서 해안지대로 기습 상륙하게 한 뒤 ……
일대 혼란과 내전 상태를 야기할 수 있는, 새로운 형태의 유격전을

감행하려 하고 있는 것이다.”

새로운 형태의 유격전 개념은 무엇인가? 이는 모든 신·구(新舊) 무기를 가리지 않고 상대의 병력을 무력화시키는 하나의 게릴라 전법이 아니겠는가? 그들이 기도하려는 유격전의 양상을 떠올려본다.

전쟁에서 상대의 후방에서 벌이는 유격전의 가장 중요한 끝수는 살인·방화·파괴·소란이 아니던가. 그들은 5만여 대혼합 병력으로 기습상륙(奇襲上陸)을 하려하고 있다. 최소한 1만 명 이상의 병력을 상륙시키려 하고 있는 것이 분명한 것이다. 그리고……

피부·언어·풍습이 같은, 고도로 훈련된 게릴라 요원들이 완전무장하고, 한국군 복장이나 또는 민간인 복장으로 우리의 후방 깊숙이 침투하여 대유격전을 감행하려 하고 있는 것이다.

“……이에 대한 우리 유엔군 측의 군사적 대비는 충분히 가능하나, 이렇게 될 경우 전쟁의 양상은 일변(一變)할 것이며…….”

“……또한 수십만에 달할 피아간의 인명 손실은 말할 것도 없으려니와…….”

스톤은 눈을 번쩍 뜨고 머리를 흔들며 수평선을 다시금 응시한다.

충분히 가능하다는 군사적 대비는 무엇을 의미하는가?

대소형 무장정크선* 약 5백 척이 강한 계절풍을 타고 심야의 짙은 안개 속을 쏜살같이 달려오는 장면을 떠올려본다.

이에 대한 군사적 정면대결은 상상하기가 어렵지 않다. 최소한 2, 3개 해병 사단 병력과 애초에 죽음을 전제로 한, 잠수폭파대원들로 구성된 엄청난 규모의 결사대가 필요할 것이다.

그렇다면 거기에 따라 파생되는 정치적·사회적 문제들……. 더구

나 현재 소련 극동함대의 잠세력(潛勢力) 또한 경시할 수가 없는 것
이 아닌가.

"……이렇게 될 경우 전쟁의 양상은 일변할 것이며, 우리의 적(敵)
은 정치·군사 양면에서 우위를 점하게 될 것이다. …… 유엔군 측의
입장이 전략적으로 곤경에 빠져들게 될 것이다……."

스톤의 시선은 수평선 너머에 꽂힌 채 움직일 줄을 모른다.

적의 기도는 분쇄되어야만 한다.

적의 남해작전 기도의 처절함과 교활함, 그 합리성과 필요성을 논
증하던 벤슨 중위의 빈틈없는 날카로운 판단, 그리고 그러한 모든
것들로부터 스톤 자신이 급속하게 떠밀려나가는 듯한 견딜 수 없는
초조함을 어쩌지 못한다.

쏴— 쏴—.

비단결 같은 파도에 싸인 섬의 평화로운 정경은 이미 그 막을 내리
고 있었다.

4

스톤의 집무실 창문을 흔들면서 쌍발 군용기가 활주로 쪽으로 내려가고 있다.

똑! 똑! 똑!

창밖을 보며 깊은 상념에 사로잡혀 있던 스톤은 노크 소리에 창을 등지고 돌아섰다.

"오 ─ 벤슨 중위. 어제의 검토협의회의는 훌륭했네."

"감사합니다. 어제 회의에서 중령님의 질문과 분석에 깊은 감명을 받았습니다."

"그 전쟁은 나의 조국 땅에서 벌어지고 있지 않은가."

"네, 램프 장군으로부터 중령님이 한국 출신이라고 들었습니다."

"그랬었군."

벤슨 중위는 메모 용지를 꺼내 펼치며 스톤에게 물었다.

"그런데 중령님, 한국에서 '시장'이라는 곳은 어떠한 곳입니까?"

"시장?! 물건을 사고파는?"

"네."

"음— 한국의 큰 도시에는 상설시장이 있지만 시골에서는 4일이나 5일에 한 번씩 시장이 서지."

"……아무래도 그런 시장은 아닌 듯 싶습니다."

"……."

벤슨 중위는 다시 메모를 뒤적이며 말했다.

"최근에 부산에서 이승만 대통령에 대한 암살미수 사건이 있었죠. 한국 국회의원이 꾸몄던 사건 말구요."

"아아, 중국인이 벌였다는?"

"네. 사정에 의해서 공표하지 않고 있는데, 이것이 그 서류입니다."

벤슨이 내민 또 하나의 서류 카피를 스톤은 천천히 읽어 내려갔다.

"음……. 중국인 남자 장무동 32세와 여자 사수령 29세……."

스톤은 벤슨을 잠시 쳐다보고 나서 다시 서류를 자세히 읽어 내려갔다.

　　…… 한국 헌병총사령부는 이승만 대통령 암살을 기도한 혐의로 중국인 남녀 두 사람을 부산에서 검거했다. 부부로 가장한 남자 장무동(張武童, 32세)과 여자 사수령(謝秀玲, 29세)이 그들이다. 이들은 한국 신의주 너머에 있는 만주 안동(安東)에서 중국음식점을

경영하다가 공산정권을 피해 피난 왔다고 진술했으나, 조사 결과 거짓임이 드러났다.

이들 남녀는 거제도(巨濟島) 공산군 포로수용소에 접근하여 중공군 출신 포로들과 접촉을 시도하다가 한국 수사기관에 노출, 감시를 받아 왔다. 이들은 대통령 임시 관저인 경남도지사 공관에서 300미터 떨어진 중국음식점 복영루(福榮樓)에 기식하면서 기회를 엿보다가 1952년 4월 19일, 영부인 프란체스카 여사와 함께 전방 시찰을 떠나는 이승만 대통령의 승용차를 수류탄과 권총으로 공격하려다가 감시 중이던 수사요원들에게 검거되었다.

범인들이 묵비권을 행사하는 통에 자세한 신원은 현재까지 확인되지 않고 있으나, 범행 동기는 "휴전회담을 적극 반대하는 이승만 대통령을 제거함으로써 휴전회담을 공산 측에 유리하도록 유도할 목적이었다"고 진술하였다.

이들은 철저히 마르크스·레닌주의를 신봉하는 자들로서 조사관의 취조에 매우 비협조적이며, "너희들은 임 장군의 '시장작전'으로 곧 멸망할 것이다"라는 등의 욕설을 서슴없이 퍼부었다. 특히 여자 범인 사수령은 더욱 표독했다. 이들 남녀 범인들은 검거 당시 3천만 환의 공작금, 체코제 권총, 미제 수류탄을 소지하고 있었다.

"……시장작전!?"

"네. 아마도 범인들이 극도로 흥분하여 수사관에게 실수로 흘렸다고 생각됩니다만, '임 장군의 시장작전'이라는 말이……."

"임 장군이란 임표를 지칭한 말이겠지."

"그렇게 생각합니다."

"그들은 현재 어디에 있는가?"

"부산 헌총 제5부에 있답니다."

"……그러니까 휴전회담을 공산 측에 유리하게 이끌기 위해서……?"

"네, 거기에 시장작전이라는 것이 작용하고 있는 것 같습니다."

파일 박스로 간 스톤은 서류철을 하나 꺼내들었다.

"여보게 벤슨 중위! 약 2개월 전부터 한국 서해안의 대동강 하구 부근 어디에선가 이상한 전파가 발사되고 있네."

벤슨 중위는 스톤이 내민 서류를 받아들었다. 서류에는 물음표가 그려져 있었다. 벤슨은 읽어 내려갔다.

"홍콩 교신, 3월 26일."

"음, 처음으로 전파가 잡힌 것이 3월 26일이지."

"대만·오키나와 교신, 3월 29일."

벤슨 중위가 스톤을 바라본다. 스톤은 담배에 불을 붙이며 고개를 끄덕인다.

"요코스카 교신, 4월 5일."

"음, 다음은 서울·부산."

"부산은 4월 18일인데요. 그 부산에서의 암살 미수가 4월 19일 아닙니까?"

스톤은 생각을 굴리며 담배 연기를 길게 내뿜었다. 벤슨은 계속 읽어 내려갔다.

"표기지(豹基地), 4월 21일. 이건 한국 서해안의 백령도가 아닙니까?"

스톤은 그저 끄덕이기만 했다.

"……이건 뭐죠? 준비 여하, 회신 요망. 5월 1일인데요."

"음……. 그들의 노동절, 즉 메이데이지. 그리고 다음을 보게."

그 다음을 읽는 벤슨의 고개가 약간 숙여졌다.

"휴전회담 영향 있음. 준비 사항, 회신 요망. 5월 13일."

벤슨 중위는 천천히 고개를 들어 스톤을 바라본다.

"음……. 무엇인지는 아직 모르나, 이것은 단순한 대남 첩보공작이 아닌 것 같네."

"이 전파들도, 부산에서의 대통령 암살미수범들도 휴전회담에 비상한 관심이 있군요."

스톤은 대답 대신 천천히 몸을 일으켜 창밖의 먼 곳을 바라보며 혼잣말처럼 중얼거린다.

"……그렇다면, 그 중국인들이 실수로 발설했다고 믿어지는 소위 '시장작전'이라는 것은 무엇이며, 그 전파들이 초조하게 기다리는 회신은 무엇이며, 또 그들은 어디에 있는 것인가?"

방 안을 서성이던 스톤은 테이블 위의 버튼을 눌렀다. 여자의 목소리가 나왔다.

"네, 중령님."

"액션 유니트(Action Unit)의 스티브 대위와 던 대위를 내게 보내도록."

벤슨 중위가 스톤에게 물었다.

"스티브와 던 대위는?"

"음, 한국 출신들인데 그들의 중국어 실력은 대단해."

"아, 중령님은 그들을 부산 헌병총사령부에 보내실 생각이시군요."

"그렇다네."

스톤은 대형 입체 작전지도 앞에 서서 한국의 서해안 쪽을 응시했다. 벤슨도 다가와서 지도를 본다. 스톤은 벤슨을 의식한 듯 손을 들어 대동강 하구를 중심으로 한 큰 원을 그려 보였다.

"전파들은 이곳 대동강 하구 어디에선가 발사되는 것이 분명한데……."

스톤은 백령도를 손으로 가리키며 말했다.

"표기지(Leopard Command)는 여기고, 사령관으로는 버그(Burg) 소령이 나가 있지. 한국 해병 도서부대도 연대 본부를 두고, 북방의 초도(椒島)와 석도(席島)에도 해병부대를 주둔시키고 있어. 그리고 표기지 사령부에서는 북에서 피난 나온 반공청년들을 유격군(遊擊軍)으로 편성해서 지휘하고 있네."

표기지 사령부는 성격상으로 대민(對民) 군사기관의 임무를 띠고 있었으나, 반공유격대에게 무기와 식량, 기타의 보급을 지원하면서 작전을 전개하고 있었다. 부대 명칭도 동키·타이거·드래건·울프 등 다양하게 불리는 이들 유격군들은 장장 1,500킬로미터 이상의 굴곡진 해안선에서 취약점만 보이면 지체 없이 적지로 파고드는 상륙전을 감행하는 임무를 띠고 있었다. 그래서 공산군은 대동강 이북과 이남 해안에 각각 1개씩의 해안 방어 사단을 못 박아두지 않으면 안 되었다.

뿐만 아니라 이 섬들에는 유격대와 해병부대 외에 정보부대들이 들어와 있었다.

코트·선데이·파인애플·크리스마스·위스키 등의 장난기 어린 이름들과 한국 육해공군 정보부대의 40여 정보기관들이 각각 공작을 전개하고 있었다.

백령도는 이러한 정보기관이나 유격대들의 전진기지(前進基地)였으며, 더욱 중요한 것은 이 섬이 서해상의 섬으로는 한국 정부의 행정력이 미치는 최북단의 섬이었기에 이북에서 피난 나온 사람들이 제일 먼저 찾아드는 곳으로서, 서해지구 민사처가 있어 난민구호사업을 펼쳐 피난민들의 보금자리이기도 했다.

노크 소리가 나며 문이 열렸다. 자네트 상병의 안내로 들어선 스티브(Steve) 대위와 던(Don) 대위가 깍듯이 거수경례를 붙였다.

"부르셨습니까, 중령님!"

"음 ― 스티브, 던. 어서 와. 이쪽은 벤슨 중위. 이쪽은 A.U.(Action Unit, 액션 유니트)의 스티브와 던 대위."

"반갑습니다."

"반갑습니다. 방금 중령님으로부터 두 분의 중국어 실력이 대단하다는 말씀을 들었습니다."

"아 ― 네, 조금합니다."

"자네들, 지금 그 중국어 실력으로 부산에 다녀와야겠어."

"네? 부산입니까?"

"음, 왜 싫은가?"

"아닙니다. 부산…… 좋습니다."

"하하, 이 친구들 엉뚱한 생각부터 하고 있구먼."

"아, 아닙니다. 그런데 무슨 일입니까, 중령님."

"……음. 부산에 있는 한국군 헌병총사령부 제5부에 가서 이승만 대통령 암살미수범들을 직접 만나보고 와야겠어. 그들은 중국인들이야. 자— 여기 그들 신원이 있네."

스톤은 메모지에 중국인 범인들의 신원을 적어 주었다.

"부산의 헌병총사령부에는 스캡(S.C.A.P.: 유엔군 총사령부)*에서 연락해 놓도록 조치하겠어."

"네, 알겠습니다."

"떠나기 전에 상황실에 들러 상세한 내용을 듣고 가도록 하게."

스티브의 본명은 안성호(安成浩)이며, 던은 김기복(金基福)이었다. 이들은 X-1 A.U.에서 다방면에 걸친 기량과 능력으로 크게 인정받고 있었다. 스티브와 던 대위가 나간 뒤 스톤은 방 안을 서성이기 시작했다.

"……그 중국인 범인들은 임표(林豹)의 시장작전(市場作戰)이라는 것을 실수로 발설했다가 입을 굳게 다물고 말았다……. 도대체 무엇이기에 그렇게 입을 다물고 있었을까? 또, 그 이상한 전파가 초조히 기다리는 회신이라는 것은 무엇일까? 누구일까?"

"……."

대답 없이 벤슨 중위는 자기 손가락 사이에서 피어오르는 담배 연기만을 무심히 보고 있다. 스톤도 담배를 뽑아서 입에 물려다가 문득 생각난 듯 캐비닛 쪽으로 가더니 두툼한 또 다른 파일을 꺼내왔다.

"벤슨 중위! 우리 우선 중국인 남녀가 실수로 발설했다고 믿어지기는 하나 그 '시장작전'이라고 하는 것과, 현재 진행 중인 휴전회담에 초점을 맞추어 이것들을 검토해 보자구."

두 사람은 그동안 각 부서에서 스톤에게 회부되어 온 정보들을 검토하기 시작했다.

정보라는 것은 관련이 있음직한, 때로는 전혀 엉뚱한 정보의 조각들을 구슬 꿰듯이 맞추어 보아야만 비로소 하나의 확연한 모습이 드러나곤 한다.

여기 한 조각의 정보가 있다. 그것만으로는 아무 의미도 없거나 없는 듯이 보인다. 그러나 그 한 조각의 정보가 확실하기만 한다면, 그것이 관련돼 있는 전체의 테두리 속에서 어디에 위치하며 어떻게 연결되는가를 추적해야 한다. 그리해야 비로소 윤곽이 드러난다.

체인 인스펙션(Chain inspection) — 정보분석 및 추정분석 방식의 하나이다.

스톤 중령과 벤슨 중위는 체인 인스펙션 놀이를 시작한 것이다. 두 사람은 손발이 척척 잘 맞았다. 그들은 시간 가는 줄을 몰랐다. 문이 열리고 자네트 상병이 점심식사 시간임을 알렸다.

스톤은 일어나 멀리 창 너머로 시선을 던졌다가는 대형 모형도 앞으로 다가갔다. 그리고 이상한 전파가 발신되고 있다고 믿어지는 대동강 하구를 중심으로 한 지역을 들여다본다.

스톤의 뒷모습을 바라보던 벤슨 중위가 몸을 일으키며 말했다.

"……현재 그들이 하려하고 있는 남해작전에 대한 군사적 조치들은 이미 극비리에 진행되고 있는 것으로 알고 있습니다."

스톤은 등 뒤의 벤슨 중위의 이야기를 들으며 그대로 대형 모형도

의 황해 한가운데를 손을 펴 짚어보며 남으로 죽― 내리며 신음하듯
말했다.

"음― 그래야겠지."

그러고는 다시 대동강 하구로 시선을 던진 스톤은 천천히 해안을
따라 남으로 손을 내리기 시작했다. 거기에는 황해도의 정겨운 고향
땅이 펼쳐져 있었다. 금산포(金山浦)·은율(殷栗)·구월산(九月山)……

스톤은 깊은 생각에 잠긴 채 한동안 그렇게 서 있다.

위이― ○ 위이― ○.

울창한 파란 잎사귀들이 온 동산을 뒤덮고 있는 과수원의 나무 사
이를, 아직도 지지 않은 꽃들을 찾아서 벌들이 이리 날고 저리 날며
부지런을 떨고 있다.

전쟁 중이라고는 하나 이곳 황해도 은율의 봄은 참으로 조용하고,
어떻게 보면 평화스러웠다. 간혹 하늘을 가로질러 남쪽에서 북으로,
또는 북에서 남으로 날아가는 유엔 공군기들의 소음이 있기는 했으
나, 이곳 은율 교외의 한갓진 과수원에서 볼 때는 아무런 상관이 없
는 정경이었다.

항공기들은 아마도 남쪽의 유엔군이나 한국군 기지로부터 발진하
여 평양이나 그 부근의 인민군 부대 또는 기지를 공격하고 돌아가는
것이리라. 지금도 막 유엔군 전폭기 편대들이 유유히 남쪽 하늘로
사라져 가고 있었다. 과수원 한 구석에서 무덤을 다듬고 있던 인민군
군관 황일선(黃一善) 중위는 적개심 어린 눈으로 사라져가는 유엔 전
폭기들을 노려보며 이마의 땀을 훔쳤다.

황 중위와 같이 땀을 흘리던 윤일규 특무장도 역시 이마에 흐르는 땀을 훔치며 남쪽 하늘을 흘겨보았다.

"간나 새끼들……."

황 중위는 저만치 서서 고개를 숙인 채 흐느끼고 있는 백선희를 연민 어린 눈초리로 바라보고는 거칠게 다듬어진 나무로 된 묘비를 집어 무덤 앞에 꽂았다. 그리고 상의를 집어 들고는 천천히 백선희에게 다가갔다.

"……자 — 선희 동무, 그만 내려갑시다."

가볍게 선희의 어깨에 얹은 황 중위의 손이 더욱 흔들렸다.

무덤 뒷손질을 하던 윤일규 특무장이 두 사람을 바라보며 말했다.

"황 중위님과 같이 먼저 내려가세요. 제가 마저 마무리하고 내려갈 테니까요."

지금까지 참았던 슬픔이 일시에 터지기라도 하듯 더욱 구슬피 흐느끼는 백선희를 황 중위가 껴안듯이 부축하고 내려갔다.

"자 — 선희 동무, 이제 그만 진정해요."

"흑흑…… 이제 저는 어떻게 해요. 흑흑…… 어머니도 돌아가시고, 저는 이제 저 혼자뿐이에요."

"선희 동무! 너무 그렇게 상심 말아요. 내가 있지 않습니까?"

"흑흑…… 황 동무께는 정말, 정말 고마워요. 허지만…… 흑흑 흑……."

"자 — 이제 그만 진정해요, 선희 동무. 돌아가신 분은 돌아가신 거고, 산 사람은 산 사람대루 살아야지요. 이러다가 선희 동무까지 쓰러지면 어쩌려고 이러십니까?"

그러나 선희는 쓰러지듯 매달려 마구 흐느꼈다. 황 중위가 그녀를 힘껏 껴안았을 때 백선희는 황 중위의 품을 파고드는 슬픈 한 마리의 어린 양이었다.

"……선희 동무! ……선희 동무!"

황 중위의 위로의 소리가 차라리 탄식이 되어 새어나왔다.

한동안을 그렇게 황 중위 품속에서 몸부림치던 백선희는 차차 감정을 정리하였다.

"흑흑…… 황 중위님…… 어머니는 오빠 소식도 못 들으시고…… 눈을 감으시면서도…… 마지막 눈을 감으시면서도 제 걱정 때문에…… 흑흑…… 더욱이 이런 두문벌(杜門罰) 중에 돌아가시다니…… 흑흑…… 어머니……."

"……선희 동무! 선희 동무 같은 집에 두문벌을 내리다니 나도 참으로 안타깝소. 더구나 나이 많으신 어머니와 단둘이 모녀만 사는 집에 출입을 금하는 두문벌을 내렸으니 그동안 얼마나 괴로웠겠소. 아무도 들어올 수도 나갈 수도 없는, 그러한 두문벌을……. 그러나 선희 동무, 너무 근심 마오. 내가, 이 황일선이 조만간에 어떻게 하든 두문벌을 풀도록 힘써 보겠소. 그래야 우리 결혼도 상신하지 않겠소? 자 ― 선희 동무, 기운을 내요."

"……고마워요. 황 동무! 허지만 어머니가 돌아가신 지금 오히려 두문벌을 받고 있는 것이 마음 편해요. 저 혼자 집에 있으면 되니까요. 흑흑……."

황 중위는 다시 백선희를 꼭 껴안으며 나직이 속삭였다.

"선희 동무! 그렇게 마음을 약하게 가지면 안 돼요! 기운을 내요.

기운을…… 나를, 이 황일선이를 믿고 기운을 내요. 나는 선희 동무를 진정으로 사랑하고 있소.”

“……황 동무! 황 동무, 고마워요.”

백선희는 황 중위의 가슴에 얼굴을 파묻으며 진저리치듯 울부짖었다. 황 중위는 다시 한 번 있는 힘을 다해 선희를 껴안으며 선희의 귀뿌리에 뜨거운 입김을 내뿜었다.

“선희 동무! 사랑하오! 사랑하오!”

이들 두 사람의 머리 위로 또 한 차례 항공기들이 요란한 소리를 내며 날아갔고, 한 방울, 두 방울 빗방울이 이들의 머리를 적시고 있었다.

한국 동남단 제일의 항구도시 부산(釜山).

전쟁이 발발하여 대한민국 정부가 피난을 하게 된 지금, 부산은 임시수도가 되어 있었다.

해운대(海雲臺) 너머 바다에 면한 수영 비행장이 있었다. 공수되어 오는 병력·장비 등은 거의 이 비행장으로 들어 왔다.

이날 밤, 이곳 수영 비행장에도 비가 내리고 있었다. 활주로의 빨간 유도등이 비에 젖어 유난히 아름답게 보이는 밤 9시경, 대형 수송기 한 대가 착륙하고 있었다. 수송기에서 미군들이 쏟아져 나왔다. 그들은 에이백(A-bag)과 개인화기(個人火器)들을 들고 메고 트랩을 내려왔다.

이 국방색의 미군들 사이에 민간인 신사복 차림의 한국 젊은이 둘이 내려왔고, 대기하고 있던 지프가 두 사람을 싣고 빗속을 미끄러지며 비행장을 빠져나갔다. 지프는 빗속을 뚫고 부산 시내로 들어갔다.

전쟁 중이라고는 하나 임시수도 부산의 밤거리는 요란하게 북적거리고 있었다. 명멸하는 네온, 오가는 차량의 불빛들은 젊은이들을 사로잡기에 족했다. 벌써 술에 취해 비틀거리며 밤거리의 원색의 아가씨들을 양팔에 껴안고 대로를 가로지르는 미군 수병들도 보였다.

두 사람을 태운 지프는 헌병총사령부 정문으로 빨려 들어갔다. 두 사나이는 곧바로 사령부 제5부장 김진우(金辰宇) 중령 방으로 안내됐다. 김 중령이 기다렸다는 듯 반기며 이들을 맞았다.

"어서 오시오. 스캡(S.C.A.P.)에서 연락을 받고 기다리고 있었소. 나 5부장 김진우요."

"스티브 대위입니다."

"던 대위입니다. 이렇게 늦게까지 기다리시게 해서 죄송합니다."

"아니오. 자, 앉읍시다. 그 사건을 담당했던 조사과장과 조사관을 소개하겠소."

서로 목례하고는 다섯 사람이 소파에 둘러앉았다.

조사과장이라고 소개받은 자가 서류를 내밀며 스티브와 던 대위에게 말했다.

"이것이 그들에게서 얻은 자료입니다."

서류를 받으며 스티브가 말했다.

"아 ― 자료는 이미 보고 왔습니다. 저희들은 그들을 직접 만났으면 합니다."

잠시 말을 멈추고 자세를 가다듬은 조사과장은 뱉듯이 말했다.

"그들은 죽었습니다."

한순간 이들 모두는 전기에 감전된 듯 잠시 서로를 아무 말 없이 응시하였다.

"······죽었다구요?"

"······."

"그렇소. 그들은 자살했소."

팔짱을 낀 김 부장이 무겁게 대답했다. 스티브와 던은 순간 서로 마주보고는 조사과장을 향해 물었다.

"둘 다 말입니까? 남녀 다······."

"네 ─."

과장이 괴로운 듯 대답했다.

이때 조사관이라고 소개된 사람이 나섰다.

"특히 사수령이라는 여자는 표독스러웠습니다. 그녀는 우리들의 집요한 심문에 대단히 비협조적이었습니다. 그리고 저희에게 쏟은 갖은 욕설 끝에 '너희들은 임 장군의 시장작전으로 곧 멸망할 것이다'라는 말이 튀어나왔던 것입니다."

"······."

"······."

"그러자 그녀는 당황했고, 제가 임 장군은 누구며, 시장작전이 뭐냐고 다그치자 그간의 표독스러움도 다 잊은 듯 묵비권을 행사하기 시작했습니다. 그랬는데 다음 날 시체로 발견됐습니다."

일순 침묵이 흘렀다. 마침내 스티브가 입을 열었다.

"······알겠습니다. 그러면 심문조서 사본과 사진, 또 시체 해부 검안서를 카피해 주시면 고맙겠습니다."

“알겠습니다. 곧 해 오겠습니다.”

그리고 나서 다섯 사람은 암살미수범들의 심문과정과 심문 때의 언동과 표현 등에 대하여 자세한 얘기들을 나누었다.

사령부 제5부장 방에는 밤늦게까지 불이 환하게 켜져 있었다.

제2부

과수원의 봄

5

"그 부산의 중국인 남녀는 스스로 목숨을 끊었다는 보고요."

"……."

쏴 —.

오키나와 해변의 후끈한 바람이 활엽수 사이를 뚫고 길게 여운을 남기며 사라졌다.

스톤과 벤슨 중위의 발자국 소리만이 이름 모를 새들의 지저귐을 잠깐잠깐 멈추게 하고 있었다.

"저 수평선 너머에 중령님의 조국이 있겠지요?"

스톤은 발걸음을 멈추며 깊은 한숨을 토했다.

"……우리 민족이 일찍이 겪어보지 못한 처참한 전쟁이 지금 그곳에서 벌어지고 있지를 않나."

두 사람은 다시 숲 속을 말없이 걸었다.

"벤슨 중위는 사령관 각하께서 언명하신 저들의 '새로운 형태의 유격전' 양상을 어떻게 보고 있나?"

"……글쎄요. 우선 이번 경우는 피부·언어·관습이 같은 북한 공산군이 주축이 되고 있고, 또한 한국의 남서해안이 목표라고 볼 때에, 물론 그쪽이 아니고서는 다른 곳을 생각할 수도 없기는 합니다만, 산악에서의 게릴라전이 아니고 인구가 밀집되어 있는 중소도시를 거점으로 삼을 것입니다."

"바로 그 점이네. 그럴 경우 게릴라전은 상대의 무기와 병력을 무력화시키는 특성을 가지고 있질 않나."

"네. 도시 속에서 게릴라전의 정수는 1차적으로 방화와 소란에 의한 일대 교란이겠지요."

"포화 상태로 인구가 밀집한 도시에서 적과 아군의 식별이 불가능한 게릴라전의 양상은 끔찍한 것이지."

수평선에 시선을 꽂은 채 스톤이 계속 말을 이었다.

"한국 사람들이 주로 입는 옷은 팔·다리·허리 부분에 여유가 많아서 개인화기라든가 수류탄 등 무기·폭약류를 휴대하기에 용이하게 되어 있지. 그리고 그 한국 옷들은 만들기가 아주 간단하네."

"저도 지금 그 점과 관련해 생각하고 있었습니다."

"―중공이 현재 본토 전역에 걸쳐 한반도 출신 청년들을 징집하고 있다는……."

"바로 그 점입니다. 그들의 한국계 청년 징집의 명분은 소위 조국

해방전쟁에 참여하고 있는 중국 의용군의 병력 보충을 위함이라는
것입니다.”

“음……”

“신빙성이 대단히 높은 정보인 것 같습니다. 사사키(佐佐木) 대좌
팀의 회보였습니다.”

“그랬지. 사사키 대좌는 불과 7년 전까지만 해도 일본 관동군 사령
부 고급 참모였던 사람이니까.”

“아, 네. 그랬었군요.”

“아마 일본군 대본영 참모부에도 있었지.”

“네……. 그리고 그뿐 아니고, 대만해협 금문도(金門島)로 탈출해
온 본토의 피난민들도 같은 정보를 제공하고 있습니다.”

“중공(中共) ― 그들로서는 능히 할 만한 일이지. 지난날 일본제국
시대에 중국 대륙에서 한국 독립을 위해 싸웠던 한국인 부대들 가운
데 모택동 공산군과 관련된 부대들을 1945년 일본이 패했을 때부터
북한으로 보냈고, 이들을 김일성과 소련 진주군이 실전 경험이 있는
장병들을 근간으로 해서 소위 38보안대·철도보안대 등의 이름으로
편성했지. 후일 인민군이 된 보안간부학교 등이 됐지만 말일세……”

“……그러니까 한마디로 너희 나라에 가서 너희 조국해방전쟁에
협력하라, 그것이겠군요. 명분이 뚜렷하잖습니까?”

“음……. 벤슨 중위!”

“네.”

“지금 중국 본토 내의 한국계 청년들에 대한 징집과 맥이 통하는
성격의 정보인데……”

"아, 중령님. 그 대흥안령(大興安嶺)이라는 산속의 일본군……."

"그렇다네. 중국 동삼성(東三省) 행정위원회가 대흥안령에 잠입해 있는 7년 전의 일본 관동군 패잔병 약 3천 명을 특별사면하고 전투부대로 전용할 것을 협의 중이라는 정보가 보고된 바 있지."

"네, 그것도 사사키 대좌 팀의 정보회보였습니다. 봤습니다."

"지난 번 사사키 대좌가 도쿄에 갔을 때 가지고 온 정보인데, 지금 현재 도쿄에는 지난날 만주국 고관을 지낸 사람들이 만든 일만협회 (日滿協會)라는 것이 있다는구먼."

"……."

"소련군이 제2차 세계대전 말에 갑작스레 만주로 쳐내려왔기 때문에 일본 관동군은 열흘도 못 돼서 괴멸했지. 그러니 수많은 일본인들이 아직 만주에서 일본 땅으로 돌아오지 못하고 있는 실정이네. 민간인도 민간인이지만, 미리 퇴각하지 못한 관동군 보병부대의 일부가 소련군에 끌려가서 시베리아 포로수용소에서 중노동을 하느니 차라리 목숨을 걸고 싸우자고 결의하고, 일본군 대본영의 관동군 해체·항복 명령에 불복하고 만주 대흥안령 삼림 속으로 숨어든 것이지."

"일본군 — 답군요……."

"그들이 산속에서 모자라는 물자나 식량을 중국 특유의 비적질로 약탈해 가거나, 마적 떼처럼 훔쳐 가니까 동삼성 행정위원회로서는 치안 면에서 여간 골칫거리가 아니라는 것이지."

"그렇다면 그 일본군들을 귀순시켜 전투부대로 전용, 활용한다는 논리인데, 그거야말로 일거양득(一擧兩得)의 결과인 셈이군요."

"음…… 지금이 1952년이니까 7년 전의 관동군 패잔병 부대라면 아직도 전투력이 있다고 보아야겠지."

"그러니까 어떠한 작전에 이용하고 그 대신 너희들은 고국인 일본으로 보내주겠다! 그것 참 굿아이디어로군요."

"그들에게는 참으로 굿아이디어지."

"저는 상당히 실행 가능성이 있다고 보는데요……."

"음, 나도 그렇게 생각하고 있네."

"그리고 최근 회보된 정보로는 중공 당국이 홍콩의 중공계 해운회사를 통해서 일본으로부터 1천 톤급 이하의 낡은 선박들을 사들이려 교섭하고 있다는 것입니다. 그리스와 노르웨이 선박회사들과도 해외 화교망을 통해서 같은 교섭을 진행하고 있고요. 한편으로는 200~300톤급 이상의 정크선을 동원하기로 결정했다고 합니다."

"그러나 현 시점에서 볼 때 선박 구입 교섭 같은 것은 우리를 속이려는 양동작전의 일환으로 파악해야 할 것일세."

"그렇다면 결론적으로 병력이 있고 배가 있다는 이야기가 되지요."

스톤은 벤슨을 바라보며 서늘한 눈매를 굴렸다.

"막강한 병력이 바다를 건너올 수 있다는 얘기가 되지."

벤슨 중위는 새삼 확인하듯 물었다.

"지금까지도 그들의 정크선이 산동성에서 연안항로를 따라 북한으로 보급품을 실어 나르고 있었죠?"

"압록강 하구에서 이쪽 해상공작대가 그들의 정크선을 나포하기도 했었지."

"……네."

"작년 11월인가, 신미도라는 섬에 본부를 둔 이쪽 유격대의 해상공작대가 250톤급 중공 정크선을 나포한 적이 있지. 그때 정크선에 적재했던 화물은 밀가루·수수·광목 등이었네.”

“그랬었군요.”

“그 다음, 올 3월에는 소금·콩기름, 상해에서 제조된 건전지·농구화 등이었네.”

“생활필수품들이었군요.”

“음, 아직은 해상으로 무기·탄약 또는 병력을 수송한 흔적은 없어.”

“네 ―. 무기·탄약·휘발유 등의 물자는 육지를 통해서 국경을 넘어 수송되고 있습니다.”

X-1의 모든 부서의 전략작전관들은 동일한 과제를 놓고 귀일(歸一)하는 답을 얻어내기 위해 혈안이 되어 있었다.

X-1의 기구 구성을 살펴보면, 4성 장군의 사령관과 그를 보좌하면서 모든 업무를 실질적으로 통괄 지휘하는 3성 장군의 참모장 겸 작전부장(Staff General), 그 밑에 각 부 단위로 나눠진다. 부장은 대체로 소장급이 맡고 있으며, 각 부장 밑에는 대령급의 전략정보관·전략작전관, 그 밑에 47명의 보좌관들로 구성되어 있었다. 그리고 정보·작전 양 전략관을 돕는 약간 명의 고문관들이 있었다. 스톤은 X-1 제3부의 전략작전관이었다.

문이 열리며 보좌관 한 명이 들어왔다.

“다른 부에서는 아마 대강의 실마리가 잡혀 확인에 나서는 모양입니다."

스톤은 빤히 그를 보며 고개만 끄덕인다.

"적의 남해작전 전개에 필수적이라고 판단되는 공작원 남파를 전제로 혹시 그러한 자들이 체포된 남파 간첩 속에 끼어 있을까 해서 서울의 치안국이나 한국군 특무부대 등에 보좌관들을 보내서 뒤지는 모양입니다."

스톤은 시선을 창 너머 석양에 던지고 시가에 불을 붙인다.

"또 제5부에서는 한국 남해안의 거제도 포로수용소를 중점적으로 파기 시작하는 모양입니다."

스톤은 시가를 비벼 끄고는 긴 한숨을 토했다.

"그렇지. 물론 저자들이 남해작전을 전개할 때에는 거제도가 중요시되겠지. 자기들 포로를 우선 풀어서 하나의 거점으로 삼으려 할 것은 분명해. 그러나 그 점은 작전 전개의 지엽적인 문제야. 그렇지 않아도 거제도에서는 전쟁사상 유례가 없는 어처구니없는 사태가 벌어지고 있지를 않은가. 수용소장이라는 장군이 포로에게 포로가 되고……. 그들은 포로가 아니라 오히려 주인 행세를 하고들 있어."

이때 부장이 들어왔다.

"어 — 스톤, 커피나 한 잔 주게."

"네."

보좌관이 벌떡 일어섰다. 부장은 스톤 옆에 앉으며 말을 건넸다.

"여보게 스톤! 저쪽의 사사키 대좌하고 다른 부에서는 대충 실마리를 잡아가는 모양이던데 —."

"네, 듣고 있었습니다."

"사사키 대좌 팀은 아마 중공 연안의 공해상(公海上)에서 잠수함으로 남해작전의 징후를 점검하는 모양이더군."

"네 ― 하긴, 적의 남해작전은 현재 블라디보스토크에 기지를 둔 소련 극동함대의 지원 없이는 거의 불가능하리라는 판단이 가기는 합니다만……."

"음 ― 하지만 아직은 전부가 원점을 벗어나지 못한 것 같더군. 핵심을 향한 실마리를 잡아야 하는데……. 문제는 지금부터야. 스톤, 건강을 해치지 말게. 쉬면서 하라구."

커피를 받쳐 들고 들어오던 보좌관은 바람처럼 나가는 부장을 보며 조용히 문을 닫고 나갔다.

무언가 형언할 수 없는 감정이 스톤을 엄습했다.

5월도 하순에 접어든 남서 태평양의 밤바다는 유난히도 검푸르렀다. 평소에 별로 즐기지 않던 위스키를 스트레이트로 연거푸 마시고 해안의 숲가에 서 있는 스톤의 눈에 바다는 더더욱 검푸르게 보이는 것인지도 몰랐다.

그 바다는, 그 파도는, 그 바람은 일주일 전의 스톤을 포근하게 감싸주던 것들은 이미 아니었다.

집무실로 들어온 스톤은 잠을 청할 생각으로 다시 브랜디 몇 잔을 연거푸 마신 참이었다. 향기와 취기에 어려 나른한 몸을 소파에 묻은 그의 눈에 방 한쪽에 크게 자리하여 비스듬히 누워 있는 입체 모형도가 들어왔다. 한국을 중심으로 한 극동의 대형 입체 모형도였다.

자기가 태어나서 자랐고 어린 시절 학교 다니고 노닐던 고향땅인 황해도의 정겨운 모습이 뚜렷이 떠올랐다. 엄마랑 누나랑 노닐던 은빛 모래의 강변, 갈대의 숲들, 그물마다에 그득그득 올라오던 금빛 고기들…….

고향땅의 모든 것들이 스톤의 취기 어린 눈가에 선명하게 너무도 선명하게 떠오르는 것이다. 스톤은 고향땅의 모든 것을 놓치지 않으려는 듯, 언제까지고 잡아두려는 듯 입체 모형도 앞으로 걸어갔다. 산과 들, 그리고 크고 작은 하천들이 스톤의 시야에 점점 그 선명도를 더하면서 떠올랐다.

다음 순간, 그는 환각에서 깨어났다. 모형도에는 고향땅을 중심으로 한 무수히 많은 각종 북한 공산군과 중공군 부대의 주둔과 배치를 알려주는 표지와 그에 상응하는 단대호(單隊號)가 다닥다닥 꽂혀 있었다.

늘 보아 오던 것이었으나 오늘 이 순간에 그것들이 새삼 그의 마음을 왜 그렇게 뒤흔들고 있는지는 스톤 자신도 알 수가 없었다.

시선을 거두어 창가로 가려던 스톤은 걸음을 멈추고 무엇에 홀린 사람처럼 그 자리에 우뚝 서 버리고 말았다.

잠시 서서 자기를 멈춰 서게 한 것이 무엇인가를 생각했다. 다시 모형도를 향해 돌아섰다. 눈에 익은 해안선들과 섬들이 보였다. 황해로 길게 뻗어 나온 장산곶(長山串)으로부터 다시 해안선을 따라 거슬러 올라가 보았다.

은율을 끼고 도는 해안이 보였다. 그렇다. 서해리(西海里) 반도, 그리고 그 돌부리가 거기에 있었다. 최근까지는 그 자리에 없었던 북한 해군부대 주둔 표지가 꽂혀 있는 것이 아닌가.

스톤은 가까이 가서 다시 들여다보았다. 분명 못 보던 북한 인민군 해군 표지였다.

'……아니 여기에 웬 해군부대가 있어? ……왜 있지? ……언제부터 있었나?'

스톤은 어린 아이들이 모처럼 얻은 장난감을 보듯 요모조모 뜯어보기 시작했다.

정규 해군부대가 주둔할 이유도 조건도 찾지 못한 스톤은 곧 시들해지고 말았다.

'……해안경비부대…? ……그럴지도 ……모르겠군?'

스톤은 다시 암울한 심사가 되어 창문을 열어젖히고 밀려오는 남국의 바닷바람을 가슴 깊이 들이마셨다. 숲 사이로 보이는 바다는 달빛에 반사되어 황홀하게 은빛으로 빛나고 있었다.

고향 바다, 그리고 서해리 해안을 떠올려 보았다. 지금 막 보았던 작은 해군 표지가 꽂혔던 지점을 떠올려 보았다.

아무리 생각해 봐도, 그나마 '해안경비부대'로서 놓고 보아도 부대가 주둔할 조건과 위치가 아니지 않는가.

스톤은 무엇에 끌리듯이 다시 입체 모형도 앞으로 가 그 의문의 해군부대 표지를 내려다보았다. 표지는 그대로 꽂힌 채 스톤을 비웃고 있었다.

머리를 흔들며 다시 멀리 창 너머 숲 사이로 밤하늘을 바라보는 스톤에게 취기라곤 이미 가시고 없었다.

잠시 그렇게 서 있던 스톤은 마침내 자리로 돌아와 그쪽 지역 담당 정보 보좌관을 부르는 인터폰의 버튼을 눌렀다. 대기 근무하고 있던 당번이 즉각 나왔다. 스톤은 그 지역의 좌표를 불러 주고 그 북한 인민군 해군부대에 대한 정보를 조회했다. 그러나 답변은 너무나 싱거운 것이었다.

"네― 그 북한 인민군 해군부대에 관해서는 상세한 정보가 수집되어 있지 않습니다. 다만 최근에 있었던 고공정찰에서 얻어진 촬영 자료에 의해서 꽂아 놓았을 뿐입니다."

스톤의 눈망울은 더욱 의심스럽다는 듯,

"그렇다면…… 그것은 도대체 뭐란 말야?"

혼자서 중얼거리며 인터폰 스위치를 끄고 돌아서는 순간, 스톤에게 예사롭지 않은 야릇한 느낌이 스쳐갔다.

무언가 이상하게 다가오는 예감 같은 것을 억제하며 서성거리는 그의 눈동자는 무섭도록 빛났다. 시계가 새벽 1시를 가리키고 있었다.

직업의식이 그렇게도 무서운 것이란 말인가. 전략정보관인 맥퀸 (Macquinn) 대령이 가운 차림 그대로 스톤의 방으로 들어섰다.

무슨 냄새를 맡았는지 맥퀸 대령은 오랜 경험과 노련한 감각으로 스톤 중령에게 무슨 일이냐고 눈으로 묻고 있었다. 스톤이 입체 모형도 위를 가리켰다.

"맥퀸 대령님, 여기 없던 것이 하나 생겼는데요? 인민군 해군부대 가요."

"북한 인민군 해군부대?"

가운을 여미며 다가와서 한동안 들여다본 맥퀸 대령이 고개를 갸우뚱거렸다.

"글쎄……. 이게 무슨 해군부대지?"

그도 아는 바가 없었다.

맥퀸 대령은 대기 중인 당번 보좌관을 다시 불러 그 해군부대에 관한 정보를 각급 예하 정보부대에 가장 빠르고, 가장 비밀스러운 방법으로 조회할 것을 지시했다. 그러고는 물을 따라 마시며 스톤을 응시하였다. 스톤은 두 손을 벌리며 어깨를 으쓱했다.

"나 원…… 별일이지. 저기 해군부대가 왜 있어?"

"돌아가셔서 주무십시오. 저도 좀 자야겠습니다."

"오케이…… 오케이……. 굿 나잇!"

눈을 감고 누웠으나 스톤은 잠을 이루지 못한다. 그의 망막에서 그 해군부대의 표지가 지워지지 않았다.

스톤은 시계를 보았다. 어렴풋이 새벽 3시를 가리키고 있었다. 이제는 그 의문의 해군부대 정체를 밝히지 않고는 그냥 넘어갈 수가 없게 된 자신을 인식하고 있었다.

그는 자리에서 일어났다. 절대로 삼가야 되는 영감(靈感)의 작용을 억누르려 했으나, 어느덧 가슴 한 구석에 깊이깊이 새겨진 의구심과 예감 같은 것을 어떻게 할 수가 없었다.

우선 비상대기 근무 중인 보좌관들만을 데리고 작업을 해 볼 생각으로 사무실을 거쳐 보좌관실 넓은 홀의 도어를 연 스톤은 그 자리에 우뚝 서고 말았다. 홀 안에는 이미 제3부의 보좌관 전원과 고문관들이 모여 있었으며 전략정보관 맥퀸 대령이 그들 가운데 있었다.

맥퀸 대령은 보좌관들과 이야기하던 시선을 흘깃 들어서는 스톤

쪽으로 던졌다.

"어— 스톤, 왜 좀 푹 자지 않고서……. 이리 와 앉게."

맥퀸이 가리키는 바로 옆 자리에 앉은 스톤에게 보좌관 굿펠로(Goodfellow) 대위가 커피 한 잔을 건네주었다.

"고맙네."

스톤은 커피를 한 모금 마시며 자기와 맥퀸을 둘러싸고 있는 보좌관들의 시선을 훑었다. 그때 블랙샌드(Blacksand) 중위가 방금 들어온 암호 전문을 풀어 왔다.

"맥퀸 대령님! 스캡의 윌로비(C.A. Willoughby) 장군 휘하의 각급 정보부대들 어느 곳도 아는 바가 없다는 회신입니다."

맥퀸 대령은 파이프에 불을 댕기고는 고쳐 앉았다.

"음— 여보게 스톤, 지금 이 시각까지는 그 해군부대에 대해서 알고 있는 곳이 없구면. 그 정체는 고사하고 거기에 해군부대가 있다는 사실을 아는 곳도 우리 X−1뿐이라는 결론일세."

시선들이 쏠린 가운데 보좌관들을 둘러본 스톤은 마시던 커피 잔을 내려놓았다. 홀 안은 자연스럽게 제3부의 '의문의 적 해군부대에 관한 분석 검토 회의'의 분위기가 되어가고 있었다.

스톤이 천천히 입을 열었다.

"……우리가 몰랐거나 최근까지 거기에 없었거나……. 어쨌든 그 자리에 현재는 적의 해군부대가 있는 것은 분명한데, 그 부대에 대해서는 기초적인 것도 알고 있는 바가 하나도 없다. 그리고 아군의 어느 기관도 그 부대에 대해 알고 있는 곳이 없다……. 이것은 생각하는 각도에 따라서는 오히려 더 큰 의혹을 자아내기에 충분하다고 생각되는 것이다."

굿펠로 대위가 그간에 분석 검토된 사항들을 간추려서 스톤에게 보고했다.

"……그 부대의 위치를 중심으로 한 입체 지도나 항공사진을 놓고 보아도 마땅히 있어야 할 함정(艦艇)이나 항만(港灣)시설은 물론, 그 밖의 조선(造船) 또는 수리(修理), 공작(工作) 따위의 시설조차 없을 뿐 아니라, 아주 작은 접안(接岸)시설도 없으며, 또 그러한 것들이 존재할 만한 지형도 못 됩니다."

스톤은 시가를 물고는 애초에 혼자서 생각하던 바를 상기하면서 가볍게 고개를 끄덕이며 경청하고 있었다.

"……그리고 또한 그 해역의 해도(海圖)에 나타난 수로를 보더라도 수심이 너무 얕은 데다가 조수간만의 차가 심하여 일개 연안경비부 대라고 놓고 보더라도 그럴 만한 요건이 구비되어 있지 못 합니다."

듣고 있던 스톤은 상반신을 뒤로 젖히며 깊숙이 앉았다.

"음……. 그러니까 그 지역의 여건상으로는 적의 해군부대가 주둔 할 아무런 이유가 없다……. 그런데 그곳에 적의 해군부대가 주둔해 있다……? 여보게! 거기에 적의 해군부대가 주둔하고 있다는 판단의 근거를 확인해 보았나?"

"네, 고공정찰 결과 그 지점에 왕래하는 해군 차량과 해군 군관들 의 모습과 보급차량들로 보이는 것들이 포착된 바 있습니다."

"음……. 거기에 있기는 있는데, 존재할 이유와 필요성이 없다……."

스톤은 아까부터 이 의문의 해군부대와 적의 남해작전과의 어떠한 관련성에 대하여 있을 수 있는 가능성에 마음이 쏠리고 있었다.

소파 깊이 묻혀 파이프를 빨고 있던 맥퀸 대령이 스톤을 보며 말을 꺼냈다.

"아까 윌리(Willy) 중위의 의견으로는 특수 통신부대의 주둔 가능성을 들더구먼."

스톤은 뒤쪽의 테이블에 걸터앉아 있는 윌리 중위를 쳐다보았다. 윌리 중위가 한 발 나서며 말했다.

"저……. 그것은 기술적으로 가능하다는 것뿐, 합당한 요건을 갖추고 있는 것은 아닙니다. 그 지역이 자성도(磁性度)가 상당히 높습니다."

윌리 중위는 전파 관리 담당 특별보좌관이었다.

"……특수 통신부대?!"

스톤은 신음처럼 되뇌었다. 블랙샌드 중위가 다가왔다.

"전략공군 정보부에서도, 서울 근교 오류동에 나가 있는 네코라스 부대로부터도 아는 바 없다는 회신입니다."

맥퀸 대령이 말을 받았다.

"그렇다면 적지에 들어가 있는 에이전트(Agent)들도 모른다는 것인데……. 그것 참 아닌 게 아니라 그놈의 부대가 이상하긴 하구먼."

스톤은 시가를 문 채 생각에 잠겼다.

'……하기야 여기 X-1에서 모르면 99퍼센트 다 모르는 것이긴 하나 혹시 어디선가 확인 단계에 있지나 않나 했었는데…….'

스톤은 이미 그 의문의 적 해군부대의 임무·성격 그리고 주둔 목적을 알아내야 할 필요가 있다고 생각했다. 그는 자기를 주시하고 있는 보좌관들을 향해 자세를 바로잡으며 결론지었다.

"— 지금까지의 결론으로는 첫째, 그 지점에 적의 해군부대가 주둔해야 할 이유가 없다. 둘째, 그럼에도 불구하고 해군부대가 그곳에 존재한다는 것은 현재 우리가 추적하고 있는 '남해작전'과 관련이 있을 가능성이 있다. 그 해군부대를 알아볼 필요가 있어!"

스톤은 일어서며 말했다.

"자 — 벌써 새벽이구먼. 눈들 좀 붙이시오."

이미 날이 밝아오고 있었다.

스톤은 자신의 집무실로 들어서며 피곤한 듯 머리를 쓸어 넘기고는 창가로 다가가 커튼을 젖히고 창을 열었다. 그러고는 기다렸다는 듯 불어 들어오는 상쾌한 새벽 공기를 깊이 들이마셨다. 저 멀리에는 지프들이 바삐 오가고 있었다.

모두 'M-1작전' 입안을 위해 소리 없이 개미 떼처럼 열심히 돌아다니고 있었다. 이들 X-1의 전체 요원들은 엄격한 시간성을 의식하고 있었다. 적의 가공할 남해작전의 실행 시기를 저마다 마음속으로 카운트다운하고 있었다.

계절풍이 적들에게 가장 유리하게 작용할 8월이 다가오고 있는 것이다. 이러한 때에 스톤은 미지의 해군부대 하나를 놓고 씨름을 시작하려 하고 있다.

물론, 그 해군부대가 유난히도 스톤에게 크게 보이는 것은 하나의 상황 가정이기는 하나, 쉽게 그 성격·목적 등이 부상하지 않음으로써 더욱 큰 의혹을 불러일으키는 것인지도 몰랐다.

문득 향기로운 커피향이 스톤의 코를 자극했다. 어느새 자네트 상병이 커피 잔을 받쳐 들고 스톤의 뒤에 서 있었다.

"오— 고맙군, 자네트 상병도 좀 자 둬야지."

"중령님, 이제 좀 눈을 붙이셔야죠."

"음—."

자네트는 스톤의 심사를 읽었는지 아무 말 없이 조용히 물러갔다.

커피의 향이 참으로 구수하다고 느끼며 침실 쪽으로 가던 스톤은, 상황실로 통하는 도어가 급히 열리는 소리에 돌아섰다.

오가(小賀) 중위가 메모를 들고 급히 들어서고 있었다. 오가 중위는 전파 탐지 분석반의 책임자였다.

"웬일이야, 이 시간에?"

급히 달려온 양으로 숨을 가다듬은 오가 중위가 상기된 모습으로 보고했다.

"그 3.65메가헤르츠의 위치를 찾아냈습니다."

"오! 그 괴상한 전파의?"

"네."

스톤은 오가 중위로부터 메모를 받아들고 대형 상황판 앞으로 걸어갔다.

"동경 125도 10분, 북위 38도 35분이라……."

스톤은 상황판 위의 위도를 짚어나가다가 아연 긴장했다.

"아니?"

스톤의 입에서 무거운 신음이 흘러나왔다. 그러고는 오가 중위를 바라보며 확인하듯 물었다.

"아니! 바로 그 의문의 해군부대가 아닌가?!"

스톤은 다시 5만 분의 1 작전지도 쪽으로 걸어가서 정확히 그 지점을 짚어 보았다.

"……그런데, 여기는 황해도 금산포 북방, 폐광된 지 오래된 광산지대가 아닌가?"

"……."

"이봐, 오가 중위!"

"네."

"이거 정확한 것이겠지?"

"물론입니다. 전파방향탐지기를 싣고 진남포 앞바다까지 들어가서 알아낸 것입니다."

"음……."

"그것도 초도의 K-54 전파탐지소에서 포착한 전파와 구축함에서 포착한 전파를 기점으로 해서 삼각측량법으로 알아낸 것입니다."

"알았네. 이 3.65메가헤르츠가 어떻게 움직이는지, 그 교신 내용은 어떤 것인지 계속 감시해 주게."

"네, 알겠습니다."

"이건 상당히 중요한 문제이니까 절대로 놓쳐서는 안 돼."

"네, 전담반을 편성해서 계속 감시토록 하겠습니다."

"부탁해, 오가 중위!"

"네."

약 2개월 전부터 이 3.65메가헤르츠의 전파는 초도의 K-54 전파탐지소 안테나에 걸려들기 시작하여 은근히 스톤의 뇌리를 복잡하게 건드려 오던 터였다.

오가 중위의 말에 따르면, 약 1개월 전부터 나타난 대동강 하구의 이 3.65메가헤르츠의 전파는 발신 도수는 빈번하지 않지만 무전을 치는 기술은 아주 능란한 솜씨라는 것이었다.

스톤은 오가 중위가 나간 문 쪽을 노려보다가 성난 표범처럼 방 안을 서성이기 시작했다.

'……대동강 하구 저곳에서 2개월 이상을 움직이지도 않으면서 아주 숙달된 솜씨로 조심스럽게 전파를 날리고 있는 저 의문의 해군부대는 도대체 무엇을 위한 부대일까?'

밝아오는 창밖의 여명을 응시하다가는 다시 상황작전도 앞으로 다가가서 뚫어지게 들여다보곤 하였다. 그곳에는 여전히 수많은 인민군 및 소위 중공 의용군 부대들의 표지가 반짝이고 있었다. 그중에서도 금산포 위쪽으로 쭉 뻗어나간 서해리 반도의 끝 부분에 꽂혀 있는 인민군 해군부대의 표지가 여전히 스톤을 비웃었다.

스톤은 마침내 결심한 듯 파일 캐비닛으로 가서 예의 물음표가 찍힌 파일을 꺼내들었다. 거기에는 지난 3월 26일 홍콩을 시초로 하여 대만·오키나와·서울·부산, 그리고 표기지 사령부가 있는 백령도까지의 교신을 방수(傍受) 분석한 기록이 있었다.

스톤은 이제 마지막으로 그간의 여러 가지 분석 결과를 정리하여 램프 장군 숙소로 가려던 참이었다.

똑! 똑! 똑!

"들어와!"

스톤은 파일에 시선을 꽂은 채 거칠게 응답했다. 도어가 열리며 굿펠로 대위가 몇 장의 메모지를 들고 들어왔다.

"어 — 대위! 자지 않고?"

"중령님! 방금 오가 중위의 보고를 접하고 즉각 그 의문의 적 해군부대에 관한 그간의 추적 분석 결과를 정리해서 메모해 왔습니다."

스톤은 굿펠로 대위를 응시한 채 메모지를 넘겨받으며 신음과 같이 내뱉었다.

"음…… 고맙네."

"계속 추적하고 있겠습니다."

스톤은 머리를 쓸어 올리며 대위가 주고 간 메모지를 들춰 보았다. 지금까지 의혹에 찬 적 해군부대에 대한 자료가 간결하면서도 일목요연하게 정리되어 있었다.

스톤은 새벽길을 뚫고 부장 숙소로 차를 몰았다.

"추적 중이던 적의 미확인 전파와도 일치하는 지점이었습니다. 그 해군부대가 주둔하고 있는 위치의 지리적 조건과 시간적 타당성으로 미루어, 적의 의문의 해군부대는 반드시 남해작전과 모종의 함수 관계에 있다고 보아집니다."

아직도 잠이 덜 깬 표정의 램프 장군은 가운 바람으로 스톤의 이야기를 듣고 있었다.

"여보게. 지금 자네 '반드시'라고 했나?"

"아 — 네. 파격적인 발언입니다. 그러나 타당성을 찾아볼 수 없는 부대의 주둔 목적을 규명한다는 것은, 이 시점에서 절대로 필요한 일이라고 생각됩니다."

"지금…… '절대로'라는 말을 썼나? 절대로 필요하다?!"

스톤도 이번에는 즉각 맞부딪쳐 나갔다.

"장군님! 그 의혹의 해군부대 정체 확인 임무를 소관이 행하도록 허락해 주십시오."

램프 장군은 한동안 스톤을 응시하다가는 오히려 자신의 귀를 의심하는 듯한 표정으로 천천히 일어나 방 안을 맴돌며 스톤을 달래듯 말했다.

"여보게 스톤! 그런 것쯤은 스캡이나 그 휘하부대에 의뢰하면 손쉽게 알 수 있지 않겠나. 지금 이 시점이 어떠한 때인가?"

"일반적인 상황 하에서는 그러한 것, X-1이 할 일이 아니라는 점, 알고 있습니다. 그러나 그 해군부대와 남해작전과의 함수관계를 전제로 한다면, 'M-1작전'의 일환으로 행해져야 할 것으로 생각합니다."

"지금 즉시 부 회의를 소집하게!"

스톤은 벌떡 일어섰다.

제3부의 전체회의가 진행되고 있다. 지금까지 거론됐던 모든 문제들을 놓고, 더 고차원적인 분석 검토를 거친 끝에 마침내 램프 부장이 무거운 입을 열었다.

"……그 해군부대는…… 남해작전과 직접 또는 간접의 관계를 가질 수도 있다. 이상이다."

스톤 이하 모두는 순간 어안이 벙벙했다. 일단 결정이 내려지면 그것으로 그 문제는 끝난 것을 의미한다. 그 의혹의 해군부대에 대해서는 다시 논의하거나 거론할 수가 없게 되는 것이다.

그런 따위 해군부대 정체를 밝히는 것은 여기에서 할 일도 아니고, X-1은 더 긴급한 국면에 있다는 의미를 내포하고 있었다.

"질문 있나?"

"……."

"이상!"

부장은 이미 자리를 차고 일어서고 있었다. 순간 정신을 가다듬은 스톤이 다급하게 부장을 향해 말했다.

"그렇다면 장군님! 그 정보 확인 임무를……."

부장이 스톤의 말을 자르듯이 가로막았다.

"No!"

그리고는 회의장을 바람같이 빠져나갔다.

6

씻으려야 씻을 수 없는 아쉬움이 스톤을 감싸왔다. 스캡(S.C.A.P.)의 예하부대나 그 밖의 첩보기관에 의뢰되어 결국은 조만간에 그 부대의 정체가 밝혀질 것이다. 그러나 만에 하나 그 해군부대가 '남해작전'과 관계가 있다면 정체 확인도 극비리에 되어야 하는 것인데……

스톤의 안타까움은 그 도를 더해가고 있었다.

굿펠로 대위가 메모지를 들고 들어왔다.

"트루먼 대통령이 기자회견에서, 상원 군사위원회 비공개회의에서 리지웨이 장군이 행한 증언 내용에 찬동하는 성명을 냈습니다."

"상세한 증언 내용도 나왔나?"

"아닙니다. 비공개 증언을 마치고 상하원 합동회의에서 연설한 바에 기초한 것입니다. 소련 극동군사력의 증강 및 한국의 평화 가망성의 희박함을 논증한 리지웨이 장군의 견해에 찬동한다고요.”

“리지웨이 장군의 비공개증언 내용을 다시 한 번 읽어 보게.”

“첫째 극동 소련군의 현저한 증대, 둘째 주한 유엔군 병력 부족, 셋째 공산군 포로 강제송환 반대, 넷째 세균전 운운은 허위선전, 다섯째 공산군 병력의 현저한 증강.”

“음 — 극동 소련군의 현저한 증대……. 여보게 저쪽 사사키 대좌 쪽의 작업은 어떻게 진척되고 있는가?”

“황해의 중공 연안 공해상에 나가 있는 사사키 대좌님 팀으로부터 소련 극동함대 소속 잠수함들의 출몰이 빈번하다는 보고가 들어온 것으로 압니다.”

“음 —.”

“그들은 적의 남해작전이 소련 극동함대의 지원 없이는 불가능한 것으로 보고 그 방향으로 작업을 펴고 있는 것 같습니다.”

“거제도나 서울로 나간 팀으로부터는 어떠한가?”

“그쪽들은 별로 성과가 없는 것 같습니다.”

“사사키 대좌의 안이 스타카운실(Star Council: 부장단회의)에 올라가겠군.”

“그렇게들 보고 있습니다.”

스톤은 말을 끊고 한동안 창밖을 응시하다가,

“여보게. 요즘 한국전 최전방 전투부대에 내려지고 있는 명령이 뭔 줄 아나?”

“……무슨 말씀이십니까?”

"요즘 그들이 주고받는 농담이 '이기지도 말라! 지지도 말라!'는 것이라네."

"네, 그 말씀이시군요. 하하…… 어느 부대에서는 말입니다. 눈앞의 계곡을 넘지 말라는 명령이 내려져 있었는데 그 건너에 펼쳐져 있는 완만한 능선을 넘어오는 적을 보고 공격은 못하고 소대장에게 문의했죠. 그러자 소대장은 중대장에게, 중대장은 대대장에게, 이렇게 되어 마침내는 사단장이 나와서 보고는 '포 한 방!' 하고 명령을 내렸답니다."

"하하하……."

"하하하…… 참으로 기묘한 전쟁입니다."

"참으로 기이하고도 어처구니없는 전쟁이야."

"……."

"……."

그들의 웃음은 곧 공허하게 사라지고 다시 암울한 분위기에 휩싸였다. 이때 문이 열리며 부장이 급하게 들어오고 있었다.

"여보게, 스톤! 우리 참모부는 자네의 의견을 받아들이기로 결정했네."

스톤은 어느새 벌떡 일어나 있었다.

"그 해군부대에 대한 확인, 'M-1작전'에 포함시키기로 했네."

굿펠로 대위는 부장의 말이 끝나기도 전에 상황실로 쏜살같이 달려 나갔다.

스톤은 감사한 마음과 쾌재의 소용돌이를 주체할 수가 없었다. 스톤은 곧장 입체모형도 앞으로 갔다. 문제의 해군부대 표지가 꽂힌

곳을 뚫어지게 본다. 부장도 다가와서 함께 들여다보며,

"참모장께서 처음에는 거부하셨는데. 전략적인 확인 작업의 필요성을 강조했더니 재가를 하시더군."

"감사합니다."

"……감사는……. 잘해 보게."

부장은 스톤의 등을 가볍게 두드리고는 머리를 흔들며 씁쓸한 표정으로 방을 나갔다. 스톤은 부장이 머리를 가볍게 흔들며 나가던 기분과 뜻을 너무도 잘 알고 있었다.

스톤과 그의 보좌관들은 즉각 적의 해군부대에 관한 정보확인작전의 입안작업에 들어갔다.

또한 아침에 부장단 회의의 말석에서 그 결정을 지켜보았던 벤슨 중위가 필요한 자료를 정리하여 곧장 스톤 팀에 가세함으로써, 열기를 잃고 사그라져 가는 숯불처럼 맥 빠져 있던 제3부의 분위기에 새로운 활기가 솟았으며, 스톤을 비롯한 보좌관들의 일손은 바빠지기 시작했다.

재확인된 정보에 따르면, 의문의 해군부대를 둘러싸고 주둔해 있는 부대는 인민군 보병 제26여단임이 드러났다. 26여단은 1950년 말, 유엔군 북진 때 진남포(鎭南浦) 북방의 용강(龍江) 부근에서 와해됐던 부대로서, 그 뒤 재편되어 지금은 대동강 하구 남쪽 해안의 경비를 맡고 있다.

확인작전은 'M-1작전'의 일환이므로 우리 측 의도가 노출되어서는 안 되었다.

계획의 골자는 다음 네 가지로 결론지어졌다.

첫째, 남파 간첩의 아지트에서 밀파되어 오는 자를 해상 ○○지점에서 나포한다.

둘째, 첫째 임무가 불가하다면, 그 해군부대 장교를 한 명 이상 납치해 올 것.

셋째, 둘째 임무가 불가하다면, 그 부대 병사나 그 근처 거주 민간인을 한 명 이상 납치해 올 것.

넷째, 다 불가능하다면, 그 해군부대의 유선전화를 75시간에 걸쳐 도청해 올 것.

이상의 네 가지 방안을 추려내는 일은 문제도 아니었다. 커피 한 잔 마시며 걸러낼 수 있는 정도에 지나지 않았다. 기본적인 골격은 벌써 오전 중에 세워졌다. 그러나 문제는 침투로부터 확인작전 수행방법 등이 절대적으로 완벽한 것이어야 한다.

어떠한 흔적도 남겨서는 안 되는 것이다. 특히 둘째와 셋째의 인물 납치 임무에서는 흔적을 남겨서는 안 된다. 이에 대한 보장책이 별도로 작성되었다.

이 작전은 X-1의 액션 유니트(Action Unit)에서 엄선된 팀에 의해 수행하도록 했다. X-1 A.U.에는 한국군의 유능한 대원들이 상당수 파견되어 있었다.

해가 수평선을 붉게 물들이며 넘어가고 있을 무렵이었다.

제3부 상황실에는 백령도·초도 등지로부터 속속 무전이 들어오고 있었다. 분류된 정보들은 일단 굿펠로 대위와 벤슨 중위의 테이블로 보내졌고, 그 자리에서 폐기될 것은 즉각 처분되었다.

다른 한편에서는 윌리 중위와 오가 중위 등의 통신 관계 요원들이 공작 시행에 따르는 통신 체계 세우기에 눈코 뜰 새가 없었다.

굿펠로 대위와 벤슨 중위가 스톤 중령에게 다가왔다.

"대상 지역과 대상 인물이 라인업 됐습니다."

"그래, 빨리 찾았군. 어딘가?"

세 사람은 대형 상황판 앞으로 갔다.

"인민군 제26여단 본부로 들어가는 길과 해군부대로 가는 길에서 가까운 이 지점에 대단히 유망해 보이는 과수원이 하나 있습니다."

"……음, 과수원이라?"

"네. 현지에 나가 있는 정보부대들이 수집한 후보지 중에서 가장 유망해 보였습니다."

"음…….

"이곳 과수원은 백(白) 씨라는 사람의 소유인데 현재는 그 집 딸이 혼자서 지키고 있다고 합니다. 며칠 전에 모친이 죽어서 그곳 과수원에서 장례를 치렀답니다. 그 과수원집 처녀에게 찾아오는 남자가 해안포부대 해군 군관이라는 것입니다."

"해안포부대라고 했나?"

"네, 그런데 그 집이 내무서에 의해 두문벌(杜門罰)이라는 벌을 받고 있다는 것입니다."

"두문벌?"

"네, 전혀 출입이 허용되지 않는 벌이랍니다."

"알고 있네. 그것은 상당히 가혹한 벌로서 그 집 사람들이나 외부 사람들의 출입을 금하는 법이지."

"그래서 그 과수원이 우리 측 공작원들이 잠입했다가 시간을 보내거나 쉬어야 할 경우에 숨어 있기에는 더할 나위 없는 장소라는 것입니다."

"두문벌을 받고 있는 과수원집이니 마을 사람들도 가기를 꺼려 할 것이고……."

"그런데 그곳에 해군 군관이 최근에 빈번히 출입하는 것을 숨어서 쉬고 있던 공작원들이 본 것입니다. 거의 격일로 찾아온답니다."

"그 군관이 과수원집 처녀를 사랑하고 있는 모양이군."

"그 과수원을 중심으로 하는 상세한 지형과 지리를 조사해 보니, 우리의 공작에 필요한 요건들을 갖추고 있었습니다."

"음……."

스톤은 돌아서며 입을 열었다.

"좋아, 그곳과 그 해군 군관을 대상인물로 정하지. 자 ― 나가자구."

밖은 이미 밤이 이슥해지고 있었다.

아침 햇살이 눈부시게 남국의 숲 속을 가르고 있었다. 그 사이로 마치 자동차 경주나 하듯이 지프 한 대가 곡예를 하듯 질주하고 있다. 분명히 차도가 있음에도 불구하고 나무 사이를 누비듯 길도 없는 숲 속을 가로질러 거대한 콘크리트 건물 쪽으로 달렸다. 운전자의 솜씨가 특급이었다.

차는 큰 건물 앞에 섰다.

두 사나이가 내렸다. 안성호와 김기복이었다. 계급장이나 그 어떤 표지도 없는 차림에 두 사람 다 권총만을 차고 있었다. 소련제의 날씬한 떼떼(T.T.)였다.

콘크리트 건물 지하로 통하는 문으로 들어섰다. 그곳은 X-1의 종합 사격 연습장이었다.

두 사나이가 지하실문을 열자 엄청난 소음이 터져 나왔다.

권총 사격 라인에 나란히 들어선 두 사람은 옆에 걸려 있는 이어폰을 연결하여 귀에 끼웠다. 두 사나이는 서로 마주보고 씨익 웃고는 사격 시작 신호를 눈으로 교환했다.

김 대위가 먼저 이어폰에 붙어 있는 소형 마이크를 입 가까이로 조종하고는 발 앞에 있는 페달을 밟으며 짧게 소리쳤다.

"생포!"

탕!

김 대위가 페달을 밟자 안 대위의 정면 50야드 맞은편에 실물 크기의 인형이 벌떡 일어섰다. 그와 동시에 인형의 무릎이 관통했음을 알리는 붉은 물감이 칠해졌다.

김 대위가 다시 페달을 밟으며 낮게 속삭였다.

"즉사!"

동시에 발사된 안 대위의 탄환은 두 번째 인형의 얼굴의 양미간에 구멍을 뚫었다. 이어서 이번에는 안 대위가 페달을 밟았다.

"무기!"

김 대위가 자기 전방에 나타난 인형을 향해 발사했다. 인형의 오른쪽 손목이 부러져 나갔다. 다시 안 대위가 소리쳤다.

"생포!"

이때 이어폰을 통해 아가씨의 맑은 음성이 또렷이 들려왔다.

"A.U.의 스티브 대위, A.U.의 던 대위, 제3부의 스톤 중령에게 즉시 출두하세요. 반복합니다. A.U.의 스티브 대위, A.U.의 던 대위, 제3부의 스톤 중령에게 즉시 출두하세요."

안 대위와 김 대위는 서로의 시선을 교환하며 각자 남은 실탄을 쏘아 버리고는 사격 라인에서 조용히 물러났다.

그로부터 10여 분 뒤 안 대위와 김 대위, 아니 스티브 대위와 던 대위는 스톤과 함께 X-1 제3부장 방에 서 있었다.

램프 장군은 보던 서류를 덮고 일어서며 방 한가운데 부동자세로 서 있는 세 사람을 바라보며 입을 열었다.

"지금부터 내가 제군들에게 말하는 것은 명령이 아니다. 제군들이 승낙했을 때부터 명령이 되는 것이다."

뿜어 나오는 시가 연기 속으로 세 사람을 바라다보며 말을 이었다.

"부산에 다녀온 이야기는 들어 알고 있다. 우리 참모부는 중국 사람들이 어떠한 시장을 벌여 놓을 것인지 궁금하게 여기고 있다. 특히 코널 스톤이 아주 답답해하고 있지."

스티브와 던은 묵묵히 듣고 있다.

"ㅡ 적을 알고 싸워라! 중국의 손자(孫子)라는 사람의 병법이지. 한국 임시수도 부산에 잠입했던 그 테러리스트들은 취조 받던 중에 '시장작전'이라는 말을 흘렸다고 했다. 휴전회담을 코뮤니스트들에게 유리하게 이끌기 위해 그들 범인들은 이승만 대통령을 암살하려 했다고 했다."

잠시 사이를 두고 다시 말을 이었다.

“……그런데 어떤 집단 하나가 역시 휴전회담을 둘러싸고 초조해 한다는 소식이 있다. 이 집단은 겉으로는 북한 인민군 해군부대로 나타나 있다.”

장군은 대형 지도 위에 그 위치를 짚어 보이며 설명했다.

“그 해군부대의 위치는 바로 여기다. 이것은 그들이 조심스럽게 발신하는 전파를 추적해서 스톤 중령이 알아낸 것이다.”

스티브와 던은 장군이 짚어 보인 대동강 하구 오른쪽에 펜으로 표시된 좌표를 유심히 보았다. 장군은 다시 이들의 등 뒤로 돌아가면서 말을 이었다.

“저 부대의 정체와 목적을 알고 싶은 것이다.”

안 대위가 먼저 입을 열었다.

“저희들이 알아오겠습니다.”

“반드시 알아오겠습니다, 장군님.”

장군은 이들 앞으로 천천히 다가와서 정면으로 바라보며 물었다.

“제군들이 해 주겠나?”

“네!”

“네!”

장군은 금빛 털이 무성한 큰 손을 두 사람에게 내밀며 말했다.

“그렇다면 세밀한 작전은 스톤 중령으로부터…….”

스티브와 던 대위는 동시에 대답했다.

“네! 장군님.”

“음— 그럼 제군들에게 기대하겠다.”

스톤 중령은 굿펠로 대위와 벤슨 중위, 그리고 안 대위(Steve)와 김 대위(Don) 들과 함께 자신의 집무실로 돌아왔다. 스톤은 상황판 앞에 서서 작전의 개요를 설명했다. 기본적인 설명을 마친 스톤은 굿펠로 대위에게 시선을 던졌다.

굿펠로 대위가 메모판을 펼치며 이미 내려진 네 가지의 결론을 두 사람에게 설명했다.

스톤 중령이 곧이어 못 박듯 말했다.

"절대로 흔적을 남겨서는 안 된다. 벤슨 중위가 지원할 것이다. 48시간 이내에 준비 완료하고 출동하라!"

7

한국 서해안 북위 38도 36분 선상에 작은 섬이 하나 있다. 이름하여 초도(椒島).

판문점에서 북쪽으로 약 200킬로미터, 공산군 지역인 내륙 해안으로부터 가장 가까운 거리는 약 12킬로미터, 그리고 그 해군부대가 있는 금산포(金山浦)의 산악 지역으로부터 직선거리로 약 120킬로미터 거리에 위치한 섬이다.

이 초도의 현관이라고 할 수 있는 소사(蘇沙) 포구에는 유격대나 첩보부대들의 기선(機船)이나 범선(帆船), 그리고 디젤 선박들이 언제나 대기하고 있었다. 그리고 포구마을 언덕 위에는 각 부대나 첩보팀의 천막이며 퀀셋, 그리고 각종 가건물 등이 설치되어 있었다.

이 밖에도 방위를 위한 해병부대의 중화기(重火器) 진지와 참호 등이 산재해 있어 자그마한 군사기지를 이루고 있었다.

이 섬의 주포구(主浦口)인 소사로부터 약 3킬로미터가량 서쪽으로 고개를 넘으면 이동(梨洞)이라고는 작은 해안마을이 있다. 이 마을의 전면으로 펼쳐진 해안에는 오랜 세월에 걸쳐 모래와 갯벌이 묘한 조화를 이루며 굳어져 있어서, 바닷물이 빠지는 간조 때에는 이 모래밭이 반듯하게 드러남으로써 천연의 훌륭한 비행기 활주로가 되었다. 그래서 유엔군 및 한국군의 비행기들이 이곳을 이용하여 이착륙하곤 하였다. 한국전쟁 발발 이후 공군에서 이곳을 작전상 'K-54'라고 이름 하여 불렀던 긴급 간이(簡易) 활주로였다.

이곳 K-54의 모래밭 한쪽 끝의 바다로 빠져나간 뒤로부터 한 척의 모터보트가 나타났다. 그리고 그 모터보트로부터 한 사나이가 모래밭으로 내려섰다.

공군 전투모에 작업복을 걸친 이 사나이는 계급장 같은 것은 달고 있지 않았다. 사나이는 시계를 보고는 멀리 서쪽 수평선 위 하늘을 살펴보았다. 그때 하늘 끝으로 비행기 한 대가 까만 점으로 나타났다.

비행기는 사나이가 있는 모래밭, 즉 K-54를 향해 날아왔다. 미 공군의 C-47 쌍발수송기였다.

K-54 모래밭 활주로에 내려앉은 C-47 수송기는 모터보트에서 내린 사나이가 서 있는 쪽으로 미끄러져 왔다.

문이 열리고 트랩이 내려진 후 젊은이 셋이 내려왔다. 공군 전투모의 사나이가 이들에게 다가왔다.

“공군첩보대 초도 파견대장 김화순입니다.”

“반갑습니다, 스티브 대위입니다.”

“던 대위입니다.”

“벤슨 중위입니다.”

이들이 인사하는 동안 C-47에서는 몇 개의 커다란 짐들이 내려졌다. 모터보트에서 내린 젊은 사람들이 아무 말 없이 짐을 들고 보트로 옮겼다.

C-47 쌍발수송기는 기체를 서서히 돌렸다.

벤슨 중위와 스티브 대위·던 대위가 김화순을 따라 보트에 오르자 C-47 수송기는 기수를 서쪽 하늘로 돌려 멀리멀리 사라졌다.

김화순의 명령이 떨어지자 보트는 낮은 엔진소음을 내며 서서히 바위부리를 돌아 사라져 갔다.

김화순이 이들에게 말했다.

“저희 부대 네코라스 영감님 명령이 무조건 지원을 해 드리라구요.”

벤슨 중위가 웃으며 말했다.

“대단히 감사합니다. 이 두 분께서 직접…….”

“네, 알고 있습니다.”

소사리 포구가 굽어보이는 언덕 위에는 철조망에 둘러싸인 몇 개의 야전용 천막과 퀀셋이 있었는데 부대의 간판은 없었다.

이 섬의 사람들은 이곳을 ‘네코부대’라고 불렀다. 공군첩보대 초도 파견대였다. 이 부대의 본부는 서울과 인천 사이에 있는 오류동이라는 마을 뒷산에 있었고, 책임자는 네코라스였다. 사람들은 그를 ‘네

코'라는 닉네임으로 불렀다.

김화순은 오류동 본부의 네코라스로부터 직접, 오늘 K-54에 오는 미군 요원 세 사람의 공작을 무조건 전면적으로 지원하라는 명령을 받았다.

일행은 김화순의 캠프로 들어섰다. 기다렸던 듯 공작원으로 보이는 묘령의 아가씨가 위스키·주스 등과 얼음을 함께 내놓았다.

네 사람은 우선 취향대로 시원하게 갈증을 풀었다. 그러고는 벤슨 중위가 김화순 파견대장에게 작전지도를 손으로 짚어가며 단도직입적으로 말을 꺼냈다.

"이 지점으로 이 두 분이 직접 들어가야 합니다."

"네, 모든 준비는 되어 있습니다. 출동시각은 어떻게 됩니까?"

"빠를수록 좋습니다."

"오늘밤이라면 만조 시각과 모든 조건을 감안해서 새벽 3시 50분이 가장 좋다고 생각합니다."

"새벽 3시 50분 만조 시각에. 알겠습니다."

"그럼 저는 언덕 너머에 있는 동키(Donkey)부대에 다녀오겠습니다."

김화순과 벤슨 중위가 얘기하는 동안 안 대위와 김 대위는 가지고 온 짐 보따리를 풀어 무전 기재를 설치하고 있었다. 물론 이곳 파견대에도 무전 시설이 되어 있었으나 이들은 새로운 장비를 직접 가지고 왔던 것이다.

김화순은 곧장 동키부대를 찾아갔다. 그가 평소 서로 믿고 신세를 지는 부대였다. 동키부대는 이 초도 전방 육지에서 적과 싸우다가

역부족으로 섬으로 후퇴한, 복수심에 불타는 무장유격대였다. 유격대의 많은 대원들은 적지에 가족·친척들을 남겨두고 있었다.

그런가 하면 유격대의 일부는 적지가 된 고향의 산속 깊은 곳에 무장 아지트를 구축하고 섬의 본부와 연락을 취하면서 공산군의 이동 상황 등을 탐지하여 소규모 습격작전도 전개하고 있었다. 한편으로는 아군 비행기가 적지에서 격추될 때 낙하산으로 탈출한 유엔공군 조종사들을 필사적으로 구출하여 본대에 귀환시킴으로써 미군 당국으로부터도 전폭적인 지원을 받고 있는 무장조직이기도 했다.

모든 유격전이나 레지스탕스가 그러하듯이, 이들 산중의 유격대 분견대들도 몇 점의 개인화기만으로는 게릴라전을 효과적으로 전개할 수 없었다. 그러나 이들은 고향이 적지가 된 여건 아래서 가족과 친구, 마을 사람들의 협조를 얻고 있는 것이었다. 이 밖에도 지방 당(黨)의 간부, 또는 인민위원회의 책임 있는 직원이나 당 세포위원장, 여성동맹 위원장, 심지어는 내무서원·정치보위부원까지도 이들 반공유격대에 협조하는 사람들이 있었다. 적지 내에 이러한 협력세력이 있어 큰 전과를 거둘 수 있었던 것이다.

실로 공산군에게 서해안의 이러한 유격대의 존재는 그야말로 눈 속의 가시였다.

공군첩보대 초도 파견대장 김화순이 찾아간 동키부대는 바로 이러한 조건들이 가장 잘 갖추어진 부대였다.

김화순은 이미 부탁해 놓았던 일에 대해서 상의하고 동키부대 정보책임자와 동행하여 자신의 캠프로 돌아왔다. 그러고는 세 사람의 손님들과 밀담을 나누었다. 동키부대 정보책임자는 오후가 되도록 계속 몇 차례 자기 부대 막사를 다녀오곤 했다. 그때마다 동키부대 통신반장은 자기 부대의 적지 산속에 있는 분견대와 몇 차례의 무전 교신을 주고받았다.

한편 김화순의 캠프에서는 벤슨 중위가 오키나와의 X-1 사령부 제3부 상황실과 계속 교신하고 있었다.

"군관 동지! 수고하십니다 —."

먼지를 날리며 달리는 지프를 향해 꼬마들이 일제히 소리 질렀다.

은율(殷栗)로부터 해안으로 통하는 도로에 지프 한 대와 트럭 한 대가 달리고 있다. 인민군 제26여단 본부로 들어가는 삼거리에 이르자 앞서가던 지프가 멈췄고, 뒤따라가던 트럭도 멈췄다.

지프에서는 인민군 해군 중위가 내렸다. 황 중위였다. 트럭의 운전석 옆에 타고 있던 윤일규 특무장이 내려왔다. 황 중위가 서류철을 특무장에게 주며 말했다.

"윤 동무, 부대로 먼저 들어가오. 나는 여단 본부에 들러서 연료 보급 조치를 지시하고 나중에 들어가겠소. 그리고 이건 인민위원회에서 과일·닭·계란을 징발한 전표이고, 이것은 아까 수산합작사에서 소금·미역·생선 등 해산물을 인수한 전표니까 들어가서 인계해 주라구."

"네, 알갓습니다. 좀 늦으시갓네요?"

"음 — 좀 늦겠어. 그리고 모레 오후에는 재고 검열이 있으니까 창고 정리 좀 잘 해 놓아야겠어."

"네, 염려 마십시오, 보급관 동무."

황 중위는 차에 올라 26여단 본부로 향했다. 트럭은 윤일규 특무장
이 올라타자 곧장 해안포부대 쪽으로 달려갔다.

그로부터 약 30분 뒤 인민군 제26여단 본부 건물에서 황 중위가
여단 본부의 중위와 같이 나오고 있었다.

중위의 손에는 단정하게 싼 제법 커다란 보따리가 들려 있었다.
두 사람은 황 중위가 세워놓은 지프 앞으로 걸어갔다.

"보급관 동무! 우리 부대 연료 보급 잊지 말고 내일 아침 일찍이
해 주오."

군관이 짐 보따리를 바꿔 들며 황 중위에게 웃으며 말했다.

"황 중위님! 안심하십시오. 어디메 일이라고 잊어 먹겠습니까? 내
일 아침 일찍 보급차 보내갔습니다."

황 중위가 지프에 오르자 군관은 지프 뒤에 보따리를 올려놓으며
말하였다.

"이거는……. 저……. 황 중위님이 일전에 부탁하신……. 저……. 식
량하구 각종 부식 좀……."

"아 ─ 이거……. 보급관 동무 정말 감사하오. 아주 어렵게 지내는
동무가 있어서 부탁했던 건데……. 정말 감사하오."

"자, 날레 가시라요, 내일 아침 일찍 보급차 보내갔습니다."

"고맙소."

황 중위가 탄 지프는 여단 본부를 빠져나왔다. 군관은 지프가 정문
을 통과해 사라질 때까지 손을 흔들고 있었다. 정문 초소 위병들도
깍듯이 황 중위의 지프에 경례를 올려붙였다.

황 중위는 저물어 가는 석양의 노을을 바라보며 들길을 천천히 달

렸다. 황 중위의 기분은 지금 하늘을 날고 있었다.

오늘 일은 하나도 빠짐없이 다 잘됐고, 윤일규 특무장에게 일러서 보낸 잡다한 부식 및 보급품들도 특무장이 알아서 잘 처리할 것이다.

지금 황 중위는 백선희의 과수원을 향해 달리고 있었다. 황 중위는 백선희를 위해서는 무엇이든 해 주고 싶었다. 그래서 실은 선희 모친이 살아 있을 때 늘 누워 있고 기운을 못 차리는 것을 보고 때때로 쌀과 부식을 조금씩 준비해 가곤 했었다. 그때마다 선희 모친은 눈물을 찔끔거리며 고마워하면서 떠듬떠듬 한숨 섞어 말하곤 했다.

"에이그…… 이거 고마워서……. 이 신세를 어드케 다 갚디……. 어드케 갚아……. 이런 건 우리 인민군대에 간 아들 선규가 있었으면 그 애가 다 할 거인데……. 이거 아들 대신 황 중위가 더 잘해주시누만……."

"아이구, 원 별말씀을 다 하십니다."

"아니디……. 애들 아바지가 돌아가시구 아들은 인민군대에 가구 선희 저 애가 내 뒷바라지한다구……. 에이그, 선희가 불쌍해서 못 견디갔어. 그나마 이제 나까지 죽으면 저 애는 어드케 하갔나……. 에이구 —."

"어머님, 무슨 그런 말씀을 하십니까. 선희 걱정은 하시지 마십시오. 제가 돌보겠습니다."

"길세, 기렇게 믿긴 하지만……."

"선희 오빠는 무슨 소식이 없습니까?"

"소식이 무에야…… 없어 — 에이구."

"제가 알아보고 있긴 합니다만, 요즘……."

“어드케 됐거나 황 중위, 우리 선희를 꼭 부탁하네.”
“네, 어머니.”
“……황 중위만 믿어…….”

차는 어느덧 선희의 과수원으로 들어서는 언덕길을 올랐다. 황 중
위는 차를 길 옆 으슥한 다리 밑 대피소에 집어넣고는 여단 본부
보급관이 마련해 준 보따리를 들고 사방을 둘러본 뒤, 다리 뒷길로
빠져 오솔길로 해서 과수원으로 질러가는 길을 올라갔다.

저만치 백선희가 혼자 있을 과수원의 대문이 보였다. 황 중위는
보따리를 과수원 울타리 안으로 슬쩍 밀어놓고는 보이지 않게 나뭇
가지를 덮었다. 나중에 해가 지면 선희에게 주고 갈 것이었다. 그러
고는 의젓하게 자세를 고치고 과수원 입구로 걸어갔다.

황 중위는 다시 한 번 사방을 둘러보았다. 서쪽 멀리 벌판이 펼쳐
져 있고 그 너머로는 붉은 노을이 지고 있었다.

저쪽 언덕 위 과수 사이로 선희의 아담한 집이 보였다.

‘두문벌’이라고 써놓은 붉은 팻말이 황 중위를 맞았다.

집 뒤 우물에서 지금 선희는 머리를 감고 있었고, 그 옆의 댓돌에
걸터앉은 한 여인이 선희에게 성화를 부리고 있었다. 선희는 감던
머리를 뒤로 넘기고는 여인을 향해 말했다.

“자꾸 이러시면 안 돼요, 아주머니.”

“아, 날레 이 소쿠리 비워 주라니끼니. 나도 빨리 가야디요.”

“아, 글쎄, 안 돼요. 누가 보기라두 하면 아주머니도 경을 치고 저

도 혼나요.”

“아 길세 기걸 몰라서 왔갔나. 쓸데없는 소리 하디말구 어서 이거 비워 달라니끼니. 아, 날레!”

선희는 하는 수 없이 소쿠리를 들고 부엌으로 들어갔다. 여인은 사방을 경계하듯 둘러보고는 부엌 쪽을 향해 중얼거렸다.

“아니, 반동인지 온동인지, 도대체 선희 동무네가 뭐이 어드랬다구 두문벌이야 두문벌이…….”

선희는 실색하며 여인을 향해 손을 가로저었다. 여인은 더욱 큰소리로 내뱉었다.

“아니, 아바지가 땅 좀 개지구 있었다구 반동이야!”

선희는 빈 바구니를 들고 허겁지겁 부엌을 나왔다.

“아니 아주머니, 왜 그러세요? 왜 그렇게 큰소리로 그러세요. 큰일 나려구…….”

“아이구 세상에, 그 바람에 아바지 돌아가시구 오마니두 돌아가시구…… 츳츳…….”

“아니, 정말 오늘 왜 그러세요 아주머니. 저마저 또 잡혀가는 걸 보셔야겠습니까?”

“아니, 선희 동무가 와 잡혀가, 잡혀가길…….”

“그런 말씀하시면 다 잡혀가지요. 자, 빨리 내려가세요. 고맙습니다.”

“아이구 — 내레 선희 동무가 가여워서 못 보갔어. 흑흑흑…….”

코를 훌쩍이며 겨우 일어난 여인은 빈 바구니를 옆에 끼고 발걸음을 옮겼다. 선희는 차라리 반가운 듯 인사했다.

“고마워요.”

“고맙기는…… 자— 또 오갔수…….”

여인이 집 앞으로 돌아가자 백선희는 다시 머리를 감기 위해 우물 가로 간다.

계속 훌쩍이며 바구니를 들고 내려가던 여인은 마주 올라오고 있는 해군 군관과 마주치자 기겁하며 놀란다. 황 중위도 놀랐다.

“아이구— 아이구— 잘못했습네다. 군관 동무, 내레 여기 온 것은…….”

황 중위는 사태를 곧 알아차렸다.

“아. 괜찮습니다, 아주머니. 나는 내무서원이 아니니까요.”

여인은 잔뜩 겁에 질려 말을 못했다.

“저— 기럼……. 그냥 가두 괜티 않갔습네까?”

“네, 가세요. 그러나 다음부터는 조심하셔야지요.”

“네 네, 여부가 있갔습네까. 고맙습네다, 군관 동무.”

여인은 뒤도 안 돌아보고 꽁지가 빠지게 줄행랑을 놓았다. 황 중위도 호흡을 가다듬으며 긴장을 풀었다. 그러고는 천천히 선희가 있을 과수원을 향해 올라갔다.

집과 과수들 사이에 심어놓은 울타리를 겸한 사철나무들이 황 중위를 반겼다. 황 중위는 나무들 사이로 고개를 낮추며 살금살금 안으로 들어갔다.

순간 황 중위의 발걸음이 멎었다. 뒤꼍에서 들려오는 물소리가 황 중위를 약간 긴장하게 했다. 황 중위는 본능적으로 몸을 숨기며 소리 나는 곳을 찾았다.

선희가 머리를 헹구고 있었다. 희디흰 선희의 상체가 황 중위에게
는 뿌옇게 보였다. 선희는 젖은 머리를 대충 닦고는 멀리 서쪽 하늘
이 붉게 물든 것을 슬픈 눈으로 바라보며 머리에 핀을 꽂았다. 과일
나무도, 가지도, 잎도, 바람도, 황 중위와 같이 숨을 죽이고 있었다.

문득 손길을 멈춘 선희는 다음 순간 무엇에 끌리듯 돌아보았다.
눈이 마주친 황 중위가 선희에게 시선을 꽂은 채 한 발 앞으로 나왔
다. 다음 순간 선희는 외마디 비명 같은 숨을 들이쉬며 황급히 우물
가에 벗어놓았던 저고리를 집어들고는 고양이에게 쫓긴 생쥐 모습으
로 부엌으로 숨어들었다.

부엌 구석에서 정신없이 저고리를 꿰어 입은 선희는 양손으로 두
뺨을 감쌌다. 확확 달아오른 두 뺨은 불덩이처럼 뜨거웠다.

선희는 황 중위의 기척을 느꼈다. 움직일 수도 돌아볼 수도 없는
허공에 떠있는 것 같은 당혹감에 어쩔 줄을 몰랐다. 선희는 등 뒤로
다가오는 황 중위의 발소리에 자신도 모르게 저고리 섶을 움켜잡으
며 더욱 자지러들었다.

"미안하오……."

황 중위의 낮고도 떨리는 목소리가 뜨거운 입김으로 선희의 목덜
미를 때렸다. 선희는 치미는 뜨거운 열기에 몸 둘 바를 모른다.

"……선희 씨!"

황 중위의 뜨거운 손이 선희의 허리에 감겨왔다. 사나이의 무서운
힘에 선희의 몸은 돌려졌다. 그러나 선희는 아무것도 볼 수도 말할
수도 없었다. 순간 선희는 온몸의 힘이 빠져 무너지듯 부뚜막에 주저
앉았다.

당황한 황 중위가 부축하듯 감싸 안으며 옆에 다가앉았다. 그리고 팔에 힘을 더하여 선희를 자신의 품에 끌어안았다. 선희는 정신을 잃은 붕어새끼처럼 조용히 끌려왔다. 황 중위의 뜨거운 입술이 선희의 목에 닿았다. 순간 놀란 붕어새끼가 정신을 차리고 헤엄치듯, 선희는 본능적으로 몸을 빼어 일어서며 겨우 한 마디 했다.

"황 동무! 우선 씻으세요."

흘리듯 한 마디 하고는 부엌을 빠져나가 우물가로 갔다. 그러고는 시원한 우물물을 길어 대야를 채웠다.

"우선 씻으시고 마루에서 쉬세요. 곧 황 동무 좋아하시는 것 준비하겠어요."

선희는 상기된 표정으로 부엌을 나오는 황 중위를 피하며 기어들듯 말하고는 다시 부엌으로 들어갔다.

황 중위는 마루에 걸터앉아 얼굴을 닦으며 오늘은 참으로 운이 좋은 날이라고 생각했다. 이따금 부엌 쪽에서 달그락거리는 정겨운 소리가 들릴 때마다 풍선처럼 부푸는 자신의 감정을 회심(會心)의 미소로 삭이고 있는 것이다.

주위는 너무도 고요했고 너무도 포근했으며 너무도 평화로웠다. 지금 어디서 전쟁을 하고 있는가. 황 중위는 지금 이 순간에 보이는 것, 들리는 것, 모든 것이 바로 행복이라는 것인가 생각해 보았다.

봄!

그렇다, 과수원의 봄!

아름답고 착한 선희가 있고 내가 있고, 그리고 포근한 봄바람이 아담한 과수들과 정겨운 속삭임을 나누고…….

황 중위는 이 세상의 봄을 온통 혼자서 다 차지하려는 듯 깊이깊이 심호흡을 해 보았다. 지금 막 북녘 어디론가 날아가고 있는 미 제국주의 폭격기들의 폭음조차 아득한 옛날에 읽었던 동화의 한 정경인 것 같은 생각이 들었다. 어찌 되었거나 조만간에 미 제국주의자들은 쫓겨갈 것이고 전쟁은 영용무쌍(英勇無雙)한 인민군대의 빛나는 승리로 끝날 것이…… 그리되면 이곳에서 선희와…….

전쟁이여 어서 끝나라! 아니 빨리 끝내리라. 그리하여 저 아름다운 선희를 아내로 맞아 행복하고 행복한 삶을 누리리라.

으스름 땅거미를 밀치며 선희가 조그마한 소반을 받쳐 들고 부엌에서 나왔다. 선희는 주위를 한 번 둘러보고는 황 중위가 앉아 있는 마루로 왔다.

벗어놓은 상의를 옆으로 치우며 황 중위가 소반을 받으려고 몸을 일으켰다.

"아이고 빠르구먼 ―."

"미안해요, 황 동무. 오래 기다리게 해서…….'

"아니오, 기다리긴…….'

"칼국수 끓였어요. 맛있게 드세요."

"오랜만에 칼국수 먹어 보겠네. 내가 제일 좋아하는 건데…….'

두 사람은 쑥스러운 기분을 쓸어내듯 환한 미소를 머금으며 칼국수를 먹기 시작했다.

"야, 이거 호박도 들고, 이건 바지락이네."

황 중위는 입에 한입 넣고 음미하며 선희를 보고 미소 지었다. 선희는 부끄러운 듯 고개를 숙이고 얌전하게 떠먹었다.

"선희 동무는 이 마을에서 인기가 좋은 모양이오."

"인기는요 ―. 이웃 사람들의 정리가 좋은 거지요."

고개를 숙이고 오물오물 얌전하게 먹고 있는 선희의 모습을 바라보며 황 중위는 맛있게 먹었다.

선희의 뒤로 두껍게 깔리는 땅거미조차도 황 중위에게는 너무나 멋있게 느껴졌다.

같은 시각, 오키나와 해안에는 벌써 어둠의 장막이 드리워지고 있었다.

저 멀리 비행기가 오색등을 깜박이며 이착륙하는 것이 보였다. 수송기일 것이라고 생각했다.

저렇듯 분주히 내리고 뜨는 비행기에는 누가 타고 있을까? 중국 내륙 깊숙이 공작원을 침투시킬 작전을 심사숙고하며 어디론가 가고 있는 소련 출신의 리코루 대령일까? 아니면 폴란드의 반체제 가톨릭 주교와 연락을 취하고 있는 독일인 교수 와이만이 모종 업무를 마치고 돌아오고 있는 것인가? 아니면 모스크바 반체제 지하단체와 연결을 가지고 있다고 알려진 스웨덴 출신 제브슨이 지금 모종 공작을 위해서 또 이륙하고 있는 것일까?

지금 스톤이 알고 있는 이 이름들은 실은 다 가명이었다. 한국인 최춘국(崔春國)이 스톤(Stone)인 것처럼.

스톤이 그들 몇몇 이름을 알고 또 그들의 임무를 짐작하는 것은 때때로 열리는 전체회의에서 그들이 발언하고 설명하고 논증하는 것을 들어서 짐작하는 것에 지나지 않았다. 어떠한 경우에도 개별적으로 서로의 임무나 내용을 교환할 수 없는 것이 이곳 X-1의 불문율이었다. 물론 X-1의 다른 요원들 또한 스톤이 한국전쟁의 어떤 부분을 맡고 있다고 짐작으로 알고 있을 것이다. 스톤이 그들의 담당 지역을 짐작하듯이…….

똑! 똑! 똑!

문이 열리며 경쾌한 발소리가 들려왔다. 스톤은 발소리만으로도 그 주인공을 알았다. 부속실의 자네트 상병일 것이다.

자네트 상병은 언제나 상냥하고 아름다운 미소를 머금고 있는 귀여운 아가씨였다. 그녀가 다가오다가 발걸음을 멈추고 서서 기다리는 눈치였다.

스톤은 천천히 돌아서며 자네트를 보았다. 그녀는 파일을 들고 있었다. 스톤은 자네트가 왠지 민망스러운 표정을 짓고 있다고 생각했다. 스톤은 낮은 소리로 물었다.

"뭐지, 자네트 상병?"

자네트는 얼른 말을 못하고 약간 고개를 숙이며 주저하였다.

"뭐야, 자네트? 이리 가져와 봐!"

자네트는 그때서야 다가와서 파일을 내밀며 말했다.

"한국의 거제도 포로수용소 소장으로 새로이 부임한 보트너(H.L. Boatner) 장군이 난동(亂動) 수용소를 진압하고 그들 막사에서의 만행을 파헤친 자료들입니다."

스톤은 파일을 받아들었다. 파일을 펴자 미간이 찌푸려졌다. 끔찍한 사진들이 그를 비웃고 있었다. 스톤은 고개를 들어 자네트를 보았다. 자네트는 스톤의 시선과 마주치자 민망한 듯이 고개를 숙이고는 돌아서서 방을 나갔다.

스톤은 파일 속의 사진들과 서류를 들춰보았다. 포로수용소 소장인 장군이 어이없게도 자신이 수용하고 있던 포로들에게 감금되어 있었고, 새로 부임한 보트너라는 장군이 난동 포로들을 엄격히 다룰 것이라고 언명한 기사도 있었다.

그리하여 진압군들은 수용소 안으로 돌입하여 난동 포로들을 진압하고 그들이 게양했던 붉은 깃발을 압수하여 불태우고, 총검·죽창·도끼·곡괭이·수류탄 등의 사제무기 한 트럭 분을 압수했다는 기사도 있었다. 악명 높은 77포로수용소 막사를 조사하여 수색대원들이 17구의 시체를 발견했다는 보고도 있었다.

스톤은 사진들을 하나하나 보기 시작했다. 너무도 끔찍한 것들이었다. 천막 바닥이나 그 옆 빈 터에 암매장했거나 분뇨처리장에 처넣었던 시체들은 코와 귀가 잘려나간 것도 있었고, 눈알이 빠져나간 것도 있었다. 전신에 무수한 타박상과 자상을 입은 처참한 린치의 흔적도 있었다.

스톤은 보던 파일을 덮어 옆 테이블 위에 던져 버렸다.

'죽은 자는 누구이며, 죽인 자는 누구인가……'

스톤은 다시 한 번 자네트가 나간 도어 쪽을 돌아보았다. 방금 파일을 건네주며 민망한 표정을 짓던 자네트의 눈빛 속에 연민이 깔려 있던 이유를 알 수 있었다.

형언할 수 없는 분노의 불길 같은 것이 치솟아 오름을 어쩔 수 없었다.

부엌에서 설거지를 마친 선희가 머리를 매만지며 나왔다. 밖은 이미 어둠이 깔려 있었다.

툇마루에 와 다소곳이 앉으며 선희가 말했다.

"기다리게 해서 미안해요."

기다렸다는 듯이 끌어안으며 황 중위가 말했다.

"선희 동무! 선희 동무! 사랑하오!"

순간 예상 밖의 선공을 당한 선희는 본능적으로 빠져나오려 몸부림쳤다. 그러면 그럴수록 황 중위는 더욱 힘을 주어 꼭 끌어안았다. 그러고는 선희의 입술을 찾아 더듬기 시작했다.

"안 돼요! 황 동무 이러지 마세요!"

황 중위의 품을 겨우 빠져나온 선희는 도망치듯 방 안으로 들어갔다. 황 중위도 일어나 선희가 들어간 방으로 따라 들어갔다. 선희는 방 뒤쪽으로 난 작은 쪽문을 열고 그 앞에 다소곳이 앉아 있었다.

그렇게 보아 그런지 어둠 속에서도 선희의 귀뿌리가 빨갛게 물든 것처럼 보였다. 선희는 황 중위가 들어서며 자기를 내려다보자 몸을 쪽문 쪽으로 틀며 옷섶을 가볍게 잡았다.

황 중위는 조용히 선희 옆에 앉았다. 그러고는 선희의 옆얼굴을 바라보며 마른 침을 삼킨다. 불도 켜지 않은, 아니 켤 수도 없는 방이었지만 선희의 얼굴은 너무나 아름다웠다.

두 사람 사이의 팽팽한 긴장을 이기지 못한 선희는 밖으로 던졌던 시선을 자신의 무릎으로 떨어뜨렸다.

그렇게 바라보던 황 중위는 서서히 끌려가듯 선희에게 다가갔다. 그리고 살짝 선희의 입술을 훔쳤다.

"……선희 동무! 나는 지금 이 전쟁에 감사하고 있소."

황 중위는 낮은 소리로 속삭였다.

"……."

"이번 전쟁이 없었더라면 선희 동무를 만날 수 없었을 테니까."

"……."

선희는 천천히 고개를 들어 황 중위를 바라보았다. 그 눈에는 진주 같은 작은 이슬이 맺혀 있었다.

"……."

"……."

"……선희!"

"……황 동무!"

순간 선희는 벅차게 오열하며 황 중위의 무릎에 얼굴을 파묻으며 온몸을 던졌다. 황 중위는 선희를 으스러지도록 껴안았다. 선희의 머리칼은 아직도 물기를 머금고 있어 서늘하면서도 향기로웠다.

황 중위는 선희의 온몸을 더듬어 갔다. 선희의 몸은 불덩이처럼 뜨거웠다. 어느새 황 중위의 입술은 선희의 입술을 빨고 있었다.

황 중위는 선희의 통치마 끈을 풀었다. 선희는 입술을 맡긴 채 황 중위의 그러한 손놀림을 온몸으로 받아들이고 있었다. 주위의 과수 들이 수줍은 듯 방 안의 동정을 엿보고 있었다.

8

초도(椒島)의 소사(蘇沙) 포구로부터 한 척의 어선이 소리 없이 빠져나오고 있다.

겉보기에는 고기잡이 허름한 배였으나 자세히 보면 보통 고기잡이 배가 아님을 알 수 있다. 배 밑에는 커다란 트럭 엔진이 장착되어 있어 유사시에는 시속 30노트로 달릴 수 있었다. 배는 서서히 속도를 높여 갔다.

어둠 속 파도를 뚫고 적지(敵地)를 향해 가고 있는 이 배는 벤슨 중위의 요청에 따라 그날 밤 새벽 1시를 기해 출동한 것이었다. 배는 적지 해안의 만조 시각에 맞추어 도착하도록 출발했으며, 김화순이 직접 지휘하고 있었다.

벤슨 중위의 손에는 휴대용 무전기가 들려 있었고, 안 대위와 김 대위는 늙수그레한 농부 차림을 하고 있었다. 선창에는 김화순에 의해 선발된 건장한 체격의 공작원들이 탔다. 그들 가운데 두 사람은 인민군 경무관 복장이었다.

마침내 어둠 속 저쪽에서 적지의 스카이라인이 다가올 때 배의 엔진 배기관을 물속으로 집어넣고 소리 없이 적지의 해안으로 접근해 갔다. 배는 거의 정지한 채 소리 없이 흐르는 듯했다. 배 앞쪽에 걸려 있는 기관총 사수는 긴장하며 어둠 속을 노려보았다.

김화순이 육지의 동정을 살피고 있을 때 육지 쪽에서 마치 형광벌레 같은 불빛이 세 번씩 두 차례 깜박였다. 김화순의 수신호로 배는 육지로 비스듬히 다가갔다. 육지가 소리 없이 다가왔다. 이윽고 배 밑바닥이 둔탁한 소리를 내며 모래바닥을 긁었다.

배에서 경무관 두 사람과 건장한 젊은이 두 사람이 내렸다. 이어 늙수그레한 농부 두 사람이 이들을 따라 육지를 밟았다. 그러고는 이들은 바위 뒤로 사라졌다.

배는 이미 뱃머리를 바다 쪽으로 돌렸고 사나이 둘이 물속에서 배를 잡고 동지들이 사라져간 육지 쪽을 응시하고 있다. 잠시 후 김화순과 벤슨 중위가 고개를 서로 끄덕이자 응시하던 두 사나이가 배를 밀며 올라왔다. 배는 서서히 바다를 향해 멀어져 갔다.

바위 뒤로 숨어든 일행을 유격대원 두 사람이 맞았다. 이들은 잠시 행장을 수습하고는 곧장 유격대원들을 따라 어둠 속으로 사라졌다.

벤슨 중위와 김화순이 소사 포구로 돌아왔을 때에는 이미 희부옇게 먼동이 터 오고 있었다. 막사로 돌아온 벤슨 중위는 곧장 무전기에 달라붙어 교신하기 시작했다.

아침까지 그처럼 바쁘게 교신하던 벤슨 중위는 낮에는 정해 놓은 시간에만 교신하는 것 같았다. 그러고는 저녁이 되자 다시 무전기의 수신키를 켜 놓은 채 자리도 뜨지 않고 꼬빡 밤을 지새웠다.

그렇게 하루가 가고 다시 저녁이 되자 벤슨 중위는 다시 무전기를 앞에 하고 있었다.

시간은 밤으로 밤으로 흘렀다.

밤하늘에 별똥별 하나가 길게 꼬리를 달며 서해 바다로 떨어졌다.

개울의 다리가 잘 보이는 은신처에서 언덕길을 지켜보고 있던 늙은 농부 차림의 두 사람은 동시에 떨어져 가는 별빛을 쫓았다.

그때 저쪽 26여단 쪽에서 트럭 두 대가 어둠 속을 달려왔다. 트럭은 전조등도 켜지 않은 채 잘도 달려와 다리 근처에 다다라 전조등을 켰다가 곧 끄고는 다리를 건너 사라져 갔다. 아마도 유엔 공군의 공습이 무서워서 그렇게 주행하는 것이리라.

그 트럭의 불빛에 다리의 교각이 환히 드러나는 순간, 그 교각 밑의 개울 옆 대피소 같은 곳에 지프 한 대가 웅크리고 있는 것이 희미하게 보였다.

안 대위와 김 대위는 저녁 7시가 조금 지나서 해군부대 군관임이 틀림없는 자가 지프를 타고 와서 다리 밑에 넣어두고 과수원 쪽으로 난 언덕길을 넘어가는 것을 확인한 후, 곧 벤슨 중위에게 상황을 타전하고 지금껏 여기서 세 시간여를 기다리고 있는 것이다.

그때 저쪽 언덕길로 한 사나이가 나타났다. 어둠 속에서도 분명 장화를 신은 군관임이 틀림없음을 확인할 수 있다. 그는 지름길로 개울 밑으로 내려오고 있다. 두 사람은 소리 없이 미끄러지듯 다리 밑을 향해 접근해 갔다.

군관은 장화 소리를 내며 지프가 있는 곳으로 내려갔다. 그의 입에서는 가벼운 휘파람소리까지 흘러나오고 있었다. 기분이 자못 좋은 모양이다.

군관이 지프에 오르는 순간…….

"군관 동무!"

지극히 낮고도 굵은 목소리가 군관의 목 뒤에서 들려왔다. 그는 순간 몸을 비호같이 돌려 권총에 손을 가져가며 낮게 외쳤다.

"누구야!"

그러나 그것은 생각뿐이었다. 순간적으로 군관의 몸에 예리하고도 강한 타격이 가해지면서 목이 억센 팔에 감겨 뒤로 꺾어졌다. 그러고는 무엇인가가 코 위에 덮어씌워졌다. 군관의 눈이 놀라움으로 크게 떠졌으나 아무것도 볼 수는 없었다. 그리고 곧 그 큰 눈이 스르르 감겼다. 그것으로 끝이었다. 군관의 몸은 축 늘어졌다.

두 사람은 군관을 지프가 세워진 다리 밑 구석으로 끌고 갔다. 군관이 눕혀졌다. 시체나 다름없었다. 군복과 군화·양말·시계 등이 벗겨졌다. 또 군복의 주머니 속에서 휴대품들도 꺼내졌다.

증명서 따위는 사진 촬영을 하고는 다시 군복 주머니 속에 넣었다. 증명서에 나타난 신원은 조선인민 해군 제3815부대 중위 황일선이었다. 부대장은 김동수(金東壽) 대좌였다.

다른 휴대품들도 엄격히 선별하여 챙길 것은 챙기고 넣을 것은 다시 넣은 다음, 두 사람은 군관의 코에 무엇인가를 분무했다. 곧 그의 눈이 가늘게 떠졌다. 작은 플래시 불빛이 군관의 눈 부분을 비췄다. 눈은 초점을 잃고 있었으나 공포의 표정은 역력했다.

불빛을 약간 뒤로 하여 얼굴이 드러나게 비췄다.

"3815부대 황일선 중위!"

두 사람 가운데 누군지 알 수 없었으나 굵은 목소리가 낮게 불렀다.

"맞지?"

군관의 눈과 입이 그렇다고 수긍하였다.

"동무는 왜 두문벌을 받고 있는 과수원집에 들어갔나?"

군관은 플래시 불빛을 피하며 중얼거렸다.

"……저는…… 저는……."

"네놈이 미제 반동 스파이지?"

"아…… 아, 아닙니다."

두 사나이가 시선을 주고받고는 다시 코에 무엇인가를 들이댔다. 군관의 눈이 커졌다가 스르르 감기고는 이내 축 늘어졌다. 두 사나이는 군관의 옷과 장화·모자 등을 차 뒤에 숨기고는 군관만을 둘러메고 산속으로 사라졌다. 가면서 한 사람이 어딘가로 무전을 날렸다.

쯔쯔쯔…… 쯔쯔…… 쯔…….

벤슨 중위가 벌떡 일어섰다. 밤 11시가 조금 넘어 있었다. 어느새 김화순도 따라 일어나 있었다. 벤슨 중위는 먼저와 같이 여러 곳에 무전을 날리기 시작했다. 그러고는 더욱 긴장한 상태로 필기도구를 챙기며 대기 자세로 들어갔다.

　그 시각, 겨우 몇 분 전 두 사람이 해군 군관을 둘러메고 사라진 자리에 네 개의 사람 그림자가 나타났다. 그들은 긴 자루를 메고 있었다. 소리 없이 다리 밑 지프로 다가간 그들은 차 뒤에서 군관복과 장화 등을 꺼내 자루 속의 시체에 입히며 민첩하게 행동했다.

　그러고는 지휘관인 듯한 사내가 지프의 사이드 브레이크를 풀고 다른 한 사람과 합세하여 다리 밖으로 끌어냈다. 그 다음에 움직이지 않는 군관 시체를 운전대에 앉히고는 그곳을 떴다. 일련의 행동들은 순식간에 이뤄졌다.

　그들은 개울 건너편의 안전한 지점에 은신하고는 무엇인가를 기다린다. 지휘자인 듯한 자가 시계를 보았다. 그러고는 눈과 귀를 하늘 쪽으로 향하였다.

　그때 멀리 남쪽 하늘로부터 비행기 소리가 들려왔다. 잠시 뒤 이곳 다리 위 상공에 전투기 편대가 나타났다.

　그림자 가운데 우두머리가 소형 무전기로 전투기 편대와 교신하며 공격목표를 유도했다. 전투기 편대는 잠시 밤하늘을 선회하다가는 저쪽 어디인가에 폭격을 감행하고 있었다. 아마도 26여단 쪽이리라.

　전투기 편대가 다시 돌아왔다. 그림자 우두머리의 유도로 지프가 세워져 있는 다리를 공격했다. 편대기 네 대가 교대로 내리꽂으며 로켓 공격을 감행했다.

　슈— 슈— 슈— 쾅! 쾅! 쾅!

　편대기들이 세 번인가 거듭된 지상공격을 끝내고 사라졌다. 이미 그 자리에서 지프는 흔적조차 찾을 수가 없었다. 다리는 중간이 동강 나 있었다.

다시 주위는 조용해졌다.

과수원의 선희는 덮어쓰고 있던 홑이불을 들추고 겨우 고개를 들어 밖을 살폈다. 아무 일 없었던 듯 조용했다. 저 멀리 부대가 있는 쪽 하늘이 벌겋게 타오르고 있었다.

선희는 이제 내 사람이라고 생각해도 좋다고 마음속으로 결정한 황 중위와 오늘밤 두 번째로 꿈같은 시간을 보내고 헤어진 직후였다.

황 중위가 정겹게 입맞춤해 주고는 "잘 자요" 하며 나간 지 채 5분도 안 돼서 지겨운 유엔 공군의 공습이 덮쳤다. 대체로 과수원 하늘을 지나치면 그만이었기에 선희는 황 중위의 체취만을 간직한 채 그렇게 누워 있었다. 그러나 그 순간 멀지 않은 곳에서 천지를 뒤흔드는 엄청난 공포의 폭음이 선희의 고막을 때렸다.

선희는 홑이불을 뒤집어쓰고는 오로지 황 중위의 무사함만을 빌면서 엎드려 있었다.

이제 다시 조용해졌다. 선희는 아직도 황 중위의 체취가 남아 있는 젖가슴을 쓸어내렸다.

다리 밑에서 인민군 군관을 어깨에 메고 사라진 농부 차림의 두 사람은 산속으로 산속으로 잰걸음을 놀렸다.

마침내 대기하고 있던 경무관 복장의 두 대원과 유격대원들이 이들을 맞았다. 떠메고 온 군관은 공작용 물자수송을 위한 상자에 옮겨져 순식간에 포장된 후 대원들이 짊어졌다. 그리고는 두 사람의 지시에 따라 서둘러 그곳을 떴다.

그렇게 얼마를 가고 있을 때 남쪽 하늘에서 폭격기들의 어슴푸레
한 폭음이 들려왔다. 두 사람은 서로 시선을 교환했다. 잠시 뒤 이들
은 자신들이 떠나온 곳으로부터 엄청난 폭음을 들었다.

산속 바위틈의 안전해 보이는 지점에서 행렬이 멈췄다. 짐이 내려
졌다. 그리고 유격대원들과 경무관 복장들은 사방으로 몸을 숨기며
사주경계(四周警戒)에 들어갔다. 농부 차림의 한 사나이가 무전기를
꺼내 송신하기 시작했다. 멀리 산 밑 신작로에는 불타오르는 부대
쪽으로 차량들이 질주해 가고 있었다.

쯔쯔…… 쯔쯔쯔…… 쯔…… 쯔…….

벤슨 중위는 마침내 올 것이 왔다는 표정으로 메모를 시작했다.
벤슨의 표정이 환희의 표정으로 바뀌었다. 시계를 보았다. 밤 11시
30분이었다.

수신이 끝나자 벤슨 중위는 메모지를 다시 한 번 훑어보고는 김화
순에게 말했다.

"3시 50분 만조시각에 맞추도록 출동해야겠습니다."

김화순은 곧장 막사를 나갔다. 벤슨 중위는 상기된 표정으로 다른
곳으로 송신하기 시작했다.

쯔쯔…… 쯔…… 쯔쯔쯔…….

오키나와의 X-1 제3부 상황실 옆 무전실 유리창 안의 담당 하사
관이 긴장하며 보좌관에게 눈짓을 했다. 유리창 너머 상황실의 멤버
들도 아연 긴장하며 주시했다. 보좌관은 유리창 너머의 자네트 상병

에게 손짓했다.

자네트 상병은 재빠른 발걸음으로 스톤 중령의 집무실로 향했다.

노크도 없이 급히 들어온 자네트를 보자 스톤은 소파에서 벌떡 일어섰다.

"벤슨 중위로부터 무전이 들어오고 있습니다."

스톤은 보고를 다 듣기도 전에 시계를 보며 상황실로 향했다.

무전 담당 보좌관이 굿펠로 대위에게 수신된 내용을 건네주었다. 굿펠로 대위는 무전실을 나오며 들어서고 있는 스톤 중령에게 내밀었다.

"성공인 것 같습니다."

스톤 중령은 낚아채듯 메모를 받아들고는 단숨에 읽어 내렸다. 상황실의 모든 사람들의 눈동자가 스톤의 입과 눈에 쏠렸다.

B프로젝트 성공.

목표하는 인물(해군 중위) 생포. 현재 목표 해역으로 가고 있음.

〈1차 보고〉

1. 포로명: 황일선 중위

2. 부대명: 인민군 3815부대

3. 부대장: 김동수 해군 대좌

4. 인민군 해군 군관만으로 편성된 부대

5. 대남·대유엔 첩보 활동 확실

6. 26여단 작전권도 보유

7. 3시 50분 목표 해안으로 출동 준비 끝. 벤슨.

"바로 이것이다. '남해작전'을 위한 전초유도촉각부대(前哨誘導觸覺部隊)*가 확실하다."

스톤의 말이 끝나자 일동의 함성이 터졌다.

"와!"

"이제 우리 앞에 공격목표가 부상(浮上)한 것이다. 마침내 적을 알았다. 이제는 공격방법만 남아 있다."

도어가 벌컥 열렸다. 제3부장 램프 장군을 비롯하여 이웃 부서의 장군들이 우르르 들어왔다.

"여, 스톤! 축하하네."

램프 장군이 스톤을 껴안고 어쩔 줄을 몰라 했다. 장군들은 저마다 손을 내밀어 스톤과 축하 악수를 교환했다.

작전부장 해리슨(Harrison) 중장이 또 다른 부서의 장군들을 거느리고 들이닥쳤다. 해리슨 중장은 두 팔을 벌리며 다가왔다.

"Oh! My dear youngman!"

뒤따라 들어서는 장군들도 연발했다.

"Wonderful! Congratulation! Good-good!"

"Great!"

상황실은 온통 별들로 들썩들썩했다.

드디어 해리슨 중장은 'M-1작전' 입안 본부를 제3부에 설치할 것을 지시했다. 따라서 다른 부서에서 여기저기 나가 있던 각종 팀들이 소환되었다.

어선을 가장한 공작선이 어둠을 뚫고 달렸다.

김화순은 어두운 전방을 응시했다. 벤슨 중위도 시계를 보며 다시 앞을 응시했다. 김화순의 지시로 배는 엔진 소리를 죽이며 조용히 미끄러지듯 전진했다. 어둠 속에서 파도가 뱃전에 부딪치는 소리만이 들렸다. 멀리 육지는 어슴푸레한 선으로 하늘과 구분되고 있었다. 배는 거의 정지한 듯 파도에 따라 흔들렸다. 그렇게 약 5분이 지났다.

그때 전방 해안 바위틈에서 약속된 신호의 불빛과 동시에 벤슨 중위 무전기에 신호가 왔다. 김화순은 전진 신호를 내렸다. 배는 소리 없이 해안 바위틈을 향해 미끄러져 들어갔다.

바위틈의 일행들은 육지 쪽을 향해 사주경계를 했다. 바다 쪽을 응시하던 농군 차림 두 사나이의 눈에 공작선이 해안으로 들어오는 것이 잡혔다. 두 사람의 신호로 경무관 복장 두 사나이와 대원 둘이 짐을 메고 해안 바위틈으로 내려갔고, 그들 뒤를 농군 차림의 두 사나이와 경계태세를 취한 유격대원 둘이 따랐다. 마침내 바위뿌리에 접안한 공작선에 짐부터 올리고 대원들도 올라탔다. 경계하던 무장 유격대원들은 잠시 지켜보다가 숲 속으로 사라졌다.

배는 초도를 향해 어두운 밤바다를 가르며 나아갔다. 배 안에서 농군차림 두 사람은 미군 야전복으로 갈아입었다. 벤슨이 먼저 굳은 악수를 하면서 치하했다.

"수고가 많으셨습니다."

"감사합니다."

배가 K-54(椒島) 앞쪽으로 다가갔을 때 이들 머리 위로 폭음이 들리면서 몇 대의 전투기가 배 위를 선회했다. 벤슨 중위는 곧 무전기로 전투기와 교신했다. 벤슨 중위의 요청으로 김화순이 배를 정지시켰다.

잠시 뒤 시코르스키 중형 비행정이 바다에 사뿐히 내려앉아 공작선이 있는 곳으로 다가왔다. 전투기 편대는 멀리 사라졌다.

비행정이 공작선에 곁을 붙이자 출입구가 열렸다. 우선 짐부터 옮겨 실었다. 미군 군의관 소령이 따라붙었다. 다음에는 안 대위·김 대위·벤슨 중위가 김화순 및 첩보대원들과 악수를 교환하고는 아무 말 없이 옮겨 탔다.

비행정 문이 닫혔고 비행정과 공작선은 모든 엔진을 끈 채 조용히 바다에 떠 있다.

"성공! 성공!"

스톤 중령의 집무실 문을 열며 무전 담당 보좌관이 뛰어들었다. 해리슨 중장을 비롯한 많은 장성들이 일제히 돌아보았다. 상황판 앞에서 이들에게 설명하고 있던 스톤에게 보좌관이 보고했다.

"중령님! 무사히 인수했답니다."

"알았네. 계속 수고해 주게."

"네."

스톤은 좌중을 향해 정중하게 보고했다.

"현지에 나가 있는 공작 팀을 우리의 지원단이 안전하게 인수했다는 보고입니다."

그러고는 설명을 계속하기 위해 다시 상황판 쪽으로 돌아섰다.

지금 막 공작 팀을 인수한 시코르스키 비행정 안에서는 준비된 작업이 진행되었다.

짐이 풀어지고 해군 군관이 꺼내졌다. 군의관은 작은 플래시로 군관의 눈부터 비춰 보았다. 그러고는 청진기로 가슴의 여기저기를 짚어본 뒤 주사를 놓았다.

군관은 미리 준비된 구석 칸에 격리되었고 비행정 안에는 어떠한 소음도 금지하는 함구령이 내려졌다.

비행정 뒤쪽에서 인민군 정찰대 복장의 중좌와 소좌가 나타났다. 두 사람은 군관이 누워 있는 칸으로 들어갔다. 군관의 얼굴에 불빛이 비춰졌다. 그는 어렴풋이 깨어나고 있었다. 사방을 둘러보며 어둠 속에서도 자신의 위치를 확인하려 애썼다.

흐릿한 불빛 속에서 중좌와 소좌의 계급장이 군관의 눈에 들어왔다. 비로소 그의 눈에는 안도의 빛이 스쳤다.

소좌가 먼저 말을 꺼냈다.

"황일선 중위, 정신이 좀 드는가?"

"……네."

"황 중위는 민보성[民族保衛省] 정찰국으로 압송된다."

"……."

"묻는 것에만 답하라. 3815부대장은 누구인가?"

"김동수 대좌이십니다."

"나이는?"

"모릅니다."

"몇 살쯤으로 보였나?"

“……가까이서 뵌 일이 없어서 모릅니다.”

이때 중좌 계급장이 끼어들었다.

“중앙의 명령자는 누구인가?”

“……모릅니다.”

“부대장 부재 시에는 누가 부대를 지휘하는가?”

“그런 일은 모르겠습니다만 박 중좌께서 지휘하실 것입니다.”

“박 중좌가 누구인가?”

“부대 참모장이십니다.”

“그 밑으로는?”

“수십 명의 소좌급 간부 동무들이 계십니다.”

지극히 간단하나 생각할 여유를 주지 않는 질문들이 꼬리에 꼬리를 물고 이어졌다.

밖에서 리시버로 대화를 듣고 있던 분석관들이 손을 들어 출발 신호를 보냈다. 비행정의 엔진에 시동이 걸렸다. 조용히 기다리던 김화순의 공작선도 엔진을 걸었다. 이때 아까 날아갔던 전투기 편대가 어디선가 다시 나타났다.

김화순 일행이 어둠 속에서 손을 흔드는 가운데 바다를 가르며 달려가던 시코르스키 비행정은 힘차게 솟아올랐다. 그러고는 전투기들의 엄호를 받으며 남쪽 하늘로 사라졌다.

김화순 일행도 초도(椒島) 소사(蘇沙)를 향해 선수를 돌렸다. 멀리 적지 능선 사이로 동녘의 새벽이 밝아오고 있었다.

집무실로 돌아온 스톤은 방금 전에 들어온 〈2차 보고〉 내용을 다시 한 번 읽어본다.

    1. 제3815부대장 김동수 대좌, 부대 내에서 거의 신격화된 인물.

    2. 중의사 직할 부대.

    3. 부대 외곽의 작전 및 행정 관할권 보유.

    4. 포로는 중앙으로 압송되는 것으로 알고 있음. 이상.

스톤은 대형 상황판 위의 인민군 해군부대 표지를 뚫어지게 노려본다.

인민군 제3815부대!

그리고 전혀 알려져 있지 않은 미지의 인물 부대장 김동수, '남해작전(南海作戰)'! 누가 명령하며 결정하는가?

스톤은 깊은 생각에 잠겨 팔짱을 끼고 방 안을 왔다 갔다 하기 시작한다.

김일성(金日成)을 둘러싸고 있는 인물들? 그럴 만한 자가 없지 않는가? 소련 측의 고문관들? 이른바 중의사(中義司)……? 중공군……? 현재 만주에 주둔하고 있는 중공군 제4군 팽덕회(彭德懷)? 그는 지금 중의사 사령관을 겸하고 있다.

'그러나…… 그는……?! 그들의 가칭 남해작전과 같은 대유격전의…… 아니다…….'

스톤은 고개를 흔들었다. 팽덕회는 아닐 것이다. 스톤이 전략관 연수 교육을 받을 때 연구한 중공·북한의 고위 지휘관들의 특징에 비추어 볼 때 팽덕회는 남해작전과 같은 고도의 유격전술과는 거리가 먼 인물이었다.

'……그렇다. 유격전…… 유격전술…….'

스톤은 방 한가운데 우뚝 멈추어 섰다.

'시장작전…… 그렇다면…… 결국 임표(林豹)! 중국인 암살범들이 흘린 바 있던 임 장군의 시장작전! 그렇다.'

스톤은 소파에 몸을 던졌다.

'그렇다면 결국 3815의 배후에는 임표가 있다는 말인가?'

스톤은 지금 전략관 교육 때의 임표에 관한 강의를 상기하고 있었다. 그의 과거와 현재, 그리고 그의 전략…….

스톤은 소파에서 벌떡 일어섰다.

남해작전 ― 시장작전 ― 유격전술 ― 3815부대 ― 김동수 부대장 ― 평양 사령부 ― 사령관 ― 중의사 ― 중공군 ― 임표…….

다시 임표로 이어지는 쳇바퀴를 돌리며 스톤은 무엇인가 실마리를 잡아보려고 애썼다.

김동수……?! 그는 과연 어떠한 자인가?

〈1차 보고〉를 접하고 정보처리반에 김동수라는 자의 신원 파악을 명했으나 아직도 안개 속의 인물……. 그들의 이른바 '남해작전'과 김동수라는 부대장……. 평양에서는 대체 누가 명령하며 결정하는가?

문이 열리며 자네트 상병이 구수한 냄새의 모닝커피를 받쳐 들고 들어왔다.

9

오늘도 황일선 중위는 아무 할 일도 없이, 그렇게 한동안 멍청하게 앉아 있다.

심문부(審問部)에 가서 "아니오", "그렇소"만을 하루 종일 읊조리고는 다시 이곳 숲 속의 별장 같은 곳에 내던져지면 이렇게 앉아 멍청해지곤 했다.

'도대체 나는 앞으로 무엇을 어떻게 해야 하나? 탈출?'

황 중위는 그것이 자기의 임무처럼 느껴지기는 했지만, 사실상 불가능할 듯싶었다. 설사 이곳을 빠져나간다 해도 '오키나와'라는 곳에서 어떻게 본대로 돌아간단 말인가?

'그렇다면 자살?'

하지만 황 중위에게는 자살을 해야 할, 아니 자살을 자극하는 아무

것도 찾을 수가 없다.

고문을 당했는가? 아니다.

모욕을 당했는가? 아니다.

하기는 이렇게 잡혀온 것 자체가 모욕이라면 모욕일 수 있었다. 허나 직접적인 동기는 되지 못했다.

그렇다면 이곳이 감방이나 영창인가? 아니다.

지금의 처소는 그럴 수 없이 조용하고 깨끗한 데다가 손만 뻗으면 목마름이나 배고픔을 해결할 수가 있었다. 거기에다가 손가락 하나만 움직이면 음악도 있고 뜨겁고 깨끗한 목욕물도 있었다.

어이없긴 했으나, 오로지 생각나는 것은 백선희의 존재였다. 이곳에 백선희만 있다면, 그래서 이 조건에서, 이 집에서 백선희하고만 같이 있을 수 있다면 더 이상 바랄 것이 없다고 생각하며 도리질을 하곤 하였다.

황 중위는 눈을 감고 몸을 의자에 깊숙이 기댄 채 생각에 잠겼다. 아직도 꿈속 같다고 생각했다. 바로 이틀 전까지만 해도 자기는 어떤 사람이었으며, 무엇을 하고 있었던가?

그날도 상당히 바쁜 날이었다.

오후에 참모장 박대일(朴大一) 중좌 동지의 보급품 재고 검열이 있던 날이었기 때문이었다. 그는 오전 내내 창고를 정리하고 장부와 현품을 맞추었다.

식량·피복·군화·농구화 등이 보급창고에 가득했었다. 미제 무전기 배터리도 1년을 쓰고도 남을 만큼 쌓여 있었다.

어쨌든 그날 오후에 참모장 재고 검열은 무사히 끝났었다. 검열이 끝난 뒤 그는 3815부대장 명의의 현물세 징발증을 가지고 인민위원회로 갔다. 과일·돼지·닭·계란 등의 부식을 트럭에 싣고 수산합작사(水産合作社)로 갔다. 그곳에서는 소금·미역·생선 등을 인수해 가지고 그 전전날처럼 동행했던 윤일규 특무장 편에 운반시켰다.

꽤나 부지런히 돌았는데도 워낙 오후 늦게 나왔기 때문에 혼자 남아 과수원을 향해 차를 몰았을 때는 이미 해가 넘어가고 있었다.

과수원 가는 언덕길이 보였을 때 황 중위는 오로지 백선희를 만날 생각에 들떠있었다. 엊그제는 황 중위에게 평생 잊지 못할 날이었다. 처음으로 선희의 체온을 온몸으로 느낄 수 있었던 것이다.

지프를 다리 밑 대피소에 넣어 놓고, 언덕길을 올라가는 황 중위의 걸음은 자기도 모르게 빨라졌다.

황 중위는 백선희를 사랑하고 있다. 조만간 기회가 있으면 참모장 박대일 중좌에게 그녀와의 관계를 고백하고 결혼을 허가받을 생각이었다. 그러나 백선희와의 결혼 허가가 군당부(軍黨部)에서 쉽게 내려질 것 같지 않았다.

전쟁이 터지고 부산까지 단숨에 내리 덮칠 듯했던 인민군은 유엔군의 인천 상륙작전으로 지리멸렬이 되었고, 재작년 가을엔 유엔군이 물밀 듯이 북진해 왔다.

그런데 그해 겨울 중국인민의용군이 내려와 이 지방이 다시 공산 치하가 되자 선희의 아버지는 우익(右翼) 치안대에 협력했다는 이유로 인민재판에 회부됐다. 그러나 아들이 인민군에 입대해 있다는 점이 참작되어 겨우 목숨은 살아서 석방됐으나, 인민재판에 시달린 여

독으로 시름시름 앓다가 숨을 거두고 말았던 것이다. 거기에 설상가
상으로 버려지듯 남겨진 선희 모녀만이 사는 이 집에 두문벌이라는
선고가 내려졌다.

황 중위가 선희를 처음 본 것은 연락차 찾아갔던 군당부에서였다.
선희는 한 주일에 한 번씩 군당부 선전과로 사상교육을 받으러 가야
했었다.

황 중위가 처음 본 스물두 살의 백선희는 아름다웠다. 황폐한 생활
속에서도 그녀는 고고한 기품을 간직하고 있었다. 진남포(鎭南浦)에
있는 인민병원에서 간호사로 일한 적도 있다고 했다.

황 중위는 붉게 타오르는 석양을 등지고 선희네 과수원 언덕길을
막 넘어서고 있었다. 그의 가슴은 여느 때보다 더 고동쳤다. 엊그제
다녀갔으니까 겨우 이틀 만이지만 아주 오랜 시간이 흐른 것처럼
느껴졌다.

두 사람의 몸과 마음이 한 덩어리가 된 엊그제의 일을 생각하면,
황 중위는 아직껏 선희의 뜨거운 입술에서 나던 아카시아꽃 향기와
같은 향긋한 냄새가 코끝에 느껴지곤 하는 것이다.

황 중위의 걸음은 더욱 빨라지고 있었다.

초저녁 어스름 속 과수원 안에 아무렇게나 피어 있는 분꽃이 아련
한 내음을 뿜어내고 있었다. 잘라낸 사과나무 가지들을 쌓아올린 나
뭇단 위에는 소복(素服)한 청상(靑孀) 같은 희디흰 배꽃이 어둠 속의
선녀처럼 떠올라 있었다.

황 중위는 마당의 평상에 걸터앉았다. 군모를 벗고 허리의 권총도

풀어 평상 위에 놓았다. 그러고는 상의도 벗어서 얌전하게 개어 놓았다. 마치 퇴근하여 귀가한 사람 같았다. 송글송글 배어난 땀을 씻어내며 황 중위는 기척을 살폈다. 그러나 아무 곳에도 선희의 모습은 없었다. 아마도 과수원 저 위쪽으로 애호박이라도 따러갔는지 모를 일이었다.

황 중위는 러닝셔츠마저 벗어부치고 시원한 우물물을 뒤집어쓰고 싶었다.

우물 쪽으로 가는 황 중위의 귀에 물소리 같은 것이 들렸다. 걸음을 멈추고 소리 나는 쪽으로 귀를 기울였다. 분명 물소리였다. 그것은 우물 옆으로 부엌을 돌아간 뒤꼍 나무들 속에서 들려왔다. 황 중위는 그쪽으로 다가갔다.

어슴푸레한 나무들 사이에 선희가 있었다. 황 중위는 자신도 모르게 끌려가듯 다가가고 있었다. 물을 전신에 끼얹고 있는 숲 속의 선희의 뒷모습은 비너스의 나신(裸身) 바로 그것이었다. 멍석 위에서 수건을 집어 물기를 닦은 선희는 긴 머리를 쓸어 넘기며 검은 통치마를 알몸에 꿰어 입었다. 순간 선희가 본능적으로 양손으로 가슴을 가리며 돌아보았을 때, 장승처럼 그녀 앞에 서 있는 황 중위의 뜨거운 시선과 부딪쳤다.

"……어머나!!"

외마디 비명을 지르며 선희는 총알같이 황 중위의 가슴으로 파고들었다. 선희는 자신의 앞가슴을 숨기려 함인지 오히려 황일선의 가슴에 자신의 몸을 밀어붙이듯 밀착시켰다.

황일선은 선희의 온몸을 힘껏힘껏 껴안았다. 물기 흐르는 선희의 머리칼에서는 비릿한 비누 냄새가 진하게 풍겼다. 두 사람의 몸은 순식간에 불덩어리가 되면서 달아올랐다.

하늘도 땅도 서서히 돌아가기 시작했다. 두 사람 사이에는 이제 아무것도 존재하지 않았다. 전쟁도 없었고 두문벌 따위는 더더욱 없었다. 오로지 뜨거운 숨결만이 있었다. 풀잎도, 사과나무도, 배나무도, 하늘도, 땅도 숨을 죽인 채 모두 눈을 감아버렸다.

그렇게 하늘과 땅이 몇 번인가 돌아갔다.

숲 속에 다시 고요가 깃들고, 어둠이 끈적이는 슬픔처럼 두 사람의 전신을 뒤덮고 있었다. 어느 나무에선가 지다 만 꽃잎이 죽은 듯 누워 있는 황일선의 눈자위 위에 떨어졌다. 황일선은 살며시 눈을 뜨고 아직도 자신의 팔을 베고 누워 있는 선희의 옆얼굴을 바라보았다.

어둠 속에서도 선희의 얼굴에 그대로 늘어진 물기 젖은 머리칼이 달빛을 반사하고 있었다. 선희의 얼굴은 참으로 평화스러웠다. 황일선은 어둠을 밀어내듯 낮게 속삭였다.

"선희!"

"……."

선희는 비로소 눈을 들어 황 중위를 보았다. 황일선은 팔베개하던 팔을 들어 선희의 어깨를 감싸 안았다. 선희는 황일선의 가슴에 얼굴을 살며시 묻었다.

황일선은 나무 사이로 스며드는 달빛을 우러르며 선희의 부드러운 등을 자꾸만 어루만졌다. 그러면서 주문처럼 중얼거렸다.

"……선희 또한 외로운 섬, 우리는 흘러가다가 무인도에 갇힌 표류자들이야……."

선희는 눈길을 들어 살며시 황일선을 올려다보았다.

"선희……! 정말 아름답군……."

선희는 자신의 등에 감긴 황일선의 손을 더욱 힘 있게 자신의 몸에 휘감으며 사나이의 넓은 가슴에 얼굴을 파묻고 파고들었다. 선희는 소리 없이 울고 있었다.

무성한 풀섶에는 벌레 소리가 희미하게 떠돌고 있었고, 주위는 포위군 같은 어둠이 짓누르고 있는 가운데 여인의 허연 허벅지만이 유난히 두드러져 보였다. 두 사람은 한동안 그렇게 태엽 풀린 자동인형들처럼, 자신들이 흘린 땀과 체액 속에 꼼짝 않고 갇혀 있었다. 숲 속 어디에선가 선들바람 한 줄기가 이들을 휘감고는 사라져갔다.

황 중위가 과수원을 뒤로하고 언덕길을 내려오고 있을 때는 밤이 깊어서였다. 주위는 고요했다. 황 중위로서는 참으로 다행스러운 일이었다. 바다는 꽤 떨어져 있었지만 찝찔한 바다 내음이 바람을 타고 콧속을 스쳤다. 바닷바람은 상쾌했다.

양쪽 산언덕은 온통 과수원이었다. 사과꽃·배꽃이 안개구름처럼 땅을 덮고 아카시아꽃이 과수원을 둘러싸고 있다. 그는 전쟁이 끝나면 이 고장에 와서 선희와 가정을 꾸미고 살았으면 좋겠다고 생각했다. 황 중위는 이제 선희를 빼놓고는 아무것도 생각할 수 없는 자신을 잘 알고 있었다.

대피소에 세워놓았던 차에 올라타려고 했을 때 누군가 자신을 덮친 것은 지금도 도저히 믿을 수가 없다. 그 뒤로는 정신을 잃었던 것 같았다. 그러고는 비몽사몽간에 이곳에 끌려오지 않았던가?

황 중위는 퍼뜩 눈을 떴다. 소파에 기댄 채 잠이 들었던 모양이었다. 황 중위는 자신을 내려다보았다. 역시 푸르죽죽한 작업복 차림이었다. 방 안을 둘러본다. 벽 위의 핀업걸이 웃고 있다. 밖은 벌써 어두워져 있었다.

황 중위는 기운 없이 몸을 소파에 길게 눕혔다. 그러고는 천장을 멀거니 바라보았다. 그 이상은 할 일이 없었다. 멀리서 비행기가 대지를 밀어붙이며 하늘로 날아오르는 소리가 들렸다.

이곳 과수원 하늘에도 붉은 노을을 등지고 미 제국주의 비행기들이 몇 대인지 셀 수도 없이 북으로 북으로 날아갔다. 선희는 비행기들이 저주스럽도록 미웠다. 언제부터인가 평상 위에는 선희가 하염없이 넋을 잃고 앉아 있었다.

선희는 도저히 믿어지지가 않았다. 황 중위의 죽음을 받아들일 수가 없었다. 선희에게 황 중위는 이미 기둥이요 생명 그 자체였었다. 황 중위를 빼놓고는 삶의 의미를 찾을 수 없는 것이었다. 그런데 황 중위가 죽은 것이다. 선희는 도저히 믿을 수가 없었다.

그날 밤의 너무나 황홀하고 너무나 꿈결 같던 시간들이 생생하게 선희의 전신을 감싸 왔다.

지금도 선희는 온몸에 황일선의 체취를 느끼고 있다. 지금이라도 불쑥 등 뒤로 나타나서는 그 따뜻한 손길로 감싸줄 것 같다. 평상 위에 석고처럼 앉아 있는 선희의 볼에 눈물이 흘러내린다.

황 중위가 마지막 다녀가던 날 밤, 무서운 미 제국주의 비행기들의 광란의 소리에 너무나 놀란 가슴을 쓸었던 선희는, 황 중위가 이제나 올까, 저제나 올까 며칠을 그렇게 기다렸다. 그러나 황 중위는 나타나지 않았다. 그렇게 다짐하던, 그렇게 행복한 미소를 짓던 황 중위가 다음 날도 다음 날도 그리고 3일이 지나도 나타나지 않았다.

그렇게 무섭던 밤 다음 날, 아랫마을의 영이 엄마가 왔다. 전날 밤 여단(旅團) 본부가 온통 불바다가 됐다고 했다. 그리고 과수원 아래 신작로로 통하는 다리가 폭격에 깨어졌다고 했다. 또 그 다리에 26여단의 군관 동무들과 해안포부대 소좌 동무 등 많은 군관 동무들이 나와서 무엇인가를 조사하고 난리를 쳤다고 했을 때까지도 선희는 귓등으로만 들었었다. 해안포부대 군관이 폭격에 죽은 모양이더라고 했을 때도 선희는 설마 했다. 그런 이야기들은 먼 나라의 딴 사람들의 이야기라고 생각했다.

그런데 영이 엄마가 오늘 아침에 또 와서는 어제 다리 건너 저쪽 산속 언덕배기에 그 죽은 군관의 무덤이 새로 만들어졌다고 했을 때 선희는 불길한 먹구름 같은 것이 덮쳐 오는 기분을 떨치지 못했다. 폭격으로 죽은 사람이 해안포부대 군관이라고도 하고, 무덤을 만들어 주는 일은 이 전쟁통에 흔치 않은 일이라는 말들을 사람들이 수군거린다고도 했다.

선희는 오늘 아침부터 하루 종일 안절부절못하며 지냈다. 어디든 한 군데 잠시도 앉아 있지를 못했다. 오후가 되면서 그녀는 도저히 가만히 있을 수 없음을 깨달았다.

과수원을 나와 영이 엄마가 말하던 곳을 향해 발걸음을 옮겼다. 얼마 만에 과수원을 나와 보는지 기억에도 없었다. 지름길로 언덕길을 내려가 다리가 보이는 곳에 왔을 때 선희는 폭격에 깨어져 내려앉은 다리를 보았다. 개울물을 건널 때도 치마를 걷어 올릴 생각도 못한 채 그냥 건넜다. 개울둑을 건너 신작로를 걸어갈 때 선희의 다리는 몹시 떨리고 있었다. 자신이 걷고 있는 것인지 미끄러져 가는지조차도 알지 못했다.

영이 엄마가 일러주던 야산 근처에 다다라서야 선희는 제정신이 좀 드는 것 같았다. 신작로를 벗어나 언덕으로 들어섰다. 새로 만들어진 무덤이라면 찾기 쉬울 것이라고 생각했다.

새로운 무덤은 없었다. 없기를 바랐다. 없어야 했다. 그러나 선희는 여기저기 찾아 헤맸다. 산속 깊숙이는 안 들어갔으리라 생각했다. 찾아 헤매면서도 불룩하게 솟아 있는 것이 눈에 뜨이면 가슴이 철렁하곤 했다.

결국 선희는 찾아냈다. 새로이 만들어진 것이 분명했다. 새로 깎아 세운 듯한 하얀 목비(木碑)도 꽂혀 있었다. 한 발 한 발 다가가는 선희의 발은 허공을 딛고 있었다. 멈추어선 선희의 눈은 감겨 있었다. 그곳에는 '고 인민해군 중위 황일선의 묘'라고 씌어 있었다.

그렇게 서 있던 선희는 무덤 앞에 쓰러지고 말았다. 이리저리 꽃을 찾아 날아다니는 벌들의 윙윙거림과 이름 모를 산새들의 지저귐만이 산속의 고요를 깨고 있었다.

날은 이미 저물어 어두운 밤하늘에 폭격기들만이 요란한 소리를 내며 과수원의 하늘을 가로질렀다. 문득 정신이 돌아온 듯한 선희의 눈에서 한 줄기 눈물이 마른 자국 위에 또다시 흘렀다. 선희는 몸을 일으켰다.

천천히 우물가로 발길을 옮겨 큰 나무통 가득 우물물을 퍼 올렸다.

선희는 하나하나 벗은 옷을 나뭇가지에 걸었다. 어둠 속에 눈부시게 빛나는 하얀 나신이 우뚝 섰다. 그리곤 두 팔을 들어 헝클어진 긴 머리를 뒤로 넘겼다. 물통 앞에 꿇어앉은 선희는 물을 퍼 올려 천천히 머리 위로 부었다. 차가운 물이 전신을 타고 흘러내렸다. 선희의 물에 젖은 알몸이 달빛을 받아 하얗게 빛났다.

방 안으로 들어선 선희는 새삼스럽게 장롱을 바라보았다. 참으로 오래된 오동나무로 짠 이 장롱은 어머니가 시집올 때 가지고 오신 것이었다. 선희는 맨 아래 서랍을 열었다. 어머니가 손수 만들어 주셨던, 옥색 치마저고리로 갈아입었다.

그러고는 과수원 언덕 위의 나무 사이로 달빛을 받으며 어머니 무덤을 향해 걸어갔다.

여인의 젖가슴처럼 솟아 있는 두 개의 무덤 앞에 선 선희는 차례로 절을 했다. 그리고 겨우 일어서는가 하더니 그 자리에 엎어지고 만다. 치마가 날리며 허물어지는 모습은 마치 한 포기의 하얀 꽃송이가 떨어져 내리는 듯했다.

황일선은 지금 백선희를 보고 있다. 흰 소복의 백선희가 한 떨기 백합인 양 치마를 날리며 자신을 향해 달려오고 있다. 선희의 몹시도 큰 눈이 서러움을 띤 채 긴 머리칼을 날리며 지칠 줄 모르고 자기를 향해 달려오고 있다. 황일선도 있는 힘을 다해 선희를 향해 달려간다. 그러나 달려오는 선희는 자꾸자꾸 멀어져만 간다. 안타까움에 소리를 지르려 해도 소리가 나오지 않았다. 입만 벌리고 손을 내저으며 선희를 향해 마구 달렸다. 달려가면 달려갈수록, 선희가 달려오면 달려올수록 둘의 사이는 자꾸만 멀어져갔다. 선희의 그 슬픈 눈이 더욱 커졌다.

황일선이 겨우 선희의 이름을 크게 불렀을 때 그 충격과 함께 깨어났다. 정신을 차리고 보니 긴 소파에서 굴러 떨어져 있었다. 방금 꿈속에서 겨우 불러본 선희의 이름이 아직도 귓가를 맴돌고 있다.

주위는 너무나 고요하다. 황 중위는 천천히 몸을 일으켰다.

일어나서 생각하니 할 일이 없다. 세수나 할까? 한 걸음 움직이다가는 멈추어 섰다. 헛웃음이 절로 새어 나왔다. 세수는 해서 무얼 하자는 것인가. 무엇을 해야 하나? 다시 잠이 올 것 같지도 않았다.

황 중위는 선 채 자신을 내려다본다. 아무리 보아도 인민군 해군복은 아니었다. 퍼런 낯선 미군 작업복 그대로였다.

두 손을 들어 얼굴을 감쌌다. 한동안을 그 자세로 있으면서 무엇을 어떻게 할 것인가 생각했다. 손을 내리고 방 안을 다시 한 번 천천히 둘러보다가 마침내 창틀에 늘어진 커튼을 보았다.

"노! 노!"

문이 열리며 커다란 몸집의 헌병이 들어왔다. 찢긴 커튼으로 목을 매고 창틀에 걸고 발을 떼어 놓으려던 찰나였다. 또 다른 한 명의 헌병이 들어와 황일선의 목에 감긴 커튼을 풀었을 때 스톤 중령이 들이닥쳤다.

스톤이 다가서며 뺨을 후려갈겼다. 노려보던 스톤이 낮은 소리로 말했다.

"또다시 이따위 짓을 하면 그 즉시 영창으로 보내고 말겠다. 못난 놈!"

그러고는 돌아서 나가버렸다. 부동자세로 서 있던 헌병들도 찢어진 커튼을 거두어 따라 나갔다.

겨우 소파에 무너지듯 내려앉은 황 중위는 생각했다. 감시당하고 있는 것이 분명했다.

자신의 집무실로 돌아오고 있는 스톤의 심사는 몹시 사나웠다. 스톤은 상황실 옆의 감청실로 들어섰다. 모니터로 황 중위를 감시하던 사병이 벌떡 일어섰다. 스톤은 황일선의 방을 비추고 있는 모니터를 들여다보았다. 황일선은 방 한가운데 소파에 그냥 멍청하게 앉아 있었다.

"눈을 떼지 말고 철저히 감시하도록 하게!"

이 무렵 해리슨 중장이 주재하는 스타카운실에서는 때가 때이며 너무도 절박한 시간성에 쫓기는 상황인지라, 각부에서 대충 얽어놓은 안이 있으면 덜 익은 채로 일단은 그 자체의 정책적 가부를 심사하고 있었다. 이러한 일은 그동안에는 없었던 일이었다.

한마디로 X-1도 너무 급한 나머지 마침내 초조함을 드러내고 있는 것이었다.

불 꺼진 스톤의 집무실에 창을 통해 달빛이 쏟아졌다.

스톤은 언제부터인가 소파에 파묻힌 채 꼼짝도 하지 않고 초점 없는 시선을 창밖으로 던졌다.

두문벌을 받고 있는 이곳 백선희의 과수원 입구에 두 사나이가 나타났다. 그들은 바지에 푸른 줄무늬를 친 내무서원들이었다. 거칠 것이 없이 과수원으로 들어선 두 사람은 납작한 선희의 집 마당으로 들어섰다.

집 안에서는 인기척이 없었다. 한 서원은 전후방을 둘러보고, 또 한 사람은 집 뒤로 한 바퀴 돌아봤다. 아무것도 없었다. 툇마루로 올라가 방문을 열고는 플래시로 비쳐보았다. 옷장 서랍이 열린 채 있었다.

방을 나와 다시 한 번 집 안팎을 돌아본 두 사람은 재빠른 몸놀림으로 과수원 나무 사이로 갈라져 올라갔다.

저 위쪽의 나무 사이로 하얀 물체를 발견했다. 두 사람은 양쪽에서 하얀 물체로 접근했다.

여인은 꼼짝도 않고 엎어져 있었다. 울다 지쳐서 기진한 상태인 것 같았다. 조용히 흔들어 보았다. 한참 만에 겨우 움직이더니 두 사람의 부축에 의해 일어나 앉았다.

선희는 초점 없는 눈을 들어 어둠 속의 두 사람을 보았다. 높으신 내무서원인 것 같았다. 선희는 별로 놀라는 기색도 없이 새삼 슬픈 듯 한숨 같은 울음을 삼키며 자세를 가다듬었다. 그러고는 천천히 일어나 집 쪽으로 내려갔다.

선희는 방문을 열어젖히고 다소곳이 밖을 향해 약간 비켜 앉았다.

이미 머리도 단정하게 빗겨져 있었다. 참으로 담담한 표정이다.

한 사나이가 마루에 장화발을 올려놓으며 물었다.

"백선희 동무, 맞소?"

"……네."

"백선희 동무! 우리는 평양의 내무성에서 나왔소."

백선희는 의아한 듯 힘없는 시선을 들어 두 사람을 보았다. 푸른 줄무늬의 두 사람은 선희의 눈에 우람하게 보였다.

"백선희 동무! 동무는 해안포부대의 황일선 중위를 알고 있소. 그렇소?"

"……네."

선희의 고개가 떨어졌다.

"그 황 중위가 폭격으로 죽은 것도 알고 있소?"

"……네."

"황일선 중위가 폭격 맞아 죽던 날 저녁에 여기에 왔었소. 맞소?"

"……네."

"황일선 중위가 그날 밤 백 동무에게 무슨 말을 했소?"

"……."

"좋소! 그러면 그 황일선 중위가 무슨 과업을 하고 있었는지 알고 있소?"

"……모릅니다."

"……좋소! 하기는 백 동무에게는 죄가 없을지도 모르지. 자 ― 백 동무, 우리와 같이 내무서로 좀 가야 되겠소."

선희는 비로소 공포의 눈빛으로 두 사람을 번갈아 바라보았다.

"아 ─ 백 동무! 너무 걱정 마시오. 중대한 일로 황 동무에 대해서 조사를 하고 있소. 황 동무는 훌륭한 조국의 일꾼이었소. 그날 폭격으로 죽은 게 아니라는 증거가 있소."

선희의 눈에 순간 핏발 같은 것이 반짝였다.

"백 동무가 협력해 주어야겠소. 자! 평상복으로 갈아입으시오. 시간이 없소."

약 10분 뒤, 백선희는 작은 보따리를 끼고 캄캄한 과수원 길을 따라 두 사람과 같이 내려오고 있었다.

잠든 것도 아니고 깨어 있는 것도 아닌 그런 상태에서 황 중위는 어떤 흔들림에 잠을 깼다.

"어이 황 중위! 일어나! 밥 먹자구"

그러고 보니 벌써 아침이었다. 엉거주춤 일어나서 어찌할 바를 모르고 서 있는 황 중위에게 스톤은 마치 동생 타이르듯 말했다.

"자! 황 중위! 정신 차리고 대충 씻고 와. 조반 먹자구."

한 아가씨가 새 칫솔에 치약을 듬뿍 짜서는 황 중위의 손에 쥐어 줬다. 황 중위는 어리둥절한 채 목욕탕으로 들어갔다. 황 중위는 대충 씻으면서도 강한 김치 냄새에 뱃속에서 당기는 무엇을 느꼈다. 입 속에 침이 고였다.

스톤은 벌써 상 앞에 앉아 있었다. 한국 밥상 그대로였다.

"이리 와 앉으라구. 나도 시장한 참이야."

황 중위는 무엇에 끌리듯 상 앞에 내려앉았다. 상대방은 벌써 깍두기를 어적어적 씹고 있었다. 황 중위는 밥상을 한번 훑어보았다. 상

위에는 순 한국 음식이 잔뜩 차려져 있었다. 갈비탕·김치·깍두기·
김구이·계란찜·된장찌개…….

"자, 어서 들어."

황 중위는 얼떨결에 수저를 집어 들었다.

스톤이 밥주발의 뚜껑을 열어 주었다. 황 중위는 숟가락으로 국물
을 떠서 입에 넣었다. 그 다음부터는 자기의 행동을 자신도 알 수
없었다. 좀 천천히 씹으며 먹어야겠는데 입에 넣으면 몇 번 씹지도
않아서 목 안으로 넘어가 버렸다.

두 사람은 아무 말 없이 먹기만 했다. 간혹 스톤이 황 중위의 밥
위에 반찬을 놓아주기도 했다. 어떻게 보면 참으로 다정한 형제가
겸상하여 식사하는 것 같았다. 알맞게 익은 김치며 깍두기는 방금
얼음 창고 속에서 꺼내온 듯 시원하고 감칠맛이 있었다.

"황 중위가 있던 곳에는 과수원이 많이 있지?"

말없이 먹던 스톤이 입 속 가득 씹으며 지나가는 말로 물었다.

"……?!"

황 중위는 이 사람이 무슨 뜻으로 하는 말인지 분간을 못해 멍하니
있었다.

"……바다도 가깝고…….."

"……."

"배꽃이나 사과꽃이 필 때, 그리고 아카시아꽃이 필 때는 그 지방
의 경치가 참 좋지?"

"……."

"아직 '올'사과라도 이를 거야. '홍옥'은 추석 때나 되어야 할 거구.

'축'은 7월이면 먹을 수 있을지."

"……."

스톤의 말을 들으며 황 중위는 이 사람은 틀림없이 3815부대가 있는 지방을 잘 알고 있다고 생각했다. 황 중위는 오히려 편안함 같은 느낌을 받고 있다. 지금 눈앞에서 같이 식사하는 이 사람은 미군 이라지만, 역시 한국 사람은 한국 사람다운 게 있다고 느꼈다.

스톤은 밥을 거의 다 먹어갈 무렵 엉뚱한 이야기를 꺼냈다.

"황 중위! 우리 밥 먹고 드라이브나 나가 보자구."

"……."

"아 — 차 타고 여기저기 구경이나 나가 보자구."

"……."

스톤이 옆에 놓인 상자를 열어 새로 지은 듯한 말쑥한 신사복을 들어올렸다.

"아마 이 옷 잘 맞을 거야. 황 중위를 위해서 특별히 주문한 거니 까. 자, 이것으로 갈아입고 나들이 가 보자구."

스톤은 얼빠져 있는 황 중위에게 양복 상자를 밀어 주었다. 신사복 은 황일선에게 너무나 잘 맞았다. 산뜻한 남방셔츠 위에 새 양복을 걸치니 황일선은 전혀 딴사람이 되어 있었다. 양말도 구두도 새것이 었다.

"야 — 아주 딴사람인데……. 멋있구먼, 황 중위!

해변의 바람은 시원했고, 남국의 해안 풍경은 이채로웠다.

스톤이 운전하는 지프 옆자리에 앉은 황일선의 모습은 어느새 이곳 사람이 되어 있었다.

황 중위는 자기의 신병(身柄)이 어딘가로 이송되는 것이라고 생각했다. 그러나 그런 것 같지도 않았다. 운전하는 미 육군 중령의 표정은 너무나 한가롭고 덤덤하기만 했다.

스톤이 황 중위를 태우고 제일 먼저 간 곳은 박물관이었다. 박물관에는 고대 유구국(琉球國) 시절의 독특한 문물들이 남아, 이 고장의 역사를 증언하고 있었다.

스톤과 황일선은 오키나와 특유의 음악과 춤도 감상했다. 모든 것이 이국적이면서도 어딘가 동양 사람의 맥이 상통하고 있었다. 황 중위는 자기가 이곳의 문물에 공감할 수 있는 것은 같은 한자 문화권의 나라여서 그런지도 모를 일이라고 생각했다. 그러나 이 고장 사람들이 쓰고 있는 언어나 문자는 황 중위가 일제 때 배웠던 것과는 좀 다른 것 같았다.

스톤이 다음으로 황일선을 데려간 곳은 태평양전쟁 당시의 전적지(戰蹟地)였다. 압도적으로 우세한 미군을 맞아서 일본군이 굶주린 채 끝까지 항전했었다는 동굴들, 사령관이 할복자살(割腹自殺)했다는 장소…… . 이러한 여러 곳에서는 지금도 발끝으로 조금만 흙을 들추면 백골의 잔해들이 수없이 발견되었다. 또한 포로로서 겪는 수모보다는 자결을 택하여 수천 명이 바다로 몸을 던졌다는 '반자이 클리프'라는 절벽도 보았다.

그러나 저러나 이런 곳들을 자기에게 보여 주는 스톤의 참뜻이 무엇인지 황일선은 도무지 알 수가 없었다. 스톤은 거닐면서 혼잣말처럼 중얼거렸다.

“전쟁이란 참으로 어리석은 짓이야.”

“…….”

황 중위를 더욱 당혹하게 만든 것은 목욕탕에서였다.

“목욕하자구. 자네 몸에서 냄새가 나는구면.”

깨끗하고 널찍한 탕 안으로 스톤을 따라 들어섰을 때 아리따운 여인 둘이 꽃잎 모양의 가리개로 국부(局部)만을 가리고 들어왔다. 황일선은 깜짝 놀랐다. 여인들은 깍듯이 두 사람에게 절을 하고는 물을 끼얹어 주거나 비누칠을 해 주기도 했다.

어쩔 줄을 모르고 허공에 눈알만을 굴리던 황일선을 놀라게 한 것이 또 있었다.

스톤의 벌거벗은 등에는 셀 수 없이 많은 크고 작은 상처들이 깊은 굴곡을 이루고 있었다. 황 중위는 스톤의 등에 있는 상처들을 보면서 숨을 죽였다.

스톤의 등에 비누칠을 하려던 아가씨가 놀라며 물었다.

“어머나! 선생님, 이 상처들은 어떻게 된 거예요?”

“이거? 한국전쟁에서 새겨진 조국의 5만 분의 1 지도지.”

“어머나! 선생님은 그럼 한국인이시군요?”

“음.”

“……세상에! 그러면 선생님은 전선에서 싸우셨군요?”

“수류탄을 뒤집어썼었지, 재빨리 엎드린다고는 했는데 그만……. 앞으로 맞았더라면 아마 죽었겠지?”

“세상에…….”

여인의 놀라는 표정 위에 존경하는 빛이 떠올랐다. 그러고는 부드러운 손바닥으로 등의 상처들을 어루만졌다.

황 중위는 이들의 일본말 대화를 대충 알아들을 수 있었다.

후르륵 — 후르륵 —.

스톤은 일본 우동을 참 맛있게 먹었다. 황일선도 참 별미라고 생각하며 먹었다.

이들이 점심을 먹고 나서 들른 곳은 나하(那霞)라는 오키나와에서는 제일 번화한 거리였다. 나하 거리는 황 중위가 보기로는 완전히 난장판 그대로였다.

오후라고는 하나 해가 중천에 떠 있는데 일본 여인들을 끼고 돌아다니는 미군 병사들과, 그 팔에 대롱대롱 매달려 가는 원색 짙은 자그마한 빨간 입술의 여자들, 술병을 통째 나발 불고 게걸거리며 돌아가는 녀석들……. 그런가 하면 지나가는 미군 병사들을 거침없이 잡아끄는 반라(半裸)의 야릇한 아가씨들……. 도대체 저 여자들은 어느 나라 여자들일까? 곱슬머리 · 노랑머리 · 새빨간 입술, 그리고 외마디 영어 토막, 군용차량과 택시들이 뒤엉킨 거리에는 신문 파는 아이들과 구두닦이 아이들이 가득했다.

시장에는 온갖 물건이 넘쳐흘렀고 사는 사람, 파는 사람들이 서로 싸움하듯 떠들어댔지만 몇 가지 물건을 제외하고는 황 중위에게는 전혀 생소한 것들뿐이었다.

어느새 차는 민가가 없는 해안으로 접어들었다. 산허리를 몇 번인가 돌아 나왔을 때 엄청난 규모의 해변이 펼쳐져 있었다.

황 중위의 눈이 휘둥그레졌다. 해변에는 붉은색·흰색의 연막이 자욱하고 기관포·바주카포가 작렬하고 있었다. 그 사이에 상륙용 주정(舟艇)에서 뛰어내린 미 해병 병사들이 맹사격 속을, 달리고 포복하고 철조망 밑을 빠져나오면서 함성을 지르며 돌진해 왔다. 참으로 장관이었다.

스톤은 차를 전망대 같은 곳에 세우고 잠시 아무 말 없이 이 광경을 바라다보고 있었다. 황 중위는 입을 다물지 못하고 있다. 그 순간 어마어마한 포탄소리가 두 사람의 머리 위로 넘어가며 무시무시한 함포 터지는 소리가 덮쳐 왔다. 먼 바다 함대에서 함포 사격이 시작된 것이다.

순식간에 화염방사기가 적진을 초토화시키고, 상륙부대를 엄호하는 탱크들은 검붉은 불을 내뿜으면서 진격하고, 상공에서는 전투 폭격기들이 잠자리들처럼 난무하면서 적진을 맹타하고 있다. 폭음과 화염과 함포사격 소리에 황 중위는 몸을 움츠렸다.

'그렇구나. 전선에서 그 무서운 폭격을 퍼붓고 처절한 육탄전을 걸어오던 양키 놈들이 바로 저런 놈들이었구나. 그런데 아까 나하 거리에서 술 처먹고 게걸거리던 놈들은 도대체 뭐하는 놈들인가?'

다음에 석양을 등지고 지프가 세워진 곳은 어느 으슥한 숲 속의 하얀 건물 앞이었다.

"자! 내리지."

엉거주춤 내려선 황 중위는 주위를 살펴보았다. 열대의 풀과 관목에 둘러싸인 연못이 있고, 청색과 백색으로 단장되어 매우 화사하게 느껴지는 곳이었다.

나비 모양의 넥타이를 맨 신사와 일본 기모노 차림의 중년 여인이 고꾸라지듯 달려 나왔다.

"어서 오십시오, 중령님."

"응, 잘 있었나?"

여인은 연방 허리를 굽히며 두 사람을 안내했다.

현관에 들어서자 여인은 먼저 복도로 올라가서는 두 무릎을 꿇고 머리를 조아리며 말했다.

"고찌라헤 도-조(이쪽으로)."

그러고는 거의 무릎걸음으로 앞으로 나아갔다. 여인은 그렇게 세 번인가 네 번 긴 복도를 돌아간 어느 방 앞에서 무릎을 꿇고는 방문을 열어 젖혔다. 넓디넓은 다다미방이었다.

스톤이 들어섰다. 황 중위도 따라 들어섰다. 넓은 방 한가운데는 한국의 교자상 같은 게 놓여 있었고, 폭신하게 생긴 방석도 4개 놓여 있었다.

여인은 스톤의 상의를 받아서 옷걸이에 걸고는 황 중위에게도 재 킷을 달라는 시늉을 했다. 황 중위도 상의를 벗었다.

두 사람은 마주보고 자리했다. 그러자 여인이 출입문 반대쪽 문을 양쪽으로 열어젖혔다. 그 밖으로 큰 유리창 문이 있고 정원이 보였 다. 밖은 이미 노을이 지고 있었다. 여인은 유리창 문을 조금 열고 손뼉을 부드럽게 쳤다. 그러자 창문을 통해 보이는 정원에서 분수가 솟아올랐다. 그리고 어디선가 강한 조명이 비쳤다. 정원의 모습은 황홀한 것이 되었다.

　방문이 열리며 기모노 차림의 젊고 아름다운 두 여인이 들어와서
는 일본식으로 사뿐하게 절을 하고 각각 두 사람 옆에 자리했다. 황
중위는 어찌할 바를 몰라 스톤을 보았다. 스톤은 담담하게 물수건으
로 손을 닦고 있었다. 이어서 하얀 와이셔츠에 나비넥타이를 맨 사람
들이 이름 모를 술과 갖가지 안주들을 즐비하게 들고 들어왔다.

　스톤은 일어와 영어를 섞어가며 여자들과 농담하면서 천천히 술을
마셨다. 황 중위도 술을 마셨다. 마신다기보다 옆의 여인이 따라서
손으로 받쳐주면 목으로 넘기기만 하면 됐다.

　스톤은 같이 왔으면서도 황 중위를 도외시하는 듯 옆의 여자와 즐
기며 마시고 있었다. 황 중위는 익숙지 못한 이러한 분위기 속에서
여자가 시키는 대로 먹고 마시고 따라하는 수밖에 없었다.

　그러자 황 중위 옆의 여자가 입을 열었다.

　"손님은 말씀을 안 하세요?"

　물론 스톤에게 묻고 있었다. 구면인 모양이었다.

　"음. 그 손님은 우리들의 이야기를 대충 알아듣지만 말은 서투르니
까."

　"어느 나라 분이신데요?"

　"코리언."

　"아, 네 ― 고향분이시군요."

　여인들은 친절한 미소를 던지고 다시 술을 따랐다.

　그렇게 몇 순배인가 돌았을 때, 스톤 옆의 여인이 무엇인가를 제의
하는 듯하자 스톤이 승낙하는 눈치였다. 기다렸다는 듯이 악사들이
다섯 사람이나 들어와 음악을 연주하기 시작했다. 스톤은 유쾌한 듯

이 여인들과 번갈아가며 춤을 추었다.

술좌석의 분위기는 황일선을 귀찮게 구는 것도 아니었고, 그렇다고 무시하는 태도는 더더욱 아니었다. 그것은 황일선 옆의 여인이 황 중위에게 춤을 추지 않겠느냐고 말을 걸어왔을 때 스톤이 여인을 제지한 것만으로도 알 수 있었다. 스톤은 한동안 기분 좋게 춤을 추고 자리로 돌아와서는 황일선의 옆에 앉아 있는 여인에게 말했다.

"그 손님 기분 좀 맞춰 드려."

여인은 황 중위의 기분을 눈치 챈 듯 귀찮게 하지는 않았다. 그저 스톤의 말에 따라 다소곳이 술시중만 들 뿐이었다. 황 중위도 고개를 약간 숙인 채 주는 대로 묵묵히 마시고 먹다가 간혹 창밖의 휘황한 정원의 모습을 잠시 잠시 바라보곤 했다. 어느새 밖은 어둠이 깔려 조명 속의 정원과 분수는 참으로 아름다웠다.

"자! 그럼 그만 가 볼까."

스톤은 벌써 자리에서 일어서고 있었다. 황 중위도 따라 일어섰다. 스톤이 황 중위를 불러 세웠다.

"황 중위!"

"……."

"생각이 있다면 그 여자와 오늘밤 즐겨도 돼."

순간 황 중위는 몹시 당황했다. 그러나 곧 고개를 돌리며 말했다.

"……아닙니다."

"그래? 그럼 가지."

스톤은 차를 서서히 몰며 마치 오랜 다정한 친구와 정담을 나누듯 황 중위에게 말을 걸고 있었다. 황 중위가 이곳에 와서 요즘 느끼는 기분이라든가 신상에 관한 이야기들을 묻다가는 넌지시 본론으로 접어들었다.

"황 중위!"

"……네."

"황 중위는 지금 현재 본대인 3815부대에서 행방불명인 상태가 되어 있겠지?"

"…….."

"그런 경우에 그대의 3815부대에서는 어떻게 할 것이라고 생각하는가?"

"……제 행선지를 중심으로 철저한 수색이 벌어졌을 것입니다."

"……음. 그러면 수색은 공개적으로 할 것 같은가?"

"아닙니다. 철저하게 비밀에 붙여질 것입니다."

"그 부대에서는 황 중위가 남쪽으로 잡혀갔다고 생각할까?"

황 중위는 잠시 스톤의 옆얼굴을 바라보았다. 스톤은 멀리 앞쪽을 바라보며 유유히 운전만 하고 있었다.

"……아닙니다. 그렇게는 생각하지 않을 것입니다."

"왜지?"

"……만약 그러한 경우가 생긴다면 자살하기로 되어 있기 때문입니다."

"자살하기로?"

"네, 그렇습니다."

"……음. ……그런데?"

"……네. ……제 경우에는 ……죽을 틈도 여유도 없었습니다."

"음—"

"저와 같은 경우는 전혀 예상을 하지 않고 있을 것입니다."

"……무슨 뜻인가?"

"……저는 아직도 그 순간이 꿈만 같습니다. 아직도 납치되었다는 사실이 실감이 가지 않습니다. 마치 귀신같은……. 정말 철저하고도 고도의 기술을 익히고 있더군요."

"황 중위, 그때 다친 곳은 없었지?"

"네, 다친 데는 없습니다만……. 순간 어떻게 된 노릇인지 제 양팔이 가볍게 탈골이 되었던 듯싶습니다. 빤히 보면서도 두 팔을 쓸 수도 없었고, 그렇다고 아픈 것도 아니었고, 소리를 지르려고 생각은 했지만 소리가 나오진 않고……. 어쨌든 묻는 말에 대답밖에는 할 수가 없었으니까요……. 참으로 부끄럽기도 하고, 죽고 싶었습니다만 죽을 수도 없었습니다. 죽게 놔두지를 않았던 거죠."

스톤은 잠시 말없이 차만을 몰다가 바닷가 한적한 곳에 세웠다. 파도 소리만이 밤바람에 실려 왔다.

담배를 꺼내 황 중위에게 권하고 자신도 피워 문 스톤은 아까와는 좀 다른 억양으로 황 중위에게 시선을 보내며 물었다.

"……황 중위! 만약 황 중위가 죽은 시체로 발견됐다고 가정하면 폭격에 의해서라든가 말일세……. 어쨌든 시체가 발견됐다고 한다면 어떻게 처리되는가?"

황 중위는 물끄러미 스톤을 바라보다가 물었다.

"……제가 죽은 것으로 됐습니까?"

스톤이 담배 연기를 길게 내뿜으며 말했다.

“……음, 죽은 것으로 됐어. 다른 자가 황 중위의 군복을 입고 죽은 것이지.”

황 중위는 한동안 말없이 고개를 떨어뜨리고 있다가 비로소 스톤을 바라보며 말했다.

“……네. ……그랬었군요. ……저라면 멀리는 안 갑니다만, 묻히기는 묻혔을 것입니다.”

“그러한 경우 중앙에 보고하는가?”

“할 수도 있고, 안 할 수도 있습니다. 부대 내의 일은 3815부대장이 전권을 가지고 있기 때문입니다. 즉결처분권까지 가지고 있습니다.”

스톤은 황 중위를 응시하며 다음 말을 이었다.

“음…… 그건 그렇고, 황 중위 소속으로 보아 부대 연락관인 이철호 소좌에 대해서는 잘 알겠구먼.”

“네……. 저의 직속상급자였기 때문에 비교적…….”

“황 중위가 우리 심문부에서 진술한 바에 의하면…… 이 소좌의 집도 황해도라고?”

“네……. 술림이 고개라는 높은 고개 너머에 가족이 살고 있습니다.”

“그러면 3815부대에서 차로…… 약 두 시간 걸리겠군.”

“네, 그 정도 될 겁니다.”

“그리고 이 소좌의 가족 상황은, 부모님이 다 살아 계신다고?”

“네.”

“어떻게 알았나?”

“네……. 언젠가 부모님이 지척에 살아 계신데 못 가 뵌다고 하는 말을 들었습니다.”

“그리고 이철호 소좌 부친이 대서업을 했다는 것은 어떻게 알았나?”

“네……. 이 소좌의 글씨가 뛰어납니다. 그런 이야기 끝에 자기 아버님이 일제 때 읍에서 대서업을 하셨기 때문에 아버님의 영향을 받았는지 모른다고 하면서, 소학교 시절부터 글씨에 대한 칭찬을 많이 받았다고 했습니다.”

“음…….”

스톤은 지금까지의 질문의 방향을 바꾸었다.

“황 중위!”

“……네.”

“이철호 소좌를 인간적인 면에서 어떻게 생각하는가?”

“……글쎄요. 이 소좌 동지는 상급자로서도 인간적으로도 참으로 유능하고 좋은 사람이라고 생각합니다.”

“유능하다는 것은 어떤 면에서 그러한가?”

“그 사람은 판단력이 확실히 뛰어납니다. 그리고 책임감도 강합니다.”

“음……. 3815부대에서 유능한 자들을 든다면……?”

“글쎄요……. 제가 듣고 느낀 바로는 부대장이신 김동수 대좌 동지와 참모장이신 박대일 중좌 동지, 그리고 이철호 소좌 동지가 아닌가 생각합니다. 그리고 정보공작관 유 소좌 동지가 뛰어나다고 들었습니다만 이야기해 본 적은 없습니다.”

"음…… 유 소좌……. 이름은 모르는가?"

"유영모 소좌십니다."

"유영모 소좌……?"

"네."

"그런데…… 지금 황 중위의 느낌이라고 할까…… 어떤가?"

"……."

"……아, 어렵다면 괜찮네."

"아, 아닙니다. 실은…… 저는…… 저뿐만 아니고 3815부대의 사람들은 다 그랬으리라 믿습니다만……. 저는…… 이번 조국해방전쟁에서……. 북에서는 이번 전쟁을 조국해방전쟁이라고 부르고 있습니다. 그래서 그만……."

"아, 상관없네. 무어라 불렀건 그쪽에서 쓰던 대로 말하게."

"……저는 이번 전쟁에서 인민군대의 승리를 의심해 본 적은 없었습니다……만."

"……."

"……여기 와서 느낀 것은 제가 생각하고 믿고 있던 것과는 달랐습니다."

스톤과 황 중위는 X-1의 제3부 상황실로 들어섰다.

스톤이 소리쳤다.

"그 몽타주 좀 가져오게!"

즉각 큼직한 몽타주 사진이 대령되었다. 스톤은 황 중위에게 보여주며 물었다.

"이 사람이 누구지?"

황 중위는 순간 당황하는 빛을 감추지 못하고 답했다.

"3815부대 공작관 박대일 중좌이십니다."

"이 사람은?"

"네, 부대장 김동수 대좌 동지이십니다."

"그리고 이것은?"

"이철호 소좌이십니다."

스톤은 황 중위를 소파로 데리고 가 나란히 앉으며 물었다.

"이 세 사람 중 누가 가장 근사치에 가깝나?"

"……그야 이철호 소좌의 것입니다. 거의 똑같습니다. 물론 제가 진술한 것을 토대로 만들어진 것 같습니다만 정말 놀랍습니다."

"음, 그렇겠군. 그런데 이 친구는 늘 이렇게 모자를 약간 삐딱하게 쓰는가?"

"네, 그렇습니다."

스톤은 고개를 끄덕끄덕하며 이철호 소좌의 몽타주를 한동안 응시하다가는 자리에서 일어나며 말했다.

"자! 황 중위, 내일 또 만나세. 황 중위를 숙소로 안내하도록!"

황 중위는 두 사람의 안내를 받으며 숲 속을 달려 자신의 숙소 앞에 내렸다. 여전히 건장한 체구의 헌병이 서 있었다. 집안에는 불이 켜져 있었다.

황 중위는 숙소로 걸어가며 밤하늘을 올려다보았다. 엷은 구름에 달이 살짝 가려져 있었다. 숙소 안으로 들어선 황 중위는 술기운이 있어서인지 약간 피곤함을 느꼈다. 상의를 벗어 소파 한구석에 놓고 소파 깊숙이 몸을 담았다. 벽의 핀업걸이 웃으며 인사하였다. 황 중위는 눈을 감고, 오늘 일을 떠올려 보았다.

박물관, 일본의 패전 말기의 전적지, 그리고 어쩔 줄 몰라 했던 목욕탕, 그곳에서 본 스톤의 등에 있던 상처들이 황 중위의 뇌리에 크게 클로즈업되어 왔다. 나하 거리의 난장판, 실전을 방불케 했던 상륙 훈련 장면, 하얀 건물의 일본 요릿집, 그러고는 돌아오는 길에 바닷가에서 나눈 많은 이야기들…….

황 중위는 아직도 뭐가 뭔지 도무지 가늠할 수가 없었다. 도대체 어쩌자는 것인가? 어떻게 될 것인가?

황 중위는 주머니에서 하얀 손수건을 꺼내 보았다. 물망초꽃이 한 구석에서 하늘하늘 떨고 있었다. 황 중위는 손수건을 두 손으로 받쳐 얼굴에 대어본다.

그때 방 안 어디에선가 문 소리가 난 듯했다. 황 중위는 고개를 들어 소리가 난 곳을 보았다. 문이 열리고 있었다. 황 중위는 너무나 의외의 일에 놀랐다.

옥색 치마저고리의 아름다운 여인이 나오고 있었다. 황 중위는 순간 무엇에 이끌리듯 상체를 일으켰다.

마주보고 서 있는 두 사람은 한동안 그렇게 바라만 보고 있었다. 여인은 무어라 말할 수 없는 감회를 물기 어린 눈으로 말하고 있었다.

"……선희……."

석고처럼 굳어진 황 중위가 입을 움직이기는 했으나 소리는 나지 않았다.

두 사람은 서로를 끌어당기고 있었다. 한 발 한 발 다가선 두 사람은 서로를 코앞에서 확인했다.

"……선희!"

"황 동무!"

두 사람은 동시에 하나가 되었다. 황일선은 지금 이 현실이 실제인지 꿈인지 분간치 못하여 선희의 온몸을 더듬어 보았다. 머리도 만져 보고 얼굴도 만져 보고, 그리고 또 다시 선희의 울고 있는 얼굴을 들여다보았다. 선희의 볼에 한줄기 눈물이 흘러내렸다.

황 중위는 그래도 믿을 수 없다는 듯 선희를 양손으로 잡은 채 사방을 둘러보았다. 그리고 선희가 나온 열려 있는 방 안을 들여다보았다. 침실이었다. 황 중위는 선희를 끌어 소파에 앉혔다. 그리고는 무릎을 꿇고 선희의 얼굴을 올려다보았다.

"……선희, 어떻게 된 거야? 여기가 어딘데?"

선희는 황 중위의 얼굴을 두 손으로 어루만지며 오히려 황 중위를 이해한다는 표정으로 말했다.

"……네, 다 들었어요. 황 동무에 관한 일, 다 들었어요."

"……듣다니? 뭘? 누구에게?"

"네, 다 들어서 알고 있어요. 이제 됐어요, 이젠 됐어요. 황 동무가 제 앞에 이렇게 계시지 않아요, 우리는 이제 살았어요."

선희는 황 중위의 얼굴을 자신의 가슴에 끌어안았다. 황 중위는 선희의 젖무덤 위에 얼굴을 파묻으며 진저리를 쳤다.

"꼭, 꼭 꿈만 같아요."

황 중위는 얼굴을 들어 선희를 올려다보며 중얼거렸다.

"선희가…… 선희가……."

"저는…… 저는 황 동무가 꼭 죽은 줄로만 알았어요."

황 중위는 몸을 일으켜 선희 옆에 앉았다. 그리고 선희를 보던 시선을 떨구었다.

"……그랬을 거야. 미안해."

선희는 황일선의 손을 잡아 자신의 품에 안으며 고개를 저었다.

"아니에요, 아니에요. 고마워요, 황 동무! 살아계셔서 고마워요."

선희는 또다시 울고 있었다. 한없이 울며 이야기했다.

"황 동무 무덤이 생겼어요. 제가 봤어요."

"……내 무덤이?"

"네."

황 중위는 순간 시선을 천장에 던지며 무엇인가를 생각했다. 아까스톤의 말이 생각났다. 선희는 그런 황 중위를 놓치지 않으려는 듯이 눈동자를 굴리며 말했다.

"황 동무! 사람들이 무어라 하든, 앞으로 어떻게 되든 상관없어요. 이렇게 살아 있지 않아요. 저는 황 동무만 있으면 세상이 다 없어진데도 좋아요."

"이제는…… 이제는 선희 동무도 나도…… 조국과 인민을 배신한……."

말을 잇지 못하는 황 중위의 옆에 바싹 붙어 앉으며 선희가 안타깝게 말했다.

"아니에요, 아니에요…… 좋아요. 이제는 황 동무는…… 황 동무는 죽은 걸로 해요. 예전의 황 동무는 그 무덤에 죽어서 묻힌 것으로 해요. 허지만…… 허지만 황일선 동무는 이렇게 제 앞에 살아 계시지 않아요. 네 — 네!"

천천히 고개를 들어 선희를 바라보는 황일선의 눈에는 물기가 가득 고였다. 선희는 더욱 허리를 곧추세우며 말했다.

"사랑해요, 사랑해요."

"……사랑하오."

두 사람은 볼에 볼을 비볐다.

"저를 위해…… 이 선희를 위해 살아 주세요."

두 사람은 끝없이 끝없이 언제까지고 그렇게 서로를 놓지 않았다.

불도 켜지 않은 집무실에는 아까부터 스톤이 소파에 깊이 파묻혀 있었다. 마치 컴컴한 굴속에서 밖을 응시하며 웅크리고 있는 곰의 형상이라고나 할까.

이 곰은 지금 시간성을 너무나 강하게 의식하고 있다. 빨리, 그리고 완벽하게 자신이 처한 모든 정황으로부터 빠져나가 새로 전개되고 있는 상황들을 척결해 나가야 하는 것이다.

시시각각 적의 '남해작전'은 다가오고 있었고, 반면 이쪽에서는 겨우 그 추진 부대만을 찾아냈을 뿐이다.

스톤은 지금 굴속에 처박힌 곰처럼 앉아 오늘의 황 중위를 생각했다. 그도 잡혀 온 북쪽의 새끼곰이 아닌가.

북녘의 적진 후방 바닷가 폐광된 깊은 산속에 저 새끼곰의 어미가 도사리고 있는 것이다. 그것은 분명 엄청나게 크고 음흉한 어미곰일 것이다.

그 어미곰은 너무나 조심스럽다. 깊은 굴속에 들어앉아 줄곧 밖의 동정만을 살피며, 조만간 뛰어나와 남녘의 산하를 마구 파헤치려고 호시탐탐하고 있는 것이다.

과연 북녘의 어미곰은 새끼곰 한 마리가 재수 없게 적의 폭격으로 죽었다고 믿고 있는 것일까?

어제 고공촬영된 결과가 통보되어, 황 중위 납치 현장 부근의 정밀 사진에 황 중위의 것으로 확인된 무덤이 나타났다.

그날 이후에는 해당 지역을 중심으로 한 지역에 폭격이나 함포사격 등 어떠한 공격도 가해지지 않도록 조치되었다. 심지어 적지 내 게릴라 부대에까지도 비밀스러운 통로를 통해 작전이 통제되었다.

심문부(審問部)의 심문 결과 백선희가 황 중위의 무덤을 확인하고 죽으려는 결심했었다는 것이었다.

황 중위의 사망 현장에 나왔었다는 고급 해군 군관이라면 3815부대의 핵심부가 아니겠는가. 황 중위의 직속상급자인 이철호 소좌라는 자도 나왔을 것이다.

그러나 지금 스톤에게 문제가 되는 것은, 그 '북녘 곰'들이 이 황 중위라는 새끼곰의 무덤을 만들었으나, 과연 폭격사로 믿고 있는 것일까 하는 것이었다.

얼마나 시간이 흘렀을까. 그렇게 죽은 듯 고요하고 음산하게 불도 켜지 않고 있는 스톤의 집무실 도어가 빠끔히 열렸다. 노크도 없이 문이 슬며시 열리고 있었다. 스톤은 의아했다.

스톤은 무심코 문 쪽으로 시선을 던졌다. 순간 스톤은 긴장했다.

열린 문으로 커다란 진짜 곰 한 마리가 앞발을 들고 소리 없이 들어
서고 있는 게 아닌가. 창문을 통해 비치는 달빛을 받아 괴상한 형상
을 하고 있었다.

스톤은 자신도 모르게 자리에서 벌떡 일어섰다.

곰이 방 안으로 들어섰다고 생각하는 순간 곰의 뒤에서 문이 벌컥
열리며 불이 켜졌다. 그러고는 요란한 함성과 함께 호랑이·사자 등
의 온갖 짐승들이 마구 방 안으로 쏟아져 들어왔다.

그 뒤로 훌라춤을 추는 와이키키의 아가씨들처럼 차린 미녀들이
온갖 음식들을 손과 손에 받쳐 들고는 춤추듯 스톤의 방으로 밀려
들어왔다.

미녀들과 짐승들이 스톤을 둘러싸더니 헹가래 쳤다. 그러고는 박
수갈채가 터져 나오며 폭소가 터졌다. 순식간에 가장무도회가 벌어
졌다. 이들은 제3부의 보좌관들과 부속실의 아가씨들이었다.

쓰고 있던 탈을 벗어던진 굿펠로 대위가 소리쳤다.

"자! 한판 벌입시다. 자! 여러분! 오늘밤은 모든 것을 잊고 마시고
즐깁시다!"

"와 —"

방 안의 분위기는 카니발 바로 그것이었다.

본부 쪽에서 벤슨 중위도 왔고 액션 유니트에서 스티브·던 대위
도 왔다. 한창 무르익으려 할 무렵엔 램프 장군도 만면에 웃음을 지
으며 어슬렁어슬렁 나타났다.

"어 — 멋있어! 내 술도 좀 남겨 놓았겠지?"

웃고 떠들고, 거듭되는 술잔 속에 이미 어지간히 취기가 돈 스톤은

너무도 고마운 우정을, 아니 전우애를 도저히 그냥 삭이지를 못하고 지금 술로 달래고 있는 것이다.

방 안의 분위기는 점점 무르익어 갔다. 서로서로가 무인지경에 빠졌다. 음악과 춤과 술과 미녀와 그 모든 것들이 뒤죽박죽이 되어 흥분의 도가니에 휩싸였다.

스톤은 취기 속에서도 문득문득 현재의 자신이 처해 있는 모든 어려운 문제들을 적극적으로 밀고 나가야겠다고 다짐한다.

그렇게, 그렇게 다짐하면서 점차 스톤 자신도 무아의 경지로 둥둥 떠갔다. 스톤은 자신도 모르는 헛소리를 중얼거리며 점점 취기 속으로 빠져들었다.

"음…… 하하하…… 산에 가야…… 하하하…… 물에 가야…… 하하하……."

"어 ― 중령님…… 하하…… 산에 가고…… 물에 가고…… 좋지요, 좋고 말구요!"

"음 ― 그럼, 좋고 말고. 하하하…… 고기를 잡고…… 호랑이를 잡고……."

"하하…… 좋아 좋아…… 고기를 잡고…… 고기를…… 하하……."

너무도 묘한, 너무도 이색적인 방 안의 전경을, 난무(亂舞)를, 광란(狂亂)을, 숲 속의 밤새들만이 지켜보았다.

10

　스톤은 새벽의 바닷바람을 깊이깊이 심호흡해 본다. 스톤은 날아
갈 것 같은 기분을 느낀다.

　그렇게 기분 좋게 대취했던 기억이 별로 없었다. 어쩌면 이렇게
온몸과 마음이 날아갈듯 가벼울 수가 있을까?

　스톤은 지금 어디서 오는 것인지 모르나 이상하게도 두 손에 자신
감 같은 것이 쥐어지는 듯한 기분을 맛보고 있다. 지금 현재로서는
자신의 처지는 너무나 절박한 것이 아닌가? 그런데 어째서 이 순간
이렇게 자신만만한 기분이 드는 것일까?

　스톤은 자기 자신이 벌써부터 마음속 깊은 곳에서 구상해 왔던 바
를 적극적이고 저돌적으로 밀고 나가야 한다고 결심하고 있다.

　상황실로 들어서며 스톤은 굿펠로 대위를 불러 지시한다.

"A안을 가져오고, 나와 황일선과 백선희가 함께 아침식사를 하도록 해 주게."

"네, 알겠습니다. 그들과의 식사를 중령님 집무실에서 하시면 어떻겠습니까?"

"음― 그거 좋은 생각이구먼."

스톤의 넓은 집무실 한편에 세 사람의 식탁이 차려졌다.

이윽고 황일선과 백선희가 나타났다. 이들은 마치 신혼부부같이 보였다. 스톤이 천천히 일어나 맞으며 인사했다.

"아― 황 중위, 어서 와. 그리고 백선희 씨!"

"……."

선희는 자기를 백선희 씨라고 부르는 사람을 조용히 바라보았다. 스톤이 백선희에게 다가섰다.

"백선희 씨에게는 특별히 사과의 말씀을 드립니다. 본인의 의사도 묻지 않고 이렇게 일방적으로 이곳에 오시게 해서 미안합니다."

"……."

유창하고 정중한 한국말을 쓰는 이 사람의 말씨에는 고향인 황해도 억양이 섞여 있다고 선희는 생각했다.

"이곳으로 오시는 도중에 우리 측 사람들이 거칠게 다루었다면 그점, 양해하십시오."

"……그런 일은 없었습니다."

백선희는 명쾌하게, 그러나 다소곳이 답했다.

"자― 식사하십시다."

스톤이 먼저 식탁으로 가서 자리에 앉았다. 그러자 자네트 상병이 두 사람을 안내해 스톤의 앞자리에 나란히 앉게 했다.

식사는 미국식이었다. 토스트에 햄과 계란을 곁들이고 작은 토막의 소시지도 있었다. 야채 접시도 참하게 놓였다.

자네트 상병이 유리잔에 오렌지 주스를 가득 따랐다. 그러고는 커피 잔에도 차례로 진한 커피를 따랐다.

스톤은 이미 식사를 시작했다. 황일선과 백선희는 그냥 묵묵히 앉아 있었다. 스톤이 베이컨 한 조각을 입에 넣으며 말했다.

"자 — 드시오. 미국식이라서 좀 서툴겠지만 아무렇게나 편한 대로 먹어요."

그러자 자네트가 다가서서 하얀 냅킨을 두 사람의 무릎 위에 펴 주었다. 황 중위와 백선희는 어색하긴 했으나 그런 대로 먹기 시작했다. 결국 두 사람은 먹기 편한 빵과 햄 그리고 주스를 마셨다.

커피를 몇 모금 마신 스톤은 냅킨으로 입가를 닦고는 지금까지와는 다른 표정으로 조용히 말했다.

"자 — 황 중위, 황 중위와 얘길 좀 하고 싶은데……."

"……."

황 중위와 백선희는 스톤을 쳐다보았다. 스톤은 일어나 테이블 쪽으로 갔다. 그러자 부속실의 여자들이 식탁을 치우기 시작했다.

자네트 상병이 황 중위만을 안내하여 스톤의 테이블 앞의 의자에 앉게 했다. 그리고 백선희를 반대쪽 창가에 있는 의자에 앉혔다. 스톤과 황 중위가 앉아 있는 테이블은 백선희가 앉아 있는 창가로부터 상당한 거리에 있었다. 두 사람의 말소리가 들리지 않을 듯했다. 백선희는 불안한 표정으로 등을 세우고 주의를 기울였다.

스톤이 자리에 앉았다.

"황 중위! 우리는 황 중위가 필요해서 이곳에 데리고 왔소."

"……"

"우리는 3815부대에 대해서 자세한 것을 알고 싶네."

"……"

"그러니 협조해 주기 바라네."

"……"

"협조해 준다면 두 분께 자유로운 생활을 보장하고 보상금도 많이 주도록 하겠네."

"……"

"협조하지 않는다면 전쟁포로로 취급될 것이네."

"……"

"원한다면, 납치했던 장소로 되돌려 보내줄 수도 있네."

황일선은 순간 눈을 들어 스톤을 보았다. 그의 표정과 말투는 매우 싸늘했다.

방 안에는 잠시 무거운 침묵이 흘렀다.

백선희도 들렸다 안 들렸다 하는 스톤의 말에 온 신경을 곤두세우고 있었다.

이윽고 황일선이 마른 침을 삼키고는 스톤을 향해 입을 열었다.

"……만약에 말입니다."

"……음?"

"제가 포로의 길을 택한다면?"

백선희의 시선이 움찔했다.

"저 사람은 어떻게 됩니까?"

황일선은 백선희 쪽을 돌아보며 물었다. 백선희는 반쯤 일어나 있었다. 스톤은 황일선의 질문을 받고 백선희를 보았다. 그때 백선희가 당돌하게 일어서며 또박또박 명쾌하게 스톤에게 말했다.

"저 ― 제가 같이 말씀을 듣도록 해주셨으면 합니다."

스톤은 백선희의 말에 황일선을 보며 물었다.

"괜찮겠나?"

"네, 저는 좋습니다만……."

"음, 그럼 좋아요. 백선희 씨 이리 오시오."

백선희가 기다렸다는 듯이 황일선의 등 뒤로 다가갔다. 자네트가 의자 하나를 황일선 옆에 놓아 주었다. 스톤이 두 사람을 번갈아보며 말했다.

"백선희 씨는 비전투원이기 때문에 포로가 아닙니다. 따라서 원하는 장소에서 자유롭게 정착할 수 있을 게고, 생활할 수 있도록 대책을 마련할 것이오."

"……."

두 사람은 서로 마주본 뒤 백선희가 무언가 말하려다 스톤의 다음 말에 주의를 기울였다.

"또 ― 원한다면 백선희 씨도 고향 과수원으로 보내드릴 수도 있소."

"저는 다시는 안 가겠습니다."

당돌하나 똑똑히 말하는 백선희를 스톤과 황일선이 동시에 돌아보았다.

"저는 절대로 가지 않겠습니다."

스톤은 백선희를 날카롭게 쏘아보았다. 백선희는 어디서 그런 용기가 나오는지 또박또박 말을 이었다.

"그리고…… 그리고 황 동무가…… 아니, 이분이 어떻게 되는 것인지…… 알고 싶습니다."

물끄러미 백선희를 바라보던 스톤의 표정이 다소 누그러졌다. 스톤은 백선희가 참으로 똑똑한 여인이라고 생각했다. 그리고 당연히 그렇게 묻고 요구할 권리가 있다고 생각했다.

"……좋아요. 백선희 씨의 심정을 이해할 수 있습니다."

두 사람은 스톤의 입에서 시선을 떼지 않았다.

"그럼 황 중위! 이 자리에서 대답하기가 어려운 것 같으니까 숙소에 가서 잘 의논해 보도록 해요."

황 중위는 마치 무엇에 씐 사람처럼 굳어 있었다. 그런 그를 백선희가 이끌어 세웠다. 두 사람은 호송하는 헌병을 따라 방을 나섰다.

제3부의 전문보좌관들이 열을 올리고 있는 상황실, 입안작업 현장.

보좌관들이 두 팀으로 나눠서 한 팀은 X-1의 침투 팀이 되고, 한 팀은 적의 3815 쪽이 되어 문제점들을 중심으로 신중한 검토가 진행되고 있다.

스톤이 들어서자 공방전은 중지됐다. 스톤이 입을 열었다.

"……지금 'M-1작전' 계획의 긴급성은 더 말할 나위도 없다. 그간 우리가 검토해 오고 있던 계획안 중에서 몇 가지 일들이 현실로 나타났다. 그것들이 A계획안을 뒷받침해 주고 있다. A계획에서 X-1이 직접 행동해야 한다는 내부 문제는 스타카운실(Star Council)이 정할 것이다. 여타 미세한 부분만을 검토해 주기 바란다."

그러고는 붉은색 보드마커를 들어 번호를 매겨 가며 요약해 갔다.

    1. 3815부대에 우리 X-1의 전략관급 중추인물이 직접 들어간다.
    2. 3815부대장 김동수 대좌 대신 3815부대장으로 취임한다.
    3. 적의 총지휘부로 하여금 유엔군이 철산반도(鐵山半島)로 상륙할 것이라고 오판(誤判)케 하여 남해작전을 철회케 한다.

"……그리고 3815부대로 들어가는 초기 단계에서 이철호 소좌나 박대일 중좌를 우리 편으로 만든다. 거기에는 황 중위의 무덤을 적극 활용한다."

일단 전략관급 인물이 3815군부대로 들어간다는 것을 전제해 놓고 보니, 여타의 문제들은 자동적으로 풀려나갔다. 다만, 촉박한 시간에 쫓기고 있을 뿐이었다.

자네트 상병이 스톤 중령에게 보고했다. 황일선과 백선희가 스톤 중령에게 얘기하겠다는 연락이 왔다는 것이었다.

그로부터 약 30분 뒤 스톤 앞에 앉은 황일선은 담담한 표정으로 자신이 알고 있는 모든 것을 말하기 시작했다. 황 중위는 자신이 보급군관(補給軍官)이며 부대 창설 때부터 있었기 때문에, 3815부대 의 실체를 알 수 있다고 말했다. 그동안 진술을 거부해 왔던 황 중위가 자진하여 말하기 시작했고, 스톤과 황 중위의 대화는 끝없이 이어졌다.

한편으로는 자네트가 백선희를 안내하여 나하(那覇) 거리를 구경하기도 하고 필요한 물건들을 사기도 하며 즐거운 시간을 보내도록 배려됐다.

황일선 중위가 스톤 중령에게 입을 열기 시작하여 만 하루가 지나서부터는 처지가 뒤바뀐 양상이 되어 있었다. 이제는 단순히 묻는 말에 답하는 것이 아니라 자발적으로 문제점들을 지적해 주기도 하고, 같은 입장에 서기도 하면서 적극적인 협력자가 되어 있었다.

황일선은 M-1작전 계획의 세부를 다듬는 데 꼭 필요한 유일한 인물이 되었다.

사흘째 되던 날, 스톤 중령, 벤슨 중위, 안성호 대위, 김기복 대위, 그리고 자네트 상병은 뜻밖에도 백선희의 숙소로 초대받았다.

황 중위와 백선희의 숙소에는 한국식으로 차려진 떡 벌어진 요리상이 이들을 기다리고 있었다. 백선희는 스톤 중령이 준 돈으로 시장에서 이것저것 살림을 장만했고 정성 들여 저녁을 준비한 것이었다.

어린아이들처럼 즐거워하는 일행을 맞은 황일선과 백선희는 다소 부끄러워하면서도 흐뭇한 모습이었다. 즐겁게 웃고 떠들며, 먹고 마시는 이들의 모습은 참으로 정겨운 한 가족 형제들과도 같았다. 더더욱 이들의 눈을 현혹케 한 것은 자네트 상병이 날아갈 듯이 예쁜 한복을 입고 있었던 것이다. 한복에 앞치마를 두르고 들락날락 이들의 시중을 드는 모습은 참으로 아름다웠으며 이 젊은이들에게 잊고 있던 고향을 느끼게 해 주었다.

다음 날 아침.

스톤 중령은 방 안을 서성이며 골똘한 생각에 잠겨 있었다. 그의 손에는 메모지가 한 장 쥐어져 있었다. 한쪽의 작업용 테이블에 조용히 앉아 있는 황일선을 돌아보며 스톤이 물었다.

"황 중위! 여기 나온 명단 이외에 생각나는 자들이 더 없는가?"

"네, 말씀하신 요건을 가지고 있는 사람들이 더 있겠습니다만, 제 기억으로는 그 사람들뿐입니다."

"음……."

스톤은 선 채로 다시 그 메모지를 들여다보았다. 거기에는 다섯 사람의 이름이 적혀 있었다.

   1. 지상구(地相九) 중위

     평남 용강군 출신.

     양조장을 경영하던 숙부가 8·15 직후 월남.

   2. 박용범(朴龍範) 소위

     평양 출신.

     유엔군 북진 당시 우익 치안대에 가담했던 형이 1·4 후퇴 때 남하.

   3. 이철호(李哲鎬) 소좌

     황해도 신천 출신.

     형이 1·4 후퇴 때 남하.

4. 강만규(姜萬圭) 대위

평북 신의주 출신.

이모가 개성에 거주하고 있었고, 강만규는 8·15 전에 개성 송도
(松都)중학에 다녔음.

5. 신상국(申相國) 대위

8·15 이전에 서울 선린상업학교 재학.

당시 백부의 집에서 통학.

이상의 인물들은 모두 다 이남(以南) 땅과 연관 있는 자들로서
3815부대의 군관이었다. 물론 더 있을지도 모르나, 황 중위가 알고
있는 사람은 다섯 사람뿐이었고, 인민군 안에서 38도선 이남 사람과
인연이 있다는 사실은 본인들이 극구 은폐하고 있을 터여서 잘 알
수가 없는 것이었다.

이상 다섯 사람과 관련된 인물들은 이미 한국의 내무부 치안국과
헌병총사령부 및 육해공군 각급 기관에 조회되었다.

그러나 전시(戰時)하에 피난민이 구름처럼 밀려오는 판이었으므로
주민등록의 정리는 엄두도 못 내는 실정이었고, 따라서 이 다섯 사람
의 연고자를 찾는 일은 마치 해변에서 바늘을 찾는 일보다 더 가망이
없는 일이었다.

스톤은 기도하는 심정으로 기적을 기다렸다.

제3부

정중동(靜中動)

11

한국의 임시수도 부산에 스톤이 안 대위와 김 대위, 그리고 벤슨 중위를 대동하고 왔다.

전혀 가망이 없어 보이던 '가족 찾기'가 의외로 빨리 이뤄졌다. 3815부대의 연락군관이라는 이철호 소좌의 형을 부산의 피난민 속에서 찾아낸 것이다.

부산 서면에 있는 미군 부대 외떨어진 막사에서 이철호 소좌의 형이라는 사람을 면접했다. 그의 이름은 이진호(李辰鎬)라고 했다. 북에 있는, 그것도 인민군 군관으로 있는 동생 이야기를 꺼내자 처음에는 불안해하는 눈치였으나 차차 안심하는 것 같았다.

스톤은 이철호 소좌에 관한 필요한 정보를 얻었다.

마지막에는 선물을 가득 싣고 이진호가 사는 판잣집을 방문했다.

이진호의 부인도 보았고 아이들도 보았다. 또한 벽에 붙여 놓은 가족들의 옛 사진도 보았다. 스톤은 이진호에게 이 사진들을 며칠간 빌리기로 했다. 고향 부모님들의 사진도 있었다. 그중에는 이철호의 옛날 사진도 있었다. 그리고 이진호 가족들과 사진도 많이 찍었다.

그길로 수영비행장에서 전용기로 오키나와로 돌아왔다.

다음 날, 이진호의 손에 어제의 미군 손님들이 빌려간 가족사진이 쥐어졌을 무렵, 스톤 중령은 직속상관인 제3부장 램프 장군 앞에 서 있었다.

"……하여 장군님! X-1 중추인물의 직접 침투만이 문제를 해결할 수 있는 수단임을 확신하는 바입니다. 이 점, X-1의 내규(內規)나 불문율에 어긋나는 점인 것은 알고 있습니다만, 이번 경우는 예외로 돌려져야만 할 절대적 필요성이 있는 것입니다."

스톤의 끈질긴 설득과 진언(進言)으로써 마침내 스타카운실(부장단 회의)에 회부되기에 이르렀다.

스타카운실에 불려 올라간 스톤 중령에게 작전부장 해리슨 중장이 일갈했다.

"귀관은 X-1의 전략관 한 사람은 1개 군단과도 바꿀 수 없다는 것을 알고 있지 않나!"

"허나, 적의 부대가 X-1과 동격인 전략부대입니다. 따라서 전략관 이상의 인물이어야만 이 일을 해낼 수 있을 것입니다."

"음— 그것은 일단 보류하고, 이 계획안의 골격만을 들려주게."

스톤은 자신의 계획안을 상세하게 설명했다. 스타카운실의 장군들은 번갈아 질문을 퍼부었다. 결국은 제3부의 안(案)대로 락크 사령관의 재가를 받기에 이르렀다.

M-1작전의 총지휘부를 황해상의 항공모함(航空母艦)에 두기로 했다.

1952년 6월 8일.

제3부의 계획안이 X-1의 'M-1작전'의 기본 방향인 '메인로드(Main Road)'로 확정되었다.

'계획안'이 '작전 계획'으로 된다 해도 미군들만으로는 불가능한 일이었다. 한국 내에 깔려 있을 3815의 첩보망과 북한 측의 정보·첩보 라인을 극비리에 차단·증발 또는 활용하는 작업들은 한국인이 아니고는 불가능했다. 어떤 라인은 제거해야 하고, 어떤 라인은 그대로 두어야 하는 것이다. 그것은 고도의 기술과 보안이 요구되는 일이었다.

이 같은 일을 해낼 수 있는 적임자로 선정된 사람은 한국군 헌병 출신의 송범(宋範) 소령이었다. 송범 소령에게는 데이빗(David)이라는 이름이 주어졌다. 그리하여 '캠프 데이빗(Camp David)'이라는 공작 팀을 만들게 되었다. 필요 인원을 차출, 편성해야만 했다. 한국 육해공군 정보기관과 헌병사령부 및 경찰 등에서 차출될 것이며, 일부는 이곳 X-1의 A.U.(Action Unit)에서도 선발될 것이었다.

X-1 수뇌부에서는 만일에 대비한 군사적 조치도 취하고 있었다. 제3부의 작전 '계획안'이 작전 '명령서'로 바뀌게 되면 군사적 조치는 양면성을 띠는 전략적 조치가 된다. 제3부의 M-1작전 기획안이 완

성될 무렵에는 서해 및 남해상에는 미 해군 수송선들이 미 해병을
주축으로 하는 엄청난 병력을 싣고 집결해 있었다.

X-1 제7회의실은 아침부터 부산했다.

검토협의회의(Computer Conference)는 장장 열아홉 시간에 걸쳐 진
행되었다. 이제 제7회의실의 전략관들은 대체로 종결의 무드가 무르
익었음을 느꼈다. 마침내 락크 사령관의 얼굴에 웃음이 번지며 고개
를 끄덕이자 해리슨 중장이 검토협의회의를 마치는 말을 했다.

이리하여 제3부의 작전 계획안은 미완성의 탈을 벗고 'M-1작전
계획서'로서 결정되었다.

쒸— 아— .

아침 해변을 걷고 있는 스톤은 그의 생애에서 결정적인 전기를 맞
고 있었다. 마침내 M-1작전의 주인공으로 X-1 제3부 전략작전관
스톤이 결정된 것이었다.

작전 개시일(D-day)은 앞으로 겨우 15일 남았다.

이 작전의 주역은 한국 사람이어야 하기 때문에 몇 사람의 이름이
거론되었다. 한국 육군본부 작전국장 강문봉, 경북 도경국장 최치환
등이었다. 그러나 그들은 세간에 알려져 있는 인물들이었기에 고려
대상에서 제외되었다.

제3부의 상황실은 추진 준비 및 훈련본부가 되어 있었다. X-1의
막강한 힘을 이 작전에 투입하는 최고위(最高位) 지휘통제조직이 문

제였다.

황해상의 통제본부가 된 항공모함, 즉 G.0-6에는 총지휘관 해리슨 중장이 13명의 장군들을 거느리고 나가게 되었다. 벤슨 중위는 특별참모로 배속되었다.

기동함대 지휘관은 X-1의 부장 가운데 한 사람이 임시직에 의해 정해졌다.

한편 미 육군과 미 해병 각 1개 사단과 한국 해병 3개 연대를 함께 묶어 '연합사단'을 편성, 그 지휘관도 X-1 소속의 한 부장급 장군이 맡게 되었다. 또한 항공전단의 편대장들도 X-1의 전략공군에서 차출되었다. 한국군의 미 고문관들 역시 필요에 따라 X-1의 전략장교들로 교체, 신분과 임무를 위장했다. 이 가운데 '연합사단'은 전투에는 투입되지 않는 위장(僞裝)부대였으며, 미군이든 한국군이든 누구도 자기 부대의 작전 임무가 무엇인지 알지 못했다.

외형의 작전 준비가 진행되고 있는 한편, 내면적인 자체 준비도 마무리되고 있었다. 각급 부서의 약칭·암호 및 작전 주역들의 명칭도 정해졌다.

G.0(지제로): 적의 3815군부대 본부와 그 위치.

G.0-1(지제로 원): X-1 기지사령부.

G.0-2(지제로 투): 3815군부대 평양 지휘사령부.

G.0-3(지제로 쓰리): 연합사단(위장 병력)과 그 사령부.

G.0-4(지제로 포): 항공전단.

G.0-5(지제로 파이브): 중공의 임표 사령부와 그 위치.

G.0-6(지제로 식스): M-1작전 지휘통제본부(항공모함)와 그
위치.

락크 대장: 3-0(000)
해리슨 통제본부장: 3-9(999)
(스톤 중령): 998(인민군 해군 총좌로)
(안성호 대위): 219(인민군 경무관 대위로)
(김기복 대위): 229(인민군 특무장으로)

219은 인민군 경무관 대위로서, 229은 인민군 특무장이 되면서,
219은 998의 경호관이자 조사관으로 행세할 수 있게 했고, 229은
998의 당번병이나 운전병으로서 항상 그 곁에서 움직일 수 있게 하
였다.

스톤이 제3부에 들어섰을 때는 안성호(스티브)와 김기복(던) 대위
가 출두해 있었다. 수뇌부의 검토 끝에 승인이 떨어져 명령을 받은
두 사람이 출두한 것이다. 벤슨 중위도 와 있었다.
안성호와 김기복 대위는 새삼스럽게 스톤에게 경례로써 신고를 했
다. 스톤은 그들을 차례로 포옹했다. 형제 같은 진한 정이 흘렀다.

참으로 눈이 핑핑 도는 나날이었다. 초인간적인 두뇌와 신경을 갖
춘 사람이 아니고는 이겨내지 못할 어렵고 벅찬 훈련의 나날이었다.
그러나 스톤은 훈련 과정을 통해 안성호와 김기복 대위를 새롭게

인식하게 됐으며, 이들의 기능과 실력에 새삼 감탄하여 점차 이들 두 사람만 있으면 만사가 잘될 것이라는 믿음도 생겼다. 스톤은 마치 양쪽에 백만 대군을 거느린 느낌이었다.

세 사람이 통신교육소를 찾았을 때, 그들은 너무도 정교한 소품들에 감탄사를 연발했다.

담당관이 어린아이 장난감 같은 것들을 테이블 위에 올려놓았다. 일종의 단추 등을 들여다보며 스톤이 물었다.

"아니, 이것들은 군복과 군모에 다는 단추들이 아니오?"

"네, 그렇습니다, 중령님."

"……그런데?"

담당관은 작은 단추같이 생긴 것을 집어 들어 손바닥 위에 놓고 설명하였다.

"이것은 모자의 챙 옆에 고리띠를 고정하기 위해 부착하는 것인데, 실은 경보장치 및 스피커입니다. 중령님께서 모자를 쓰고 계실 때 이것이 울리면 교신을 하라는 신호가 되는 것입니다."

스톤은 그것을 집어 이리저리 살펴보았다.

"여기서 소리가 난단 말이오?"

"네, 그렇습니다. 아주 작고 예민한 소리가 납니다. 소리라기보다는 중령님만이 감지하실 수 있는 진동이지요."

"그 다음에는 어떻게 하는 거요?"

"바로 이 단추가 중령님 군복의 두 번째 단추로 부착될 것입니다. 이 단추를 슬그머니 누르시면 통화되도록 설계되어 있습니다."

"아, 그래요?"

스톤은 그 단추를 집어 보았다. 인민군복에 다는 단추였는데, 눈으로 보아서는 그 이상의 아무것도 아니었다.

"그리고 이것은 라이터군요?"

"네, 라이터 형태의 극소형 무선기지요."

그 외에도 섬세하게 만들어진 특수공작용 기재들이 스톤을 놀라게 하였다.

'M-1작전'이 기획안의 탈을 벗어 던지던 시각부터 준비됐던 조치들이 그 성격과 순위에 따라 급속히 진행되었다. 적을 속이기 위한 양동작전(陽動作戰)이 시작된 것이다.

'M-1작전' 명령서에 락크 대장이 서명하던 날, 즉시 X-1 전략장교인 마크(Marc) 소령은 미 해병 대령 계급장을 달고 전략장교 두 사람을 대동하여 K-53 백령도로 날아갔다. 그 뒤를 따라 대규모 미 공병대가 올라갔다. 그러고는 그 규모의 병력을 수용할 수 있는 부대 주둔시설을 만들기 시작했다.

백령도에 본부를 두고 있던 표기지(豹基地) 사령부의 사령관으로 미 8군 심리작전국에서 나와 있던 버그(Burg) 소령을 원대복귀시키고 X-1의 전략장교가 책임자로 부임해 갔다. 물론 S.C.A.P.에서 명령을 받고 나간 형식을 밟았다. 버그 소령의 통역관이던 한국 육군 중위 홍승면은 새로운 사령관을 맞았다.

백령도를 비롯한 도서(島嶼)들에 군사시설과 병력이 올라갔고 각종 위장망을 뒤집어 쓴 엄청난 장비들이 산적해 갔으며, 최신 레이더들도 곳곳에 설치됐다.

스톤 팀 세 사람이 사격 연습을 마치고 돌아오던 밤, 이들 모두에게 1계급 특진이라는 영예가 기다리고 있었다.

안성호(스티브)와 김기복(던)은 A.U. 계급 대위에서 소령으로, 스톤은 중령에서 대령으로 진급했다. 또 준전략관에서 정식 전략작전관(Strategy Operation Staff)으로 임명되었다.

이번 작전 가운데 살아 돌아올 가망이 거의 없다는 것을 의미했다.

스톤 팀에게는 특명이 내려져 있었다.

'작전 수행 중 998이 체포될 수밖에 없는 위기에 처해진다면, 219이나 229이 998을 죽이고, 219과 229은 자결하라.'

"아 ― 모든 준비가 끝났으니 자네 둘은 쉬는 일만 남았어. 쉬는 것도 큰 임무니까."

"스톤 대령님 참으로 놀랍습니다. 저희는 대령님께서 훈련 과정을 과연 견뎌내실까 하고……."

"자네들 덕이야."

"과찬이십니다. 대령님과 함께라면 지옥에서도 살아남을 수 있고, 염라대왕도 휘어잡을 수 있을 것 같습니다."

"하하…… 지옥에라도?! 하하…… 지옥보다 3815가 더 무서울지 몰라…… 하하하……."

백령도(百翎島) 진촌리(鎭村里) 언덕 뒤 바위에 한 젊은 여인이 긴 머리를 날리며 혼자 앉아 파도 너머 먼 곳을 하염없이 바라보고 있다. 저 멀리 아득히 보이는 장산곶(長山串) 쪽을 바라보고 있다. 그러다가는 그녀의 발치에 피어 있는 작은 꽃들을 내려다보기도 한다. 짭짤한 바닷바람에 미처 자라지 못한 맨드라미와 채송화가 함초롬히 피어 있다. 그 옆의 코스모스는 꽃을 피우려면 이제 시작되는 여름이 다 가야 할 것이다.

그녀는 두고 온 저 바다 물 건너 고향 집의 뒤뜰에 지천으로 피던 꽃들을 생각하는 것일까, 다시 먼 바다 너머 쪽을 응시하곤 한다.

지금은 전쟁 중이라서 K-53이라 불리는 서해 백령도의 진촌리.

이 섬의 관문인 용기포(龍基浦) 항구에서 약 3킬로미터 정도 안으로 들어간 진촌리는 지난날에는 빈곤한 섬의 면(面) 소재지였다. 그러나 지금은 한국 해병 여단 본부가 있고, 유격부대들을 지원하는 미 극동 사령부 표기지 사령부가 있다.

이 밖에도 미 5공군 레이더부대, 육군 H.I.D., 한미 육해공군 정보대들이 있어 살아 있는 군사기지가 되어 있었다.

딱딱한 나무의자이지만 '갈매기'라는 정겨운 이름의 다방도 있고, 냉면집 술집을 겸한 음식점도 있었다. 진촌에는 시장도 있었다. 예전에는 닷새에 한 번씩 서던 5일장이 지금은 피난민이며 군인과 기관원들이 득실거리게 되자 아예 쉬는 날 없이 매일 열리는 상설시장이 돼 버렸다. 지난날의 순박한 농군이나 어민의 모습 대신 한미 육해공군의 군인과 문관·유격군·피난민들로 득실거렸다.

이런 가운데를 연신 왔다 갔다 하는 지프에서 술에 취해 입술이

빨간 양색시를 끼고 있는 모습은 흔히 볼 수 있는 것들이었다.

이러한 진촌리의 마을 뒤 언덕 너머에 예쁘게 색칠한 제법 큰 퀀셋이 하나 따로 서 있었다. 백령도를 통틀어 유일무이한 클럽하우스였다. 이름하여 '아리랑 하우스(Arirang House)'라 했다. 이 아리랑 하우스가 있는 언덕에서 좀 더 올라가서 둔덕을 넘으면 바다 너머 멀리 육지가 보였다.

"미— 정— 언— 니— 이—"

둔덕 너머 아리랑 하우스 쪽에서 길게 부르는 소리가 들려왔다.

"미정 언니— 이!"

숨넘어가듯 여인을 부르며 아가씨가 둔덕을 넘어왔다.

"어— 줄리! 여기야."

줄리(Juli)는 숨을 몰아쉬며 여인에게 다가왔다.

"언니! 여기서 또 집 생각하면서 울고 있었구나. 언니 집에 가 보니까 없지 뭐야."

미정은 줄리를 얼싸안으며,

"어디 보자— 줄리 아가씨 실컷 잘 잤나요?"

"응. 그런데 왜 이러구 있어. 벌써 저녁 때 다 되어 가. 가서 화장해야지."

"아이구— 벌써 그렇게 됐나— 가자."

어젯밤도 새벽이 다 되도록 술 마시고, 춤추고 녹초가 됐다. 아랫마을 외딴집에 세든 방에 겨우 들어가 그대로 쓰러져 자다가 아침 겸 점심으로 밥 한 덩이를 먹는 둥 마는 둥 하고는 다시 한나절 쓰러져 갔다. 거의 매일 되풀이되는 일과였다.

수평선을 빨갛게 물들여가는 석양을 바라보며 내려오면서 미정은 줄리의 옆얼굴을 보았다. 줄리는 아직도 꽃다운 나이였다. 그러나 아무리 짙은 화장이라도 가려지지 않는 거칠어진 살결, 윤기 없는 머리칼, 피로가 겹친 눈동자, 줄리는 이미 열아홉의 청초한 꽃이 아니었다.

오늘도 마음속으로 무장을 단단히 하고, 뭇 사나이들을 맞으러 내려갔다. 미정은 줄리와 함께 천장에 총탄 자국이 선명한 아리랑 하우스 안으로 들어갔다.

홀 안은 제법 활기가 차 있었다. 이제 해가 지면 몰려들 고객들을 맞을 준비에 부산했다. 마침, 서울 중앙방송 H.L.K.A.의 뉴스가 온 홀 안을 쩡쩡 울리고 있었다. 늘 목소리가 너무너무 멋지다고 생각하는 임택근 아나운서였다.

미정은 분장실에서 화장하면서 유심히 뉴스에 귀를 기울였다.

"……다음 ― 어제 제91차 판문점 휴전회담에서 유엔군 측은 공산군 측에 대하여 제2차 세계대전 때 소련이 제창했던 포로자유송환원칙에 반대하는 이유를 해명해 줄 것을 요구했습니다. 이에 대하여 남일(南日) 공산군 측 대표는 전승(戰勝)한 소련이 항복한 적에게 선언한 것을 그대로 유엔군 측이 본 휴전회담에 적용하려는 것은 언어도단이라고 강변했습니다. 다음 ― 유엔군 총사령부에서는 유엔군 폭격기 및 미 해병대 소속기들이 전선 서쪽 끝의 공산군 보급기지를 공격했다고 발표했습니다. 다음 ― 제92차 판문점 휴전회담 본회담에서 공산군 측 남일 대표는 유엔군 공군의 북한 발전소 폭격을 간접

적으로 언급하고 유엔군 측은 위협으로써 포로 송환에 관한 부당한
요구를 수락시키려고 하고 있다고 비난했습니다. 다음……"
"미정 언니! 화장은 안 하고 뭘 그렇게 열심히 듣고 있어?"
"응, 아냐. 그런데 뭐?"
"응, 로즈 언니 언제 오냐고 지배인 아저씨가 물어 보래."
"로즈? 아마 내일 인천에서 배 탈 걸?"
"응─ 그럼 로즈 언니, 내일 저녁 때 오겠네."
"오겠지."
뉴스가 끝났는지 홀 안에는 가요가 흘러 퍼지고 있었다.

　　가랑잎이 휘날리는 전선의 달밤
　　소리 없이 내리는 이슬도 차가운데
　　단잠을 못 이루고 돌아눕는 귓가에
　　장부에게 일러주는 어머님의 목소리
　　아 ─ 아 ─ 그 목소리 그리워

　같은 시각, 그러니까 이곳 하와이는 같은 날 이른 새벽이었다.
　미국의 가장 서쪽에 위치한 하와이 군도의 미 태평양 보급기지 사
령부 기지창에서 미 해군 제93수송함대가 미명(未明)을 뚫고 기지를
빠져나가고 있었다.
　미 해군 제93수송함대는 그 이름이 세상에 잘 알려져 있는 타이어
제독이 이끄는 함대였다. 화물은 막대한 양의 군수물자였으며, 상륙
병단으로 보이는 해병과 육군을 극동 지역으로 수송하고 있었다.

같은 시각, 오키나와 해안에는 공수부대의 후방 낙하와 미 해병대를 주축으로 하는 육해공군의 대규모 상륙작전 훈련이 실시되고 있었다. 이것은 연일 밤과 새벽으로 계속되었으며 그 규모가 매일 커져 갔다.

또한 한국 서해안의 군산에서는 기존의 비행장을 더 크게 확장하는 공사가 진행되고 있었다. 미모의 한국 여성 사업가가 이끄는 토건회사가 청부 받아 주야를 가리지 않고 공사를 밀어붙이는 한편, 어딘가에서 새로운 비행단이 이동해 오고 있었다.

벌써부터 이곳 K-53 아리랑 하우스의 밤은 한창 무르익어 갔다.

"어머 — 어서 오세요, 조 부장님. 이게 얼마 만이에요. 이리들 들어오세요."

"자 — 들어가시죠, 한 대위님! 자, 미스터 김, 모시고 들어가. 나 곧 뒤따라 들어갈게."

미스터 김이라고 불린 사내가 한 대위를 따라 들어갔다. 조 부장은 두 사람을 안내하고 돌아 나오는 줄리를 붙들고 얘기했다.

"이봐 줄리! 오늘 서울서 오신 귀한 손님 모셨으니까 줄리가 좀 알아서 잘해 줘! 알았지?"

조 부장은 여기저기서 인사 받고 답례하며 일행이 있는 구석방으로 들어갔다.

조 부장은 한미합동정보대(韓美合同情報隊)라는 기관의 대원이면서 문관 대우를 받고 있는 처지이나 워낙 사람이 부지런하고 성격이 좋아 부대 안의 살림을 거의 도맡아 했다. 이 부대의 박영태 대장도 이 사람을 믿고 온갖 일을 시켰다. 그래서 사람들은 그를 언제부터인가 조 부장이라고 불렀다. 그도 또한 많은 유격대원들과 같이 본토를 탈출하여 투쟁하고 있었다. 그의 고향은 평북[平安北道] 선천(宣川)의 사기면이라고 했다. 그는 자기 부대의 업무와도 관련이 있어서이기도 했지만 많은 피난민들을 실지로 도와주고 있었다. 하루가 멀다 하고 공작선으로 또는 항공편으로 K-54 초도, 그리고 더 북으로 석도(席島)까지도 올라가서 여러 가지 업무를 처리하면서 간혹 고향 쪽에서 나온 피난민이 있으면 면담하여 확인해 주고 난민으로 등록시켜 연고지로 보내 주기도 했다. 그런 그가 오늘은 서울 육본 정보국에서 업무차 내려온 한 대위를 대접하기 위해 자기 밑에서 열심히 일을 돕는 대원 미스터 김을 데리고 아리랑 하우스를 찾은 것이다.

"여기 전방 섬에 뭐 있겠습니까. 그래도 이 아리랑 하우스가 그중 제일이니 이해하시고 즐겨 주십시오. 자 한잔 건배하시죠, 한 대위님."

"아이구! 아주 좋습니다. 자, 고맙습니다, 조 부장님."

"아이구 부장은 무슨 부장입니까. 사람들이 듣기 좋으라구 그렇게 불러주는 거죠. 하하."

"보니까 조 부장님 인기가 보통이 아니던데요. 하하……."

한여름 밤의 바닷가 갯바위 틈새는 가끔씩 별난 소리를 토해내고 있었다.

"추워요, 조 부장님."

"자 — 이거 걸쳐요. 한여름이지만 밤바다는 차니까."

"고마워요."

상의를 걸쳐 준 조우정(曺宇正)은 여인 이마의 땀을 씻어 주며 말했다.

"밤바다 갯바위에서 보는 미정이는 정말 아름다워."

미정은 어둠 속에서 빛나는 사내의 눈동자를 들여다보며 미소를 지었다.

"밤바다의 미정이 미소는 더욱 아름답구만……."

"아이, 조 부장님도 —"

미정은 얼굴을 사내의 가슴에 깊이 묻었다.

쏟아질 것 같은 여름밤의 별들을 올려보며 무슨 생각을 하던 조우정은 문득 품안의 미정에게 물었다.

"아까 끝까지 미정이 하고 춤추던 미 해병 장교들, 여기 처음인 모양이던데 어디서 왔대?"

"괌에 주둔하고 있는데 무슨 선발대로 왔대나 봐요."

"선발대? 부대가 이리로 이동해 오는 모양이지?"

"요사이 일본 오키나와에서 왔다는 장교들이 부쩍 늘어난 거 같아요. 무슨 일이 있는 거예요, 조 부장님?"

"무슨 일? 글쎄. 그런 거야 매일 유엔군 장교들을 만나는 미정이가 더 잘 알 것 아냐. 나보다두."

"저희야 술시중이나 들구 춤이나 같이 추는 건데 뭘 알아요. 조 부장님이야 한미합동정보대에 계시니까 다 아실 것 아녜요."

"우리야 뭐 겨우 본토 연안 공작이나 지원하구 첩보 쪽 일 좀 허구 그러는데 위에서 크게 돌아가는 얘기는 잘 모르지. 그러니까 답답해서 미정이한테 물어보는 거지.”

“아니, 조 부장님. 그나저나 언제쯤 우리는 고향에 갈 수 있을 거 같아요? 뭐 시원한 소식 좀 없어요?”

“글쎄. 여기 백령도하고, 초도 쪽에 요새 부쩍 병력이 올라오는데…….”

“글쎄, 요즘 저희 하우스에 처음 보는 미군 고급장교들이 부쩍 많이 와요. 어제는 서로 다른 부댄가본데 오랜만에 만나는 모양인데, 뭐 금년 크리스마스는 집에 가서 맞을 것 같다구 그러더라구요.”

“크리스마스를 집에 가서?”

“흐흐. 그렇다면 우리도 그때쯤엔 고향에 갈 수 있을지도 모르겠네요.”

“…….”

“…….”

통·통·통……

뿡― 뿡― 뿡―

깍·깍·깍……

항구도시의 새벽이 열리는 소리는 언제나 사나이의 심사를 건드린다. 이곳 인천(仁川) 항구도 그랬다. 새벽이 밝아오기 시작하자 여기저기서 배들이 움직이기 시작한다. 따라서 갈매기들도 제 소리를 높이며 이리저리 날기 시작한다.

항구의 새벽은 늘 이렇게 시작한다.

연안부두의 한려호(韓麗號)가 막 몸체를 흔들며 시동이 걸렸다. 배의 커다란 연통에서는 검은 여기가 퉁·퉁·퉁·퉁 뿜어 나왔다. 이 배의 화부 임상철(林相喆)은 어제 밤늦게까지 술을 마시고 몇 시간 자지도 못하고 나와서 지금 막 디젤엔진을 가동시켜 정상 상태로 되자 담배 한 대를 피워 물었다.

임상철은 한쪽 벽에 붙여 놓은 손바닥만한 달력을 보았다.

"……아, 6월의 마지막 날이 시작되었구나……. 내일이면 벌써 7월이네."

이 배는 한국의 서해 백령도와 인천을 왕복하는 화물여객선이었다. 이 무렵 인천과 백령도 사이를 일주일에 한 번 정도 운행하고 있었다. 300~400톤급의 디젤엔진형의 여객선(旅客船)이었다. 승객은 백령도의 상인이나 피난민, 그리고 공무원들이고, 특히 상인이 많았다. 해병 연대 본부, 유격대, 그리고 피난민들이 대종을 이루는 백령도는 생활필수품을 인천에서 공급 받고 있었지만 요즈음은 평시의 수십 배의 생필품이 필요한 실정이었다. 백령도에서는 수산물, 해조류, 그리고 군부대에서 흘러나온 물건들이 이들 여객선에 실려 인천으로 흘러나갔다.

붕—. 부— 우— 웅—.

배는 마침내 길게 고동을 울리며 인천항을 빠져나갔다. 화부 임상철은 평소와는 달리 틈틈이 지나치는 섬들을 유심히 보았다.

백령도로 북상하는 항로에서 덕적도 옆 소야도 산꼭대기에 못 보던 대형 레이더를 보았다. 뿐만 아니라 잠깐 동안 기항하고 사람과 짐을 내려놓는 소연평도에서도 새로운 레이더를 보았다. 배는 정해진 대로 연평도(延坪島)에 기항했다가 백령도로 향했다.

백령도 자체가 전선에서 적 후방에 위치한 섬이기 때문에 연락선
들은 육지의 직사포 사정거리 밖으로 항해한다. 그러나 바람이나 해
상조류의 사정으로 아슬아슬하게 육지에 접근하거나 아군 측 해병대
나 유격대가 주둔한 섬을 스치듯이 통과하는 경우가 많았다.

임상철은 어젯밤에 배꾼들로부터 들은 이야기를 아까부터 생각하
고 있었다.

어젯밤, 인천 연안부두 선술집에서 몇 달 전까지 이 배에서 같이
일하던 친구를 만났다. 그는 지금 인천항에 적을 둔 연근해(沿近海)
어선을 타고 있다고 했다. 그가 탄 고깃배들은 철따라 고기를 따라
다니지만, 요즘은 저 멀리 흑산도 근해까지 나간다고 했다. 그런데
그와 그의 동료들이 함께 앉은 술자리에서 귀가 번쩍 띄는 이야기를
들었다. 요즘 갑자기 먼 바다, 남해 쪽에 군함들이 눈에 띄게 많아졌
다고 했다. 여기저기 사방 수평선상에 군함들이 눈에 안 걸리는 적이
없다고 했다. 어청도, 안마도, 대둔도, 소흑산까지 전에 없던 크고
작은 레이더들이 생겼다고도 했다. 그래서 오늘 임상철은 북상하는
항로의 섬들을 유심히 보고 있는 것이다.

여객선 한려호가 연평도를 떠나 백령도로 북상하고 있는 같은 시
각에, 인천항을 옆으로 돌아 쭉 — 길게 빠져나온 섬 아닌 섬, 월미도
끝머리에 그림같이 아름다운 모래밭 언덕 위로 헬기가 내려앉았다.
몇 사람의 군복 차림의 사나이들이 내려서 곧장 숲 속으로 사라졌다.
앞서 간 사람은 송범 소령이었다. 아니, 데이빗 소령이었다.

제법 넓은 숲을 이룬 분지 뒤로는 높은 암벽으로 된 산이 병풍처럼 둘러쳐 있었다. 이미 넓은 숲 속에는 커다란 캠프들이 들어앉았고, 숲 뒤 벼랑 꼭대기에는 대형 안테나가 설치돼 있었다. 그리고 통로라고는 바다로 해서 배로 오거나 헬기로 내리는 길밖에 없던 이곳에 암벽산과 해변 갯바위 사이에 교묘하게 통로가 개설되었다. 그 입구에는 해변의 오두막처럼 초소가 세워졌고 한쪽에 선 작은 팻말에는 'CAMP DAVID'이라고만 새겨져 있었다. 이 캠프에는 모든 교통수단이 다 완비되어 있었다. 육로(陸路)는 물론 공로(空路)는 헬기, 해로(海路)는 각종 고속정과 그라스보트들이 대기하고 있었다.

오늘도 미정은 늦은 점심으로 국수 한 사발을 비벼 먹고는 여기 언덕에 나왔다.

지난밤, 조 부장과의 일이 떠올랐다. 미정으로서는 자신에게조차 그와의 관계를 설명할 수가 없었다. 사람이란 참 이상한 동물이라고 생각해 본다. 분명 조 부장이라는 사람은 미정 자신의 인생과 장래에 대한 설계에는 전혀 부합될 수 없는 사람이 아닌가. 비록 자신은 미군들을 상대로 때로는 살을 섞으며 삶을 영위하고 있지만, 자신의 깊은 내면의 의식이 조 부장 같은 사람들을 경멸하고 있지 않은가. 차라리 양키면 그들이 양키니까 언제 또 볼 것 아니고, 그런대로 좋다. 그런데 양키들의 에이전트(agent) — 즉 앞잡이가 아닌가. 도저히 그냥 보아 줄 수가 없는 부류들이다. 하기는 그런 자들이 한둘이 아니다. 양키들의 권세에, 고문관들의 위세를 업고 한술 더 뜨는 자들의 형태는 참으로 역겹다.

미정은 순간 치를 떨며 진저리를 쳤다. 어느 사이 입에 넣고 씹어대던 억새풀 줄기를 퇴 — 하고 뱉어냈다.

미정은 서둘러 자리를 털고 일어났다. 부지런히 집으로 향했다. 오늘은 꼭 용기포에 나가 봐야겠다고 생각한다. 로즈(Rose)도 온다고 했으니까 마중도 할 겸.

해는 벌써 서쪽 수평선 쪽으로 많이 기울었다.

용기포(龍基浦)의 밤은 또 다른 변신의 극치를 보여주고 있었다. 배들이 일제히 불을 밝히자 물에 비친 불빛과 어우러져 장관을 이루었다. 거리는 거리대로 일부 발전시설로 불을 켠 곳도 있었으나 대부분 희한하게 고안된 각종 등불들이 그런대로 정취를 불러일으켰다. 밤은 모든 지저분한 것, 더러운 것을 감추고 등불만이 밤을 빛내고 있었다. 각종 바에서 선술집까지 나름대로 성시를 이루었다. 그 사이를 각종 군용차들이 라이트를 한껏 켜고 질주하며 경적을 울려댔다. 물론 이 섬도 야간에 통행금지라는 것이 있기는 있었다. 그러나 그것은 필요할 때만 실시되었다.

한려호 화부 임상철은 잠시 길 가운데 서서 낯선 듯 여기저기 둘러보았다. 포구의 모습이 너무 많이 변한 것이다. 임상철은 오늘 낮 배에서 본 그 많은 레이더와 초소, 그리고 새로운 주둔 부대들을 떠올리며 이곳 백령도의 변해 가는 모습을 연계시켜 본다. 분명히 자신으로서는 도저히 가늠할 수 없는 커다란 변화가 일고 있다. 지금까지 진행돼 온, 임상철이 알고 느껴는 전쟁의 양상이 크게 달라지고 있는 것이다.

임상철은 천천히 걸음을 옮기며 생각을 해 보았다. 인천 선술집에서 들은 이야기들— 저 먼 남해 바다의 엄청난 함대들 이야기, 그리고 눈으로 확인한 새로운 시설들…….

'등대집'에 가서 술꾼들을 만나 얘기도 듣고 한잔 해야지 —.

임상철은 등대집에서 새벽까지 술을 마시며 많은 이야기를 들었다. 전쟁 이야기, 휴전회담 이야기…….

최근에 엄청나게 올라오는 미군 부대 이야기, 따라서 올라오는 엄청난 물자들의 이야기, 똥 눈 데 파리 떼 몰리듯이 몰려드는 '아가씨'들 이야기……. 그리고 한순간 술이 깨도록 귀가 쏠리는 이야기를 들었다.

미군 계통의 어느 정보기관이 북한 출신 청년들 가운데 주로 평북[平安北道] 쪽 출신 반공청년을 비공개로 모집하고 있다는 것이다. 그 중에 극히 은밀하게 알음알음으로 특별히 철산 쪽 출신을 영입하고 있으며, 대우가 무척 좋다는 것이었다.

임상철은 내일 인천으로 귀항하면 한려호에서 내려야겠다고 다짐했다.

거제도(巨濟島).

한국 남단의 큰 섬, 거제도는 참으로 아름다운 섬이었다. 통영, 진해, 부산을 지척에 두고 있는 땅 좋고, 기후 좋고, 인심 좋은, 살기 좋은 고장으로 알려진 큰 섬이었다. 그런데 지금은 포로수용소가 들어앉으면서, 그 면모가 완전히 바뀌었다.

이 포로수용소에서는 인류 전쟁사에 그 유례가 없는 일이 벌어지기도 했다. 포로를 관리하는 수용소 소장이 포로들에게 포로가 되는 희한한 일이 일어났던 것이다. 일부 막사들은 인민공화국이나 다름 아니었다. 아침이면 인공기(人共旗)가 게양되었고 〈인민항쟁가〉를 소리 높이 합창하기도 하며 적개심을 한껏 드높였다. 마침내 어처구니없는 사태를 맞은 유엔군 총사령부는 보트너 장군을 새로 수용소장으로 임명하고 일단 무력으로 진압했으나, 공산 골수분자들이 지배하는 일부 막사들은 그들이 장악하고 있었다. 그들의 핵심 지휘부는 매시간 캠프를 옮겨가면서 회의에 회의를 거듭하면서, 때로는 그들이 배신자로 지목한 포로들을 린치하고 이른바 '인민재판'을 열어 현장에서 처형하기도 하면서 평양의 지시를 충실하게 실행하는 작전을 짜고 있었다.

포로 심문반의 통역장교 양 중위는 이학구(李學九) 총좌를 면회 신청해 놓고 혼자서 생각에 잠겼다. 줄곧 이학구 총좌를 담당하여 통역을 해 왔으나 무엇인가 석연치 않은 구석이 이 총좌의 신상에 있다고 느끼는 것이다. 이곳 포로수용소의 처음 단계의 이학구 총좌와 요즈음의 이학구 총좌는 적어도 양 중위에게는 전혀 다른 사람이었다. 한 가지 분명한 것은, 양 중위의 기억이 틀리지 않다면, 애초의 이학구 총좌는 분명히 자신의 의사에 따라 유엔군 측으로 넘어 온 사람이라는 인상을 받았다는 점이다. 그리고 처음에는 이 총좌도 한두 번 그러한 점을 강력히 주장하는 듯한 언동을 보이기도 했다. 그런데 양 중위에게 아직도 안 풀리는 것이 바로 그 점이었다. 그렇다면 어떻게 되어서, 적어도 인민군 총좌의 신분으로 그러한 상황이었다면 이곳 포로수용소로 분류되어 보내졌느냐 하는 것이다. 심문 과정을 통역하면서 양 중위는 이학구 총좌라는 인물에게 묘한 감정이 싹튼 것을 의식했다. 비록 서로 반대편에 있는 처지였으나 이학구 총좌에게 약간의 존경과 신뢰 같은 감정을 갖게 되었던 것도 사실이다. 그런데 요즈음의 그의 언동이 확연히 변했다. 적어도 양 중위의 눈에는 그랬다. 그러나 그것이 무엇을 뜻하는지는 전혀 감이 오지 않았다. 처음에는 공산포로들의 대표 같은 역할도 극구 사양하고 신중을 기하며 자중했던 것 같은데, 요즈음은 적극적이며 양성적인 양상을 띠고 있었다.

오늘도 이학구 총좌가 이끄는 핵심간부회의가 진행되고 있는 가운데 이 총좌에게 관리소에서 연락이 왔다. 이학구 총좌는 회의를 중지하고 면회소로 나가며 생각했다. 양 중위가 이 아침에 웬일일까? 양 중위는 평소에 비교적 온건하게 자신을 대해 왔을 뿐 아니라, 가끔 궁금한 밖의 소식이나 돌아가는 전쟁 상황에 대해 비교적 소상하게 귀띔해 주곤 하던 터였다.

"양 중위!"

"아 네. 나오셨군요, 이 총좌님."

"웬일이오? 양 중위."

"네, 뭐…별…일…없으시죠? 건강두 그만하시구요."

"아니, 갑자기 별일이라니? 별일이 있을 거이 뭐 있소? 아니, 양 중위! 무슨 일이야!"

“아닙니다. 무슨 일이 아니라, 이제 이 총좌님을 더는 못 뵐 것 같아서 인사나 드리려구 뵙자고 했습니다.”

“아니, 못 보다니?”

“아무래도 북쪽에서 큼직한 작전이 있을 모양입니다.”

“작전이라니?!”

“글쎄 모르죠. 명령이 났어요. 그래서 지금 떠나는 길입니다.”

“북쪽이라면, 청진?”

“글쎄요, 모르죠. 저야…….”

“청천강? 대동강?”

“아, 이 총좌님도 참! 저 같은 일개 연락장교가 어떻게 그런 걸 알겠습니까?”

“아니…… 그러나…….”

“그나저나 나 같은 사람까지 움직여야 하는 모양이니, 아무래도 보통 일이 아닌 것 같긴 합니다.”

“……?!”

“…….”

“양 중위 고향이 평북 선천이라구 했었지?”

“네, 그랬습니다. 거기서 나고 자랐죠.”

“……음.”

“…….”

“…….”

양 중위는 한 발 물러서며 지극히 낮게, 그리고 많은 것을 함축하면서 마지막 인사를 했다.

“이 총좌 동지! 몸조심하십시오.”

“…….”

양 중위는 말을 마치자 돌아섰다. 그러고는 면회소를 나와 정문을 빠져나갔다.

“동지!? ……저 친구가 나한테 동지!……?”

이학구 총좌는 잠시 양 중위가 사라진 쪽을 바라보다가 혼자 중얼거리며 천천히 발길을 돌려 막사 쪽으로 사라져 갔다. 이 총좌의 뒷모습을 멀리서 숨어 보고 있는 양 중위는 무어라 말할 수 없는 쓸쓸함과 비참한 느낌의 이 총좌의 뒷모습을 보고 있었다.

“아니, 무슨 얘기가 그렇게 길었어. 난 양 중위가 이학구 총좌한테 그렇게 깊이 빠진 줄은 몰랐어.”

“아니, 그나저나 송 소령님. 무슨 일인지 속 시원히 얘기 좀 해 주십쇼. 아닌 밤중에 홍두깨 내미는 식으로 느닷없이 여기까지 날아오셔 가지고 저를 어디로 끌고 가시는 거며, 또 저 이 총좌를 꼭 멀리서라도 봐야겠다는 건 도대체 뭡니까?”

“그런 건 묻지 말라고 했지. 실은 나두 몰라. 그보다 둘이 나눈 대화를 한 마디두 빼지 말고 말해 봐. 토씨 하나도 빼지 말구.”

송범 소령은 양 중위를 태우고 간이 비행장으로 차를 몰며 양 중위에게서 자세한 이야기를 들었다.

“아니, 송 소령님. 저는 이대로 가면 되는 겁니까? 도대체 가는데가 어딥니까? 네? … 원… 참… 도깨비두 아니구…….”

“양 중위 짐 다 챙겼지? 뭐 또 있어?”

“아니오.”

"그럼 됐어. ─맞아, 도깨비 부대로 가는 거야, 지금."

1952년 7월 첫날 오후.

오키나와의 가데나(嘉手納) 공군기지 활주로를 박차고 12인승 수륙양용기 한 대가 하늘 높이 날아올랐다. 기지 상공을 한 바퀴 선회한 비행기는 기수를 북으로 향했고, 어디선가 나타난 네 대의 F-86 세이버 전투기가 이 비행기를 에워쌌다. 전투기들은 특수한 비행편대를 이루면서 시야에서 사라졌다가는 나타나며 엄호했다.

수륙양용기에는 스톤 대령이 타고 있었다. 안성호·김기복 소령은 이미 어제 오후에 G.0-6로 가 있었다.

스톤 대령은 기내의 창을 통해 자신을 키워 주고 포근히 감싸주었던 오키나와가 점점 멀어져 가는 것을 감회 깊은 눈으로 지켜보고 있는데 보좌관이 스톤에게 보고서를 가져왔다.

"아─ 영국 수상 처칠 경께서 우리 공군의 수풍 댐 폭격 문제에 대해 미국 대외정책을 변호하는 연설을 행하셨구먼……."

"네─ 오늘 아침 의회에서 행한 연설이겠군요."

벤슨 중위가 말했다.

"음─ 그랬군."

"며칠 전에…… 그러니까 6월 27일일 겁니다. 한국 판문점 제92차 본회의에서 남일 공산 측 대표가 그 문제에 관해 우리 측을 맹렬하게 비난했더군요."

"그랬었지. 북한의 발전소들에 대한 폭격이 포로 송환 문제에 관해서 자기들 공산 측에게 부당한 요구를 수락시키기 위한 위협이라고 비난했었지, 아마……."

"네, 그렇습니다. 그 전날 제91차 본회담에서는 우리 측 대표가 공산 측에 대해서 제2차 세계대전 때 소련이 제창했던 포로자유송환 원칙을 반대하는 이유를 대라고 요구했었죠."

"아, 그랬었나? 그때 공산 측 답변은?"

"남일이가 대답했죠. 전쟁에서 승리한 소련이 항복한 적에게 선언했던 것을 판문점 회담에 그대로 적용하려는 것은 합당치 않다고 말입니다."

"하하하, 그랬었나……."

"그런데 대령님! 지난 6월 25일 제8군 사령관 밴 플리트(J.A. Van Fleet) 대장이 행한 기자회견이 상당한 반응을 불러일으키고 있는 것 같습니다."

"'결정적 전투가 될 것'이라고 한……?"

"네, '공산군이 재차 공세로 나오면 그것이야말로 한국전을 종말(終末)시킬 수 있는 결정적인 전투가 될 것'이라고 한 성명 말입니다."

"음— 이보게 벤슨!"

"네, 대령님."

"중요한 위치에 있는 정치가나 장군들의 성명이나 발언은 그 뒤에 깔려 있는 여러 가지 배경을 참작해서 이해하고 분석해야 하네. 그 시기와 이유 등을 말일세."

벤슨은 빙긋이 웃으며 말했다.

"네, 의미심장한 말인 것 같습니다."

그 시각, 한려호는 백령도에서 인천으로 항해하고 있었다.

"아니!? 임 씨. 무슨 소리야? 이 배 그만 타고 내리겠다구?"

"네, 선장님. 그동안 보살펴 주신 점 큰 은혜로 알고 간직하겠습니다. 인천에 귀항하면 이 배에서 내리기로 작정했습니다."

"아니, 글쎄……. 고깃배를 타겠다는 얘긴데, 물론 이 배보다 돈이야 더 받겠지만 그거 아무나 타는 거 아냐! 보통 힘든 게 아니라구."

"알고 있습니다. 어차피 뱃일 오래 할 것두 아니구, 할 때까지는 한 푼이래두 더 받는 데 가서 벌어 가지구 결혼두 해야겠구……."

"글쎄 ― 이런 배가 편한 대신 너무 박한 건 나두 알어. 그렇지만 그거 고깃배 무척 힘들 텐데……."

"그럼 여기서 작별인사 드리겠습니다. 저는 입항하면 그냥 올라가겠습니다."

"아니, 이 사람아. 그래두 술이라두 한잔해야지."

"아닙니다. 꼭 만나야 될 친구가 있어서요. 담에 제가 찾아뵐게요."

"……그래 ― 그럼 몸조심해!"

"네 ―."

배는 덕적도 옆을 돌아 인천으로 향했다.

"대령님! 주무십니까?"

얼마를 그렇게 눈을 감고 생각에 생각을 거듭하고 있었을까, 벤슨 중위가 스톤을 흔들었다.

"10분 뒤면 G.0-6에 내릴 것이랍니다."

"그래……."

여군 스튜어디스가 다가와서 안전벨트를 다시 매 주었다. 군의관
이 안전벨트를 매며 스톤 대령에게 물었다.

"컨디션은 어떻습니까, 대령님?"

"음, 아주 좋아."

잠시 뒤 비행기가 한쪽으로 기울며 선회했다. 고도를 낮춘 비행기
의 창밖으로 성곽과 같은 거대한 항공모함이 보였다. 이번 작전과
관련해서 임무 교체하여 이곳 황해에 이미 배치된 미 해군 소속 '바
탄' 호였다.

항공모함 상공을 한 바퀴 선회한 비행기는 항공모함 갑판에 사뿐
히 내려앉았다.

경쾌한 표정으로 트랩을 내려오는 스톤 대령을 팔 벌려 맞이하는
사람은 오키나와의 X−1으로부터 먼저 와 있던 직속상관인 제3부장
램프 장군이었다. 그리고 에어 그린(Air Green) 편대장을 맡은 X−1의
전략장교 웨인슨 대령과 액션 유니트 소속의 드루우야(Drouya) 해군
대위, 안성호·김기복 소령도 밝은 표정으로 스톤을 맞았다.

"그래. 어땠나, 여행은?"

램프 장군이 물었다.

"아주 쾌적했습니다, 장군님."

"음 — 좋아. 선실로 내려가 좀 쉬게."

"스톤! 자네들을 위한 전투기들이야."

돌아보니 웨인슨 대령이 갑판 위에 날개를 접고 줄지어 있는 제트
전투기와 함재기들을 가리키며 웃고 있었다.

"작전을 전개하는 동안 나를 너무 한가하게 내버려두지 말게. 비행

시간 기록이 제자리걸음을 할 테니까."

"알았소. 귀찮을 정도로 불러댈 테니까."

"하하……."

웨인슨 대령은 스톤보다 열 살 정도 위로서, 제2차 세계대전 때에는 유럽 전선에서 하늘을 누볐고, 독일 공군기를 20여 대나 격추시킨 빛나는 전공을 세운 사람이었다. 한국전쟁이 터지기 전까지는 필리핀 공군의 교관으로 있으면서 에어쇼의 귀신으로 일컬어졌던 사람으로서, 한국전쟁이 터지자 즉각 전선으로 달려왔다.

스톤은 이번 작전의 공중지원을 서슴없이 지명했고, 웨인슨 대령 역시 기꺼이 승낙했던 것이다.

환영하는 친구들에 둘러싸여 갑판을 걸어오던 스톤은 함교(艦橋) 앞에 나와 있던 이 항공모함 바탄 호의 함장 모키(Mokie) 대령의 따스한 영접을 받았다.

이날 저녁, 모키 대령은 스톤 팀과 램프 장군 일행을 위해 파티를 열었다. 모키 대령의 환영사와 작전의 성공을 비는 건배사는 매우 절실하고 간곡했다.

파티가 끝나고 스톤 대령과 안 소령, 김 소령은 모키 함장의 최대의 호의와 배려로 귀빈실에서 함께 자게 되었다.

통·통·통·통……

통·통·통·통……

고만고만한 어선들이 줄을 지어 새벽의 미명을 뚫고 인천항을 빠져나갔다. 이 어선들은 흑산도 근해로 가고 있었다.

“어이 — 이봐들! 여기 이 사람 임 씨라구 새루 이 배 탔어. 같이들 잘들 지내라구.”

“저 — 임상철이라구 합니다. 잘 부탁합니다.”

“근데 고깃배는 처음인가 봐?”

“네. 고깃배는 처음입니다. 많이 가르쳐 주십쇼.”

“그럼 무슨 배 탔었소?”

“백령도 다니는 한려호 탔었어요.”

“응 — 그 배에서 뭘 했수?”

“기관 일 좀 봤습니다. 엔진을 좀 알아서요.”

“음 — 그래서 그냥 이 배 태웠구면.”

“하여간 임 씨, 우리 잘 지냅시다.”

“네, 감사합니다.”

임상철은 어제 한려호를 하직하고 그길로 뭍에 올라 이틀 전에 만났던 고깃배 친구를 찾아갔다. 그 친구를 만나 남해 먼 바다로 출어하는 고깃배를 타도록 알선해 달라고 부탁했다. 그 친구는 선술집으로 데리고 가서 임상철을 선장에게 소개하고 부탁해 주었다. 마침 다음 날 새벽에 나가는 배의 선장을 만나 운 좋게 취업할 수 있었다. 선원증이나 기타 자격 요건은 이미 다 갖추고 있어서 별 어려움은 없었다. 더구나 각종 엔진에 대해 잘 안다고 하니까 즉석에서 결정해 주었다.

배 이름은 ‘갈새 1호’라고 했다. 갈새 1호는 갈새처럼 잘도 내달렸다. 오랜 시간 남쪽으로 항해하면서, 그물 만지는 법도 배우고, 갑판 청소 요령도 배우고 하면서 벌써 뱃사람들과 친해졌다. 그리고 많은 이야기를 들었다. 임상철은 이 배를 탄 것이 큰 행운이라고 생각했다. 그리고 신들린 것처럼 열심히 일도 잘했다.

한낮에 갑판에서 둘러앉아 먹는 점심은 참으로 맛있었다. 각종 잡어들로 매운탕을 끓여 놓고, 또 회를 치고 됫병 소주를 기울이며 먹는 맛은 무어라 형언할 수가 없었다. 이때만은 고생도, 걱정도, 전쟁도, 아무것도 없었다. 다만 라디오에서 흘러나오는 뉴스만이 전시를 알려 주었다.

7월 2일 H.L.K.A. — KBS 정오 뉴스였다.

"—다음, 바터스 미 제5공군 사령관은 지난 주 이래 미 공군·해군 및 해병대 소속 폭격기 편대가 북한의 13개 수력 발전소를 완전히 파괴했다고 발표했습니다. —다음, 처칠 영국 수상은 어제 7월 1일 영국 하원에서, 유엔 안전보장이사회의 세균전 토의와 북한 수풍 댐 폭격 문제 등의 토의에 중국과 북한의 대표를 참석시키자는 소련의 제안을 부결시킨 데 대한 미국의 대외정책을 변호하는 연설을 했습니다. —다음, 오늘 아침 북경방송은 유엔군의 압록강 수력 발전소 폭격은 영국도 그 책임을 면할 수 없다고 비난했습니다. —다음, 오늘 아침 미 공군성은 신예 요격기 'F-94 스타파이어'의 출현을 발표했습니다."

별 관심 없이 열심히 회를 입에 털어 넣고 씹는 뱃사람들 사이에서 임상철은 라디오에서 흘러나오는 뉴스에 온 신경을 쏟으며 듣고 있었다.

12

이날 밤의 한국 서해바다 황해(黃海)는 유난히도 고요하여 태고(太古)의 신비마저도 그 모습을 불쑥 내밀지 않고는 못 견딜것만 같은, 그러한 정적이 흐른다. 달마저도 몇 겹의 엷은 안개의 베일에 싸인 채 겨우 그 위치만을 알려주고 있다.

정중동(靜中動)!

그것은 분명 태풍 전야의 무거운 침묵이었다. 은회색의 날치들만이 수면 위로 뛰어올랐다가는 무거운 정적에 놀란 듯 다시 바닷물 속으로 숨어 버리곤 했다.

언제부터인지 이 망망한 서해 바다의 한복판에는 거대한 괴물 같은 항공모함 한 척이 죽은 듯이 누워 있었다. 저 멀리 수평선 위에는 호위 함정들이 마치 구경꾼인 양 숨을 죽이고 순회하고 있었다.

1952년 7월 2일 밤 10시 30분.

죽은 듯 고요하던 항공모함의 갑판 위에 한 그룹의 미군들이 도열해 섰다. 잠시 뒤, 갑판 출입구 쪽으로부터 세 사람의 북한 인민군 군관들과 유엔군 장군들이 걸어 나왔다.

"스톤 대령! 행운을 비네."

"……감사합니다."

그러고는 백발의 노장군들과 일일이 손을 잡으며 포옹했다.

"스톤 대령! 하나님의 가호가 계실 것이오."

"……저도 그렇게 믿고 있습니다."

"Good luck!" 하는 장군들의 나지막한 소리들이 거듭된 뒤, 램프 장군이 인민군 총좌를 감싸 안았다.

"스톤! 스톤! 만사 오케이일 것이야!"

"……장군님!"

이들 두 사람은 서로의 숨결을 느끼고 있었다.

보내고 떠나가는 절차 사이에 미 해군 군악대는 대한민국 국가와 미국 국가를 연주했다.

마지막으로 거수경례를 붙이고 있는 중위 앞에 선 총좌는 감개무량한 듯이 불렀다.

"벤슨 중위!"

"스톤 대령님."

그라스보트에 오른 인민군 해군 총좌 일행은 항공모함 위의 장군들을 향해 고별의 거수경례를 붙였다. 떠나는 자들이나 보내는 자들이나 이 세상에서 다시 만날 기약도 없이 서로가 보이지 않을 때까지 그렇게 서 있었다.

쾌속정이 스피드를 올리기 시작했을 때는, 이미 군악대의 연주는 사라지고 높아지는 엔진 소음과 파도의 물보라가 섬처럼 보이는 항공모함을 가리고 있었다.

스톤은 한기를 느꼈다. 한여름이라고는 하나 7월 초 밤바다의 바람은 제법 쌀쌀했다.

쾌속정은 지금 북동 방향으로 항진(航進)하고 있다. 약 두 시간 반은 그렇게 달려야 할 터이다. 검은 바다를 가르는 쾌속의 속도감이 있을 뿐이었다.

스톤은 생각했다.

오늘의 이 순간이 마침내 온 것이다. 적의 심장부를 향해 간다.

13

하늘은 맑게 개어 있었다.

별들은 얼음조각처럼 빛을 발하고 있었다. 구름도 달도 이제는 서쪽 수평선 너머로 자취를 감췄다.

스톤은 갑판으로 나와 사방을 둘러봤다.

'저것이 무슨 별이던가?'

주먹만 한 큰 별이 유난히도 빛을 밝게 비추었다.

'아! 저것이 샛별이라고 부르는 금성이구나.'

시선을 천천히 돌려보았다.

은하수를 지나 북두칠성, 그리고 북극성을 확인하며 배의 진행 방향을 가늠해 보았다. 북북동(北北東)으로 달리던 배는 지금 동쪽을 향해 항진하고 있었다.

스톤은 시계를 들여다본다. 새벽 1시가 지나고 있었다. 1952년 7월 3일은 이미 시작되었다.

스톤은 자신이 떠나온 항공모함을 생각해 보았다. 힘겹게 지내 온 45일 동안의 시간을 상쇄하기에는 지극히 짧은 하루였으나, 어제 그제는 모든 것을 잊고, 모든 것을 풀어놓고 쉬었다. 항공모함에서 해수욕도 즐겼다. 재미있는 코미디 영화도 보고, 음악도 감상했다.

총지휘부 G.0-6에서 이번 작전을 지휘하기 위해서 어제 해리슨 작전부장이 X-1에서 날아왔다. 그는 오자마자 스톤을 감싸 안았다. 그리고 푹 쉴 수 있게 조치를 취하도록 막하(幕下)에 지시했다. 아버지처럼 자상하게 관심을 보였다.

제3부장 램프 장군도 친동생 시집보내듯 이것저것 챙기며 부산을 떨었다. 그리고 항공모함 G.0-6로 옮겨 앉은 제3부의 고문관들과 보좌관 전원도 그랬다.

황일선 중위도 어제 항공모함으로 왔다. 생전 처음 보고 타 보는 항공모함에서 신기해 하던 황일선의 모습을 떠올리며 스톤은 혼자 미소를 흘렸다.

선수 쪽에서 X-1의 드루우야 해군 대위가 이 배의 정장(艇長)을 대동하고 다가왔다.

"지금 현재 목표 해역에 접근 중입니다."

"아 — 그렇소?"

"대령님! 저쪽 수평선 밑에 이동하고 있는 함정이 보이십니까?"

"오…… G.0-3 연합함대 소속 함정이겠군."

“네, 순양함 213호입니다. 우리들을 호위하면서 같은 방향으로 항
진하고 있습니다.”

“음 ― 고맙다고 전해 주시오.”

“네, 대령님!”

정장이 물러가자 안 소령과 김 소령이 스톤에게 다가왔다. 그때
제트기 편대가 나타났다. 편대기들이 멀리 회전하여 다시 돌아오는
사이, 안 소령이 재빨리 안주머니에서 극소형 무전기를 꺼내들었다.
작고 맑은 금속성의 소리가 울려나왔다.

“여기는 에어 그린(Air Green), 998 나오라!”

무전기는 스톤에게 넘겨졌다.

“여기는 998. E.A.B.M. 어떤가?”

“별일 없다. 잠시 기다려라.”

편대기는 크게 선회(旋回)했다.

E.A.B.M.이란 ‘Enemy Area Beach Mountain’의 머리글자로 적지 해
역과 상륙지점을 가리키는 부호였다. 에어 그린은 상륙지점 주위를
정찰하고 있었다.

“998! 다시 왔다.”

“웨인슨! 스톤이다.”

“E.A.B.M.의 공중·해상·육지 모두가 이상 없다.”

“고맙다, 웨인슨!”

“전방 15킬로미터가 K―54다.”

“아, K―54!”

“나는 돌아가서 이놈에게 위스키를 좀 먹이고 다음 예정 시각에

오겠다."

"알았다. 웨인슨."

드루우야 대위가 손을 들어 전방을 가리켰다.

"오 ― 초도로구먼……."

섬의 윤곽이 보였다.

그라스보트는 멈추었다. 그 지점은 초도에 가려서 육지의 적이 발견할 수 없는 위치라고 했다. 스톤 일행은 만조 시각에 맞추어 출발하기 위해 이곳에서 시간을 기다리며 휴식을 취했다.

스톤은 문득 어린 시절의 고향 산천을 떠올려 보았다. 어느덧 스톤의 귓가에는 은은한 노랫말이 신선한 밤바다의 바닷바람을 타고 들려오고 있었다.

엄마야 누나야 강변 살자
뜰에는 반짝이는 금모래 빛
뒷문 밖에는 갈잎의 노래
엄마야 누나야 강변 살자

치 ― 치 ― 치 ―.

이상한 냄새가 스톤의 코를 자극했다. 그것은 전혀 다른 두 가지 냄새의 복합이었다.

한 냄새는 어린 수병이 바다 생선을 프라이하는 냄새였다. 방금 어느 수병이 낚시로 낚아 올린 것이었다. 또 다른 냄새는 구수한 커피 내음이었다. 한 수병이 향긋한 냄새가 풍기는 커피를 가져왔다. 스톤은 부드러운 미소를 지으며 컵을 받았다. 안 소령과 김 소령도 커피를 마시며 스톤에게 다가왔다. 스톤은 음미하듯 커피 한 모금을 마셨다. 커피 맛이 유난히도 좋다고 느꼈다.

"당분간 커피하고도 이별이군."

"그렇지. 이건 미 제국주의자들의 음료니까."

"하하하……."

"저쪽으로 가서서 밤참 드시지요, 대령님."

"밤참?!"

"……네."

"하하하…… 참 오랜만에 들어보는 말이군……. 밤참!"

"사실 이 시간에는 그저 시원한 냉면 한 그릇 뚝딱해야 하는 건데……."

"이봐! 냉면은 시원하다구 하는 게 아니야, 안 소령!"

"그럼……?"

"냉면은…… 그저 '쨍 ―' 하다구 해야 제 맛인 게야."

"쨍 ―!"

"그럼…… 쨍 ―."

"하하하…… 맞아 맞아. 자네들 때문에 군침이 도네 그려. 자 ― 가서 뭣 좀 먹자구. 밤참!"

저쪽의 수병들이 틀어놓은 라디오에서 일본 노래가 흘러나왔다. 도쿄에서 방송되는 엔카(演歌)였다. 가수는 갓 데뷔한 미소라 히바리(美空ひばり)라는 여가수라고 했다.

스톤 일행은 C-레이션, 토스트, 생선프라이로 밤참을 즐겼다.

어느덧 출발시간이 되었다. 그라스보트의 갑판은 약간 부산해졌다.

수병들은 잠수폭파대원들이 입는 것 같은 잠수복을 착용하기 시작했다. 스톤 팀에 대한 해상에서의 경호와 유사시 구출 임무가 부여되어, 있는 드루우야 대위 휘하 대원들이었다. 이들도 X-1 액션 유니트(A.U.) 소속이었다.

드루우야 대위가 스톤 앞에 섰다.

"출발 시각입니다."

"……음, 알았소."

드루우야 대위의 신호로 그라스보트는 조용히 움직이기 시작했다. 배는 은신하고 있던 초도를 바른쪽으로 끼고 돌아 나아갔다. 거무스레한 육지의 능선들이 멀리 시야에 들어왔다. 적지였다.

배는 초도의 불빛을 뒤로 하고 천천히 육지를 향해 다시 북동 방향으로 미끄러져 나아갔다. 스톤은 지도나 해도를 보지 않아도 이 일대의 지리를 누구보다도 잘 알았다. 지금 이 배가 나아가고 있는 방향의 오른쪽 저 멀리 길게 뻗어 나온 곳이 월사리(月沙里) 반도, 그 앞에 작은 섬이 호도(狐島), 왼쪽 전방에 검게 엎드린 섬이 석도(席島)임에 틀림없다.

마침내 배는 석도를 지나 서해리(西海里) 반도를 오른쪽으로 멀리 보면서 대동강 하구를 향해 거슬러 올라갔다.

문득 스톤은 갑판 위의 분위기에서 써늘한 살기 같은 것을 느꼈다. 어느새 수병들과 대원들은 갑판의 요소요소에 숨을 죽이고 각자의 위치인 듯한 곳에 자리 잡고 있었다. 기관포에는 수병 사수가 마치 석고상같이 앉아 눈만 번뜩였고, 마스트 위에는 레이더의 안테나가 소리 없이 돌고 있었으며, 선미에서는 낮은 스크루 소리가 규칙적으로 울려왔다.

벤슨 중위가 스톤에게 조용히 다가왔다.

"대령님, 저 앞의 멀리 보이는 능선들이 바로 적 3815부대가 있는 곳입니다."

"……그렇군. 저곳에 들어앉아 있을 우리의 친구들은 지금 꿈나라에 가 있겠지?"

"그렇겠죠."

마침내 드루우야 대위의 신호에 따라 배는 속도를 더욱 늦추면서 엔진 소리를 조절했다. 갑자기 조용해진 갑판에는 더더욱 긴장감이 감돌았다. 오른쪽으로 보이는 육지에는 어떤 불빛도 없었다.

스톤은 배의 오른쪽으로 흐릿하게 보이는 섬들을 손으로 가리키며 말했다.

"저기 섬들이 나란히 있지? 저 섬들이 청양도·웅도·능금도일 걸세. 저 능금도는 작은 섬이 세 개 있는데, 그것들은 누이섬·놀기섬·삼형제섬이지. 그리고 저 청양도·웅도·능금도 뒤 육지 바로 앞에 우도라는 작은 섬이 있을 것이야. 우리가 상륙할 지점이 바로 우도 옆 적지 해안이지."

이때 드루우야 대위의 눈이 배 전방에 꽂힌 채 아연 긴장했다. 해면에 무엇인가 희미하게 솟아 있었다. 기관포 사수는 재빨리 포신을 그쪽으로 돌려 조준했다.

스톤이 드루우야 대위에게 속삭였다.

"저건 배가 아니야. 침몰선의 마스트야. 전쟁이 일어나기 전 공산 테러분자들이 남한으로부터 납치해 월북한 화물선 미조리 호라구. 전쟁이 나자마자 유엔 공군의 폭격으로 침몰됐지."

침몰된 미조리 호의 마스트는 마치 괴물처럼 어둠 속에서 눈을 부릅뜨고 사열(査閱)이라도 하는 듯이 흘러갔다.

스톤 대령 앞에 드루우야 대위, 벤슨 중위, 그리고 정장이 다가왔다. 이미 배는 거의 정지한 듯했다. 정장이 낮은 소리로 현재의 상황을 보고했다. 스톤은 적지 산하를 응시한 채 듣고 있다.

그러는 사이 3인승의 작은 고무보트가 이들 앞에 놓여졌다. 조그마한 고무마개를 잡아 빼는 순간 자동적으로 풍선과 같이 팽팽하게 부풀었다. 좌우 양쪽에는 '조선인민해군'이라는 고딕체의 글씨가 뚜렷이 보였다. 고무보트의 뒤꽁무니에는 인공기(人共旗)가 짤막한 깃대 끝에 매어 있었고, 그 밑에는 엔진이라기에는 너무나 작은 것이 장착되어 있었다.

정밀탐사 결과 목표 수역 내에는 아무것도 없으며, 스톤 대령이 상륙해야 할 지점까지 아무런 장애물도 없는 것으로 결론지어졌다.

드루우야 대위는 보고했다. 스톤 대령이 고개를 끄덕이자, 고무보트가 검은 수면에 내려졌다.

드루우야 대위가 먼저 고무보트에 올랐다. 그리고 양쪽에 장착된 노를 점검하며 저어보기도 했다. 그러고 나서는 엔진을 가동시켜 보았다. 거의 소리가 나지 않는 듯했다. 배의 주위를 한 바퀴 돌아왔다.

점검을 끝낸 드루우야 대위가 엔진을 끄고 대원들을 이끌고 그라스보트로 올라왔다.

"대령님! 보트는 완벽합니다. 그리고 구조 태세도 완벽합니다."

"잘 부탁하오!"

스톤 대령은 부동자세로 서 있는 정장에게 몸을 돌려 그의 손을 굳게 잡았다.

"무운을 빕니다."

스톤 대령과 안 소령, 그리고 김 소령이 고무보트에 올랐다. 노를 젓기 시작했다. 고무보트는 배에서 멀어져 갔다.

스톤은 떠나온 그라스보트 쪽을 돌아다보았다. 갑판 위에서 이쪽을 향해 일제히 거수경례하는 모습이 보였다.

보트는 미끄러지듯 육지를 향해 동쪽 방향으로 나아갔다.

쉬이익 — 쉬이익 — 철썩 —.

노 저어 가고 있는 고무보트의 주변에 은빛의 날씬한 날치들이 뛰어올랐다가는 다시 물속으로 숨바꼭질을 했다. 날치들은 먹이인 멸치 떼를 쫓느라 스톤 팀의 존재에는 관심도 없다는 듯 열심히 수면을 누비곤 했다.

노가 물속을 가를 때 일어나는 바닷물의 포말들은 형용할 수 없는 아름다운 색채를 토해냈다.

육지 너머의 하늘 쪽에서 항공기 소음이 은은하게 들려왔다. 아마도 아군기일 것이다. 그러고는 드문드문 육지 멀리에서 자동차 소리 같은 소음이 바람을 타고 희미하게 들려왔다.

지금 이 고무보트의 객관적인 모습은 평양 쪽에서 대동강 하구를 빠져나와 해안을 따라 남쪽으로 가고 있는 특수공작 팀이 분명했다. 그들은 그렇게 한동안 노를 저어 나갔다.

스톤 대령이 어둠 속에서 손목시계를 보았다. 그리고 주머니에서 성냥갑 같은 무선통신기를 꺼내들었다. 기지인 G.0-6와의 교신시간이 된 것이다.

스위치가 눌리는 순간 쏴아 — 하는 목쉰 듯한 파장음을 토해냈다. 스톤은 우선 호출부호를 확인했다. 그러고는 기지를 불렀다.

"여기는 998! G.0-6 나와라!"

"여기는 G.0-6, 감 좋다. 오버."

그것은 뜻밖에도 해리슨 장군의 목소리였다. 안 소령도 김 소령도 노 젓는 손만은 규칙적으로 움직이고 있었으나 귀는 말할 것도 없이 그 시선까지도 스톤에게 쏠려 있었다.

"장군님! 모든 것이 순조롭습니다."

"신은 귀관들을 보살펴 주실 것일세."

"감사합니다. 다음 연락은 예정 지점에서 하겠습니다."

간단한 첫 교신이 끝났다. 그러나 이들 세 사람은 온몸에 뜨거운 무엇이 스미는 것을 다같이 느끼고 있었다. 외롭지 않다고 느꼈다.

만조 시각이 다된 밀물은 빠르고 거세게 고무보트를 밀어붙였다. 보트는 상륙 예정 지점을 향해 더욱 속력을 높였다.

상륙 예정 지점 일대가 육안으로도 볼 수 있는 거리 안에 들어왔다. 해안의 나지막한 언덕과 산 벽에는 무엇인가 검은 그림자들이 왔다 갔다 하는 듯이 보였다.

스톤은 쌍안경으로 자세히 살폈다. 전천후 쌍안경으로서 야간에도 물체들이 잘 보이는 신무기에 속하는 비밀장비였다. 그러나 아무런 이상도 발견할 수가 없었다. 긴박감에서 일어난 시각의 착란에 불과한 것이었다.

세 사람은 말이 없었다. 말이 필요 없었다. 이제는 상륙 지점에 고무보트를 정확히 접안시키고, 무사히 상륙하는 일만이 남았다.

보트는 정확하게 대어졌다. 그들은 자연스럽게 그러나 조심스럽게 내려 김 소령은 보트를 잡고 안 소령은 스톤을 부축하여 편편한 바위로 내려섰다. 안 소령은 우선 스톤을 안전한 바위틈에 은신시켰다. 그리고 김 소령과 합세하여 고무보트의 해체작업에 들어갔다. 이미 김 소령에 의해 고무보트는 바람이 빠져 있었다. 다음에는 소형 엔진을 분리했다. 그리고 노를 떼어냈다. 김 소령이 분리된 것들을 처리하기 시작했다. 주머니에서 화학약품을 꺼내 고무보트에 분사했다. 고무보트가 형체도 없이 녹아들기 시작했다. 소형 엔진은 자체 분열되도록 조작하고, 노도 이미 작은 토막으로 분해하여 여기저기에 묻었다.

안 소령과 김 소령은 스톤을 뒤에 따라오도록 하며 은신 지점까지 나아가기 시작했다. 스톤은 두 사람이 밟고 나아간 자리만 되밟고 걸어가면 되었다. 해변 바위틈으로부터 약 200미터의 거리에 설정했던 은신처에 무사히 당도했다. 그곳은 바다와 내륙을 잇는 야산이었다. 한쪽으로는 낮은 해안으로 이어지는 구릉을 이루고 있었고, 뒤로는 약간 가파른 지형으로 급한 경사를 이루며 바위가 높게 둘러쳐져 있었다. 그 큰 바위 밑으로 움푹하게 천연의 요새 입구처럼 나무 몇 그루가 은신하기 알맞게 서 있었다.

세 사람은 스톤을 중심으로 몸을 낮추어 자리를 잡고 앉았다. 두 사람은 스톤을 감싸듯 양옆에서 사방을 경계하며 숨죽이고 어둠 속을 노려보았다. 제1차 난관을 통과한 것이다. 스톤은 긴장되었던 자신을 풀어놓기 시작했다.

이들은 일단 이곳에서 날이 밝아오기 시작할 무렵까지 기다려야 했다. 시간은 새벽 3시 55분을 가리켰다.

스톤은 무전 송신을 지시했다. 김 소령이 주머니 속에 손을 넣고 그대로 모르스 부호로 송신했다.

'E. A. B. M.'

통제본부(G.0-6)의 상황실에서 함성이 터져 나왔다. 동시에 대형 전광판에는 자동해독장치에 의해 '적지 내 목표 지점 안착'이라는 글자가 나타났다.

교신을 마친 스톤 일행은 나름대로 편한 자세로 자리를 잡았다. 이들은 각자의 귀에 극소형 확청기를 끼고 있었다.

우거진 숲과 잡풀 속에서 이름 모를 벌레들이 엄청난 소리를 내고 있었다. 멀리 동리가 있는 쪽에서는 개 짖는 소리, 자동차 소음도 들려왔다. 상륙한 해변가에서는 물이 빠져나가는 파도소리가 아련히 들려왔다.

대지의 속삭임에 귀가 익어갈 즈음 이들의 귀에 낯선 소리가 들려왔다. 세 사람의 눈은 갑자기 휘둥그레졌다. 그리고 서로의 얼굴을 바라보았다. 그것은 사람들의 발자국 소리였다. 상당히 먼 곳으로부터 소리가 들렸고, 점점 가까워졌다. 두 사람은 동시에 권총을 빼들었다.

마침내 검은 모습이 나타났다. 하나…둘… 두 놈이었다. 능선 밑으로 잡풀을 헤치며 뚜벅뚜벅 두 사람의 그림자가 다가왔다. 풀포기 속에서 날 밝기를 재촉하면서 울며 보채던 풀벌레들의 요란한 소리가 멎었다.

안 소령은 앞에 오는 놈, 김 소령은 뒤에 오는 놈을 하나씩 눈짓으로 나누어 맡았다. 이들의 권총은 다가오는 두 사람의 머리통에 각각 조준되었다. 그들은 여전히 일정한 속도로 그렇게 다가왔다. 다음 순간 219과 229의 권총은 내려지고 대신 날카로운 단도가 손에 쥐어졌다.

권총보다는 단도를 사용하는 쪽이 유리하다는 판단이 내려질 만큼 가까이 다가오고 있는 것이다. 어두운 풀숲 아래서 똑같이 오는 자들의 방향을 따라 219과 229의 얼굴은 자동인형처럼 돌아갔다. 이제 마지막 순간이 다가왔다.

그러나 이상한 것은 걸어오는 두 사람의 발걸음은 전혀 이쪽을 의식하지 못하는 그런 발걸음이었다. 그러나 두세 발짝 더 다가오면 어쩔 수 없이 해치워야 할 순간에 그들은 똑바로 오던 발걸음을 산봉우리를 향해 직각으로 꺾었다.

시퍼런 단도 앞을 스쳐 방향을 꺾고 있었다. 그림자는 이미 저만치 성큼성큼 산 쪽을 향해 갔다. 멎었던 풀벌레들의 합창이 다시 이어졌다. 지나고 나서 생각하니 그들은 총을 거꾸로 메고 있었다.

세 사람은 비로소 안도의 숨을 내리쉬었다. 간발의 차이로 이 자리가 피의 제전이 되었다면 그야말로 문제가 매우 귀찮게 될 뻔했기 때문이었다.

어느덧 동녘 하늘이 잿빛으로 물들기 시작했다. 219과 229은 한순간의 긴장이 지나가자 다시 지루함을 느꼈다.

"쉿!"

순간 두 사람은 긴장했다. 다시 번개같이 경계태세를 취했다. 두 명이 가 버린 방향에서 한 떼의 적병들이 이쪽을 향해 오고 있었다. 쌍안경에 비친 적병의 수는 열 명도 넘어 보였다.

쌍안경에 비치는 저들의 모습은 누구를 잡으려고 오고 있는 모양새가 전혀 아니었다. 한 놈도 총을 제대로 쥔 놈이 없었으며, 뭔가 자기들끼리 지껄이며 무방비 상태로 다가오고 있었다. 그러나 방심할 수는 없었다. 선제공격의 태세를 갖추고 숨을 죽이고 기다렸다. 저들은 아까 되돌아간 자들의 길을 되짚어 와, 스톤 일행 앞을 지껄이며 그냥 지나쳤다.

"간밤에 양키 새끼들 다 거꾸러졌나……. 함포 소리가 한 번두 안 들렸어."

"양키 놈들 대포알이 다 떨어졌는지……."

"이보라우, 그 같띠 않은 수작 말라우. 때가 되면 또 날아오겠지……."

"동무들! 말조심하오."

점차 그들의 말소리는 멀어져 갔다.

두 번씩이나 위기를 맞은 스톤은 숨을 돌려 쉬면서 생각해 보았다. 이런 일이 어떻게 해서 일어났을까? 지금 막 저들이 지나간 곳은 적의 해안초소와 민간부락을 잇는 길이 틀림없었다. 오고 갔던 자들은 근무교대 때문이었음이 틀림없을 것이다.

그렇다면 그렇게 철저하게 조사하고 면밀하게 계산해서 세운 계획이, 이토록 위험한 길옆에 은신처를 마련했던 것일까?

주위를 살피던 스톤은 그 이유를 알아냈다. 계획 당초의 몇 차례 고공 정찰 촬영에도 이 소로(小路)는 잡히지 않았을 것이다. 하루에 한두 번, 그나마도 몇 사람만이 왕래하는 이 산길은 마구 자란 잡초들로 덮여 있어 고공 촬영으로는 도저히 판별해 낼 수가 없었을 것이다.

적지에서 맞는 첫 여명이었다.

스톤 팀은 걸음걸이도 당당하게 이미 언덕길을 벗어나 은율로 향하는 시골길을 걷고 있었다. 무엇보다도 위험성이 많은 해안선을 벗어나 동리 옆을 빠져 공로상에 나타날 수 있었던 것은 커다란 성공이었다.

그러나 만약에 적과 부딪치게 되었더라도 문제는 없었다. 이 지역은 26여단 관할구역이었고, 3815부대는 해안선을 이용하는 간첩 남파를 이유로 하여 3815의 군관, 즉 해군 군관들이 수시로 출입하고 있었으므로 26여단 장병들은 그들을 만나면 고양이 앞의 쥐 같은 모습이었다. 황 중위에 따르면, 그 지역은 26여단 구역이고, 그들은 해군 복장만 보아도 쩔쩔맨다는 것이었다. 그리고 해안초소들은 고정초소나 이동초소가 있기는 하나 거의 다 잔다는 것이었다.

부락을 벗어나 걷고 있는 이들 앞에 하곡현물세(夏穀現物稅)를 가득 실은 달구지가 가고 있었다. 달구지를 뒤로하고 지나치려는 순간

벽력같은 소리를 지르면서 구르듯 뛰어내리는 자가 있었다. 너무도 놀란 스톤 팀은 뒤돌아보았다. 달구지에 올라타고 끄덕끄덕 졸며 가던 인민군 병사 하나가 고급군관 일행을 보고는 놀라 뛰어내리며 뭐라고 했는지는 모르나 당황하여 경례를 붙이는 것이었다. 스톤은 놀란 가슴을 진정하며 웃음으로 답례하고는 앞서서 걸었다.

야산 언덕길을 돌아 곧게 뻗은 길을 가고 있을 때 219(안 소령)이 말했다.

"저 뒤 트럭이 한 대 오고 있습니다."

그 순간 스톤 대령은 먼 산과 들을 손으로 가리키며 무엇인가 조사하는 태도를 보이도록 행동했다.

"그 차 세워."

스톤이 지시했다.

안 소령이 김 총좌(스톤)의 말을 경청하는 모습으로 뒤도 돌아보지 않은 채 경무관의 붉은 완장을 두른 팔을 뒤로 들어 올려 차를 제지하는 신호를 보냈다.

차가 섰다. 계속 지형조사를 하는 자세를 취하면서 스톤이 말했다.

"저 차가 은율 방면으로 간다면 편승한다. 가까이 오도록 해."

경무관(안 소령)이 트럭에 손짓했다.

트럭에 편승한 998팀은 예정 시간보다 빨리 은율 교외에 당도했다. 스톤은 한내천 다리에서 하차하고 차는 보냈다.

그러고는 적당히 시간을 보내며 예정 시간에 맞도록 은율읍으로 향하였다.

총좌 일행(스톤 팀)은 은율내무서에 당도했다. 경무관(안 소령)이 입초근무 중인 서원에게 다가갔다. 서원은 경례로 맞았다.

"서장 동무 있소?"

"네! 잠깐 기다려 주십시오."

서원은 설렁줄을 잡아당겨 덜커덩덜커덩 깡통을 흔들어 소리를 냈다. 서원 한 명이 안으로부터 급히 달려 나왔다. 그러고는 총좌 일행의 서장 면담 요청을 확인한 뒤 다시 안으로 사라졌다.

그리하여 내무서장의 극진한 대접을 받게 된 총좌 일행은 즉각 G.0-6에 무전 연락을 했다.

특무장(김 소령)이 용변을 핑계 삼아 나와서 우선 급한 대로 약속된 암호 신호를 보냈다. 제2목표에 무사히 도착했다는 내용의 암호로, 'A.U.P.S.', 즉 'Arrived Unyul Police Station'의 약자였다.

'제2목표 안착' 무전을 받은 G.0-6에서는 계획대로 다음 단계의 조치를 취했다. 우선 G.0-4 항공전단은 은율 읍내로는 적의 외부 병력이 들어갈 수 없도록 경계하고, 은율을 향해 들어가는 적의 병력은 많고 적고를 막론하고 섬멸하도록 전폭기 편대를 출동시켰다.

이 작전 계획은 앞으로 더 중요한 이유가 있는 것이지만 우선 스톤으로 하여금 쉴 수 있는 시간을 제공하는 계기도 되었다. 즉, '양키놈들의 항공 때문에 주간에 차를 몰고 나가기는 위태롭다'고 말할 수 있게 되는 것이었다.

서장의 배려로 차도 빌리기로 했고 아침도 먹은 총좌가 서장 침실에서 잠을 자는 동안 특무장은 총좌께서 이용하실 차를 정비한다는 구실로 간단하게 차에 무전 안테나를 달았다. 위장망을 지프 보닛에 설치하면서 마치 거미줄처럼 가느다란 안테나 줄을 설치한 것이다.

총좌(스톤)가 한참 자고 있는데 제트 전투기의 고막을 찢는 듯한 음속 돌파의 굉음이 들려왔다. 그로 해서 총좌가 깨어났다. 잠시 뒤 다시 한 번 굉음이 들려왔다. 그것은 웨인슨 대령이 스톤에게 전하는 메시지였다. '모든 조치 완료. 계획대로 진행 중'이라는 신호였다.

점심식사로 냉면을 대접받았다. 스톤으로서는 적지 내무서에 들어와서 고향의 맛을 보고 있는 것이었다.

총좌가 서장에게 치하하고 경무관에게 말했다.

"경무관 동무! 동무는 내가 내무상 동지를 만날 때 꼭 이곳 은율에서 있었던 일을 이야기하도록 상기시켜 주도록 해!"

"네, 알겠습니다."

서장은 황공하게 듣고 있었으나 특무장은 밖으로 나가 G.0-6에 타전했다. 내무상이라고 한 것은 이들의 암호로 총지휘관인 해리슨 중장을 일컫는 것이었다.

"……차량 편의를 제공받게 된 사실과 맛있게 먹은 냉면 이야기, 그리고 저 여성 동무가 부채질해 주어 잘 잤다는 이야기……."

냉면을 먹고 나서 총좌가 서장과 여자 서원에게 장터를 안내해 달라고 한 말도 의미심장한 것이었다.

'한두 시쯤 시골 장 구경도 할 겸 같이 나가 봅시다'라는 말은 특무장에게 G.0-6에 타전할 내용을 알리고 있었다. 즉, '오후 2시, 시장으로 향함'이었다. 총좌가 밥상을 자연스럽게 두드리며 말한 것은 제트 전투기 편대의 위협 공격을 요청하라는 것임도 특무장이 알아듣고 타전했다.

총좌 일행이 장터에 나타나 물건을 사고 있을 때, 참새를 쫓는 매와도 같이 날개 소리도 내지 않고 미끄러져 들어오는 1개 편대의 제트 전투기대가 있었다. 이것들은 장터의 상공을 스치듯 위협 비행했다.

서장과 여자 서원은 물론 상인들도 대피소로 머리부터 틀어박았다. 경무관과 특무장도 그들의 눈치 때문에 같이 따라 들어갔다. 제트 전투기들은 급선회하며 무서운 기총소사를 가했다. 장터가 수라장이 된 가운데 총좌만이 우뚝 선 채 적기들을 노려보았다. 그러나 아무도 다친 자는 없었다.

"총좌 동지께서는 피하시지도 않으시고……."

"놈들이 선회하는 방향을 보면 어디를 치려는지 알 수 있소."

"……네 ―."

스톤이 계획에 없던 아군기를 장터로 날아오게 한 이유는, 첫째 자신들의 건재한 모습을 확인시키고, 유사시에 자신들의 지원 요청이 얼마나 신속·정확하게 이루어지는가를 알고 싶었기 때문이고, 스톤 자신과 안 소령·김 소령이 장터에서 아군기와 조우함으로 모든 작전의 확신을 갖게 하려는 의도에서였다.

그리고 계획 당초에 내무서를 택한 이유는 처음부터 강적인 3815부대의 간부와 정면으로 만나기보다는 경찰기관에서 1차 공작을 행함으로써 간담을 적당하게 키울 수 있는 계기를 가지자는 데 있었다.

이렇게 놓고 볼 때 스톤 팀이 내무서에서 얻은 성과는 무척 큰 것이었다.

장터에서 돌아온 총좌 일행은 오후 4시가 다 될 무렵 내무서를 떠났다. 특무장이 즉각 G.0-6에 무전을 보냈다. 중간보고였다.

'제3의 목표로 간다.'

이 중간보고는 지금까지의 '항공' 상태를 철수시키라는 뜻이었다. 그것은 적기가 머리 위에서 맴돌고 있는 가운데 이들이 탄 차만이 무사히 통행할 수 있다는 것은 논리적이 아니기 때문이었다.

지프는 먼저 소비조합에 멎었다. 경무관이 뛰어 들어가 카바이드 맥주를 몇 병 사 들고 나왔다. 맥주가 필요해서가 아니었다. 그 식당은 앞으로 스톤 일행이 이용해야 할 장소였기에 사전답사가 필요했던 것이다.

다시 차를 달려 황 중위 무덤을 확인하고 그 주위 지형을 살폈으며, 다시 서해인민병원으로 가서 원장 윤형도를 올가미 씌워 놓고, 3815부대의 길목을 지키고 있었다.

총좌가 언덕에 차를 세우고 더위를 식히기 위해 골짜기로 올라가면서 내무서 운전수도 함께 데리고 간 것은, 특무장으로 하여금 세면도구를 가져오게 하면서 타이어에 펑크가 나도록 미리 장치해 두기 위해서였고, 골짜기에서 씻으며 잠시 쉰 것은 그곳 지형을 살펴두려 함이었다.

떠나려 할 때 펑크가 났고, 자연스럽게 나무 그늘에서 쉰다는 명목으로 총좌는 언덕 위의 나무 근처로 올라갔다.

항공이 멎었으니 3815부대 연락군관급의 인물이 나올 것으로 예상하고 있었다.

마침내 이 소좌는 스톤의 수중에 들어왔다.

이 소좌를 일단 손아귀에 넣은 스톤은 민간인 공작원과 운전병을 공작원 교육소에 대기시키고, 이 소좌를 데리고 한내천에 간 것이다.

스톤은 시간적 여유가 많질 않았다.

"나는 유엔군 전략장교다."

손바닥 뒤집듯 정체를 드러냈다. 이미 치밀한 작전 계획에 따라서 B-29 4개 편대가 오키나와 기지를 발진할 시각이 되어가고 있었기 때문이다.

마침내 엄청나고도 아기자기한 에어쇼(Air Show)가 벌어졌다. 편대장 웨인슨 대령과의 통화도 모두 들려주었다. 더 확인시킬 필요가 없었다.

"……제가 어떻게 해야 되겠습니까?"

마침내 이 소좌의 입이 떨어졌다. 그러나 이 소좌의 말은 단순한 것이 아니었다. 고도의 복선이 내재되어 있었고, 그는 '협력'이라는 단어를 쓰지 않았다. 그것은 협력한다, 안 한다의 문제를 교묘하게 피하면서 앞으로 사태가 뒤바뀌는 경우에도, 즉 총좌인 스톤 대령이 유엔군 전략장교가 아니고 조선인민해군 총좌라고 하는 사태가 된다고 해도 그때 가서 발뺌을 할 수 있도록, 특무장교다운 계산에서 나온 말이었다. 그러한 내심을 꿰뚫어본 스톤 대령이었지만 개의치 않았다.

이 소좌는 상상도 해 볼 수 없었던 암호문을 써야 했다. 부대장 김동수 대좌를 유인해내는 암호문이었다. 이 소좌는 죽음이냐 삶이냐의 갈림길에서 순간 망설였다.

죽음의 카운트다운이 시작됐다.

이 소좌는 억울했다. 자신이 배신자가 되는 치욕을 감수하면서 살기 위해 정직하게 작성한 암호문에 문제가 발생한 것일까?

암호문을 가지고 간 안 소령은 한적한 길가 언덕에 있는 과수원에 들어가 복숭아를 사 먹으며 시간을 보냈다.

스톤이 이 소좌로 하여금 암호문을 쓰게 해서 죽음의 카운트다운을 시도한 것은 단순히 그를 혼내기 위해서만이 아니다. 다음 공작을 위해 중대한 의미를 가지고 있었다.

진실이든 아니든 이 소좌는 이제 새로운 처지에서 유엔군 전략장교인 스톤을 따라 나서게 되었다. 그것도 앞장서서 소비조합 식당에 총좌 일행을 안내했고, 지금은 총좌와 나란히 자는 몸이 되었다.

"총좌 동지!"

나지막하게 흔들어 깨우는 소리에 눈을 뜬 스톤은 시계를 보았다. 새벽 3시를 지나고 있었다. 스톤은 옆자리를 보았다. 이 소좌가 정신없이 자고 있었다.

이윽고 안 소령과 김 소령 두 사람을 올려다본 스톤이 물었다.

"그래……. 눈들 좀 붙였나?"

"네, 교대로 세 시간씩 잤습니다."

"음— 이 소좌를 깨우게."

이들 네 사람은 행장을 수습하고 이 소좌의 고향 집으로 가기 위해 소비조합 식당을 나섰다.

별들만이 이들을 내려다보고 있었다. 적어도 이 순간 이들 네 사람의 하늘 아래에 전쟁 같은 것은 없었다.

14

별똥별 하나가 길게 꼬리를 달며 떨어졌다.

1952년 7월 4일 새벽 4시.

은율읍의 소비조합 식당을 나선 스톤 일행 앞에 김 특무장이 지프를 끌고 나왔다.

"자! 가지."

지프는 라이트도 켜지 않은 채 달려갔다. 가로수들만이 유령처럼 지나갔다. 어둠 속을 잘도 달렸다. 나무에 칠해진 흰 표지만이 이정표인 양 나타났다가는 사라져 갔다. 지프는 한내천[寒川] 줄기를 따라 강을 거슬러 올라갔다.

이 소좌는 자신도 모르게 한내천 다리 밑을 돌아보았다. 가시덤불로 뒤덮인 숲을 끼고 강물은 유유히 흘렀다. 어제 오후의 일들이 악몽처럼 이 소좌를 휘감아 왔다.

지프는 계곡길로 접어들어, 이 소좌의 본가가 있는 매봉마을을 향해 가고 있었다.

"이 소좌! 이 길이 신천(信川)으로 통하는 길이지?"

"네."

"이 소좌 집이 있는 고장이 온천이 좋다지?"

"네. 그렇습니다."

이 소좌는 자신에 대해 곰곰이 생각해 볼 수 있는 여유를 가졌다.

'……나는 이제 앞으로 어떻게 되는 것일까…….'

어제 오후에 부대를 나와 평양을 향했을 때와 지금의 자신은 너무나 상반된 처지에 놓여 있는 것이었다.

'……어쩌다가 내가 이 지경이 된 것일까…?'

어제 오후 총좌 일행을 만난 이후부터 지금 이 순간까지 한 번도 냉정하게 생각해 볼 시간적 여유가 없었다.

어제만 해도 그랬다. 며칠을 두고 유엔 공군의 항공이 극악스럽게 계속되었기 때문에 나서지 못하던 것을, 미군 항공기들이 씻은 듯이 물러났기에 이때다 하고 그간에 밀렸던 극비 보고사항들을 가지고 중앙(평양)으로 나섰다. 그것도 유엔 공군의 항공이 계속되는 며칠 동안에 입수된 엄청난 정보들이었다.

그런데 이 사람은 이미 1차 보고 내용을 다 알고 있었다. 그리고 어제 가지고 올라가려던 극비 보고 사항 역시 다 알고 있었다. 더군다나 '작전 — 백공이백설(102白雪)'에 관해서도 알고 있지를 않은가? 허나 그것은 자신의 입으로 먼저 발설하지 않았는가. 절대로 입밖에 내어서는 안 되는 '백공이백설'이 아니던가.

이 소좌는 자신은 이미 설 자리를 잃었음을 실감했다. 설사 육신의 온 살가죽이 찢기고 뼈가 으스러지는 한이 있더라도 당에 충성하고 조국과 민족을 위해 목숨을 다할 것을 수없이 다짐해 왔다. 그러나 그렇게 하지 못했다. 만약 그렇게 했더라면 지금 이 사람들의 공작과 기도는 좌절시킬 수 있었을 것이다. 왜 이렇게 되었을까…….

이 소좌는 이제 배반자요 배신자가 되어 있었다. 이것은 꿈에도 생각할 수 없었던 일이다. 이들을 만난 이후 생명의 위협 속에 있었다. 한 가지 자위해 본다면, 하늘같이 높은 인민해군 총좌에 의해 당해 왔던 것이다.

이 소좌는 자신이 교활한 인간이라는 데에 생각이 미쳤다. 적이든 또는 사문관이든 결과에 잘 적응할 수 있도록 요령 있게 조치를 취해 온 것이다. 특무장교로서 자기 방어의 본능으로 대처해 온 것이다. 자신의 내면에 언제 그러한 요령과 본능이 자라고 있었던 것일까?

이들을 만나고 나서부터 알게 된 모든 정황으로 보아 조국해방전쟁은 이미 결판나고 있지를 않은가. 그리고 마지막 보루(堡壘)였던 '작전 — 백공이백설'은 어떠한가. 자신들이 펼쳐 놓은 첩보망을 통해 입수한 모든 정보들이 위장 정보였다고 하는 것이 이들을 통해 입증된 이상 무엇을 기대하며 무엇에 더 매달릴 것인가.

이 소좌는 종말감(終末感)을 떨쳐 버릴 수가 없었다.

지금 부모님과 처자식이 있는 집으로 가고 있다. 무엇을 어떻게 할 작정인가?

스톤은 이 소좌에 대한 생각을 정리하고 있다.

이철호는 우리를 떠나서는 갈 곳이 없다. 이 소좌는 자신이 속한 당과 군을 잘 알고 있다. 그러므로 현재의 상황만으로도 살아날 수가 없다고 하는 사실이 그로 하여금 스스로 처신토록 하고 있다고 생각했다. 그러나 스톤은 한편으로 이 소좌의 교활함에 생각을 돌려본다. 이 소좌는 아직도 총좌라고 하는 계급상으로 높은 자의 명령에 따라서, 또는 사문관이라고 하는 직책상의 위력과 위상에 따라서 교묘하게 피동적으로 움직이고 있다.

스톤은 이 소좌를 돌아보았다.

"자 ― 이거 귀에 끼고 이야기 좀 하자구."

스톤은 조그마한 나팔꽃처럼 생긴 전성관(傳聲管)을 꺼내 줄을 늘이며 건네줬다. 달리는 차의 소음을 피해 작은 소리로 대화를 할 수 있는 일종의 송화 장치였다.

안 경무관은 주머니 속의 소형 무전기로 둘의 대화를 본부(G.0-6)에 타전할 준비를 했다. 지금 달리고 있는 길은 산간이었기 때문에 정찰기를 띄워 이들(스톤 팀)의 송신을 중계하도록 되어 있었다.

"이 소좌! 정상이라면 오늘 부대로 돌아갈 것이 아닌가?"

"……네, 그렇습니다만……. 때에 따라서는 다음 날 오후 늦게 돌아가기도 합니다."

"그러한 경우는 어떠한 때인가?"

"……네, 항공이 극심하다든가…… 중앙의 지시를 기다려야 할 때입니다."

"이 소좌는 중앙의 남의성 장군에게 직접 가는가?"

“……그렇습니다.”

“자네들은 남의성 사령관을 ‘아바이’라고 부른다던데…….”

“……네, 그렇습니다.”

김 총좌는 앞으로의 일들을 위해서 깊고 정확한 사전지식이 필요했다. 3815부대의 깊은 내막과 김 대좌의 신원, 그리고 김 대좌와 평양의 사령관 남의성 중장 사이의 관계 등에 대하여 이 소좌로부터 파내야 하는 것이다.

이 소좌와 스톤 대령과의 대화는 “그렇습니다”로 끝나는 단순한 것으로부터 점차 이 소좌 자신의 판단으로 설명하지 않으면 안 되는 성질의 대화로 옮겨갔다.

특기할 것은 이 소좌 자신의 신분에 관한 새로운 사실들이었다. 연락군관인 이철호 소좌는 연락 임무뿐만이 아니라 좀 더 크고 많은 권한과 책임을 가지고 있었다. 인민군 제3815부대의 약 300명의 군관들 가운데서 공작관인 박대일 중좌 한 사람과 28명의 기간 소좌들의 중간적 구실을 하고 있으며 수석 소좌의 지위에 있다는 사실, 그리고 부대장 김 대좌와는 이전부터 같은 정보 분야에서 근무했으며 창설을 앞두고 기간 소좌 전원이 만주 하얼빈에서 소련 정보장교들에게 비밀리에 정보 교육을 받았다는 사실이었다.

그리고 이 소좌에게는 연락 업무에 따르는 특권이 부여되어 있었다. 첫째로 중요문서를 전달하는 과정에서 만약의 경우에는 그것을 없앨 수 있는 권한이 있었으며, 둘째로 3815군 사령관에게 자신의 의견을 개진(開陳), 상신(上申)할 수 있는 특권이 주어져 있었다.

이 점은 북한 사회에서 볼 수 있는 이른바 상호감시·상호견제의 수단으로 보였다. 소좌 계급장을 달고 있었으나 참모장 위치에 있는 박대일 중좌보다 폭넓은 권한과 임무를 지고 있는 인물이라는 것을 알 수 있었다.

스톤은 방향을 바꾸어 이 소좌에게 X-1의 이야기들을 풀어 놓기 시작하였다.

오키나와의 X-1의 존재로부터 그 구성 및 기능, 그리고 이번 작전의 대비책 등을 간략하면서도 소상히 얘기해 주었다. 그리고는 3815에서 이미 입수하여 보고했던 사태들의 실체를 이야기해 주었다.

"여보게 이 소좌! 백령도에 미 해병 대령 한 사람이 새로 나타나서는 대규모 병력을 수용할 부대 주둔시설을 만들기 시작했지. 백령도에서 쓸모없는 Y포구를 둘러싸고 있는 광활한 지역을 군용지로 책정하여 주민들을 다른 지역으로 이주시키고 철조망을 이중 삼중으로 설치하고 한미 해병대 병력이 대거 상륙, 주둔했지."

"……."

"자네들 첩보망을 통해 입수된 정보 아닌가?"

"……네, 그렇습니다."

"그 미 해병 대령은 실은 우리 X-1의 전략장교 마크 소령이지."

"……."

"그가 미 해병 대령의 계급으로서 두 사람의 전략장교와 같이 백령도로 파견되었던 것이야. 그중의 하나는 공군 장교로 가장하고 산 고지에 진짜 레이더 기지를 설치하기도 했지."

"……네, 그랬었군요."

“그리고 백령도 표기지 사령부를 알지?”

“네, 알고 있습니다.”

“그곳 기지 사령관 버그 소령도 알겠구먼.”

“네, 알고 있습니다. 그런데 갑자기 버그 소령은 전속된 것으로 알고 있습니다.”

“맞아! 필요가 있어서 버그 소령을 전속시키고 우리의 X-1 전략 장교가 사령관으로 부임했다네.”

“……네 —.”

이때 운전하던 김 특무장이 속도를 줄이며 스톤과 뒤의 일행에게 시선을 던졌다. 전방에 무엇인가 위장망이 쳐진 건물 같은 것이 어둠 속에 어렴풋이 보였다. 이 소좌가 재빨리 설명했다.

“아 — 저것은 연료 보급도 하고 간단한 정비도 해 주는 곳입니다. 저기 들어가서 연료 보급하고 가시죠.”

스톤은 잠시 이 소좌를 응시하고는 특무장에게 지시했다.

“음, 그러지. 예비 타이어도 바꾸고.”

차가 들어서자 그곳에 있던 군인들은 해군 고급군관 일행을 보고는 기겁을 했다. 이 소좌가 나섰다.

“아, 동무! 연료 가득 채우고 뒤의 예비 타이어 새것으로 달아 주오.”

“네, 군관 동지!”

다시 출발한 차는 험준한 산간 계곡길을 오르기 시작했다. 스톤은 지금까지와는 성격을 달리하여 이 소좌에게 질문을 했다.

"이 며칠간의 유엔군의 동태, 백령도를 위시한 도서 지방의 한미 해병부대와 해군 함정들의 움직임에 대한 보고를 받은 부대장과 평양 사령부의 반응은 어떠했나?"

"……글쎄요. 대단위 병력과 함정들이 서해안과 남해안에 집결되는 양상을 보고 대단히 놀란 것은 사실입니다. 그것도 바로 '작전 ― 백공이백설'의 전개를 눈앞에 둔 시점에서 바로 그 해역에 대단위 함정들의 집결은 우연이라기에는 너무나 기이한 현상이라고 개인적으로도 생각했습니다. 상부에서도 마찬가지 반응이었던 것으로 알고 있습니다. 그런데……."

"그런데……?"

"네, 그런데 백령도를 위시한 서해 5도에 대단위 병력이 집결하면서 다른 방향으로 분석되기 시작했습니다."

"음― 이 소좌 개인의 판단?"

"네, 북쪽 어딘가에 대거 상륙작전을 감행하려는 것이 아닌가……."

"상륙작전? 그렇다면, 이 소좌! 그 상륙 지역은 어디가 될 것이라고 상정하나?"

"……그 점은 가늠할 수가 없습니다. 양동작전이라고 생각할 수도 있겠습니다."

"양동작전?"

"네, 상륙작전이라면 서해안·동해안 양쪽 다 가능성을 점칠 수 있다고 생각합니다."

스톤은 이 소좌가 솔직하게 자신과 상부의 견해를 피력하고 있다고 생각했다.

"그건 그렇고…… '작전 ― 백공이백설'의 전망은?"

"……글쎄요. 너무……."

"나름대로의 견해를 말해 주게!"

"믿음은 절대적이라고 생각합니다. 기대도 엄청납니다. 다만……. 다만…… 지금의 형편으로는……."

"아 ― 어제 이후에 알게 된 상황을 도외시하고 말일세."

"네. 전쟁을 승리로 이끌 수 있을 것으로 확신하고 있습니다."

"그렇다면 부대장 김동수 대좌가 '백공이백설'이 붕괴되고 있다는 사실을 확실히 알았을 때에는 우리에게 협력할까?"

"……그 점은…… 무어라 판단할 수가 없습니다."

"가능성이 희박하다는 뜻이지?"

"……네, 그렇게 생각합니다."

"좋아, 이 소좌의 솔직한 답변, 고맙소. 그러면 '백공이백설'의 준비 과정으로 중국군과 교대하여 빠져나온 인민군, 그리고 또 다른 중국군 병력과의 혼성작업(混成作業)의 진도는 어떠한가?"

"……그 문제는…… 총좌 동지로부터 처음 듣는 것이고, 저는 그러한 문제에 접근할 지위에 있지 못합니다."

스톤은 잠시 얼굴을 돌려 어둠 속에서 이 소좌를 응시했다. 그리고는 곧 앞으로 시선을 돌리며 다음 질문을 던졌다.

"만약에 말일세 ― 이 소좌가 오늘 밤까지도 부대에 들어가지 못하거나 연락이 없다면 어떻게 되겠나?"

"……물론 중앙에 확인하고 찾아 나설 것입니다."

"곧장 제2의 연락군관을 차출하여 보내겠는가?"

“아닙니다. 저의 생사를 확인하기 위해 누가 나오겠지만, 다른 군관이 연락업무를 띠고 나오지는 않을 것입니다.”

“왜 그렇게 생각하는가?”

“……그것은 연락문서 자체가 기밀문서들이어서 저의 사망이 확인되기까지는 다른 사람이 연락업무를 맡지 못합니다. 그렇게 중앙으로부터 명령되어 있습니다.”

차는 어느덧 술림이 고갯마루에까지 올라 있었다. 동녘 하늘이 희붐하게 밝아오기 시작했고, 시계는 새벽 5시를 지나고 있었다.

길가 나무 밑에 차를 세우고 잠깐 쉬어가기로 했다.

이 소좌의 집이 있다는 매봉마을이 멀리 보이는 등성이 너머에 있다고 했다. 일행은 앉기 좋은 편편한 바위를 골라 각기 앉았다.

술림이 고개에서 내려다보이는 경치는 마치 정복자의 감회를 불러일으킬 만도 했다.

“이 소좌! 고향집에 가 본 것이 언제였나?”

“……작년에 한 번 가 보고는 못 갔습니다.”

“이 소좌!”

“……네?”

“내가 이 소좌 형님 이진호 씨를 만난 이야기 했었지?”

“……네. 하지만 어제는 그만 경황 중에…….”

“그렇겠지.”

“…….”

“지금으로부터 약 20여 일 전이었네.”

15

한국의 피난수도(避難首都) 부산(釜山)은 어떤 의미에서는 제법 활기가 있었다.

피난살이일망정 한 나라의 정부·국회 및 사법기관 등이 한곳에다 모였고, 유엔군의 보급물자가 매일매일 산더미처럼 부산항으로 들어 왔다.

크고 작은 많은 일자리가 또한 사람들을 들끓게 했고, 갖가지 범죄의 온상이 되기도 했다. 어쨌든 이곳 부산은 매일매일 사건들의 연속이었고, 그래서 더더욱 시끌시끌했다.

국제시장 상인들은 북에서 피난 온 사람들이 대부분이었다.

이진호(李辰鎬)는 성냥개비로 이빨을 쑤시며 국제시장을 내려오고 있었다.

그는 어제 미군 부대 통역관의 주선으로 새로 나온 '오레오마이신'
인가 하는 약을 몇 박스 입수해서 도매상에 넘겨주어 두세 달의 생활
비가 떨어졌다. 오늘 아침 약방에서 돈을 받아 통역관에게 나누어
주고 설렁탕으로 유명한 우미옥에 가서 빈대떡에 소주를 곁들여서
근사하게 점심을 먹은 것이다.

이진호는 부산이 좋다고 생각했다. 적당히 시끄럽고 썩음썩음한
구석이 많아서 잘만 찾아보면 별로 힘들이지 않고 돈을 벌 수 있는
일이 제법 있었다.

또한 이곳에는 공산군의 살육도, 노력동원도, 인민위원회의 감시
도 없었다. 그리고 전쟁이야 전선에서 하는 것이고, 마음만 먹으면
인천 상륙작전같이 멋진 작전으로 막 밀고 올라갈 수 있을 듯한 유엔
군이 있지 않은가? 이제는 한국군도 1950년 6월에 인민군이 남침했
을 때보다는 훨씬 강해졌다고 하지 않는가.

지금 전선에서 일진일퇴(一進一退)하는 것은 유엔군의 군사력이 약
해서가 아니고 영국·프랑스·캐나다 같은 참전국들끼리 의견이 엇
갈려서 단숨에 밀어붙이지 못하는 것이라고들 하지 않는가. 맥아더
원수 같은 훌륭한 장군은 사라졌지만 누군가가 또 한 번 인천 상륙작
전 같은 멋진 작전을 하지 말라는 법도 없을 것 같았다.

이진호는 입에 물었던 성냥개비를 퉤 하고 뱉어냈다.

'지금 한창 휴전회담을 한다고는 하지만 어림도 없는 수작들이다.
흥! 삼팔선 대신 또 다른 금이 그어진다면, 그렇다면 무엇 때문에
그 숱한 목숨들이 죽었구, 무엇 때문에 이 나라 국토가 쑥밭이 되어
야 했나. 이왕 걸린 전쟁이니까 압록강·두만강까지 냅다 밀어붙여

가지구 벌써 해방 때 됐어야 했던 통일을 해야 할 것 아닌가. 중공군
이 끼어드는 통에 영하 20도 밑으로 내려가는 추위에 피난 오면서도
봄만 되면 고향에 간다구 그러구서 다들 내려왔던 거 아닌가. 참 미
치겠구나.'

　이진호는 국제약방으로 쑥 들어가서 한구석에 놓인 의자에 앉아
신문을 펼쳐들었다.

　―유엔 공군, 장진 발전소 폭격.

　―영국서, 美·英·佛 삼국 외상회담.

　커다란 제목들 밑에 자질구레한 기사들이 실려 있었다.

　약방 주인이 손님을 보내고는 이진호에게 말했다.

　"아까 아침에 이 씨가 다녀 나가구 곧 누가 찾아왔던데?"

　"……저를요?"

　"응…… 이진호 씨 여기 잘 나오지 않느냐구 묻던데…….'"

　"……그래요?"

　"그것두 참 두 사람이 같이 왔더라구."

　"……두 사람요?"

　"응. 그래서 오후에 또 들를 거라구 그랬어."

　"아니, 제가 여기 자주 나오는 걸 아는 사람이 별로 없는데…….
제가 아는 사람들은 아저씨가 다 아시는데…….'"

　"……글쎄, 난 모르는 사람들이더라구."

　"……네―."

　"아― 저기 또 오시는구먼."

　진호는 주인의 시선을 따라 약방으로 들어서는 두 사람을 보며 일

어섰다. 그 가운데 한 사람이 말을 걸었다.

"이진호 씨이시죠?"

"네, 그렇습니다만……."

또 한 사람이 나섰다.

"아, 이진호 씨군요. 경찰에서 나왔습니다."

"네?"

이진호는 움찔했다. 진호는 은근히 켕기는 구석이 있어 조심스레 물었다.

"그런데 왜……?"

"별일이 있어서가 아니구요. 그저 상부에서 알아보라고 해서요. 저하고 차나 한잔 하시겠습니까?"

피난민 연락소 직원이라는 사람은 돌아가고 형사와 이진호는 다방으로 갔다. 형사는 이진호의 출생지와 간단한 신원을 확인하고는 말했다.

"이 선생이 맞군요. 선생을 만나보고 싶어 하는 분들이 있습니다."

"……저를……?"

형사는 봉투를 꺼내 이진호에게 내밀었다.

"이게 뭡니까?"

"돈입니다. 오늘 하루 장사를 못하시게 될 테니까 그 양반들이 전해 드리라고 했습니다."

"아니, 그런데 누가 저를……?"

"글쎄, 해로운 일은 아닌 것 같습니다."

진호는 '미군 부대 약품 건'이 좀 켕기기는 하였지만 그 일은 아닌 것 같았다.

진호가 간 곳에는 미군 지프차가 대기하고 있었다. 넘버를 보아
차는 미 8군 소속 지프차였다. 진호는 아찔했다. 결국 '오레오마이신
건'이 들통 난 것으로 생각했다.

어제는 참 재수 좋은 날이었는데……. 그러나 생각해 보니, 돈까지
주면서 오라고 한 걸 보면…….

미군 병사가 운전하는 지프는 이진호만을 태우고 꽤 빠르게 달렸
다. 해운대 쪽으로 한참을 달리더니 어느 미군 부대로 들어갔다. 막
상 영내(營內)로 들어가자 이진호는 은근히 겁이 났으나, 하는 수 없
었다. 미군 병사는 진호를 어느 퀀셋으로 안내했다.

퀀셋 안에는 한국 사람 셋과 미군 중위 한 사람이 앉아 있었다.
그런데 한국 사람들도 모두 미군 복장을 하였는데 한 사람은 중령,
두 사람은 대위였다.

진호는 안내하는 대로 한국 사람 미군 중령 앞에 앉았다.

"이진호 씨지요?"

"네, 그렇습니다만……."

"오시라고 해서 미안합니다."

"아닙니다. 괜찮습니다."

미군 중령의 말에는 약간 이북 쪽 억양이 섞여 있었다.

"태우시지요."

중령은 담배를 권하고는 라이터를 켜 주었다. 진호는 황송한 듯이
담배를 받아들어 고개를 숙이고 피웠다.

"느닷없이 형사가 찾아가서 놀라셨을 겁니다. 이 선생께서 저희들

에게 협력을 좀 해 주셨으면 합니다."

"……글쎄요, 제가 할 수 있는 일이라면……."

중령은 뭔가 적힌 서류 같은 것을 들추면서 물었다.

"고향이 황해도 신천이시군요?"

"네, 그렇습니다."

"실례지만 이 선생의 어르신네 존함은 어떻게 되십니까?"

대위 둘은 두 사람의 대화 내용을 적고 있었다.

"저희 아버님 말씀입니까?"

"네, 이 선생 아버님의 성함을 물었습니다."

"……제 아버님은 이북 고향에 그냥 계신데요."

"네, 그러시군요."

"제 아버님 함자는 마루 종(宗) 자에 글월 문(文) 자를 쓰십니다."

"네, 이종문 씨이시군요?"

"네."

"이 선생께서 장남이시죠?"

"네, 제가 맏이입니다."

"형제는요?"

"형제는 동생, 남동생 하나가 있습니다."

"이철호 씨이시죠?"

"네, 철홉니다. 그런데…?!"

진호는 속으로 깜짝 놀랐다. 지금 북에 있는 동생의 이름을 어떻게 알았을까?

"이철호 씨는 지금 어디 있습니까?"

진호는 지금 이 사람은 이미 알고 묻고 있다고 생각했다.

"걘 벌써 인민군에 입대했습니다. 해방된 해, 그러니까 1945년 11월 달에 개천 보안간부학교라는 데를 갔습니다. 그러니까 6, 7년 되는군요."

"동생 이철호 씨가 인민군에 간 다음 한 번도 못 보셨나요?"

"아니죠, 딱 한 번 만났죠. 걔가 군관이 됐다구 고향에 다니러 왔을 때 봤죠."

"그게 언제였습니까?"

"그러니까…… 그게 전쟁 전…… 전 해였습니다."

"그 후엔 못 만나셨습니까?"

"네, 그 후엔 못 봤습니다."

"이진호 선생은 언제 남쪽으로 피난 오셨습니까?"

"1·4 후퇴 때 내려왔습니다."

"고생하셨겠군요."

"……."

"같이 피난 온 식구들은요?"

"제 안사람하구 딸 하나, 아들 하납니다."

중령은 서류를 보며 말을 가로챘다.

"그 애들 이름이 덕주·덕민이군요?"

"……네……."

"그럼 지금 고향집엔?"

"아버님하구 어머님, 그리고 제 계수씨하고 조카 하나가 있었습니다."

"······계수씨는?"

"동생 철호의 아내죠."

"아 — 이철호 씨도 결혼을 했었군요."

"네. 왜정 때 남자는 일본 군대 뽑아가고, 여자들은 정신대로 잡아 간다고들 했잖습니까? 그 무렵이라 서둘러서 부모님이 결혼을 시킨 겁니다."

"그럼 이철호 씨가 결혼한 때가?"

"해방되던 해 봄입니다. 그해 8월에 해방이 됐으니까요."

"그렇군요."

중령은 뭔가 생각하는 듯하더니 다시 물었다.

"그럼 그 계수씨 되시는 분의 이름은 기억하고 계십니까?"

"네, 김은수라고 했습니다."

"조카는 아들입니까?"

"네, 사내아이입니다. 금년이면 그러니까 — 일곱 살이죠."

"이름은?"

"덕환이, 이덕환입니다."

"네, 이덕환······."

중령은 입 속으로 뇌어보고는 계속 물었다.

"참, 이철호 씨 나이가 지금 어떻게 되죠?"

"그러니까 걔가 올해 스물여덟입니다."

"계수씨는요?"

"계수씨는 제 동생 철호보다 두 살 아래였습니다."

"부부 사이가 좋았었나요?"

"네, 남들이 부러워할 정도였습니다. 아까 말씀드린 대루 왜정 말기에 부모님들이 정해 준 결혼이었는데두 천생연분이라구들 했으니까요."

도대체 동생 철호 얘긴 왜 이렇게 꼬치꼬치 묻는 걸까? 걔한테 무슨 일이 생겼나? 혹시 포로라두 돼서 와 있는 것은 아닐까? 진호는 의아하기 짝이 없었다.

중령이 계속 질문했다.

"그런데 이철호 씨는 해방이 되자마자 인민군에 입대해 버렸다 이런 말씀이죠?"

"네……. 그렇지만 걔가 보안간부학교에 간 건 저 나름대로 생각이 있어서 갔었죠. 제 조부님이 일제시대에 그 고장에서 면장을 지내셨습니다. 그리구 그 후 부친께서는 대서방두 하시며 상점 경영두 하셨구요."

"무슨 상점이었습니까?"

"잡화상이었죠. 그리구 왜정 땐 배급 물건두 취급하셨구요. 그래서 해방이 되구 공산당이 들어오게 되면서 우리 집은 주목을 받는 입장이 됐어요."

"그렇겠군요."

"그래서 동생은 보안서에 들어갔었어요. 자기라도 그런데 몸담고 있으면 집안이 좀 편하지 않겠냐구 하면서요. 그래서 나한테 의논했었죠. 자기는 그럴 테니까 형은 집을 지켜 달라구요."

이때 진호의 말을 듣던 중령이 빙그레 미소를 지었다.

"그래, 내무서원 동생 덕을 좀 보셨습니까?"

"천만에요. 공산당 놈들이 어디 그런 놈들입니까? 되레 가산만 몰수당하구 이주시키던데요."

"어디루요?"

"이도면이라구, 한 50리 떨어진 곳인데요, 거기에서 이남으로 월남한 사람네 논을 부치라고 하더군요."

"……네 ―."

"그러다가 전쟁나기 직전엔 저까지 인민군으로 잡아가더군요."

그 순간 진호는 아차 싶었다. 당황하는 표정이 되어 중령의 표정을 살폈다.

"괜찮습니다. 인민군으로 끌려갈 때 이진호 씨 나이는 몇 살이셨습니까?"

"그때가 서른 살 때였습니다."

"그런데 어떻게 여기까지 피난 오셨습니까?"

"유엔군이 인천에 상륙하자 인민군이 풍비박산이 됐잖습니까. 그때 전 서울까지 왔다가 북으로 도망하는 인민군을 따라서 사리원까지 갔었죠. 거기서 군복을 벗어 팽개치고 그길로 고향으로 도망쳐 버렸죠."

"사리원서 고향은 멀지 않으니까요."

"그럼요."

"그렇게 해서 고향집에 계셨는데 다시 인민군이 들어왔었겠군요?"

"네, 그렇습니다. 인민군 도망병이 어디 붙어 있을 수 있었겠습니까? 어디론가 떠날 수밖에 없었죠. 그리구 당시야 뭐 인민군 도망병이 아니라두 공산당 치하에서 어떻게 살겠습니까?"

"피난 오실 땐 어디로 빠져나왔습니까?"

"중공군들이 우리들보다 앞섰기 때문에 육로로 내려오는 길이 막혔었지요. 그래서 백령도로 해서 부산까지 오게 됐습니다."

"네 ─ 부모님들은 그럼?"

중령의 이 말에 진호는 잠시 고개를 숙인 채 말을 잇지 못했다. 그러다가 체념의 빛을 띠며 말했다.

"그때 일을 생각하면 제가 살아서 뭣하나 하는 생각이 듭니다. 제가 피난 떠나올 때 부모님도 같이 떠나시자고 했지요. 그러나 부모님 말씀은 조상님네들 산소가 있고, 또 동생 철호가 있지 않느냐는 거예요. 그렇다면 저도 피난 안 가겠다구 말씀드렸죠. 그랬더니 아버님 말씀이, 인민군에서 빠져나온 네가 집에 있다가 무사할 것 같으냐구 하시면서, 너희 식구만이라도 피난 가서 살아남아야 나중에라도 조상님께 봉제사(奉祭祀)할 대를 이을 것이 아니냐고 말씀하셨습니다."

"……네, 그러셨군요."

"그렇지만 끝까지 제가 응하지 않으니까 아버님께서 나중에는 막화를 내시는 거예요. 그 바람에, 아니, 그 말씀을 핑계 삼아 저 혼자 이렇게 피난 왔습니다."

이진호는 한숨을 길게 내쉬고는 고개를 떨구었다.

"알 만합니다. 이북에 사는 사람이면 누구라도 다 겪음직한 일 아닙니까? 너무 상심하지 마십시오."

"……."

"참, 이철호 씨는 부모님들이 강제 이주당한 것을 알고 있나요?"

"네, 1948년도에 왔을 때 보고 갔으니까요."

"그리고 동생 철호 씨는 부모님에 대한 효성이 지극했겠군요?"

"아, 네. 걘 나하구는 다릅니다. 애가 똑똑해서 부모님들두 걜 무척 사랑하셨구요. 효자 중에 효자입니다."

"그렇군요."

마침내 이진호는 너무나 궁금한 것을 용기를 내서 물었다.

"저 선생님, 우리 철호가 어떻게 잘못이라도 됐습니까?"

"아 ─ 그런 건 아닙니다."

"전, 저는 제 동생이 운 좋게 포로라두 돼서 거제도 수용소 같은 데라도 와 있었으면 합니다. 공산포로다, 반공포로다 하는데 거제도에 있기만 하다면 내가 만나서 북으로는 못 가게 하고 싶습니다. 걔도 가려구 하지 않을 거구요. 공산당이 판을 치구 있는데 고향이면 뭐합니까?"

미군 중령과 이진호는 그렇게 오후 내내 여러 가지 이야기들을 주고받았다.

저녁 때가 되자 이들은 전부 사복으로 갈아입고는 이진호를 데리고 부대를 나섰다.

지프차 뒤에 앉아 있는 이진호는 이제는 그렇게 불안하지 않았다. 오후 내내 얘기를 주고받아서도 그렇겠지만, 이들이 사복으로 갈아입고 같이 차를 타고 가니까 한결 마음이 놓였다.

차는 부산 시내를 가로질러 송도 쪽으로 접어들었고, 송도 해수욕장이 한눈에 내려다보이는 언덕 위의 고급 요정 같은 곳에 멈췄다. 이진호는 말로만 듣던 그런 요정이구나 생각했다.

2층 넓은 방으로 안내된 이들 일행은 가운데 큰 교자상을 중심으로 자리 잡았다. 날아갈 듯한 예쁜 기생들이 옷을 받아 걸고 각종 고급 음식들을 날라 왔다. 술잔이 오가고 좌석의 분위기는 거나해졌다. 이진호는 미군 군복을 벗고 사복으로 갈아입은 이들이 더욱 친근하게 느껴져서인지 술맛이 좋았다.

이진호는 술기운을 얻어 자기 생각을 조심스럽게 털어놓았다.

"저…… 선생님들은 한국군이 아닌 미군 장교님들 같으신데요. 지금 판문점에서 하고 있는 휴전회담이니 뭐니 하는 건 도대체 어쩌자는 겁니까?"

중령을 비롯하여 대위 두 사람, 그리고 미국 사람인 젊은 중위는 담담하게 마시며 듣고 있었다.

"공산당 애들하구 무슨 회담을 해요. 열 번이면 열 번 골탕 먹습니다. 저는 북에서 걔들 하는 일을 보구 당해 봐서 잘 압니다. 그놈들은 전쟁을 그만하자 해 놓구서 뒷구멍으로 군대를 재편성하고 보급품 날라오구……. 아 ― 지금 전쟁 꼴이 그게 뭡니까?"

미군들은 빙긋이 미소 지으며 듣고 있었다. 이진호는 점점 자신이 생기는 듯 술잔을 비우고 계속 말했다.

"저 같은 무식한 놈 소견에도 유엔군이 힘이 없어서 북진 못하고 있는 건 아닌 것 같은데……. 그렇죠? 선생님들."

중령은 이진호를 그윽이 보면서 고개를 끄덕였다.

"선생님들은 공산주의를 직접 겪으셨는지 아닌지 모르겠습니다만, 거긴 사람 살 데가 못 됩니다. 왜 진작 해방 직후 식구들을 데리구 남하하지 못했었는지 여길 와 보구 나서 크게 후회했습니다. 해방 직후만 해두 우리 고장에서 뱃길로 얼마든지 남하할 수 있었거든요.

배에다 사과·배 같은 걸 1천 상자구 2천 상자구 싣구서 서울 마포강까지 올 수 있었죠. 진작 그렇게 했더라면 부모님 모시고 동생애, 철호 말입니다. 그 애두 인민군 따위보다 선생님들 같은 군인이 됐을거 아닙니까?"

이진호의 눈가에 물기가 고였다. 일말의 향수 같은 것이리라.

대위 한 사람이 진호에게 술잔을 권했다.

"자, 한잔 드십시오."

"네, 감사합니다."

진호는 공손하게 잔을 받았다.

"이북서 제일 못 견디겠는 건 다른 게 아니구 철저히 감시당하고 있다는 겁니다. 오늘 밤 한 말이 내일이면 당이나 민청·직업동맹에 어김없이 들어가게 마련이지요. 직장이나 직업두 어디 자기가 하고 싶은 일을 할 수가 있습니까? 쌀 배급통장에 목숨이 걸려 있으니까 싫든 좋든 하라는 일을 해서 연명하는 거죠. 저두 처음에 부산 와서 부두노동을 했습니다. 어깨가 부어오르고 허리가 끊어지는 것 같았지만, 여하튼 고된 일이든 쉬운 일이든 내가 하고 싶어서 하는 일이었죠."

이렇게 늘어놓던 이진호는 잠시 앉음새를 고치더니 중령을 향해 진지한 표정으로 말했다.

"……저…… 선생님! 고향이 바다 가까이 있는 사람, 그런 고향에 부모 형제를 두고 온 사람들은 돈으로 가족들을 남쪽으로 데리고 오는 수도 있다고 들었습니다."

중령은 부정도 긍정도 하지 않고 두 대위를 힐끗 보더니 다시 이진호에게 얘기를 계속하라는 듯 고개를 끄덕였다.

"서해 바다에 널려 있는 유격대나 정보기관에 있는 분들한테 특별히 부탁해서 가족들하구 연락을 한다는 거죠."

중령은 그럴 수도 있겠다는 표정을 지었다. 이진호는 여기에 용기를 얻었다.

"저 ─ 선생님! 저도 어떻게 어떻게 절약해서 모아둔 돈이 한 1천만 환쯤 있습니다. 선생님들께서 혹시 그런 빽을 ─ 아이구 죄송합니다. 그런 연줄을 알고 계시면 저희 부모님을 데려다 주십시오. 부모님만 모셔올 수 있다면, 저는, 저는, 더 이상 소원이 없습니다. 생각해 보십시오. 제가 장남입니다. 이런 불효막심한 놈이 이 세상 어디에 또 있겠습니까?"

어느새 이진호의 두 눈에서는 눈물이 떨어지고 있었고 꼭 쥔 두 주먹은 부들부들 떨고 있었다.

거나하게 취한 이들은 송도의 요정을 뒤로 하고 부산 거리로 차를 몰았다.

부산의 밤거리는 참으로 요란했다. 남포동 부둣가에는 휘황한 크고 작은 어선들의 불빛이 바닷물에 반사되어 장관을 이루고 있었다. 차는 남포동을 거쳐 보수동을 끼고 광복동 거리로 들어섰다. 앞에 타고 가던 중령이 차를 세웠다.

"어이, 스티브! 저기 케이크집이 있군. 가서 케이크하고 과일 같은 것 좀 사 오지."

"네."

스티브라고 불린 대위와 또 한 대위가 뛰어내렸고, 잠시 후 그들은 케이크·과자·과일 등을 엄청나게 사 들고 돌아왔다. 이들을 태운 차는 다시 달렸고 이진호의 집이 있는 용두산 입구에 세워졌다.

피난민들의 판잣집이 산꼭대기까지 빼곡히 채워져 있었다. 골목이 너무도 좁고 꼬불꼬불해서 차는 들어갈 수 없었다.

걸어서 올라가는 이들의 시야에 부산 항구의 밤풍경이 내려다보였다. 부산의 밤 항구는 너무나 아름다웠다. 스웨덴에서 파견되어 온 병원선이 제1부두에 정박해 있었고, 화물선들도 있었다. 선박들이 켜 놓은 수천 개 수만 개의 불빛이 장관을 이루었다.

이진호의 아내와 두 남매는 느닷없이 들이닥친 낯선 사람들과 아버지를 번갈아 보며 의아해 했다. 이진호가 이들을 안내했다.

"이거 누추하지만 좀 들어오십시오."

이진호가 들어오라고 한 곳은 말이 집이지 너무나 협소하고 어수선했다. 하긴, 다닥다닥 붙여서 지은 판잣집들은 다 그랬다.

중령이 아이들에게 선물 상자를 주며 말했다.

"자 — 이것 먹어라."

아이들은 이들이 주는 케이크·과자·과일 등을 어리둥절한 표정으로 바라만 보며 받기를 주저했다.

"괜찮아! 아버지 손님이 주시는 건데……."

"그래, 애들아. 아버지 손님분들이신데 고맙다구 말씀드리고 받아야지."

이진호가 말하자 아이들은 고맙다고 인사하고는 선물들을 받았다. 이때 이진호의 아내가 남편에게 말했다.

“여보, 술상이라도 좀 차릴까?”

“그럼!”

아내는 돌아섰다.

“선생님들, 아무것도 없지만 저희 집에 오셨으니 술 한잔씩만 대접
해 올리겠습니다.”

“아닙니다. 시간이 없습니다. 고맙습니다만 안 되겠습니다. 미안합
니다.”

“그럼 너무 섭섭해서…….”

“아닙니다. 너무 그렇게 생각하진 마십시오.”

중령은 아이들의 머리를 쓰다듬으며 물었다.

“네 이름이 덕주냐?”

“네.”

“넌 그럼 덕민이구나?”

“응.”

“응이 뭐야, ‘네’ 해야지.”

이진호의 아내가 부드럽게 나무랐다.

“……네.”

중령은 덕주에게 다시 물었다.

“너 몇 살이지?”

“열 살이에요.”

“그럼 넌?”

“여섯 살이라예.”

“하하…… 벌써 여기 경상도 사투리를 배웠구나.”

"애들이라 빨리 배우더군요."

비록 판잣집이긴 했으나 살림살이도 제대로 갖추고 정갈하게 정돈
되어 있었다. 벽에는 여러 장의 사진을 넣은 큰 사진틀이 걸려 있었
다. 대위 한 사람이 사진틀 속의 사진들을 카메라로 찍었다. 또 네
식구의 가족사진과, 따로따로 독사진도 찍었다. 그러고는 벤슨이 카
메라를 들고 가족과 방문객 세 사람을 다같이 세워놓고 찍었다.

"아! 이게 가족사진입니까? 고향 계실 때의?"

중령이 벽에 걸린 누렇게 변색된 사진을 쳐다보며 물었다.

"네, 피난 나올 때 품속에 넣구 나왔습니다."

옆에서 이진호의 부인이 나서며 대답했다.

"네, 그렇군요."

중령이 고개를 끄덕였다.

"보시겠습니까?"

이진호가 사진틀을 떼어 내서 내밀었다. 그리고 한 사람씩 가리키
며 일러주었다.

"이분이 아버님이시구요, 이쪽이 어머님, 그리구 이게 동생 철호구
요, 이쪽이 계수씨, 계수씨가 안구 있는 애가 철호의 아들입니다. 이
애는 우리 딸이구, 이게 작은 놈이죠."

"……이철호 씨는 인민군 군복 차림이군요."

"……네, 그게 군관이 되고 첨 집에 왔을 때 찍은 거니까요."

"……그러니까 1948년도에?"

"네, 그렇습니다."

"그런데 이 선생!"

“……네?”

이진호는 한순간 정색을 하고 자기를 부르는 중령의 태도에 어떤 위압감 같은 것을 느꼈다.

“이 사진들을 우리에게 2, 3일만 빌려 주실 수 없을까요?”

“……꼭 돌려만 주신다면…….”

“그건 책임지겠습니다.”

“……좋습니다. 그렇게 하시지요.”

이진호는 사진들을 뽑아 건네주었다. 그때 여섯 살짜리 덕민이가 벌떡 일어섰다.

“안 돼!”

꼬마가 중령의 옷소매를 잡고 늘어졌다.

“덕민아! 그러면 못 써!”

어머니가 달래도 막무가내였다.

“우리 할아부지야. 안 돼! 우리 할무니 가져가면 안 돼!”

“덕민아! 이럼 못 쓴다니까!”

어머니가 간신히 품에 안자 덕민이는 서러운 울음을 터뜨렸다.

“안 된단 말야……. 엉엉……. 할무니 가져가지 마……. 엉엉…….”

중령은 가슴이 뭉클했다. 그래서 그는 어머니 품속에서 울고 있는 덕민이를 달랬다.

“덕민아 — 아저씨가 빌려갔다가 꼭 너한테 돌려보내 줄게…… 응?”

“싫어! 싫어!”

“이거 안 되겠습니다. 어서 그냥 가지고 가십시오.”

이진호의 말에 손님들은 미안쩍은 표정을 지으며 서둘러 일어났다.

"아주머니 ― 이거 죄송합니다."

"아닙니다."

"안 돼! 안 돼! 할무니 안 돼!"

중령 일행은 꼬마의 악쓰는 소리를 뒤로하고 집을 나섰다.

배웅하고 돌아온 이진호에게 아내가 조심스럽게 물었다.

"여보! 그 사람들 누구예요?"

"미군들이야."

"미군요? 양복을 입었잖아요."

"낮에 처음 봤을 땐 미군 군복을 입고들 있었어. 제일 높은 사람은 미군 중령이구 딴 사람들은 대위, 그리고 미국 사람은 중위였다구."

"한국 사람들인데요?"

"한국 사람이라고 미군 되지 말라는 법이 있나?"

"……그럼 어느 부대예요?"

"어느 부대라니?"

"미군이래두 부대가 있을 것 아니에요?"

"……음, 그건 물어보지 않았어."

"……참 당신두…… 그럼 이름은 아세요?"

"이름? 내가 흥분해 가지구 그만……."

"뭐라구요? 그럼 부대두 몰라, 이름두 몰라……."

"……글쎄……."

“그 사진들이 제대로 돌아올까요? 그것밖에는 없는 건데…….”

“……글쎄. 아무튼 그 사람들 말대로 믿구 기다려 보는 수밖에 없지 뭐…….”

“근데 여보!”

“응?”

“그 사람들이 왜 우리 가족사진을 가져가죠?”

“……글쎄, 참?”

“……참 이상두 해라…….”

그러나 이들 부부의 걱정은 공연한 것이 되었다. 다음 날 오후에 약방으로 찾아왔던 형사가 그 사진들과 두툼한 봉투를 가지고 나타났기 때문이다.

제4부

메인로드(Main Road)

16

지프는 술림이 고개를 내려가고 있다.

이 소좌는 차 뒤에 앉아 무어라 표현할 수 없는 심정이 되어 있었다. 물론 어제 오후에 한내천 가시덤불 속에서 형님에 관한 이야기를 단편적으로 듣기는 했으나, 너무나 경황없던 때였기에 차분히 생각할 겨를도 없었다. 그러나 오늘은 형님과 형님 가족의 사진도 보았고 처음 보는 소형 녹음기로 형님과 조카들의 목소리도 들었다.

이 소좌는 사실 지금까지 형님에 대해서는 거의 잊고 지내왔다.

1950년 겨울, 그러니까 재작년 겨울, 중공군의 뒤를 따라 다시 내려왔을 때, 형님이 형수님과 아이들을 데리고 남하했음을 알고도 그저 덤덤한 심경이었다. 그리고는 시간이 지나면서 형님의 생사에는 별 신경 쓰지 않고 지내온 터였다. 또한 부모님도 처지가 처지인지라

작년에 집에 들렀을 때만 해도 전혀 형님에 대한 이야기는 입에 올리지 않았다. 그렇게 지내는 것이 이 소좌 집안의 하나의 불문율처럼 되어 있었다.

그러나 지금 자신의 처지에서 형님의 소식을, 그것도 부산에서 잘 지내고 계신다는 소식을 자신을 포로로 하고 있는 사람으로부터 들었을 때 자신의 심정을 어찌 표현해야 할지 몰랐다. 아니, 표현 이전에 반가운 일인지 슬픈 일인지조차도 분별이 되지 않았다.

굽이진 비탈길을 따라 내려가 이 소좌의 집이 바라다 보이는 작은 고갯마루에서 차는 멈췄다.

"저기 보이는 마을이 바로 저희 집이 있는 동네입니다."

이 소좌가 손짓하며 일행에게 일러주었다.

"음…… 매우 아늑해 보이는 마을이군."

스톤은 가볍게 응대하면서 내심 무엇인가를 생각하고 있었다. 마침내 차가 이 소좌 집 쪽으로 난 밭길로 접어들려 할 때, 들로 나가던 마을 농부 한 사람이 이 소좌를 보고는 집 쪽으로 뛰어갔다. 아마도 가족들에게 먼저 알리려 함인 듯했다.

새벽 바람에 꼬마 하나가 집 밖으로 달려나왔다. 그러나 냉큼 다가들지는 못했다. 동리 다른 집에서도 아이들이 뛰어나왔다. 먼발치에서 바라보던 애들 가운데서 한 사내아이가 차 쪽으로 달려왔다.

"아부지이 —."

매달리다시피 달려들었다.

"어 — 네가 덕환이구나?"

먼저 말을 건넨 것은 김 총좌였다.

덕환이는 앞에 탄 군관 아저씨를 쳐다보면서, 아버지 등 뒤로 부끄러운 듯이 몸을 숨겼다.

소식을 듣고 뛰쳐나온 이 소좌의 양친은 막 집 앞마당에 들어선 지프를 맞았다. 양친은 반가움과 놀라움에 오히려 짓눌려 아무 말도 못하고 서서 바라볼 뿐이었다. 그것은 전쟁 중이었던지라 감히 바랄 수도 상상할 수도 없는 아들의 귀향이기도 해서였겠지만, 처음으로 보는 고급군관이 동반하여 왔기 때문이었다.

"아버님, 어머님, 그간 잘 지내셨습니까?"

차에서 내리며 이 소좌는 극히 의례적으로 부모님께 인사하고 우선 총좌를 극진히 안내하는 것이었다.

"자 ― 안으로 드시지요, 총좌 동지!"

김 총좌는 차에서 내리면서 이 소좌의 양친께 정중하나 권위스럽게 목례를 하고 주위를 한 바퀴 돌아보았다. 영문을 몰라 하는 가족들 이외에도 몇몇 이웃 사람들이 밭 사이로 몰려들며 어리둥절해하고 있었다.

그중에서도 집 앞 사립문 안에서 돌잡이인 듯한 어린것을 안고 차마 무어라 입을 떼지 못하고 부끄러운 듯이 이 소좌 일행을 바라보는 여인을 스톤은 놓치지 않았다. 이 소좌의 부인과 아들임이 분명했다. 그 사이에 덕환이 아우가 생긴 것이라고 생각했다.

이 소좌의 안내로 김 총좌는 천천히 마루 쪽으로 발길을 옮겼다.

김 특무장은 차의 보닛을 올리고 살피는 모습으로 지프 주위에 액체를 흘렸다. 그것은 대공(對空) 표지액이었다.

넓은 대청으로 올라선 김 총좌는 모자를 벗고 우선 이 소좌의 양친에게 절을 올리겠다고 했다.

너무도 놀라 완강하게 사양하는 부친을 앉히고 어머니까지 옆에 앉도록 한 김 총좌는 너무도 정중하게 이 소좌의 양친에게 큰절을 했다.

가족들과 동리 사람들 모두 순간 얼어붙은 듯 조용했다. 총좌의 거동이 너무나 의외였으며, 그것도 매우 정중하였기 때문이었다.

절을 하고 천천히 좌정한 김 총좌는 당황하여 얼굴이 벌겋게 달아오른 두 양친에게 천천히 인사말을 했다.

"장한 아들을 조국에 내어 주신 두 어른께 진심으로 감사드립니다."

양친은 물론 마당에서 구경이라도 하듯 훔쳐보고 있던 마을 사람들 모두가 듣고 있었다.

이 소좌의 양친은 무어라 말을 할 수 없어 입만 반쯤 벌리고 어찌할 줄 몰랐다.

"아버님! 이렇게 아버님 어머님 뵙게 된 것은……. 부대장 동지의 특별하신 배려로 잠깐이나마 들르게 되었습니다."

그때, 부엌 쪽에서 나온 이 소좌 부인이 이 소좌를 건너다보면서 무어라 손짓으로 물었다. 닭을 잡아야 하지 않겠느냐는 뜻이었다. 이 소좌 부친이 곧 알아듣고 며느리에게 고갯짓과 손짓으로 빨리 준비하라고 일렀다. 그러자 이 소좌 어머니도 슬그머니 자리에서 일어나 부엌 쪽으로 나갔다. 비로소 제정신을 차린 듯 이 소좌 아버지가 황망스럽게 김 총좌에게 답례를 했다.

"무어라 감격스러운 말씀 전해 올릴지 모르겠습니다. 미천한 자식 놈이라서 높으신 어른께 누나 끼치지 않을까 염려가 될 따름입니다. 이렇게 누추한 곳을 몸소 찾아 주시니 더없는 영광입니다."

김 총좌는 부드러운 미소로 부친의 답례를 받았다. 빈한한 농촌에서 평생을 지내며 처참한 전쟁통에 생존해 있는 이 소좌 부친의 용모는 비록 노쇠하고 영양실조에 찌들었지만, 전통적인 유생(儒生)의 고고한 성품이 엿보였다.

김 총좌는 이 소좌 아버지의 인사말에서 풍기는 것만으로 그의 성품을 감지할 수 있었던 것은 아니다. 물론 단편적이기는 했으나 사전에 이 소좌 부친의 출신성분에 대해 황일선 중위로부터 들은 바를 기초로 분석했었지만, 마루에 오르며 한눈에 둘러본 시야에서도 짐작할 수 있었다. 벽에 높이 걸려 있는 몇 개의 오래된 액자 속 사진들로도 알 수 있었다. 이 소좌의 조부와 부친이 모두 정자관(程子冠)을 쓰고 찍은 모습이라든가 또는 그 사진의 배경을 이루고 있는 병풍의 중후한 필치 같은 것으로 보아, 이 소좌의 가계가 투철한 유학에 바탕을 두고 있음을 알 수 있었다.

"이 소좌는 저에게 큰 힘이 됩니다. 변변치 못하오나 빈손으로 올 수가 없어 조금 준비를 해 왔습니다."

김 총좌는 뒤쪽의 김 특무장을 바라보며 말했다. 김 특무장은 가지고 온 선물 꾸러미들을 앞으로 내밀었다.

"아이구, 이거 너무 황송스럽습니다."

이 소좌 가족들의 기쁨은 말할 것도 없고, 밖에서 지켜보던 부락민들의 놀라움과 선망의 감탄사가 한동안 추녀 끝에서 맴돌았다.

　마침내 총좌 일행을 위한 아침식사가 준비되었다. 총좌 일행이 가지고 온 물건들과 이 소좌 아내와 어머니의 정성들인 솜씨로 집안에는 때 아닌 성찬의 조반이 벌어졌다. 모처럼 화기애애한 분위기가 온 집안에 아침 햇살과 더불어 가득했다. 식사가 끝나고 상이 나갔을 때는 이미 해가 중천에 떠 있었다.

　마침내 김 총좌가 무겁게 입을 열었다.

"저— 춘부장 어른!"

"……네."

　이 소좌 아버지는 갑자기 정색을 하는 총좌 동지의 기색에 압도되어 기어들어가듯 답했다.

"불원간 온 가족이 안전지역으로 거처를 옮기시게 될 것입니다."

"……네?! 무슨 말씀이신가요?"

　너무도 의외의 말에 부친은 아들을 쳐다보았다. 이 소좌는 시선을 피해 어머니를 보았다. 어머니 또한 너무도 놀라 가족들을 둘러보고 아들의 시선을 받았다.

"주요 군관들의 가족들은 전쟁기간 중 안전지역으로 옮겨 드리고 있습니다."

"……아니 뭐 그렇게까지 심려를 끼쳐서야……."

"그렇지 않습니다. 조국전선에서 싸우는 이 소좌도 가족이 안정돼야 더 능률적으로 투쟁하게 될 것입니다."

"……이거 ……더없이 기쁘고 영광스럽습니다만, 그저 황송할 따름입니다."

"조만간 이루어질 것이오니 외출하시지 마시고 논밭에도 나가지 않도록 해 주십시오.”

“……네? ……논밭에도? ……네, 잘 알겠습니다.”

이 소좌는 순간 너무나 당혹했다. 어떻게 가족을 인질로 할 것인가 막연한 생각만 해 왔던 이 소좌의 귀에는 이 같은 김 총좌의 당부의 말은 그들 가족, 즉 양친과 처와 아이들을 인질로 하려는 확실한 다짐으로 여겨진 것이다.

김 총좌가 이 소좌에게 눈짓을 했다. 이 소좌는 자리를 고쳐 앉으며 말했다.

“아버님 제가 보여드릴 것이 있습니다.”

“?”

“……저 — 보시더라도 놀라시거나 나중에 발설하시면 절대로 안 됩니다.”

“뭔데 그러느냐?”

이 소좌는 주머니에서 김 총좌가 주었던 사진을 꺼냈다.

“어머니, 정말 놀라시면 안 됩니다.”

사진을 먼저 아버지 이종문 씨가 받아 보았다.

“……음!”

이종문 씨 입에서는 신음 같은 소리가 새어나왔다. 아버지는 아들 이철호 소좌를 보고 다시 김 총좌를 잠시 바라본 뒤 부인에게 창백한 시선을 던졌다. 무엇인가 심상치 않음을 본능적으로 느낀 이 소좌의 어머니는 시선을 피해 사진 쪽을 건너다봤다. 이 소좌의 아버지가 무거운 손으로 사진을 건네주었다. 받아 들고 들여다보던 어머니의 입에서도 외마디 비명 같은 것이 새어 나왔다.

“아니……?!”

더욱 가까이 사진을 들여다보았다.

“이게, 이게 큰아이네 아니냐?”

“어머니!”

이 소좌가 낮으나 강한 소리로 어머니를 질타했다. 놀라서 보는 어머니에게 이 소좌가 낮게 강한 톤으로 말했다.

“조용히 하세요, 어머니.”

어머니는 그제야 자신도 모르게 소리가 컸던 것을 의식했다. 어머니 뒤에 다소곳이 앉아 있던 이 소좌의 아내도 더 이상 참지 못하고 시어머니가 들고 있는 사진을 넘겨보았다.

“어쩜!?”

이 소좌의 어머니는 세 장의 사진을 번갈아 보고 또 보고 하면서 번져 흐르는 눈물을 닦고 있었다.

이 소좌의 아내는 사진을 넘겨받고,

“이건 덕주랑 덕민이가…….”

하며 눈시울을 적셨다.

아버지는 어찌된 영문인지도 모르거니와 어떻게 대처해야 할지 막연하여 멀리 마당 밖으로 시선을 던지고 길게 한숨만을 내쉬었다.

이때 이 소좌가 소형 녹음기를 꺼내들었다. 소리를 작게 조작했다. 가족들은 생전 처음 보는 상자 같은 것에서 무슨 소리가 나오자 모두 어리둥절했다. 이어서 작지만 생생한 목소리가 흘러나왔다.

“네 이름이 덕주냐?”

“네.”
“넌 그럼 덕민이구나?”
“응.”
“응이 뭐야, ‘네’ 해야지.”

이 소좌 가족들은 침을 삼키며 서로를 쳐다보았다. 이때 이 소좌가
말하였다.
“형수님 목소립니다.”
이 소좌의 아내가 흐느끼며 얼굴을 치마폭에 묻었다. 어머니도 따
라서 눈시울을 닦았다.

“……네.”
“너 몇 살이지?”
“열 살이에요.”
“그럼 넌?”
“여섯 살이라예.”
“하하…… 벌써 여기 경상도 사투리를 배웠구나.”
“애들이라 빨리 배우더군요.”
“아! 이게 가족사진입니까? 고향 계실 때의?”
“네, 피난 나올 때 품속에 넣구 나왔습니다.”
“네, 그렇군요.”
“이분이 아버님이시구요, 이쪽이 어머님, 그리구 이게 동생 철호구
요, 이쪽이 계수씨, 계수씨가 안구 있는 애가 철호의 아들입니다. 이

애는 우리 딸이구, 이게 작은 놈이죠.”

이미 가족들은 소리 나지 않게 흐느끼고 있었다. 이 소좌까지도
눈시울이 벌겋게 젖었다.

“……이철호 씨는 인민군 군복 차림이군요.”
“……네, 그게 군관이 되고 첨 집에 왔을 때 찍은 거니까요.”
“……그러니까 1948년도에?”
“네, 그렇습니다.”
“그런데 이 선생!”
“……네?”
“이 사진들을 우리에게 2~3일만 빌려 주실 수 없을까요?”
“……꼭 돌려만 주신다면…….”
“그건 책임지겠습니다.”
“……좋습니다. 그렇게 하시지요.”
“안 돼!”
“덕민아! 그러면 못 써!”
“우리 할아부지야. 안 돼! 우리 할무니 가져가면 안 돼!”
“덕민아! 이럼 못 쓴다니까!”
“안 된단 말야……. 엉엉……. 할무니 가져가지 마…… 엉엉…….”

녹음 소리는 여기서 끝났다.
이 소좌 어머니는 녹음기를 가까이 보며 듣다가 더 이상 소리가

나오지 않자 비로소 울음을 토하며 읊조렸다.

"아이구……. 살아 있었구나……. 우리 덕민이랑 덕주가 살아 있었구나……."

마침내 어머니는 방바닥에 자지러졌다.

"어머니…… 흑흑."

이 소좌의 아내도 시어머니에게 매달렸다.

"님자! 이거 왜 이래, 누가 들으면 어떡헐라구."

이 소좌의 아버지는 두려운 듯이 아내를 나무랐다. 그러고는 아들을 향해 고개를 돌렸다.

"그런데 너 이런 것 어디서 났냐?"

"……."

이 소좌는 무어라 말할 수가 없었다. 이때 김 총좌가 나섰다.

"저 — 아버님! 부산은 멀고 또 그 사이에 전쟁터가 있기는 합니다만 그곳도 조선 땅입니다."

이종문 씨는 비로소 김 총좌를 마주보았다. 그리고 다소 상기된 어조로 스톤에게 말했다.

"총좌 동지! 저건 내 자식이 아니오."

녹음기를 손으로 가리키며 단호하게 말했다.

"……넷?"

모두 놀라서 이종문 씨를 보았다.

"공화국이 싫어서 남쪽으로 도망간 놈, 그따위 놈은 내 자식이 아닙니다."

"아니, 영감!"

어머니가 가로막았다. 그러나 이종문 씨는 더욱 목소리를 높였다.

"잠자쿠 있어!"

너무도 엄숙한, 그리고 큰소리에 어머니는 움찔했다.

"난 김일성 장군님 덕택으로 이렇게 잘 지내고 있소. 새삼스럽게 내 속을 떠 볼 생각은 마시오, 군관 양반!"

너무도 강경한 말투였다. 이종문 씨는 계속했다.

"내 자식은 여기 인민군 군관인 이 아이뿐이오. 내 사상은 조금도 의심하지 않아도 됩니다."

이종문 씨는 말을 마치고는 애꿎은 곰방대를 끌어당겨 힘주어 담배를 담았다. 그의 손은 몹시 떨리고 있었다. 어렵게 담배를 피워 문 이 소좌의 아버지는 길게 한 모금을 뿜어내고는 가라앉은 목소리로 아들에게 말했다.

"너도 그렇지, 무엇이 잘못 됐길래 애비의 마음을 떠보려 하느냐?"

"……저 아버님."

"이놈아, 어서 가서 네 할 일이나 해!"

"……."

"어서 가라니까!"

총좌 일행은 아무 표정도 드러내지 않고 차분히 두 사람을 지켜보았다. 김 총좌는 이때 시계를 보았다. 그러고는 일어나야 할 시간임을 확인했다.

"어서 총좌 동지 모시고 돌아가!"

"……네."

이 소좌는 더 머물 수가 없었다. 아버지에게 절하고 방을 나섰다.

그의 어깨는 축 처져 있었다. 이종문 씨는 담뱃대를 입에 문 채 움직이지 않았다.

어머니와 이 소좌 아내가 마당으로 따라나서며 어쩔 줄 몰라 했다. 어머니가 지극히 조심스런 표정으로 아들에게 물었다.

"아범아, 대체 어떻게 된 거냐?"

"……."

"당신, 아버님께 크게 잘못하셨어요."

"……."

아내의 책망의 말에 이어 어머니가 다시 물었다.

"얘야! 하여튼 네 형네 식구들 잘 있기는 있는 거지?"

"네, 그런 것 같습니다."

어머니에게 대답하면서 이 소좌는 김 총좌를 돌아보았다.

"네, 아주 잘 지내고 있습니다. 이 소좌의 형님은 부모님과 동생네 식구들과 함께 사는 그것만이 소원이라고 하더군요."

"네 ― 그럴 거예요. 걔는 그럴 애지요."

이 소좌 어머니는 옷고름을 눈가로 가져갔다.

"당신, 아버님 말씀에 섭섭하게 생각하셔서는 안 돼요. 속맘과는 다른 말씀이시니까요."

이 소좌의 아내가 근심스레 남편에게 말했다.

"……알아."

"아범아, 이대루 가야 하니?"

이때 방 안에서 아버지의 소리가 터져 나왔다.

"아니, 님자 뭘 하구 있어!"

놀란 어머니는 목을 움츠리며 문 밖으로 나아갔다.

멀어져 가는 아들이 탄 차를 바라보던 어머니는 탄식조로 혼자 말했다.

"에이그…… 무자식이 상팔자라더니……."

산굽이를 돌아 올라가는 지프 뒤에 앉아 저 아래로 내려다보이는 집 동리를 곁눈질하며 이 소좌는 생각했다.

'나의 가족을 인질로 하겠다던 총좌 동지는 왜 아무런 조치도 취하지 않고 떠나는 것일까?'

눈을 감고 잠시 생각에 잠겼던 김 총좌가 눈을 떴다. 그리고 주위를 살피고 차를 세우도록 했다. 차는 길섶 한 옆으로 비켜 세워졌다.

"이 소좌! 우리 공군의 정밀도를 한번 보자구."

김 총좌는 의미 있는 미소를 지어 보였다. 그러는 사이 안 소령이 중계 항공기를 통하여 송신을 하고 있었다.

웨인슨 대령의 편대기들은 10시를 기해 구왕산 뒤켠 상공에 머물고 있었던 것이다.

김기복이 접시 크기의 팔각형 핑크색 대공 표지를 꺼내 각자 모자 위에 붙였다. 이것은 항공기로부터 우군의 위치를 식별케 하는 것으로써 야간에는 네 귀퉁이에 청·황·녹의 조그만 불빛이 공중으로 비치게 장치되어 있었다. 그리고 스톤 대령은 이제 곧 머리 위로 날아들 우군 전폭기 편대와 육성 통화를 할 수 있도록 주머니 속의 극초단파 무선전화 장치에 스위치를 넣고 이어폰을 귀에 꽂았다. 그리고 다른 가지 하나는 이 소좌의 귀에 꽂게 했다.

제트기 편대가 맞은편 산마루를 넘어 소리 없이 미끄러지듯 날아
들었다. 다음 순간 요란한 폭음이 상공의 고요를 찢으며 스톤 팀의
머리 위를 스쳐갔다.

"웨인슨! 고맙다. 우리들의 위치는 확인했는가?"

"998팀과 이 소좌 그리고 이 소좌의 집도 확인했다."

웨인슨 대령은 스톤 팀의 머리 위에서 급선회한 다음 다시 가까이
날아들었다.

"이 소좌의 집과 우리들 사이에 있는 아카시아 숲에 기총소사와
로켓 공격을 가하라. 인명피해는 없을 것이다."

"알았다. 기총 공격 뒤에 로켓탄 공격이 가해진다."

웨인슨 편대는 공중에서 산개했다. 공격 태세를 갖춘 편대는 차례
로 내리꽂으며 불을 뿜었다.

짙푸르게 무성한 아카시아 숲은 삽시간에 쑥대밭이 되고 말았다.
검붉은 불기둥을 세우며 무섭게 타오르는 사이를 뚫고 웨인슨 대령
의 편대장기가 다시 스톤 대령의 머리 위로 다가왔다.

"웨인슨! 이 소좌 집 뒤에 포플러나무 몇 그루가 서 있다. 보이나?"

"보인다."

"맞았다. 그러면 큰 포플러나무 절반을 절단해 주게."

"위에서 몇 미터를 자를까?"

"5미터만 잘라 주게."

편대장기는 고공으로 사라져 갔다. 잠시 뒤 요란한 소리와 함께
나무 주변에 불길이 솟았다. 제일 큰 포플러나무는 위로부터 5미터
가량이 잘려 나갔다. 편대장기가 다시 다가왔다.

"보았나, 스톤?"

"훌륭했다. 이 소좌의 가족을 잘 보호해 주게."

"염려 말라. 다음 요청은?"

"없다. 돌아가게."

"알았다. 행운을 빈다."

웨인슨 대령은 기체를 춤추듯 흔들어 인사한 뒤 편대를 정돈하면서 구왕산 너머로 사라져 갔다.

이 소좌가 이어폰을 뽑으면서 말했다.

"네. 저희 가족에 대한 것, 알았습니다."

"음 ― 안전하게 보호할 것이네."

그때 수를 헤아릴 수 없는 B-29 중폭격기와 전투기들이 구왕산 하늘을 메우며 넘어와 북쪽으로 날아갔다. 이것은 스톤 팀의 공작과는 직접 관계는 없으나 스톤 팀의 지원을 위한 전폭기의 편중된 출격이 북한군 지휘부에 의심의 꼬투리가 되지 않게 하기 위해 일반적인 공격 편대 출동과 같이 편성하여 출격시키곤 했던 것이다.

이 소좌는 말없이 먼 하늘에서 시선을 거두어 김 총좌를 바라보았다.

"이 소좌. 가세!"

스톤 팀은 다시 술림이 고갯마루를 향해 출발했다. 김 총좌는 뒷좌석의 이 소좌에게 담담하게 이야기했다.

"내가 앞으로 하고자 하는 일은 전쟁의 어느 한 부분이야. 수십만 명이 죽어야 할 전투라면 그 천 분의 일, 만 분의 일 정도가 희생됨으로써 엄청난 유혈을 막자는 것이야."

“……”

“우리 유엔군이 두만강·압록강까지 진격하여 통일해 보겠다던 기회도 중공군 개입 때문에 이룰 수 없게 됐던 것과 마찬가지로, 인민군과 중공군이 일거에 한반도를 적화하려는 공산 측의 기도, 즉 3815가 꿈꾸는 ‘백공이백설’도 이제는 다 틀린 것이야.”

“……”

“유엔군 측이 알았고, 또 내가 여기에 이렇게 와 있어.”

“……”

“목적을 이룰 수 없는 전쟁에 피를 흘릴 까닭이 있나? 남이든 북이든……”

“……”

“손자병법에도 열 번 싸워 열 번 이기는 것보다 싸우지 않고 이기는 것이 값진 승리라고 했지.”

“……”

“우리에게 진정 협조해 주겠나?”

“이 전쟁은 이미 결판나고 있습니다. 이 마당에 수십만의 생명을 무모하게 희생시킬 수는 없습니다.”

“……물론 언젠가는 전쟁이 끝나겠지. 이기는 쪽도 없고 지는 쪽도 없이 말야.”

“……”

“그런데 문제는 그 뒤일 것이야. 그때에는 전쟁보다 더욱 날카로운 대립이 생길 것이야.”

“……”

"······이 소좌!"

김 총좌는 아무 대꾸가 없는 이 소좌를 나직이 불렀다. 이 소좌는 숙이고 있던 얼굴을 들었다.

"······네?!"

"나는 이 소좌 당신의 가족을 남쪽으로 보내겠어."

"······네?!"

"이진호 씨하고 약속한 것이니까."

"······."

이 소좌는 너무나 뜻밖이었다. 너무나 상상을 뛰어넘는 것이었다.

"그리고 이 소좌의 부인과 아이들도 함께."

"······아니?"

"왜? 불만인가?"

"······아니, 불만이 아니라······ 그걸······ 어떻게?"

"······우리를 믿게."

"······."

"이 소좌에게도 새로운 세계가 있어."

"······."

"이 소좌! 시간이 없네. 서둘러야 하네."

"······."

"오늘 밤 안으로 이 소좌의 가족들을 부산의 형님 집으로 보내겠네."

"······?!"

"일이 끝나면 이 소좌의 신분은 보장된다. 정착금도 충분히 지급된다. 자유로운 생활이다. 군 생활을 하든 공부를 하든. 이것은 유엔군 총사령관의 이름으로 약속한다.”

“…….”

“나도 황해도 사람이야. 북에서 살아도 보았지. 1947년도의 선거 생각나나? 까만통·하얀통에 찬반의 투표를 시켰었지. 100퍼센트 투표에 98퍼센트가 하얀통에 쏟아져 들어간 선거…….”

“…….”

차는 얼마 남지 않은 술림이 고갯마루턱을 향해 올라갔다.

이 소좌는 김 총좌의 말과 그 뜻을 다시 곰곰이 생각해 보았다. 그리고 자신의 지금의 처지와 입장, 나아가서는 앞으로 전개될 모든 일에 대해 생각했다.

차가 고갯마루턱에 올라섰다. 한편 쪽나무 그늘 아래에 차를 세우게 한 김 총좌는 천천히 내려서면서 이 소좌에게 말했다.

“이 소좌! 차고 있는 권총 이리 좀 주게나!”

이 소좌는 차에서 따라 내리며 의아하게 물었다.

“네? 제 권총을요?”

“음…….”

이 소좌는 의아한 표정으로 실탄도 없는 빈 총을 김 총좌에게 주었다. 권총을 받아든 김 총좌는 안 경무관에게 손을 내밀며 말했다.

“안 경무관! 실탄.”

“네.”

안 경무관은 즉각 보관하고 있던 실탄을 전부 꺼내 김 총좌에게 주었다. 이 소좌의 권총 탄창에 실탄을 다 채웠다. 그러고는 아무거리낌 없이 이 소좌에게 내밀었다. 그러나 이 소좌는 선뜻 받을 수가 없었다. 김 총좌만을 바라보고 서 있는 이 소좌에게 부드럽게 말했다.

"이거 받아!"

"……."

굳어져 서 있는 이 소좌에게 권총을 채워 주었다.

"나를 쏘든 누구를 쏘든 그것은 이 소좌의 자유야."

"………."

이 소좌는 이 순간 몸속 깊은 곳에서 치밀어 올라오며 자신의 온몸을 휘감는 전율을 느꼈다.

김 총좌가 이 소좌의 손을 꼭 잡았다.

"고맙소, 이 소좌!"

비로소 이 소좌는 결연히 자세를 곧추세우고는 부동자세를 취하여 김 총좌에게 정식으로 거수경례를 붙였다.

"……목숨을 다해 명령에 따르겠습니다."

김 총좌도 말없이 정식으로 답례를 했다. 그러고는 천천히 손을 내리며 이 소좌에게 다가서고 있었다. 다음 순간 두 사람은 서로를 포옹했다.

"고맙네, 이 소좌! 어려운 결심을 해 주었군."

안 경무관과 김 특무장이 끼어들었다.

"정말 감사합니다, 이 소좌! 우리가 이 소좌를 쏘지 않게 돼서 정말 기쁩니다."

이철호 소좌는 두 사람과도 굳은 악수를 교환했다.

"어이 — 이리들 와 봐!"

김 총좌가 일행을 불렀다. 세 사람이 김 총좌 쪽으로 다가갔다. 김 총좌가 손을 들어 가리킨 쪽으로 까마득하게 바다가 보였다.

"어이, 이 소좌! 저기 가물가물하게 보이는 섬이 석도(席島)가 아닌가?"

이 소좌는 김 총좌가 가리킨 손끝을 자세히 보았다. 과연 그것은 대동강 하구에 있는 석도가 틀림없었다.

"네, 그렇습니다. 석도가 틀림없습니다."

"그렇구먼. 그렇다면 저 석도 너머 해역에 우리의 잠수함이 와 있을 것이야."

"……네."

"그리고 저쪽 밑으로 수평선 너머에 우리 본부인 G.0-6가 있겠지. 미 해군 항공모함이지."

"……네."

"자 — 이리로들 앉자구! 시원한 쪽으로……."

큰 나무 그늘 아래 자리 잡으며 다같이 앉도록 지시했다. 각자 적당한 자리를 잡았다.

"아 — 안 경무관하고 김 특무장이 말야……."

"네."

"네."

"지금 이 자리에서 급한 대로 이 소좌에게 수신호(手信號) 방법을 좀 일러주도록 해! 가장 긴급한 사항에 대한 수신호법을 우선 간추려서 일러주라구!"

“네.”

먼저 안 경무관이 이 소좌에게 긴급한 상황에 대처하는 수신호법을 가르쳐 주기 시작했다. 나중에는 이 소좌도 자진하여 세 사람에게 여러 가지 주의할 일들을 생각나는 대로 일러주었다.

“어이— 이제 슬슬 내려가 볼까……. 내려가다가 계곡에 들어가서 맑은 물로 좀 씻고 가자구. 우리들 몸에서 땀 냄새가 난다구. 이 소좌도 그렇구.”

“……좋죠. 몸이 근질근질해서 죽을 지경입니다.”

실은 이 소좌를 염두에 두고 스톤이 제안한 것이었다. 어제 오후 이 소좌가 스톤 팀에 의해 한내천에서 죽음의 카운트다운을 당할 때 자신도 모르게 비 오듯 흘린 땀으로 해서 남달리 냄새가 심했던 것이다.

이 소좌로서도 바라던 바였다.

차는 어느덧 술림이 고갯마루를 단숨에 내려와 계곡의 맑은 물을 발견했다. 차를 잡목 숲 속에 감추어 놓고 일행은 물가로 내려갔다. 전날 소비조합 식당에서 미리 준비한 비누와 내의를 하나씩 들고 있었다.

산짐승들의 발길만이 스쳤을 계곡 맑은 물에 갑자기 장정 네 사람이 알몸으로 들어섰다. 시퍼렇게 스산한 냉기만을 뿜던 계곡 속에 희멀건한 장정 넷의 알몸들이 유난히 돋보였다. 적어도 이 순간에는 인민군도 유엔군도, 총좌도, 소좌도, 아무 것도 없었다. 단지 벌거벗은 인간들만이 있는 것이다.

그렇게 시원할 수가 없었다. 시원하다 못해 추웠다. 그들은 우선 땀에 찌든 몸들을 말끔히 씻었다.

"자! 우리 다음 일을 위해 출발하자구."

김 총좌가 길을 재촉했다. 차는 서서히 산속 나무 그늘 사이를 뚫고 은율을 향해 내리막길을 달리기 시작했다. 시간은 넉넉했다. 김 총좌는 이 소좌에게 천천히 그간의 이야기를 들려주었다.

"이 소좌! 이번 우리 작전의 결정적인 골자가 잡혀가기 시작한 것은 역시 부산에서 이 소좌의 형님 이진호 씨를 만나고 와서부터였어."

"네, 그러셨군요."

"자네 형님을 만나서 이 소좌에 관한 자세한 이야기를 듣고 나니 비로소 확신 같은 것이 잡히기 시작했지. 그래서 오키나와 기지로 돌아와서 형님에게 빌려갔던 사진을 복사해 즉각 돌려보내고 나는 그날 밤을 새워 가며 계획안을 다듬었지. 그러고는 다음 날 마침내 결심을 하고 나의 직속상관인 X-1의 제3부장에게 갔었네."

"네."

"결국은 유엔군 총사령관의 명에 의해 우리가 이렇게 오게 된 것이네."

김 총좌는 담담하면서도 비교적 소상하게 이 소좌에게 이야기를 해 주었다.

17

마침내 '스타카운실'이라 불리는 X-1 부장단 회의의 의장격인 해
리슨 중장이 입을 열었다.

"램프 장군! 장군은 설마 우리의 전략관이 적지(敵地)는 논외로 하
고 아군 보안취약지구에도 출입이 금지되고 있는 것을 모르고 하는
말은 아니겠지?"

"물론입니다……. 소관은 지금 바로 그 점에 대해서 예외적인 조처
를 취해 주실 것을 요청하고 있는 것입니다."

"……그러하다면…… 장군의 휘하 제3부 이 안의 입안자가 직접 브
리핑하도록 했으면 좋겠군."

"네, 장군님. 소관도 희망하던 바입니다."

즉각 한구석에서 개요를 정리하던 벤슨 중위가 스톤에게 연락하였

으며, 각부 부장들도 자기들에게 배부되었던 제3부에서 입안한 개요를 다시금 검토하며 신중하게 서로의 의견을 교환하였다.

장내의 분위기는 일변하고 있었다.

스톤은 그 자신이 구상한 제3부의 계획안이 중대한 국면을 맞이하고 있음을 직감했다. 해리슨 중장이 질문했다.

"스톤 중령! 우리 X-1의 전략관은 1개 군단과도 바꿀 수 없다는 것을 귀관은 알고 있겠지?"

"네. 잘 알고 있습니다. 그러나 3815부대는 X-1과 같은 특수전략 정보부대입니다. 그 속에 들어가서 부대장으로 취임하여 행세하려면 적어도 우리 X-1의 전략관급 이상의 인물이 아니고서는 안 될 것입니다."

"……음 ─ 그것은 본관이 결정할 수 없는 문제이므로 일단 보류하고 이 안의 요점만을……."

"아시다시피 그들은 한반도 적화(赤化)의 꿈을 버리지 않고 있습니다. '남해작전'으로 전세를 뒤엎고 승리를 차지하려는 것입니다. 휴전회담과 전선을 교착상태로 끌고 있는 것도 '남해작전' 준비를 위한 것이라 해석됩니다. 그들은 '시장'처럼 뒤죽박죽된 게릴라전을 구상하고 있습니다."

스톤은 대형지도를 가리키며 설명했다.

"중국 연안으로부터 정크선단을 발진시킵니다. 정크선들은 어선으로 가장하여 공해상(公海上)까지 접근해 옵니다. 유엔 공군은 이들을 제지할 수가 없습니다. 적의 병력은 약 5만으로 추산됩니다. 야음(夜陰)을 틈타 일제히 한국 후방 항구도시들, 군산·목포·여수·거제·

부산에 기습 상륙할 것입니다. 거제도 포로수용소의 공산포로들, 지리산(智異山)의 공비(共匪)들과도 연계하는 것입니다. 산발적으로 야음에 일시에 침투하는 적을 완전 섬멸할 수는 없습니다.

최소한 3분의 1은 상륙하여 가공할 게릴라전을 벌일 것입니다. 체구와 피부색이 같으며 북한 인민군과는 언어도 같습니다. 부산은 한국의 임시수도입니다. 정부기관과 피난민들로 밀집된 약 700만의 항구도시입니다. 이러한 도시에 민간인으로, 한국군으로 위장한 잘 훈련된 1천 명의 병력만이라도 발을 붙인다면, 부산은 하룻밤 사이에 아비규환(阿鼻叫喚)의 도시가 되고 맙니다. 막대한 인명피해는 물론 병참기지와 산적한 군수물자, 유류저장소도 파괴될 것입니다. 또한 7만 명의 공산포로와 지하공작대, 그리고 8천 명의 지리산 공비들이 합세하여 무차별 살상·방화를 자행할 것입니다. 저들은 시장바닥처럼 뒤엉킨 게릴라전을 감행할 것입니다. 우리 측은 식별이 어려워 육해공군을 동원해 공격할 수도 없습니다. 이와 때를 같이하여 70만 공산군이 인해전술로 총공세를 취한다면…… 전쟁의 양상은 어떻게 되겠습니까?

이상이 중공의 임표가 창안해낸 새로운 형태의 대유격전(大遊擊戰)입니다. 그리고 인민군 3815부대는 바로 이 작전을 조직, 실천하는 부대라는 사실을 확인했습니다. 3815부대는 중의사, 즉 중공의용군 사령부가 지휘·감독하는 부대이고, 김일성의 인민군 최고사령부는 이에 협조하고 있습니다. 판문점 휴전협상의 공산군 대표도 이 작전을 기다리고 있습니다. 또한 공작원에 의해 조직된 7만 7천 명의 공산포로들과 약 8천의 지리산 공비들도 이 작전을 암시 받고 크게

고무되어 있습니다. 이러한 것들은 저희가 수집한 정보들이 확증(確
證)하고 있습니다. 이상 말씀드린 상황을 뒷받침할 정보들은 벤슨
중위가 보고할 것입니다.”

벤슨 중위는 적의 가칭 ‘남해작전’을 위한 중공 측의 동향, 즉 한국
계 청년을 징집하고 구 일본군 패잔병의 고국 송환을 조건부로 한
동원 및 각 항구에서 정크선 징발 및 제조, 그리고 정크선에 장착할
엔진의 대량 발주, 3815부대가 발신한 무수한 무전의 내용, 동지나해
와 황해의 기상과 계절풍에 관한 데이터를 노르웨이 기상청을 통해
입수한 사실, 지금까지 드러난 3815부대의 첩보망 등을 소상히 보고
하고, 최근 황해의 공해상에서 발견된 소련 잠수함들도 남해작전과
무관하지 않을 것이라는 견해도 덧붙였다.

물론 3815부대 군관 황일선 중위를 납치·귀순시켰고, 그의 협조
로서 밝혀진 3815부대의 전모 및 작전 목표, 그리고 기구조직과 병
력, 인민군 26여단이 3815부대를 전담 호위하고 있다는 점 등도 설명
하는 것을 잊지 않았다.

“그 3815부대의 군관이라는 그 중위는 근황이 어떤가?”

어느 장군이 물었다.

“네. 그는 지금 그의 약혼자와 함께 저희 사령부 게스트하우스에
머물고 있습니다. 3815부대에 대한 더 상세한 보고서를 쓰고 있습니
다. 애초에는 비협조적이었습니다만 심경의 변화를 일으켜 지금은
적극적인 협조자가 됐습니다.”

스타카운실의 장군 멤버들은 번갈아 보고자인 스톤 중령과 벤슨
중위에게 질문을 퍼붓기 시작했다. 질문이라기보다는 부정과 추궁이

었다.

여러 사람이 반대하는 의견을 제시하면 보고자는 완전한 해답을 제시해야 한다. 어느 한 부분이라도 허술하거나 미비해서 보고자가 해명이나 증거 제시를 못하면 그 보고는 기각되거나 재검토되어야 하는 것이다.

스타카운실의 장군들은 군사·정치·과학·심리·첩보 등 각 방면의 권위자들이었던 만큼 반론은 전문적이고 날카로울 수밖에 없었다. 결국 적의 가칭 '남해작전'을 공중분해하여 없었던 상태로 돌리기 위해서는 불가불 우리 측 전략관급에서 누군가가 직접 들어가서 공작을 하지 않으면 안 된다고 하는 문제를 중점적으로 추구해 나아갔다.

그 결과, 대체로 가능성이 짙은 것으로 받아들여지게 되었으나, 결국, 적의 3815부대장으로 위장 취임할 자가 누구인가 하는 문제가 마지막까지 남게 되었다. 스톤의 주장대로 X-1의 중추인물이 아니면 이 안은 성립할 수가 없다고 하는 점이 재확인된 것이었다.

고개만을 끄덕이며 듣고 있던 해리슨 중장이 결론처럼 말했다.

"……제약과 장해요인을 극복하고 전개시킨 구상은 좋으나, 우리 X-1의 불문율을 범하지 않는 방법은 없겠는가?"

"장군님!"

좌중의 모든 시선이 스톤에게 쏠렸다.

"……소관은 한국인입니다. 저에게 기회를 주십시오."

스톤은 궤도를 벗어난 말을 했다. X-1 중추인물의 투입이 승인된다 하더라도 주역을 뽑는 것은 엄선에 엄선을 거쳐야 할 것인데도,

자천(自薦)하고 나선다는 것은 무례이기도 했다.

"인선 문제는 스타카운실에서 별도로 검토할 것이다. 제3부는 그 결과에 개의치 말고 계획을 추진하도록."

이때, 문이 열리며 사령관 락크(Rock) 대장이 들어왔다. 예정에 없던 사령관의 출현에 놀란 부장단이 모두 일제히 기립하여 사령관을 맞았다. 그런데 기이한 것은 사령관 락크 대장 뒤를 벤슨 중위가 따라 들어온 것이다. 따가운 시선을 받으며 벤슨은 자기 자리로 돌아가 앉았다. 회의 도중 벤슨 중위가 자신의 판단에 따라 직접 사령관에게 가서 진언을 했던 것이다.

"다들 앉으시오. 요점을 설명해 주시오."

작전부장 해리슨 중장이 경과를 보고하고, 제3부장 램프 준장이 브리핑을 했다. 문제점도 지적되었다. 그러자 락크 대장의 무거운 입이 열렸다.

"지금까지 많은 전략을 수립해 왔지만 직접 적과 맞선 예는 없어."

스톤이 당돌하게 나섰다.

"네, 알고 있습니다, 사령관 각하! 그러나 전쟁의 목적은 승리하는 데에 있다고 배웠습니다."

램프 장군이 스톤의 말을 받아 일어섰다.

"사령관 각하! 스톤 중령의 제안은 진지하게 검토되어야 할 가치가 있다고 생각합니다."

락크 대장은 의자 등받이에 몸을 깊숙이 묻고는 지그시 눈을 감는다. 스톤이 말을 이었다.

"사령관 각하! 제3부의 계획안이 적의 남해작전 기도를 분쇄하는 절대 유일의 대책은 아닐지도 모릅니다. 해군·해병·공군을 동원하는 물리적 대응도 있겠습니다만, 그러할 때 피아간에 30만 이상의 생명이 희생될 것이라는 추산입니다. 하룻밤에 500척의 정크무장선단을 격침하고 5만의 정예병력을 무력화시키는 데는 현재의 극동 보유 병력만으로는 부족합니다. 참전국의 병력 증강도 현재의 국제 정치 여건으로 보아 거의 불가능합니다. 제3부의 계획안은 싸우지 않고 이기는 전략적*인 것입니다.”

락크 사령관이 비로소 입을 열었다.

“중령! 자네 말은 납득이 가네. 그러나 코뮤니스트들의 세계, 더구나 철통같은 조직을 비집고 들어간다고 하는 것이 가능하다고 생각하는가?”

“사령관 각하! 소관이 적의 3815부대를 구체적으로 추적하기 시작하여, 그 부대 군관을 데리고 와서 마침내 협력자가 되기에 이르렀습니다. 저는 그 과정에서 3815부대로 뚫고 들어갈 수 있는 틈새를 발견했습니다. 저는 공명심 때문에 제 목숨을 버리려 하지는 않습니다. 사령관 각하! 제가 북한에서 태어나고 북한에서 교육받고 그곳에서 생활했었다는 점을 특별히 고려해 주시기 바랍니다. 그들의 체제, 사고방식, 행동양식 등을 누구보다도 잘 알고 있습니다.”

락크 사령관은 어린아이를 보는 할아버지 같은 표정으로 바라보며 말하였다.

“……그러나 중령! 나는 귀관을 늑대굴로 들여보낼 수는 없어!”

“사령관 각하! 각하의 존함이 ‘락크’ 아니십니까?”

사령관과 장군들은 너무도 엉뚱한 스톤의 질문에 눈이 둥그레졌다.

“……?”

“사령관 각하! 우리 X−1도 강력한 조직과 철저한 기밀 속에서 일하고 있습니다. 저는 사령관 각하의 진짜 존함이 락크(Rock)인지 데이비스(Davis)인지 모릅니다. 또한 알 필요도 없습니다. 다만 우리는, ‘우리 사령관은 ‘락크’ 장군이다’라고 알고 있는 것으로써 족합니다. 그런 신뢰 밑에서 우리는 사령관 각하의 명령에 따라 움직일 뿐입니다. 그것은 3815부대도 마찬가지입니다. 그들의 부대장이 김동수이건 홍동수이건 그건 상관없는 일입니다. 다만 자기들의 부대장이라고 알기만 하면 그 순간부터 그 부대장의 명령대로 움직이는 것뿐입니다. 3815부대는 중의사(中義司)의 직할부대로서 다른 어떤 기관이나 부대와도 관련되지 않으며, 어떤 상급 사령부도 중의사 이외에는 3815부대에 명령도 간섭도 못합니다. 독립성이 강하면 강할수록, 기밀유지가 철저하면 할수록, 규율이 엄하면 엄할수록, 새로운 부대장에게 절대복종할 것입니다.”

“…….”

락크 대장은 묵묵부답이었다. 제3부장 램프 장군이 입을 열었다.

“사령관 각하! 스톤 중령의 계획은 허황되지 않다고 생각합니다. 위험부담이 크다고 하겠으나 그만큼 성공 가능성도 높다고 사료됩니다.”

“…….”

스톤이 다시 입을 열었다.

“각하! 각하 부재중에 락크 사령관 대신 드레이크 대장이 새로운 사령관으로 부임한다는 전문을 받았다면 해리슨 장군 이하 우리 모두 그렇게 알고 그의 명령과 지시에 복종할 것입니다.”

사령관 락크 대장은 스톤과 좌중을 한 번 훑어보고는 짧게 한마디 했다.

“음…… 일리가 있어……. 그 문제는 특별히 고려할 것이다. 그대로 추진하도록!”

그러고는 자리에서 몸을 일으켰고, 전원 기립한 가운데 해리슨 중장이 뒤따라서 방을 나갔다. 두 사람은 사령관실까지 걸어가며 무엇인가 이야기를 긴밀하게 주고받았다.

제3부장 램프 준장은 스톤을 얼싸안고 어쩔 줄 몰라 했고 부장단들도 앞 다투어 계획안의 밝은 전망을 축하하였다.

스톤은 저 뒤에서 미소를 머금고 있는 벤슨 중위에게 다가가 그의 손을 굳게 잡아 흔들었다. 그들은 이심전심으로 마음을 주고받았다.

인간이 가지고 있는, 또한 가질 수 있는 모든 것을 모으고자 하는 데에 오로지 그 목표를 두고 있었다.

집무실로 돌아가는 스톤의 마음은 하늘을 나는 새, 바로 그것이었다. 그러나 그의 앞에는 치러야만 하는 정식 검토협의회의(Computer Conference)가 도사리고 있음을 의식하지 않을 수 없었다.

자신 앞에 점차 구체적으로 다가서고 있는 3815부대는 인민군 육해공군에서 차출, 교육·훈련된 유능한 군관들을 주축으로 편성한 부대였다. 참으로 잘 짜여진 부대다. 그들의 작전 목적을 위해서는 참으로 이상적이라고 스톤도 생각했다. 그 3815부대가 이미 스톤의 뇌리를 완전히 점령하고 있었다.

18

　제3부 작업 팀은 우선 'M-1작전'의 통제본부를 어디에 설치할 것
인가 하는 문제를 검토했다. 3815부대의 위치가 서해리 반도를 둘러
싼 은율(殷栗) 일대로 부상하자, 황해 해상의 함정을 통제본부로 하
도록 골격을 짰다.

　그러나 계획이 구체적으로 입안되어가면서 많은 문제점이 드러나
게 되었다.

　적지 안에서 작전을 위해 고도의 기동성을 요하는 정찰기, 막강한
파괴력을 수반하는 전투기 등을 고려할 때 통제본부는 항공모함이어
야 한다는 결론이 나오는 것이다.

　그러나 항공모함이 3815부대로부터 직선상의 해상 지점에 있을 수
만 있다면 지극히 이상적이겠으나 그렇게 될 수 없는 요인들이 도사

리고 있었다.

한반도 서해의 입지적 조건으로 보아 장산곶(長山串)으로부터 탄착거리와 관측거리를 벗어나고자 하면, 중공의 산동반도(山東半島) 끝에 걸리게 된다.

장산곶과 산동반도를 피해서 항공모함의 위치를 남하시켜 보면 3815부대와 항공모함 사이에 장산반도가 가로놓이게 되어 특수통신수단(microwave)이 불가능하게 되고 마는 것이었다(마이크로웨이브 통신 방식은 아직은 미군만이 사용하는 최첨단 비밀 장비였다). 그 반대로 항공모함의 위치를 북상시켜 보니 중공의 요동반도와 따똥꼬우에 기지를 둔 전투기들의 기습을 피할 방법이 없게 되는 것이었다.

그러나 낮에는 쭉 — 남으로 밤에는 북으로 항공모함이 이동하기로 하고, 잠수함(1·2·3호)만을 3815부대 근해까지 북상시키는 것으로 결정됐다.

오키나와 해안길을 달리며 스톤은 내일 스타카운실(부장단 회의)에서 있을 평가심의회의를 위한 마무리 작업의 요점들을 떠올려 본다. 다행스러운 것은 근본적인 장해요인만 없다면 바로 성안될 수 있다는 점이다. 스톤의 머리는 달리는 지프 타이어보다 더 빨리 회전하고 있었다.

"핵심적 장해요인만 없다면 검토협의회의는 무난할 것이고, 빠른 시간 내에 작전을 전개할 수 있을 것이다."

굿펠로 대위가 질문했다.

"……항공모함이 동원되는 작전에서, 그것도 비밀이 보장되어야
하는 작전인 이상 안전보장책(安全保障策)이 강구되어야 할 것입니
다. 현재 서해상에는 영국 항공모함 '오션(Ocean)' 호가 작전하고 있
는데 이들과의 관계를 어떻게 조절할 것인지……?"

스톤 중령은 작전지도에 시선을 던지며 말했다.

"그 대책은— 첫째, 공해를 포함한 황해 남부 일대를 연합군 기동
함대 합동훈련장으로 공포(公布)한다. 둘째, 그리하면 허락되지 않은
어떠한 함선도 그 구역을 침범할 수 없게 된다. 셋째, 적에게 유엔군
은 인천 상륙작전 때의 규모보다 삼배(三倍) 이상의 대병력으로 북방
어느 곳에 상륙할 것이라고 믿게 한다. 넷째, 영국 항공모함 '오션'
호는 미 항공모함으로 교체한다. 이 합동훈련은 정크선단으로 기습
상륙하려는 적의 '남해작전'에 대비하는 것이기도 하며, 지연시키는
구실도 할 것이다."

제3부 계획안의 중요한 요소들이 거의 해결되어 가면서, 연쇄적으
로 연결되어야 하는 기계의 부속품들처럼 빠져서는 안 되는 것들을
재확인하기 시작하였다.

"……그리하여 D-day H-hour를 산출해내기 위한 모든 요소들을
재검토하여 가능한 한 D-day를 앞당기도록 한다."

이때 보좌관 한 명이 방금 들어온 텔렉스 한 통을 갖고 들어와
스톤에게 전했다. 받아본 스톤의 얼굴에는 일말의 회심의 미소가 스
쳤다.

……트루먼 대통령, 주한 미 공군은 한반도 어느 곳을 막론하고

임의로 폭격 가능하다고 언명…… 1952. 6. 7.

그것은 테프트(Teft) 의원 등 미국 의회 일각에서 한국전쟁과 관련, 행정부를 비난하는 목소리가 나오자 트루먼 대통령은 그 대응으로서 현재의 주한 미군 전투력을 예시하며 발표한 성명이었다.

이것은 전략상 중대한 변화를 불러오는 것이었다. 주한 미 공군이 작전상 필요하다고 인정하면 한반도 내의 어느 곳을 막론하고 워싱턴의 사전 승인 없이도 임의로 폭격을 할 수 있게 되는 것이었다.

그렇다면 오늘 트루먼 대통령의 언명은 일차적인 것일 터이다. 이차적인 그것이 전제되고 있음이 거의 분명했다. 그것은 압록강 너머 만주 내부까지 적기를 추적, 격추할 수 있어야 하는 것이었다.

1952년 6월 8일.

제3부의 'M-1작전' 계획안이 스타카운실(부장단 회의)에 정식으로 상정됐다. 그럴 수 있었던 것은 X-1의 불문율이었던 '전략관의 적지 침투 불가'가 '가능할 수도 있다'로 된 까닭이다. 스톤이 보기에는, 그것은 콜럼버스의 달걀이었다.

스톤 중령은 작전 계획안의 제안자로서 전문 보좌관들을 대동하고 회의실에 대기하고 있는 몸이 되었다.

마침내 부장단이 회의실로 들어와 배석했다. 스톤 일행은 일제히 기립하여 거수경례로 이들을 맞았다. 벤슨 중위가 옵서버 자격으로 부장단 뒤에 앉았다.

마지막으로 주재자 해리슨 중장과 X-1의 군목(軍牧)이면서 심리

부장을 겸하고 있는 스미스 장군이 백발을 쓸어 올리며 착석함으로써 정식으로 평가심의회의가 시작되었다.

스톤이 개요를 설명하고, 각 부장들은 배부되어 있던 유인물을 넘기며 검토를 했다. 내용은 별 논란 없이 넘어갔다. 다만 정책·외교·전략상의 문제에 관해 부장들 간의 의견 교환이 있을 뿐이었다.

장시간의 검토 끝에 제3부의 계획안은 'M-1작전 메인로드(Main Road)'로 결정되었다. 주재자 해리슨 중장은 —

"……이 작전 계획안은 ……그 착상에서 이질적이고도 특이한 것은 물론, 그 규모나 내용에서도 지금까지 그 유례를 찾아볼 수 없는 웅대하고도 훌륭한 것이다. 이 작전을 수행하기 위해서는 가능한 모든 것을 내놓을 것이다."

순간 스톤과 그의 보좌관들은 한 덩어리가 되었다. 제3부장 램프 준장도 스톤을 포옹하였다. 스미스 장군도 두 팔을 크게 벌려 스톤을 감싸 안았다.

"여보게 스톤! 이 안이 영광의 빛을 보도록 하나님께 기도하러 가려네."

해리슨 장군과 부장들이 스톤에게 다가왔다. 해리슨 장군은 스톤의 양어깨를 부드럽게 잡고 만면에 미소를 띠우며 말했다.

"여보게 스톤! 훌륭했어. 계속 정진해 주게. 무엇이든 요구하게!"

스톤은 즉각 되받았다.

"그러시다면 장군님! 핵무기의 사용까지도 포함하시는 말씀이십니까?"

"……으음 ……그것! ……그것은 누구보다도 현명한 귀관의 판단에

맡기기로 하지."

　그리고 부장들은 해리슨 장군을 선두로 화기애애한 웃음을 주고받으며 회의장을 빠져나갔다.

19

　차는 벌써 가파른 산길을 다 내려와, 한내천으로 흘러드는 계곡을 끼고 비교적 편편한 길을 달리고 있다.

　나무들 사이로 번쩍번쩍 새어 드는 오후의 햇살도 제법 뜨거웠다. 그러나 맑은 물이 흘러내리는 계곡 너머 숲 속에서 불어오는 시원한 산바람에 스톤 일행은 쾌적함을 만끽하고 있다.

　이 소좌는 지금 김 총좌로부터 들은 이야기들을 생각했다. 김 총좌 일행의 행각이 철두철미 검토된 계획에 따라 행해지고 있다고 생각했다.

　이들은 서해인민병원으로 간다고 했다. 서해인민병원으로 가서 무엇을 어떻게 할 것인가? 부대장 김동수 대좌 동지를 유인해내어 포로로 하겠다고 했다. 어떻게 해서 생포할 수 있을 것이며, 그렇게 했다고 가정해도 그 다음에는 무엇을 어떻게 하겠다는 것인가?

그건 그렇다 치고, 인질로 하겠다고 찾아간 자신의 부모님들에 대한 김 총좌의 태도는 어떻게 생각해야 옳단 말인가? 어느 상관이 어떤 부대장이 그렇게 정중하고 예의 바르게 행동할 수 있을 것인가?

그러나 한편 생각해 보면 자신의 가족은 이미 완벽하게 인질이 되어 버린 상태가 아닌가. 점잖고 예의 바르게 작별을 고하고 떠나온 사이에 자신의 가족 전원은 꼼짝할 수 없는 인질이 되었다.

한편 김 총좌 또한 깊은 생각에 잠겨 있다.

서해인민병원에 당도하면 곧이어 3815부대장 김동수 대좌를 유인해내어 목적한 바대로 포로로 사로잡아야 한다. 'M-1작전'에서 중대한 고비가 될 것이다. 3815부대장 김동수 대좌를 체포하는 방법은 이미 계획서상에 몇 가지가 예비되어 있으며, 그중 어떠한 방법을 택할 것인가는 현지에서 스톤 대령이 선택하게 되어 있다. 그것은 김 대좌를 유인해내야 될 시점까지 현지에서 공작 진전 상황에 따라 그 수단이 결정되어야 한다는 문제 외에도 부대장 김동수 대좌가 출장 중이라든가, 밖으로 나올 수 없는 처지에 놓여 있을 경우 등을 감안하여 취해진 조치였다.

김 총좌(스톤)는 지금 차 위에서 그 수단과 방법을 결정했다. 뒷자리의 이 소좌에게로 몸을 돌렸다.

"이 소좌!"

"네?"

"……어떨까, 어제 썼던 암호 연락문으로 김 대좌가 나올 확률이?"

"……네. 현재 부대 안에 계시니까 그 방법이 제일 좋다고 생각됩니다. 그리고 나오신다는 것도 거의 확실합니다. 그러나 부대장 동지께서…… 아 ― 그만……."

"괜찮네, 이 소좌. 조금도 개의치 말게. 그런데?"

"……네. 김 대좌께서 혼자 나오느냐, 그렇지 않고 많은 인원을 대동하고 나오느냐가……."

"암호문에 극비 중대 사항이며 단신 비밀리에 나와 달라고 하는데도?"

"……아무리 그렇다 하더라도 최소한 운전병은 나올 것이고, 경우에 따라서는 경호대원들을 거느리고 나올지도 모릅니다. 더구나 공작관 박대일 중좌가 함께 나올 공산은 큽니다."

"알았어! 어떠한 경우에라도 대처할 수 있네."

"……그런데 김 대좌를 체포하시면 그를 어떻게 하실 작정이십니까?"

"……글쎄. 우리는 누구를 죽이는 것이 목적은 아니지만, 체포할 때의 상황에 따라서 결정될 거야. 그를 죽이지 않기 위해 우리가 죽을 수는 없지 않는가?"

"……그야 물론입니다."

"자 ― 이 소좌! 그런 이야기는 우리 앞일에 도움이 안 돼. 그러니 김동수 대좌의 공적인 신분, 배경 같은 것을 아는 대로 말해 주게나."

서해인민병원으로 가면서 김동수 대좌에 대한 이야기를 들었다.

김동수 대좌는 직속상관인 제3815군사령관 남의성(南義星) 중장의 심복 중의 심복으로서 그들이 운명을 걸고 추진하는 부대의 부대장이라는 중책을 내맡길 수 있었던 사람이다.

남의성 중장은 공산군 측이 마지막 희망으로 믿고 기대하고 있는 '작전 — 백공이백설'을 추진하는 실력자로서, 그 중대과업을 김동수 대좌의 지략과 능력에 의지해 밀고 나가고 있는 것이다.

"이 소좌! 그렇다면 말일세. 김 대좌를 체포한 뒤 내가 무사히 3815 부대장으로 취임했다면, 가장 주의해서 다루어야 할 인물은 누구이 겠는가?"

"……네. 그건 공작관 박대일 중좌도 중요합니다만, 그보다는 바로 그를 보좌하고 있는 유 소좌입니다."

"유영모 소좌 말이군?"

"네. 알고 계셨군요."

"그자가 정보공작과장과 군당세포위원장(軍黨細胞委員長)을 겸하고 있다지?"

"……네, 그렇습니다."

"그런데 이 소좌! 그 자가 어째서 문제일 것이라고 생각하나?"

"네. 그것은 우리들 소좌 중에서 최고 연장자일 뿐 아니라 업무에 관해서도 투철하며, 관찰력이 예리하기 때문입니다."

"음 —. 그렇다고 한다면 부대장 직권으로 즉결처분 같은 것은 할 수가 없는가?"

"물론 할 수 있습니다. 전에도 부대장이 소좌 한 사람을 즉석에서 처단한 일이 있었습니다."

“그때 뒤처리는 어떻게 했나?”

“사령부에 사유와 처치에 관한 보고 하나로 끝냈습니다.”

“그리구, 김동수 부대장은 중앙으로 가는 보고서에 서명을 하는가?”

“안 합니다. 오로지 전용 보고용지만 사용합니다. 서명은 안 합니다.”

“음…… 그리구, 3815의 남파 계획 진척 상황은 어떠한가?”

이 소좌에게는 두서없는 질문으로 받아들여졌을지 모르나 스톤 대령으로서는 김동수 대좌를 체포한 다음에 시행해야 하는 제6호 작전과 직결되어 있는 질문이었다.

“……네. 그 문제는 현재 공작원 교육소에는 약 40명이 수용되어 후보 교육을 받고 있습니다. 그것은 기본교육이지요. 그리고 전문교육은 부대 안에서 교육시켜서 직접 남파시킵니다.”

왼편으로 한내천을 끼고 달리던 차는 서해인민병원 쪽으로 방향을 틀었다. 진입로는 제대로 정리가 돼 있지 않은 채 소나무숲 사이로 뚫려 있었다.

병원 본관건물이 정면에 나타났다. 차는 큼직한 소나무 아래에 세워졌다. 김 총좌는 차에 앉은 채 뒤의 두 사람을 돌아보았다.

안 경무관과 이 소좌가 내려 병원 안으로 사라졌다. 이 소좌가 앞서고 안 경무관이 뒤를 따라 원장실로 들어갔다.

“안녕하시오? 원장 동무!”

이 소좌가 도도한 어조로 인사했다. 윤형도 원장은 벌떡 일어났다. 그리고는 한순간 유령을 보듯 이 소좌를 바라봤다. 그리고 뒤따라 들어선 안 경무관을 바라보고는 정신을 차린 듯 말을 더듬었다.

"아! 소좌 동지! 어쩐 일로……."

윤형도 원장은 아직도 어제의 일이 악몽처럼 가시지 않았다. 윤 원장으로서는 이 소좌가 당당하게 들어와서 자기를 불러 세우는 현실을 어떻게 이해해야 옳을지 몰랐다. 그러나 어제 중앙으로부터 내려오신 검열관 총좌 동지의 일행이었던 경무관을 본 순간 다시금 오금이 얼어붙는 것 같은 공포감이 엄습해 왔다.

이 소좌가 낮은 목소리로 윤 원장을 압도하듯 말했다.

"원장 동무! 저 맨 뒤 별관 병동들을 비워 줘야겠소."

"……네, 그것은 비어 있습니다만……."

"그러면 됐소. 우리가 중대한 사업을 해야 하니까."

원장은 간호원에게 청소를 하도록 지시했다. 그리고 앞질러 현관 앞으로 자빠질 듯 뛰어나와서는 저쪽 나무 밑에서 차에 타고 있는 총좌 동지를 향해 거수경례를 했다.

총좌 동지는 이 소좌와 안 경무관의 인도로 별관으로 갔다. 윤 원장도 고개를 조아리고 뒤따랐다. 이들 일행은 세 개의 병실 중 중간인 2호실에 들었다. 청소를 끝낸 간호원들은 침대의 홑이불을 새것으로 갈며 바삐 움직였다.

"원장 동무! 별관에는 누구도 출입 못 하도록 일러두시오."

"네."

윤 원장과 간호원들이 물러간 뒤 김 특무장은 2호 병동 옥외에 무전 교신을 위한 안테나를 설치했다. 그리고 2호 병동 벽 앞 나뭇가지 사이에 작은 거울을 장치하였다.

병원의 총무과장이 불려 왔다. 이 소좌가 총좌 동지로부터 받은 한 뭉치의 지폐를 건네주며 말했다.

"이 돈은 숙박비로 지불하는 것이오. 잘 알아서 해 주시오."

"아이구…… 이렇게 많이……."

총무과장은 눈을 크게 뜨며 황송해 했다.

"우선 점심식사를 준비해 주시오."

"네, 알겠습니다. 구급차로 읍내에 가서 부식거리를 마련해 오도록 하겠습니다."

"이보오 동무! 그 구급차 말고는 다른 차가 없소?"

경무관이 물었다.

"네, 없습니다."

"구급차가 다녀오면 운전병 동무가 갈 것이니 정비를 잘해 놓으시오. 우리가 빌려 써야 할 일이 있을 것 같으니까."

"차는 항상 손질이 잘 되어 있습니다."

총무과장이 총총걸음으로 물러갔다. 그가 나간 뒤 안·김 두 사람은 겉저고리를 벗어부치고 작업을 시작했다. 김동수 대좌를 체포하는 데 필요한 준비였다.

"어이 ― 이 소좌."

김 총좌가 이 소좌를 낮게 불렀다.

"……네."

"이리 와서 좀 앉으시오."

"……네."

이 소좌는 김 총좌가 가리킨 책상 맞은편 자리에 앉았다.

“자네 집에 편지를 쓰게.”

“네? 집에요?”

“응! 아버님께.”

“……?”

“특무장 말에 따라 무조건 차를 타라고.”

“…….”

“김 특무장이 이곳 구급차를 가지고 이 소좌 집에 가서 가족들을 태우고 와야 하니까.”

“아 — 네…….”

“먼저 안전지대로 이주한다는 것, 일체의 가재도구는 그대로 놓아 두고 입은 채로만 오실 것, 그리고 김 특무장의 지시에 무조건 따르도록 당부하게.”

“네, 알겠습니다.”

이 소좌는 그 자리에서 편지를 써 내려갔다. 마침내 이 소좌가 김 총좌에게 편지를 내밀었다. 편지를 훑어본 김 총좌는 만족한 미소를 머금었다.

“잘됐어! 이 소좌.”

“…….”

“자 — 특무장, 이 편지를 넣어 두게. 이 소좌가 집에 보내는 편지니까.”

김기복은 편지를 받아 소중하게 안주머니에 넣었다.

“자 — 그러면 이 소좌가 한 가지 더 해 줘야 할 일이 있네.”

“……네? 무슨 일입니까?”

“김동수 부대장을 이곳으로 나오도록 하는 암호 연락문을 다시 써 주게.”

“……”

이 소좌는 순간 자신도 모르게 얼어붙는 듯한 한기를 느꼈다. 이 소좌는 김 총좌를 초점 잃은 눈으로 보았다. 김 총좌는 어제의 암호문을 안주머니에서 꺼냈다.

“……네, 잘 알겠습니다.”

이 소좌는 자신의 가방 속에서 3815부대에서만 쓰는 암호 전용지와 기밀봉투를 꺼냈다. 그러고는 필기 자세를 갖추고 김 총좌를 바라보았다.

　　　수신: 김동수 부대장

　1. 황 중위 사건으로 지금 중앙에서 무서운 일이 벌어지고 있음.

　2. 사령관 친필의 극비 명령서 수령. 귀대 중 공습으로 차량 전복, 중상 위독.

　3. 극비 명령서, 직접 설명·전달 원함. 부대장 동지, 나와 주시기 바람.

　　　서해인민병원 별관 2호실 이철호

이 소좌는 숫자로 된 암호문을 작성해 갔다.

“그리고 가부의 답을 받도록 적어 놓도록!”

“……”

이 소좌는 암호문을 마무리 지었고, 김 총좌는 메모를 라이터 불에

태웠다.

이 소좌는 조심스럽게 암호문을 내밀었다. 김 총좌는 새로 쓴 것과 어제의 것을 안 경무관에게 주었다. 경무관은 암호문을 침착하게 뜯어보았다. 창문 밖에 걸어 놓은 거울을 통해 본관으로 통하는 방향을 감시하던 김기복이 구급차가 돌아오고 있음을 알렸다.

암호문을 본 경무관이 김 총좌에게 고개를 끄덕여 이상이 없음을 알리고 이 소좌에게 다가가서 미안함과 우정을 확인하는 의미로 두 손을 마주 잡았다. 이 소좌도 일어서며 마주 잡았다. 김 총좌가 천천히 책상을 돌아 이 소좌에게 다가와,

"이 소좌! 절차상의 일일 뿐이야."

"네, 충분히 이해합니다."

김기복이 방 안을 나서며 보고했다.

"저는 지금 차고에 가서 구급차를 점검해야겠습니다."

"음 ― 이 병원 운전수와 함께 점검하도록 하게."

"네, 물론입니다."

구급차는 사실상 정비가 잘되어 있었다.

점검을 끝내고 2호 병동으로 돌아왔을 때는 늦은 점심식사가 준비되어 있었다. 3개의 병동 가운데 1호 병동에 식사를 차리도록 이 소좌가 지시했다. 일행은 1호 병동으로 가서 식사를 하였다. 간호원들이 차려 놓은 식탁은 그들에게 주었던 돈의 부피만큼 무게가 있었다. 식사를 하면서 김 총좌 요청에 따라 3815부대에서 사용하는 암호 작성의 요령을 이 소좌가 설명했다. 안·김 두 사람은 즉시 알아듣고 모든 암호를 작성하고 풀 수도 있게 되었다.

식사를 마친 김 총좌는 시계를 보았다. 오후 4시가 조금 지나 있었다. 모든 일이 시간적으로 알맞게 진행되고 있다고 생각했다.

2호 병동으로 되돌아온 김 총좌는 책상에 앉으며 김기복에게 지시했다.

"어이 김 특무장! 폭탄을 매설할 차례야."

"네. 알고 있습니다. 준비되어 있습니다."

작은 가방의 고성능 폭탄들을 다시 점검하고 스위치에 연결할 머리칼 같은 전선뭉치를 챙겨 나섰다.

김 특무장은 별관 뒤쪽으로 내려가 약 300미터쯤 되는 지점에 콘크리트 다리가 있는 곳에서 걸음을 멈추었다. 주위를 살피고는 다리를 건너 1미터 간격으로 네 개의 고성능 폭탄을 매설했다. 그러고는 다시 8미터를 더 가서 똑같은 식으로 폭탄을 매설했다. 이 폭탄들은 별관 뒤쪽에서부터 흘리며 갔던 스위치 판에 연결되었다. 그곳은 별관 옆 등성이진 언덕 밑이었다. 거기서는 다리 쪽이 잘 보였다.

매설 작업을 마친 김 특무장이 돌아오고 있는 모습을 김 총좌와 이 소좌 그리고 안 경무관은 나무 밑에서 보고 있었다.

안 경무관이 눈에 잘 보이지도 않는 전선을 스위치 판에 연결하는 것을 보면서 이 소좌가 물었다.

"총좌 동지! 저곳에 폭탄을 묻어서 어떻게 하시려는 것입니까?"

김 총좌는 멀리 내려다보이는 지형을 손으로 가리키며 이 소좌에게 설명을 했다.

"이 소좌! 지금 하는 작업은 김동수 대좌를 체포하기 위한 작업이야. 이 소좌가 작성한 암호 연락문을 가지고 우리 안 경무관이 저

너머 부대 초소에 가서 본부에 연락하면 김 대좌가 부대를 떠나 이곳으로 오게 되지. 그때 김 대좌 차 이외에 박 중좌 또는 경호대원이 탄 차량이 따라 나온다고 가정하고 행하는 조치일세."

"……네."

"이 소좌가 부상으로 병원에 누워 있는 것으로 알고 있는 그들이기에 구급차까지 딸려 나올 가능성을 계산에 넣는다고 하면 최소한 석 대의 차량이 예상되는데, 그 경우에 김 대좌 차를 제외한 나머지 두 대의 차량을 동시에 폭파해 버리려는 목적에서이지. 우리가 요청하면 같은 시각에 항공도 동원되고, 우리 요청대로 움직여 줄 걸세."

"……."

이 소좌는 폭탄이 매설된 다리 쪽만을 응시했다.

"자 — 들어들 가서 일을 시작하자구."

임시본부인 2호 병동으로 들어온 김 총좌는 G.0-6로 무전 교신을 지시했다.

"지정된 교량 지점에 폭탄을 매설한 것과, 전폭기 편대를 예정된 구왕산 너머 상공에 체공·대기시키도록."

"네."

경무관이 G.0-6에 송신하자 즉각 회신이 왔다. 김 총좌에게 보고했다.

"본부로부터 제안이 왔습니다. 고공 정찰기를 띄워서 김동수 대좌를 수행하는 차량이 많을 때에는 김 대좌 이외의 것들은 공습해 버리는 것이 어떻겠느냐는 것입니다."

"……음."

잠시 뒤 김 총좌는 돌아서며 안성호에게 말했다.

"답신해."

"네."

"하나, 쌍안경 관측거리 5킬로미터, 상황 식별 가능함. 둘, 도중 공격은 계획 차질이 우려됨. 셋, 정찰 및 도중 공격 취소 요망."

김 총좌는 세 사람을 불러 놓고 말했다.

"자― 이제부터 시작한다. 이 소좌! 한 번 더 전달 요령을 안 경무관에게 일러주게."

"네, 연락문을 가지고 제1초소로 가서 3815부대로 전화 연락 사항이 있어 왔노라고 하십시오. 그러면 직통전화를 줄 것입니다. 수화기를 들면 저쪽에서, '여기 제5통신반, 말하시오'라고 합니다. 그러면 그 암호문 숫자를 읽어 주십시오. '1112'면 '천백열둘' 하는 식으로. 그러면 저쪽에서는 복창하면서 받습니다. 수화기를 귀에 대고 기다리시면 5분 이내에 '오천오백열둘' 하면 부대장 동지가 즉시 나온다는 뜻이고, '다음 연락문을 기록하시오' 하면 복창하면서 기록해 가지고 오시면 되겠습니다."

안 경무관이 채비를 다시 한 번 정비·점검하고 김 총좌 앞에 섰다.

두 사람은 말없이 상대를 서로 응시했다. 경무관이 천천히 거수경례를 했다. 김 총좌도 엄숙한 표정으로 답례했다. 그리고는 나지막한 소리로 말했다.

"편안한 마음으로 다녀오게!"

"알겠습니다."

그리고 이 소좌의 손을 잡았다. 서로서로 손에 힘이 주어졌다. 이 소좌가 말했다.

"걱정 마시고 다녀오십시오."

"……알겠소. 고맙소."

두 사람을 가볍게 포옹했다. 그러고는 성큼성큼 걸어 나갔다.

붕—.

차는 휘발유 특유의 냄새와 한 줄기의 엷은 옥색 연기를 뒤로 내뿜으며 소나무숲 사이를 빠져나갔다.

안성호는 곧바로 한내천 다리를 건너 오른쪽으로 운전대를 꺾어 곧장 치달았다. 차는 무서운 속도로 달렸다. 뒷산에서 지켜보고 있는 김기복의 쌍안경 렌즈에 흙먼지가 덮치는 것같이 선명히 보였다. 차의 흙먼지는 작은 고개를 넘으면서 시야에서 자취를 감추었다.

김 총좌는 조용히 앉아 눈을 감았다. 화살은 시위를 떠난 것이다. 김동수라고 하는 미지의 인민해군 대좌를 향한 화살이 이미 스톤 대령의 손에서 떠난 것이다.

안 경무관의 차는 3815부대로 통하는 Y자형 삼거리를 지났다.

3815부대의 제1초소가 그의 시야에 들어왔다. 안성호는 자신도 모르게 긴장감에 휩싸여 차의 액셀러레이터를 더욱 힘주어 밟았다. 차를 가속시키는 것은 긴장 때문만은 아니었다. 그것은 저 멀리 제1초소에서 보고 있을 적병에게, 그리고 저 초소에서 차를 세울 보초병에게 긴급한 상황이라고 하는 인상을 주려는 계산된 행동이었다.

차는 초소 앞에서 정지명령을 받았다. 통행차단기를 부러뜨릴 만큼이나 아슬아슬하게 차는 급정차했다. 그로 말미암은 앙칼진 정차음과 흙먼지가 보초병을 뒤덮었다.

보초병으로부터 거수경례를 받은 안 경무관은 흙먼지 속을 헤치며 거만하게 불쑥 다가섰다.

"초소장 동무 어디 있소?"

이때 급박한 상황을 감지한 듯 초소장인 듯한 해군 소위가 안으로부터 급히 나오며 경례를 붙였다.

"초소장이오?"

"네!"

"이거 3815의 연락군관 이 소좌 동무가 부대장 동지께 보내는 긴급 연락문이오. 전화 연결 부탁하오."

숨넘어가게 몰아붙이는 안 경무관의 언동에 초소장은 이미 반쯤 정신이 나간 것 같았다. 안 경무관은 촌각의 여유도 주지 않고 초소장을 앞질러 초소로 들어가며 이 소좌로부터 받은 붉은색 전용 비밀 연락문서 봉투를 꺼내 흔들었다. 그러면서 안 경무관은 초소 안에 장애물이나 장애가 될 인물의 유무를 순간 훑어보았다. 위험이 될 만한 요소는 없었다.

황급하게 뒤따라 들어오던 초소장은 '극비' 붉은 봉투에서 이 소좌를 확인한 듯 아무것도 묻지 않고 전화통을 들어 안 경무관에게 건네주었다. 수화기를 받으며 총걸이 옆으로 바싹 붙었다. 유사시에는 벽에 걸린 따발총을 잡아 휘두를 수 있도록 하기 위해서였다.

수화기에서 소리가 들려왔다.

"본부 제5통신반! 말하시오"

안 경무관은 침착하게 또렷또렷이 숫자를 읽어나갔다. 읽어나가는 눈빛이 날카롭게 빛났다. 곁눈으로 초소장의 거동을 감시하였으나 초소장은 잠시 안 경무관을 바라보다가는 창을 통해 밖을 내다보고 있었다. 전혀 의심의 눈치는 보이지 않았다.

수화기 저쪽의 복창도 끝나고 기다린 시간이 약 3분을 지났다. 안 경무관에게는 평생 이렇게 초조하고 긴 시간은 없었으리라.

마침내 수화기 저쪽에서 소리가 나왔다.

"오천오백열둘! 이상."

안 경무관은 떨리는 목소리로 복창했다.

"오천오백열둘! 이상."

수화기를 놓았다. 그 순간 초소장이 자세를 바로하며 돌아섰다.

"수고하오!"

안 경무관은 던지듯이 내뱉고는 총알처럼 뛰어나와 황급히 초소를 떠났다.

순식간에 서해인민병원이 보이는 첫 고갯마루에 올라선 차는 일단 멈추어 섰다. 흙먼지가 뿌옇게 일었다. 일단 흙먼지가 가시고 분명히 정차한 상태를 잠시 유지하고는 다시 달렸다. 병원 뒤에서 쌍안경으로 보고 있을 김기복과 이 소좌에게 알리기 위한 것이었다.

쌍안경을 눈에서 뗀 김 특무장과 이 소좌는 서로 얼굴을 마주보며 의미 있는 웃음을 나누었다. 만약 안 소령이 차를 멈추지 않고 그냥 달려 넘어오면 그것은 암호 연락문 전달 과정에 문제가 발생하여 쫓기고 있음을 나타내는 것으로 약속이 되어 있었다.

2호 병실에서 보고 받은 김 총좌는 이 소좌의 손을 잡으며 말했다.

"고맙소! 이 소좌!"

안성호가 병실에 들어섰다.

"오천오백열둘이었습니다."

"수고했어."

안성호는 이 소좌와 김기복의 손을 잡아 흔들었다. 이 소좌가 초조하게 말했다.

"부대장이 즉시 나온다는 것은 확인했으나 단신으로 올지는……. 대비를 해야 합니다."

"아 — 이 소좌! 걱정 말아."

김 총좌는 한마디로 눌렀다. 김기복이 G.0−6에 무전을 날렸다. 김 총좌는 잠시 뒷짐을 지고 방 안을 거닐며 생각에 잠긴 듯했다.

"자 — 어찌 되었거나 김동수 대좌는 지금 우리에게 오고 있다. 정한대로 행동한다."

"……."

"좋아 — 자, 특무장 동무, 가자!"

일행은 별관 2호실을 나섰다.

김 총좌와 김 특무장은 차를 타고 병원을 벗어났다. 뒤이어 안 경무관과 이 소좌는 뒷산 등성이에 자리 잡고 앉아, 김 대좌가 넘어올 고갯마루에 쌍안경의 초점을 맞추고 기다렸다.

김 총좌와 김 특무장은 은율읍으로 이어지는 도로를 약간 거슬러 올라가 울창한 나무 그늘에 차를 세워놓고 기다렸다. 안 경무관으로부터 김동수 대좌의 행차에 관한 상황 통보를 받으면 다리를 향해 달려 내려가 행동을 취할 것이다.

약 10분 뒤, 김 총좌의 리시버에 낮은 목소리가 들려왔다.

“여기는 219. 제1지점에 지프 한 대 출현. 해군복 차림의 2명 탑승. 후속 차량 안 보임. 오버.”

“알았다. 제2지점의 관측 통보를 기다리겠다. 오버.”

그로부터 약 3분 뒤에 다시 통보가 왔다.

“여기는 219. 김 대좌 차로 추정되는 차량 한 대만이 오고 있음. 후속 차량 없음. 주행속도로 보아 약 12분 후면 목표 지점에 도달할 것임. 오버.”

김 총좌도 두 번째 통보를 받고 회심의 미소를 지었다.

“김동수 대좌가 운전병만 달고 나오는구먼.”

김 총좌는 천천히 모자와 상의를 다시 한 번 고쳤다.

“자 — 가 보세.”

차는 서서히 목표 지점인 다리가 있는 곳을 향해 내려가기 시작했다. 다시 안성호(219)로부터 통보가 왔다.

“차에 탄 자는 인민해군 대좌와 운전병으로 확인되었음. 4분 거리로 접근 중임.”

“알았다. 예의 주시하라. 오버.”

안성호는 즉각 G.0-6로 무전 보고를 날렸다.

김 총좌의 시야에 다리가 들어왔다. 김 총좌는 눈을 들어 다리 저쪽 너머를 보았다. 달려오는 지프가 보였다.

김기복은 저쪽 차보다 한발 앞서 다리 위로 진입하기 위해 차를 가속시켰고 그에 성공했다. 따라서 맞은편에서 달려오던 지프는 길섶 폭탄이 매설된 지점에 어김없이 세워졌다.

화급(火急)한 속도감으로 차를 몰아 다리를 건넌 김기복은 잠시 차의 속도를 줄이며 상대 차에 앉은 해군 대좌를 확인했다. 몽타주 사진으로 익혔던 바로 김동수 대좌였다.

순간 김 총좌는 몸을 곧추세우며 상대방 대좌 차를 세우도록 팔을 내저어 신호를 보냈다. 그 순간 김기복은 차를 급회전시켜 상대 차 앞 다리목에 정차시켰다.

"동무가 3815부대장이오?"

차 위의 해군 대좌는 순간 상대 어깨의 총좌 계급장을 확인하고 차에서 내리며 대답했다.

"네, 그렇습니다만……?"

대좌는 의아한 시선으로 총좌에게 다가서며 거수경례를 했다. 총좌는 답례도 없이 급한 말투로 말했다.

"나는 중앙에서 동무에게 내려진 긴급명령 때문에 동무를 찾아 가던 길이오. 동무는 어디를 가고 있소?"

"병원으로 가는 중입니다만……. 긴급명령이시라면……."

"병원? 아니 그럼 긴급명령 집행은 어떻게 하고 자리를 떴소?"

"……?!"

"아니, 동무는 긴급명령을 접수하지 못했소?"

"네, 연락군관이 돌아오다가 공습으로 중상을 입어 응급 가료 중이라는 연락을 받고 나오는 길입니다."

"무엇이?! 그럼 아직 그 긴급명령을 못 받았단 말이군."

"네, 그렇습니다."

"그렇다면 병원은 어디 있소?"

"저 위쪽입니다."

"아하 — 큰일이로군. 일단 그 병원으로 갑시다. 자, 이리로 타시
오."

김 총좌가 특무장을 밀치며 황급하게 운전석으로 옮겨 앉자 김 특
무장은 재빨리 뒷좌석으로 옮겼다. 대좌는 황급히 총좌 자리에 올라
탔다. 총좌는 차를 총알같이 내몰았다. 대좌 차의 운전병은 깜짝 놀
라 뒤쫓았다.

쌍안경으로 숨을 죽이며 이 광경을 보던 안 경무관은 폭파장치의
스위치를 풀고 일어나, 이 소좌와 둘이서 빠른 걸음으로 2호 병실로
사라졌다.

"아니, 이 긴급한 시기에 명령을 받지 못 했다니……."
엄청나게 속도를 높이며 총좌는 불만스러운 말투를 뱉었다.
"그것은 연락군관의 사고 때문인 것 같습니다. 총좌 동지! 그래서
저도 그 연락을 받고 급히 오는 길이었습니다."
총좌는 고르지 못한 소나무 숲 사이 길로 들어서자 더욱 속도를
올렸다. 그러면서 다그치듯 빠른 말씨로 물었다.
"떠나기에 앞서 동무의 보고는 보았소. 그런데 백령도에 미 해병대
와 남조선 해병대의 비율은 어느 정도였소?"
"……거기까지는 확인하지 못했습니다."
"그런데 김 대좌! 하와이에서 요코스카로 왔다는……. 그 전략물자
는 어떻게 됐소?"
"네……. 그것도 아직……."

김동수 대좌는 내심 크게 당황하고 있었다. 총좌의 언동이 너무나 예상 외였기 때문이다. 극비 보고 사항으로 이 소좌에게 올려 보낸 최신 정보를 다 알고 위압적으로 물어오는 데는 김동수 대좌로서도 아연 긴장하지 않을 수 없었다.

차는 병원 본관 앞으로 들어섰다. 총좌는 본관 앞에서 차를 세웠다. 처음 보는 병원인 양 사방을 둘러보며 내렸다. 김 대좌도 내려섰다. 김 대좌의 차가 뒤따라왔다. 김 특무장이 김 대좌 차를 자연스럽게 뒤에 세우도록 손짓했다. 김 대좌 차의 운전병은 차에 앉은 채 대기했다.

김 총좌가 대좌에게 물었다.

"그 동무는 어디 있소?"

김 대좌가 별관 쪽으로 발길을 떼며 말했다.

"별관 2호실이랍니다."

김 특무장이 앞서 걷기 시작했다. 별관 앞마당 끝에 이들의 모습이 나타났다.

안에서 거울을 통해 안 경무관이 이들을 보고 있었다. 2호실 앞에 당도한 김 특무장이 문을 열면서 김 대좌와 총좌 동지를 받들어 인도하는 몸가짐으로 맞이했다. 김 대좌는 그대로 문 안으로 들어서며 썼던 선글라스를 벗으려했다. 그 순간, 김 특무장이 김 대좌의 등 뒤에서 오른팔을 끼면서 권총을 뽑아드는 것과 동시에 문 옆에 서서 대기하던 안 경무관이 김 대좌의 왼팔을 꼈다.

순식간의 일이었다.

한순간에 벽으로 떠밀려 준비되어 있던 의자에 포박되고 말았다.

김 총좌는 문을 안으로 닫으며 권총을 뽑아 정면에서 김 대좌를 향해 들었다.

김 총좌의 권총이 김 대좌만을 겨냥한 것은 아니었을지 모른다. 출입구 옆에 서서 방 안 전체를 겨냥하고 있는 것이다. 그것은 실내의 전체 분위기를 압도하려는 의도도 있겠으나 무엇보다도 이 소좌의 어떠한 예상할 수 없는 돌발 반응에 대비하고 있음이 틀림없었다.

김동수 대좌로서는 소리 한 번 지를 틈도 없이 완벽하게 포박당한 것이다. 어이없이 바라보고 있는 김동수 대좌의 눈앞에서 침대에 누워 있던 이 소좌가 일어났다. 김 대좌의 시선에 이 소좌는 고개가 떨어졌다. 아직도 상황을 정확하게 파악하지 못한 김동수 대좌는 양옆의 안 경무관과 김 특무장을 돌아보고 나서 맞은편의 총좌를 보았다. 그리고 자신을 내려다보았다. 조선인민군 제3815부대장 김동수 대좌인 자신이 지금 이 순간 눈과 귀만이 자유로운 일개 허수아비가 되어 있었다.

안 경무관과 김 특무장은 권총과 단도를 김 대좌의 양쪽 볼에 닿을 정도로 들이댔다. 김동수 대좌는 의외의 반응을 보였다. 김 대좌의 눈에는 분노의 불길이 일었으나 반항은 없었다. 그의 첫마디에서 그 이유가 밝혀졌다.

"……아니 — 김일성 동지가 나를?!"

지극히 낮으나 통분을 머금은 저주의 말이 단단히 조여 맨 마스크를 통해 흘러나왔다.

"죄송합니다, 부대장 동지."

이 소좌가 정중히 낮은 목소리로 말했다. 김동수 대좌는 이 소좌를 바라보며 천천히 대꾸했다.

"……가련한 배신자!"

조용히 내려다보던 총좌가 비로소 말을 꺼냈다.

"김동수 대좌! 나는 최고사령관 명에 의해 김 대좌를 체포하오."

김동수 대좌의 눈에는 분노의 불덩이가 이글거렸다.

"최고사령관! 나를 체포해?! 무슨 이유로?"

"……."

총좌는 김동수 대좌를 응시했다.

"전쟁은 그대들이 저지른 것! 다 박살난 전쟁을 이제 와서 우리가 뒤집어 결정적 승리를 거두려는 찰나……. 이제 와서 나를……. 이 김동수를 체포해! 나를 체포하고 승리를 거둘 수 있나 두고 보자구!"

총좌는 차분하게 입을 열었다.

"김 대좌! 김 대좌는 중대한 과오를 범했소."

"과오? 허튼 수작 마시오. 생짜로 잡는 마당에……."

"김 대좌! 냉정하시오. 죽지도 않은 황일선 중위를 죽은 것으로 허위보고를 했소."

"무슨 소리요 도대체! 어떤 자가 죽었건 살았건 동무들이 상관할 바가 아니오. 내 권한에 속하는 문제요."

"김 대좌! 똑똑히 들으시오."

김 총좌가 김동수 대좌에게 다가서며 목소리를 가다듬고 빠른 속도로 말하기 시작했다.

"김 대좌가 죽었다고 허위보고한 황일선 중위는 지금 살아서 유엔군 측에 가 있소."

김동수의 눈이 커졌다.

"그로 인해 '작전 ― 백공이백설'이 파경에 이르고 있소."

"아니, '백공이백설'!?"

김동수의 커진 눈은 그대로 얼어붙은 듯했다.

스톤 대령은 시간을 의식하면서 본론으로 들어갔다. 밖에서 대기하고 있는 김 대좌의 운전병을 의식하지 않을 수 없었다. 지극히 높은 분과의 '단독고위회담'이 진행되는데, 경무관과 특무장 계급의 하급자들이 방 안에 오래 머물 수는 없는 일이다. 김동수를 급히 처리하고 이 소좌를 비롯해 경무관·특무장은 밖으로 나가야 한다.

"……아니!? '백공이백설'? 그것은 남 장군 이외에는 나에게 언급할 수가 없는 것인데?!"

비로소 김동수는 자신이 착각하고 있었음을 어렴풋이 깨달았다.

"도대체 동무들은 누구요?"

총좌가 똑똑한 발음으로 말했다.

"우리는 '백공이백설'을 좌절시키기 위해 유엔군 총사령관 명에 의하여 이곳에 밀파된 유엔군 전략장교들이오."

"무엇이? ……그러면 윌로비 장군의……?"

"……."

스톤 대령은 고개를 가로저었다.

"나는 X-1의 전략장교, 미 육군 대령이오."

"무엇이? X-1?"

"그렇소."

"……그것이 뭐하는 곳이오?"

"차차로 알게 되겠지만, 우리 X-1은 그대들이 북경 당국을 통하여 노르웨이 기상청으로부터 기상 정보를 입수할 당시부터, 소형 선박 엔진의 발주 등, '백공이백설'을 초기적 단계로부터 알고 있었소."

"……."

김동수는 너무도 무서운 말에 안면근육을 떨었다.

"……사실입니다, 부대장 동지! 이미 이 전쟁은 지고 있습니다."

이 소좌가 비로소 입을 열었다.

김동수 대좌는 그제야 상황을 판단했다.

"……그렇다면, ……그렇다면, 도대체 나를 어떻게 하겠다는 것이오?"

"김 대좌! 내가 단도직입적으로 말해 주겠소."

"……."

"나는 '백공이백설'을 뒤엎기 위해 3815부대장으로 취임할 것이오."

"?!"

"알아들었소?"

"……나의 3815 동무들이 그것을 허용할 것 같소?"

"그것은 내가 할 일이니까 염려 말구, 이 소좌가 부상당했다는 것을 누구에게 말하고 나왔소?"

"그런 것을 내가 말할 것 같소?"

"……그럴 테지."

순간 경무관과 특무장의 칼이 더욱 치켜세워졌다.

"……나를 죽이지 못할 텐데……."

김동수는 이미 냉정과 여유를 찾았다.

"여보시오 김 대좌! 김 대좌는 결국 우리에게 협력하게 될 것이오. 끝내 거부하면 죽게 되오."

"동무들이라도 마찬가지 아니겠소? 죽는 것은 조금도 두렵지 않소. 더 이상 묻지 마시오."

"그럼 자살할 용의는 있소?"

"자살? 왜 내가 그런 짓을 하오? 나를 죽이지 못할 것을 아는데, 왜 내가 자살을 하겠소?"

김 총좌는 단념했다.

김 특무장이 용무를 가장하여 밖으로 나갔다. 본관으로 들어갔다가 나오면서 김 대좌의 운전병을 살폈다. 차에 그대로 앉아 대기상태로 있었다. 병원 내에도 별다른 동태는 없었다. 특무장이 들어서며 눈짓으로 이상 없음을 보고했다. 김 총좌는 결단을 내렸다.

"안 경무관! G.0-6로 송신하시오."

경무관은 특무장과 교대하여 G.0-6를 호출하여 타전하기 시작했다. 김 총좌가 내용을 구술했다.

"하나, 목표 인물 체포. 둘, 내일 03시 30분 제6호 작전 요망. 셋, 상공에 대기 중인 지원 폭격기대 철수. 넷, 포로 심문 불가. 이상."

곧 G.0-6에서 메시지가 왔다. 받아서 해독한 경무관이 김 총좌에게 보고했다.

"3815부대와 26여단 본부 주변을 고공 정찰 중. 이상 징후 없음."

"다시 G.0-6에 송신하도록."

"네."

김 총좌가 구술했다.

"하나, 3815부대에서 이 소좌를 부상으로 알고 있는지 여부를 알 수가 없다. G.0-6에서 밝혀내어 즉시 알려 주기 바란다. 둘, 김동수 대좌의 이중 공작 진행 여부 검토하여 통보 바람."

김 총좌가 다시 김 대좌에게 물었다.

"김 대좌! 마지막으로 묻겠소."

김동수 대좌는 고개를 가로저었다.

"나 김동수의 대답은 못 하겠다는 것뿐이오. 더 묻지 마시오."

김 총좌는 시계를 보았다.

"……그렇다면 김 대좌도 피곤할 테니 한잠 자시오."

김 대좌의 팔에 주사가 꽂혔다. 곧 김동수 대좌의 고개가 떨어졌다. 김 대좌를 시한부로 마취시켜 놓은 스톤 팀은 바삐 움직여야 했다. 먼저 김 대좌의 묶인 몸을 풀고 그를 들것에 눕힌 다음 다시 묶어 침대에 올려놓고 담요로 덮었다.

벌써 해가 지고 땅거미가 두껍게 깔렸다. 김동수 대좌가 별관 2호 병동에 들어선 지 9분을 조금 넘기고 있었다.

"자 — 이제부터 정확히 움직여야 돼. 우선 김 특무장은 폭탄을 수거해 와! 지금 나갈 때는 안 경무관과 같이 이 방을 물러나는 것으로 행동할 것. 이 방에서는 중앙에서 온 총좌 동지와 부대장 김동수 대좌가 중대협의를 하고 계시니까."

"알겠습니다."

경무관과 특무장은 2호실을 황급히 물러나는 모습으로 방을 나갔다. 그러고는 급한 걸음으로 본관 앞으로 갔다. 김 대좌의 운전병은 자세를 바로잡았다. 안 경무관이 다가서면서 말했다.

"아— 동무! 두 분 동지께서 언제 나오실지 모르니 자리를 뜨지 말고 대기하시오."

"네, 알겠습니다."

김 특무장은 이 소좌의 차를 끌고 바람을 날리며 병원을 빠져나갔다. 안 경무관은 병원 본관으로 들어가 화장실에 잠깐 들렀다가 다시 나와 별관 옆 동산으로 갔다.

다리목에서 김 특무장이 정차하였다. 안 경무관은 폭파 스위치에 연결했던 전선 끝을 잡고 다리 쪽을 응시했다. 마침내 전선을 떼어냈음을 알리는 신호가 왔다. 안 경무관은 전선 끝을 스피닝 릴 스풀(Spining Reel Spool)에 고속으로 감아올렸다. 순식간에 전선은 스풀에 꽉 찼다. 안 경무관은 일어나 다리 쪽을 살폈다. 지금 폭탄 수거 작업을 하고 있을 김 특무장에 대한 위험한 상황은 없다고 판단했다.

안 경무관은 2호 병동으로 조심스레 들어갔다.

"잘됐는가?"

"네, 잘되고 있습니다."

침대 위의 김동수 대좌를 보았다. 대좌는 반듯이 누운 채 조용히 잠들어 있었다. 김 총좌가 안 경무관에게 G.0-6에 타전할 것을 명했다.

"제6호 작전 실시 지점은 XY00. 인원은 이 소좌의 가족 다섯 명, 운전병 두 명, 이상."

무전이 끝나자 스톤이 말했다.

"때가 되면 먹어야 하지 않는가. 가서 주먹밥 같은 것을 준비시키고 대기하도록 해.”

“네.”

“그리고 시간이 되면 가지러 가겠다고 해.”

안 경무관은 본관으로 갔다.

“이 소좌!”

“네.”

“내가 이 소좌 가족을 우리 후방으로 내려 보내는 것을 인질이라고 생각하지 말게.”

“……네ㅡ.”

“부모님들과 형님 가족들의 생활은 보장될 것이고, 이 소좌도 작전이 끝나면 가족들과 다시 만나게 될 테니까.”

“감사합니다, 총좌 동지.”

이때 본관에 갔던 경무관이 들어왔다.

“모두 이리들 오라구!”

스톤이 나지막한 소리로 불렀다.

“지금 김 대좌의 운전병은 이 소좌가 중상을 입은 것으로 알고 있지.”

“네.”

“그리고 부대 내에서도 그렇게 알고 있는지의 여부도 확인해야 일을 진행시킬 수 있는 것이지.”

“그렇습니다.”

“이 소좌와 안 경무관이 나가서 김동수 부대장의 차를 타고 숲을 빠져나가 3815와 통신할 수 있는 위치에 가서 부대장의 무전기를

이용하여 3815의 공작관 박대일 중좌를 호출하여 다음 사항을 통보
하도록."

"……."

이 소좌는 숨을 죽이고 들었다.

"―'현재 부대장은 서해인민병원에서, 중앙에서 내려오신 총좌 동
지와 회의를 하고 있다. 오늘 밤 특별공작이 전개될 것이라고 한다.
금일 중 남파 공작이 있다면, 보류할 것'."

"……."

"알겠소? 이 소좌!"

"……네, 알겠습니다."

"그리고 다음 순간 운전병의 눈을 피해 은밀히 무전기 버튼을 끄고
박 중좌에게 계속 보고하는 듯이, 운전병이 듣도록, '3815부대장은
새로이 총좌 동지로 특명 났다는 것, 따라서 새로운 정보는 분석했다
가 신임 부대장께 보고할 수 있도록 대비할 것'―"

"……."

"그리고 끝에 가서 '이 소좌가 부상당했다고 한 것은 다른 이유
때문이었으니 개의치 말라'고 하란 말야. 알겠소, 내 말을?"

"네, 무슨 말씀인지 알겠습니다."

"안 경무관도 알겠지?"

"네, 걱정하지 마십시오."

이 소좌가 김 총좌에게 물었다.

"그런데 총좌 동지! 만약 그간에 중앙에서 3815로 연락관이 내려
왔다든지 했으면……."

“염려 말게! 내가 3815로 들어갈 때까지는 어떤 차도 3815 제1초소를 통과할 수 없으니까.”

“……네 ― 알겠습니다.”

“그리고 유선·무선 할 것 없이 부대장 허가가 없이는 통신을 사용할 수가 없지 않은가?”

“네, 그렇습니다.”

이때 멀리 고속으로 달려오는 차 소리가 났다. 안 경무관이 재빨리 창가에서 거울을 통해 관찰했다.

김 특무장이 몰고 오는 이 소좌의 차가 부대장 차 앞에 세워졌다. 김 특무장은 차에서 가볍게 뛰어내리며 뒤의 김동수 부대장 운전병에게 손을 들어 수고한다는 뜻을 전했다. 운전병은 예기치 않았던 인사에 당황하며 답례했다. 김 특무장은 무거워 보이는 가방을 들고는 별관으로 향했다.

“김 특무장이 돌아오고 있습니다.”

“음 ― 무사히 수거했구먼.”

안 경무관이 때맞추어 문을 열어 주었다. 가방을 들고 들어선 김 특무장이 김 총좌에게 보고했다.

“전부 수거했습니다.”

김 총좌는 시계를 보았다. 밤 8시를 가리키고 있었다.

“이 소좌와 안 경무관은 부대장 차를 타고 나가, 박대일 중좌에게 아까 지시한 대로 하고 오라구.”

“네, 알겠습니다.”

“목적은 두 가지다. 하나는 박 중좌를 부대 내에 묶어 두는 것이고,

또 하나는 김동수 부대장의 운전병을 속이는 것이다.”

“네, 다녀오겠습니다.”

이 소좌와 안 경무관이 별관을 나서서 부대장 차로 향했다.

부대장 운전병의 눈이 휘둥그레졌다. 오후에 부대장 동지를 모시고 오다가 총좌 동지를 만났을 때 이 소좌는 중상이라고 했는데, 지금 이 소좌가 경무관을 대동하고 자기 차로 다가오고 있는 것이다.

이 소좌가 황급히 차에 오르며 말했다.

“동무, 부대 쪽으로 가자구. 빨리.”

경무관 동무는 이미 차 뒤에 앉았다.

“아 — 네.”

순식간에 차는 병원을 뒤로 했다.

이 소좌와 안 경무관을 태운 3815부대장의 지프는 어느덧 소나무 숲을 빠져나와 긴 언덕을 넘어가고 있었다. 이 소좌는 미루나무가 있는 개활지에서 차를 세우도록 했다.

차는 이 소좌가 지시한 나무 밑에 세워졌다. 이 소좌는 극히 자연스럽게 앞자리에 장치되어 있는 무전기의 버튼을 눌렀다. 이것은 부대장 김동수 대좌가 부대 밖에서 긴급한 사항을 부대 당직사령실로 전할 때 사용하는 회선으로서 이 소좌의 차에도 장착되어 있었으나 각기 그 회선이 다르므로, 수신하는 당직사령은 그것이 바로 부대장으로부터 들어오는 것임을 알게 되어 있었다. 곧바로 당직사령실이 나왔다.

이 소좌는 공작관 박대일 동지를 요청했다. 곧 박대일 중좌가 연결됐다.

“아 — 박 동지십니까?”

“네, 맞습니다. 아 — 연락관 동무요?”

박 중좌는 이 소좌임을 곧 알아차렸다.

“네. 부대장 동지의 명에 의해서 긴급히 전달합니다.”

“말씀하시오.”

우려하던 일은 기우였음이 밝혀졌다. 박 중좌의 말투로 보아 이 소좌가 중상 가료 중인 것으로 인식하고 있지 않다는 것을 직감할 수 있었다. 이 소좌는 목소리를 가다듬어 나직이 비밀스러운 투로 전달하기 시작했다.

“하나, 부대장 동지는 서해인민병원에서 중앙의 해군 총좌 동지와 중대회의를 진행 중. 둘, 총좌 동지가 지도하는 특수공작이 오늘 밤에 전개될 것임. 셋. 따라서 금일 중에 남파할 예정이 있다면 보류할 것. 이상입니다. 복창 바랍니다.”

이 소좌는 마른 침을 삼키며 박대일 중좌의 복창을 기다렸다. 잠시 뒤 박 중좌의 목소리가 스피커를 타고 흘러나왔다. 차 위의 세 사람은 숨을 죽이고 박 중좌의 복창을 경청했다. 박 중좌의 복창이 끝날 찰나, 뒷좌석의 경무관이 운전병을 불렀다.

“앗! 운전병 동무!”

운전병은 경무관을 돌아보았다.

“네?”

“동무! 저쪽 산등성이에 불빛이 보이지 않소?”

“네?! 불빛입니까?”

“아 — 지금은 사라졌구먼. 저쪽 산 중턱에 무엇이 있소?”

"길쎄요. 잘 모르갔습니다."

"……그래? 내가 잘못 봤나……."

운전병이 경무관을 쪽으로 돌아보는 순간 이 소좌는 이미 무전기 버튼을 눌러 끄고는 계속 통화하는 양 위장했다. 이 소좌는 또박또박 말했다.

"공작관 동지! 다음 사항은 별도 연락이 있을 때까지는 극비 사항입니다. 복창하지 마시고, 듣기만 하십시오. 이미 저희 부대 3815부대장은 지금 중앙에서 내려와 계신 총좌 동지로 특명이 나 있습니다. 따라서 모든 주요한 정보는 정밀하게 분석하셨다가 신임 부대장 동지께 보고하도록 하십시오. 아 — 그리고 제가 중상을 입고 입원 가료 중이라고 한 것은 다른 이유에서였으므로 개의치 마시기 바랍니다."

이 소좌는 버튼을 누르고 있는 듯이 잡고 있던 손을 비로소 떼며 몸을 일으켰다.

"자! 병원으로 돌아가자구, 동무."

"아 — 네."

운전병은 전기에 감전된 듯 놀라는 표정을 감추지 못하며 액셀러레이터를 밟았다.

차가 서해인민병원 본관 앞 넓은 뜰 한쪽에 다시 세워졌다. 안 경무관은 미처 차가 정지하기도 전에 뛰어내렸다. 이 소좌도 급히 내리며 운전병에게 지시했다.

"동무! 계속 대기하오."

“네, 알겠습니다.”

두 사람은 급히 별관 2호 병동으로 들어갔다.

이 소좌의 보고를 받은 김 총좌는,

“됐어, 됐어. 우리가 3815부대로 들어갈 수 있는 또 하나의 여건이 굳어졌어. 이제는 김 특무장을 도와 공작물자를 포장하는 일을 빨리 해야겠어.”

세 사람은 김 대좌를 위장하는 작업에 달라붙었다. 김 특무장이 상자와 포장할 물건들을 준비해 놓고 있었다.

안 경무관이 시간을 확인한 뒤 누워 있는 김동수 대좌에게 주사 한 대를 더 놓았다. 그러고는 야전용 들것 위에 단단한 판자를 깔고 김 대좌를 눕혔다. 김 대좌의 머리 위와 다리 밑으로 사과상자를 들 것 사이에 끼우고 단단히 묶었다. 다음에는 넓은 야전용 포장을 씌우고 또 다시 단단히 고정시켰다. 김 대좌가 누워 있는 포장물은 일종의 특수공작물자처럼 보였다. 그 위에 위장망을 씌우고 네 귀퉁이를 단단히 고정시켜 앞뒤에서 두 사람이 들어 올릴 수 있도록 만들어졌다. 작업은 순식간에 이루어졌다. 아무리 보아도 남파 공작원들과 함께 보내는 특수공작물자로 보였다.

“됐어! 됐어! 아주 훌륭해!”

세 사람은 서둘러 나갔다.

방 안에는 김 총좌와 김동수 대좌만이 남았다. 특수공작물자로 위장된 김동수 대좌와 이를 바라보고 있는 김 총좌만이 별관 2호 병실의 공간을 가르고 있었다.

　1952년 7월 4일. 밤하늘에 뜬 달은 밝고 아름다웠다. 너무나 밝아서 옆에 앉은 운전병의 눈자위가 유난히 희게 빛났다. 지금 김 특무장은 부대장 운전병과 정답게 나란히 앉아 김밥을 먹고 있다. 김밥을 집으며 김 특무장은 하늘을 보았다. 하늘빛이 너무나 고와 손으로 찍으면 묻어날 것 같다. 적어도 이 순간에는 전쟁도 싸움도 없는 평화의 하늘이었다.

　한입 가득히 우적우적 씹고 난 김 특무장은 혼잣소리처럼 푸념을 늘어놓았다.

　"아 — 참 바쁜 나날들이었구먼 — 이렇게 차에서나마 맛있는 김밥을 먹으니까 살 것 같구먼."

　운전병이 반쯤 돌아보며 조심스레 물었다.

　"네 — 기렇게 바쁘셨습니까?"

　"그럼! 아주 혼이 났드랬어! 여기 내려오기 전 며칠 동안 총좌 동지께서는 김일성 수령 동지와 소련 고문관 동지들하고 수도 없이 회합을 가지시고 —."

　이미 운전병은 먹던 김밥을 내리며 부동자세를 취하고 있었다.

　"아, 동무. 빨리 먹으라구! 언제들 나오실지 모르는데 날래 먹어두라구!"

　"네."

　운전병은 그제서야 다시 먹기 시작했다.

　"아 — 그러니 한시인들 편안히 있을 시간이 있었어야지."

　별관 쪽에서 경무관이 김 특무장을 손짓으로 불렀다. 운전병은 긴장하면서 운전대를 쥐었다.

"아니 — 동무는 그대로 있어!"

특무장은 비호같이 차에서 내려 경무관 쪽으로 달려가 2호 병동으로 들어갔다. 김 총좌가 물었다.

"그래, 자네도 먹었나?"

"네, 먹으면서 저 운전병 기를 좀 죽이고 있었습니다."

"음 — 알 만해. 이제 김 특무장은 구급차를 가지고 이 소좌 집에 가서 가족들을 태우고 와야겠어."

"알고 있습니다."

"이 소좌의 편지 가지고 있지?"

"네."

김 특무장은 안주머니에 손을 넣어 이 소좌의 편지를 확인했다.

"지금이 20시 50분. 몇 시까지 돌아올 수 있겠나?"

"네, 시야가 좋으니까 세 시간……. 그러니까 자정까지는 돌아올 수 있습니다."

"좋아. 조심해서 다녀오라구. 새벽 1시까지 도착하면 충분하니까."

"네, 알겠습니다."

"그리고 이 소좌와 안 경무관은 김 대좌 차를 가지고 공작원 교육소로 가서 이 소좌의 운전병을 데리고 온다. 후보 공작원은 대기하도록 조치한다."

"알겠습니다."

"후보 공작원은 이 소좌가 그대로 있으라면 있는 것 아니겠소?"

"그렇습니다. 지시해 놓으면 틀림없습니다."

"그리고 이 소좌와 안 경무관은 교육소 안전가옥 근처 으슥한 길목에 차를 세우고 운전병으로 하여금 대기케 한 다음 안전가옥으로 가서 이 소좌의 운전병을 데리고 나온다. 김 대좌 차를 가지고 가는 이유는 부대에서 통신이 올지도 모르는 일이니까. 그때는 이 소좌가 받아서 처리한다. 알겠나?”

“네. 알겠습니다.”

“음— 그럼 이제 김 특무장부터 나가 봐!”

“네, 다녀오겠습니다.”

김 특무장은 황급히 나가는 모습으로 병실을 나섰다. 급한 걸음으로 부대장 운전병을 지나쳐 구급차 쪽으로 가며 한 마디 흘렸다.

“아이구— 또 시작이구먼…….”

김 대좌의 운전병은 자기도 모르게 자세를 곧추세우며 긴장했다. 구급차가 병원을 빠져 내려가는 소리만이 밤의 정적을 삼켰다.

별관 2호 병동 안에는 침묵이 감돌았다. 이 소좌가 방 안을 서성거렸다. 김 총좌가 이 소좌를 응시하다가 입을 열었다.

“이 소좌!”

“네?”

“불안해하지 말게.”

“죄송합니다.”

“부모님과 가족들의 안전은 나와 유엔군 총사령관이 보장하는 것일세. 이 소좌의 심정도 이해하네만, 가족들에 대해서는 안심하게.”

“네, 근심하지 않습니다.”

“이보라구 이 소좌! 여기가 어디인가? 유엔군 전략장교인 내가 여기에 이렇게 있지 않는가? 한 가지 노파심으로 당부하겠네만, 구급차가 돌아오고 이 소좌와 가족들이 서로 보게 될 때 자연스럽게 행동하도록."

"네, 걱정하지 마십시오."

"다른 사람들이 백 마디 하는 것보다도 자식인 이 소좌의 자연스럽고 당당한 표정이 제일 중요해."

"네."

"다만 대화는 하지 말고."

"잘 알겠습니다."

"─ 그러면 떠나도록!"

부대장 운전병의 눈이 번쩍 빛났다. 저쪽 별관 쪽으로부터 차를 향해 급히 오는 두 사람이 보였다. 운전병은 본능적으로 시동을 걸었다. 연락관 이철호 소좌와 경무관 동무가 타자 미끄러지듯 차는 병원을 빠져나갔다.

병원 앞 넓은 터에는 이 소좌의 차만이 덩그렇게 서 있다.

김 총좌는 비로소 혼자 남은 방 안을 천천히 돌아보았다. 그곳에는 공작물자로 위장된 잠자는 김동수 대좌만이 있었다.

주위는 너무나 고요하다. 아니, 갑자기 머릿속까지 시리도록 조용해진 것이다.

김 총좌는 창가로 가서 문틈으로 밖을 살폈다. 아무 것도 없었다. 나뭇가지 사이의 거울을 통해 본관 앞뜰 쪽을 보았다. 지프 한 대만이 유령처럼 달빛을 받고 두려운 듯 엎드려 있었다. 움직이는 것이라고는 없었다.

김 총좌는 다시 잠자고 있을 김동수 대좌 쪽을 보았다. 덮어씌운 포장이 움직이는 듯하다. 김 총좌는 다시 의자에 앉는다. 김동수 대좌 쪽을 응시했다. 포장 안에서 눈을 뜨고 자신을 응시하고 있는 것 같은, 그리하여 오히려 자기 자신이 김동수의 감시를 받고 있는 것 같다.

김 총좌는 생각했다 ― 어느 누구든 타인은 속일 수 있다. 그러나 자기 자신만은 기만할 수 없다.

'여기 누워 있는 김동수라고 하는 적군의 대좌에게 나는 확실히 압도당하고 있다.'

김 총좌는 마치 잠자는 호랑이를 지키는 토끼와 같은 모습이 되었음을 느꼈다. 눈을 들어 천장을 올려다보며 자신에게 용기를 불어넣어 줄 일들을 떠올려본다.

그랬다.

오키나와의 아름다운 해변이 거기 있었다.

스타카운실도 거쳐 메인로드로 확정된 'M-1작전' 계획안은 마지막 관건인 전체 전략관 검토협의회의인 컴퓨터 컨퍼런스(Computer Conference)만을 남기고 있었다.

참으로 바쁘고 가슴 터질 것 같은 나날들이었다.

벤슨 중위의 미소가 스쳐갔다.

자네트 상병의 향기로운 입김과 부드러운 손길이 와 닿았다.

정신없이 돌아치는 보좌관들의 눈길이 쏟아졌다.

20

벤슨이 제3부 상황실로 뛰어들었다.

"국방성 대변인이 기자회견에서 밝혔군요. 압록강을 넘어 만주 내부까지 적기를 추격하는 권한이 클라크(M.W. Clark) 사령관에게 이미 부여되어 있다고 말입니다."

"그래? 생각보다 빨리 나왔네."

"하나하나 풀려가고 있군요."

"그렇군."

"이제 C.C.만 남았군요."

"그렇군. ……아! ……컴퓨터 컨퍼런스라…….".

이곳 X-1의 전체 작업 팀은 너무나 긴박하고도 절박한 시간성을 강하게 의식하고 있었다. 제3부의 'M-1작전' 계획안은 마침내 최종

관문인 검토협의회의에 올라가게 됐다. 내일이 그날이었다.

이곳 X–1의 전략관들은 제7회의실에서 전체 전략관들의 '검토협의회의'를 언제부터인가 'Computer Conference'라고 부르고 있었다.

스톤은 오랜만에 자신의 침실에서 잠을 청해 보았으나 잠은 오지 않고 많은 사람들의 얼굴이 망막을 어지럽혔다.

부장인 램프 장군의 활짝 웃는 얼굴이 지나갔다. 해리슨 장군, 락크 사령관도 스쳐갔다. 보좌관들이 가면을 쓰고 지나갔고, 벤슨 중위, 스티브와 던이 어깨동무하고 다가왔다. 그리고 그들의 뒤에 웃고 있는 황일선 중위가 백선희와 같이 나타났다. 그녀는 아름다웠다.

그러는 사이 얼굴들이 바뀌었다. 낯선 얼굴들이 다가왔다. 그들은 인민군 3815부대의 간부들이 분명했다. 이철호 소좌, 박대일 중좌 그리고 김동수 대좌가 분명한데 도대체가 얼굴을 가늠할 수가 없다. 그 가운데 김동수 대좌임이 분명한 자가 스톤을 노려보았다. 그가 다가서자 김동수는 사라졌다.

그가 서 있는 곳은 아름다운 언덕이다. 돌아가신 어머니께서 흰 치마저고리를 입고 다가오고 계셨다. 어머니의 표정은 너무나 평화로웠다. 어머니는 손을 흔들어 주시고는 또 다른 언덕을 넘어가셨다. 그 언덕 위에는 훌륭하게 잘 자란 큰 나무가 한 그루 서 있었다. 스톤은 그 나무 가까이 다가갔다.

엄청나게 큰 늑대와 이리 떼들이 나무 잎사귀를 뜯어먹고 있다. 있는 힘을 다해 막았으나 허사다. 이쪽 가지로 쫓아가면 저쪽 가지를, 저쪽으로 쫓아가면 이쪽의 또 다른 가지를 부러뜨린다. 스톤은 멍하니 그들의 광란을 지켜본다. 이리 떼들은 마침내는 나무의 뿌리를 파내기 시작한다. 땅은 깊이 파헤쳐지고, 뿌리들이 허옇게 드러난다. 스톤은 마구 소리를 질렀다.

스톤은 끌리듯 가까이 가 본다. 이리 떼들은 마지막 남은 앙상한 뿌리 하나를 마저 캐려고 하나, 그 뿌리는 허옇게 몸체를 드러내기는 했으나 결코 뽑히지 않는다. 뿌리 한 가닥만이 땅속 깊이깊이 박혀 있다.

다음 순간 스톤은 이상한 광경을 보았다. 그렇게 무자비하게 뿌리까지 파헤치던 이리 떼들이 갑자기 태도를 바꾼 것이다. 이리 떼들은 마지막 뿌리 한 가닥을 이리저리 조심스럽게 살펴보더니 그 뿌리에 다른 뿌리들을 접붙이고 있다. 뽑아 버린 뿌리들보다 더 굵고 긴 뿌리들을 마지막 남은 뿌리에 붙이는 것이다.

파헤쳐진 땅은 먼저보다 더 단단하게 다져지고, 본래의 나무보다 더 훌륭하고 큰 나무가 만들어진다.

스톤은 넋을 잃고 바라보았다. 마침내 새로운 나무가 완성됐다. 너무나 크고, 너무나 아름다운 훌륭한 나무가 그곳에 섰다. 그리고 이리와 늑대 떼들은 서로서로 얼싸안고 춤추며 돌아가다가 스톤에게 다가와 그를 들어 올려 높이높이 헹가래친다. 그들에 의해 하늘 높이 떠올랐을 때, 새로 생긴 나무보다 높이 솟았을 때, 스톤은 너무나 찬연히 빛나는 나무를 내려다본다. 그 나무는 햇살을 받아 빛을 발하고 있다.

"어머나! 중령님, 악몽을 꾸셨나 봐요?"

언제 들어왔는지 자네트가 엄마처럼 땀을 닦아주며 속삭였다.

"……아니야! 꿈을 꾸기는 꿨는데 참으로 멋있는 꿈이었지."

자네트는 부드러운 손길로 스톤의 젖은 얼굴과 전신의 땀을 닦아주었다.

"멋진 꿈인데 이렇게 땀을 흘리셨어요?"

스톤은 전신을 쭉 뻗으며 말했다.

"음. 아주 멋진 꿈이었어."

"그 꿈 얘기 좀 해 주세요 네?"

자네트는 스톤의 전신을 부드럽게 마사지하며 애교스럽게 말했다. 스톤은 어둠 속에서 물끄러미 자네트를 바라보다가 한쪽 손을 들어 그녀의 길게 늘어뜨린 머리칼을 어루만졌다. 그러고는 조용조용히 꿈 얘기를 해 주었다.

"어머나, 그럼 그 꿈은 악몽에서 멋진 꿈으로 끝났네요. 참 멋지긴 한데 도대체 무슨 뜻일까요?"

자네트는 스톤의 가슴에 얼굴을 살짝 올려놓으며 속삭였다. 스톤은 이미 알몸이 되어 있는 자네트의 등을 부드럽게 어루만지며 눈을 감은 채 낮은 소리로 말했다.

"음……. 내가 꾼 꿈은 실은 내가 전략관 교육을 받을 때 어느 교관으로부터 들었던 내용과 비슷했어. 그런데 꿈속에서는 전혀 그 생각을 못 했거든……."

"그럼 중령님, 그 꿈 내용이 내일의 검토협의회의하고 연관이 있군요?"

"그런 것 같아."

"그러니까, 그 큰 나무는 저희 팀이 내일 검토협의회의에 상정할 계획안이고, 잎사귀가 뜯기고 가지가 부러지는 것은 다른 부서의 전략관님들이 마구 질문하시고 그러시는 거네요."

"자네트는 참 머리가 좋거든……. 마치 다니엘(Daniel)의 꿈* 해몽 같군."

"아이 참 중령님도……."

자네트는 부끄러운 듯 스톤의 가슴에 얼굴을 묻었다. 스톤은 자네트를 포옹했다. 자네트의 입술은 이미 뜨거웠다. 아니 온몸이 뜨거웠다. 뜨거운 자네트의 몸은 참으로 섬세하고 풍만했다. 마치 스톤이 꿈속에서 보았던 이리 떼처럼 뜨거운 여체는 마구 스톤을 공격해 왔다. 스톤은 깊고 깊은 용광로와도 같은 나락으로 훨훨 날아 떨어지고 있었다.

X-1 제7회의실은 아침부터 부산했다.

사령관 락크 대장이 해리슨 장군과 스미스 장군을 대동하고 회의실로 들어왔다. 사령관이 착석하자 특별한 의식이 없이 회의는 시작됐다.

'M-1작전'의 제3부 계획안의 개요가 스톤 중령에 의해 설명되기 시작하였다.

이 회의의 전체 모습을 양분해서 보면, 제안자 측인 제3부의 스톤 팀과 사령관을 포함한 전체 부장단의 장군들이 한편이 되어, 전체 전략관들과 대결하는 양상을 띠었다.

검토협의회의는 점심시간과 휴식시간을 제외하고는 계속 강행되었다.

문제 자체가 사령관의 결정을 요할 때에는 락크 사령관이 부장단들의 의견을 듣고 "Go ahead!" 한 마디로 통과되기도 했다.

"황해상의 G.0-6와 그의 호위함대의 행동은 공해상에서 벌이는 것인 만큼 우리 측의 작전과 그 기도에 관해서는 각별한 기밀유지책이 있어야 할 것으로 생각되는데 그 대책은 어떠한 것인가?"

스톤은 질문을 받고 자신의 메모철을 뒤적이며 반문했다.

"그 황해 해역에서 기밀보장을 위협하는 요인은 무엇인가?"

스톤의 반문은 질문의 핵심을 더 구체적으로 알아야겠다는 뜻이 포함돼 있었다. 질문자는 즉시 자신의 자료철을 펼쳐 들었다.

"그것은 소련 극동함대 잠수함들의 활동을 들지 않을 수 없다. 여기서 그들의 활동 상황을 확인할 수 있었던 경위를 밝히겠다."

스톤의 보좌관들은 필기 태세를 갖추었고, 스톤도 경청의 자세를 취하였다.

"중공 연안으로부터 정크선단이 황해를 건너 한반도의 남서해안으로 나오는 데는 자신들의 안전을 위해 해상 호위가 필요할 것인데, 조사한 결과 북한과 중공의 해군력으로는 될 수가 없고, 소련 극동함대의 잠수함 지원을 받고 있다고 판단되는데 ― 그에 대한 우리의 대책을 묻는 것이다."

"그것은 우리 해군의 대함 초계 활동(對艦哨戒活動)을 강화하고 그들의 동태 파악을 위한 별도 조치를 취한다. 또한 G.0-6의 해역 일대를 합동훈련수역으로 선포함으로써 우리의 기도를 은폐한다. 그 수역(水域)의 초계전력을 증강하는 것은 물론이다. 외교 루트를 통하여 작전상의 필요로 기뢰를 부설한 것같이 발표를 함으로써 적 또는 제3국의 함정이 접근하지 못하도록 한다."

회의는 당일을 넘기고 다음 날 오후로 접어들었다.

"작전 초기단계에 3815부대 공작관 코널 박과 연락군관 메이저 리 가운데 하나를 사로잡아 협력자가 되도록 하기 위해 그들의 가족을 인질로 데려온다고 하는 데 이의가 있다. 그것은 담보 효율이 매우 적다고 우려된다. 더 강력한 보장책은 없는가?"

스톤은 앞에 놓여 있는 물을 한 모금 마시고는 입을 열었다.

"한국인의 생활관이나 가족제도는 서양의 그것과는 다르다. 서로 서로 의지하면서 떨어져서는 살 수 없는 철저한 부부관, 부모 자식 간의 자를 수 없는 인륜이 깊이 뿌리박혀 있다는 것 등이다. 지아비 를 잃은 아내가 개가치 않는다거나, 어버이를 잃은 자식이 3년 동안 이나 그 묘 앞에서 금단의 생활을 참고 견디어 낸다든가 하는 등의 전통을 배경으로 한 한국 민족 특유의 혈연에 의한 종속관념으로, 4대 또는 5대에 이르는 가족이 한 지붕 아래서 같이 사는 대가족도 많이 있다. 따라서 그러한 가족제도 아래서 가족을, 그것도 직계를 대상으로 하는 가족담보는 그 효율이 매우 큰 것이다."

한 전략관이 손을 들었다. X-1 제5부의 전략작전관 사사키(佐佐木)였다. 그는 스톤을 똑바로 보며 조용히 물었다.

"이 계획에 따르면 적 3815부대의 부대장인 김동수라고 하는 인민 군 해군 대좌를 극비리에 체포한 뒤 우리의 후방 G.0-6로 보내고, 그를 대신하여 그 부대로 들어가 신임 부대장으로 취임하여 그 직무 를 수행한다고 했는데……."

스톤은 속으로 ‘올 것이 왔구나’라고 생각했다.

"귀관은 그토록 엄중한 경호와 기밀 속에 파묻혀 있는 적의 특수정보부대 부대장으로 들어앉아야 된다고 했다. 방법은 좋다고 생각하나, 위장 잠입하여 그가 지녔던 특권과 지휘권을 손에 쥐고 행사할 수 있다고 하는 그 가능성에 대한 근거는 무엇인가?"

장내는 물을 끼얹은 듯이 조용해졌다. 질문이 까다로운 것은 고사하고 문제가 간단한 것이 아니었다. 장내에는 이상기류가 감돌았다.

순간 스톤 중령의 오른손이 팔짱을 끼고 앉아 있는 사령관 락크 대장을 지목했다. 장내는 긴장했다. 전체의 시선은 사령관을 가리키고 있는 스톤의 손끝에 모아졌다.

"여러분! 이러한 일에 우리의 사령관 각하를 예로 드는 것을 용서해 주시기 바랍니다."

사령관 락크 대장은 팔짱을 낀 채 눈을 동그랗게 뜨고 어색한 웃음을 지었다.

"여러분께서는 우리의 사령관 각하께서 혹시…… 크렘린으로부터 밀파되어 이곳 X-1의 사령관직을 행하고 있다고 생각해 본 적이 있습니까?"

부장단 장군들이 너무나 놀라 자세를 고쳐 앉았다. 사령관은 눈을 크게 뜨고 바라볼 뿐이었다.

"아닙니다! 아니, 그것이 사실일는지도 모릅니다."

스톤의 말은 거침없이 계속됐다.

"그러나…… 우리들 중에 그와 같은 의문을 품고 있는 사람은 없을 줄로 믿습니다. 우리는 사령관 각하가 누구에 의해서 임명되고 누구에 의해서 명령 받으며 통제되는지, 아는 사람이 하나도 없습니다. 알고 있는 것이 있다면 저분이 우리의 사령관이라는 사실뿐입니다. 그런데도 아무런 의심도 하지 않는 까닭은 무엇입니까? 그것은 사령관의 직무를 충실하게 수행하고 계시며 우리 위에 군림해 계시기 때문입니다."

사령관 락크 대장 얼굴에는 미소가 피어났고, 참모장 겸 작전부장인 해리슨 중장은 무릎을 치며 고개를 끄덕였다.

"이러한 점은 적의 3815군부대도 마찬가지입니다. 부대장의 신원을 의심해 볼 수 있는 자가 있다면 그나마 박대일 중좌 정도일 뿐 그 밖의 자들은 모두 우리 X-1에서의 저와 같은 처지에 지나지 않을 것이며, 따라서 박 중좌만 의심하지 않도록 눈가림을 할 수 있다면 어려운 일이 아닙니다."

스톤은 말을 잠시 중단하고 물 한 모금을 마신 뒤 다시 계속했다.

"우리 X-1에도 우리들의 신원을 알고 있는 사람은 우리들 이외에는 없습니다. 각자의 임무는 알아야 할 사람에게만 알려집니다. 적도 마찬가지입니다. 신원이나 임무가 외부세계에 밝혀지지 않은, 알려져서는 안 되는 비밀기관이기에 그러한 위장 침투가 가능한 것이라고 보는 것입니다. 만약 안팎으로 널리 알려진 사람이나 기관, 직위라면 그것은 불가능합니다. 우리들의 사진은 X-1 이외의 다른 곳에서는 가지고 있지 못 합니다. 연합군 총사령관이나 나토(NATO)군 사령관 같은 인물은 직접 만나 본 일이 없는 사람들에게도 그 얼굴이 알려져 있어서 그러한 직위에는 위장하고 들어가기가 어렵습니다. 적의 3815부대도 X-1처럼 세상에 알려지지 않은 비밀기관인 까닭에 가능하다는 것입니다."

X-1 제7회의실에 이변이 일어나고 있었다. 어느새 장내에는 박수소리가 번져나고 있었다.

스톤은 이어지는 박수소리를 가르며 발언을 계속했다.

"우리들은 공산세계를 철의 장막이라고도 합니다. 그 가운데서도 북한은 가장 잔혹한 전제독재 집단입니다. 당과 정권기관, 비밀 일변도의 예를 인사행정면에서 살펴본다면, 어젯밤까지도 군림하던 기관장이 아침에 일어나 보니 간 곳이 없어졌는가 하면, 그와는 반대로 아무도 예측하지 못 했던 후임자가 들이닥치는 따위의 실례는 얼마든지 있습니다. 하물며 최고 비밀 정보·전략을 다루기 위해 갑작스럽게 편성된 이 3815부대야말로 그 가능성이 큰 것입니다."

길고도 지루한 스톤의 답변이 끝났다.

스톤을 지켜보던 참모장 해리슨 장군이 장군들을 돌아보며 환희의 표정으로 의견을 교환했다. 그동안 회의는 열아홉 시간에 걸쳐 진행되었다. 제안자 측인 스톤 팀과 전략관들 사이에는 무수히 많은 질문과 답변이 오갔다.

해리슨 중장이 일어났다. 장내가 조용해졌다. 그는 전략관들의 좌중을 향해 무게 있게 말했다.

"다른 문제점은 없는가?"

장내는 조용했다. 해리슨 중장은 장내를 훑어보고는 종결을 확인했다.

"이 작전 계획이야말로 인간의 생사분기점에서 인간 본능을 재확인케 하는 진리에 발을 디디고 구상된 철인적(哲人的) 행동강령이 아니겠습니까? ― 신의 가호가 있으시기를.”

락크 사령관은 만면에 밝은 웃음을 지으며 고개를 끄떡였다.

이리하여 제3부의 계획안은 마침내 ‘M-1작전’의 대본이 되고, 계획안에서 계획서로 바뀌기 위한 절차를 맞게 되었다.

먼저 작전부장인 해리슨 중장의 서명으로 시작된 작전 계획서는 이미 준비된 조인대(調印台) 위에 올려져 사령관의 사인, 즉 결재를 받는 순간을 맞았다.

주석단에서 조인대로 바쁘게 오가는 몇 사람의 발자국 소리만이 둔탁한 소리를 내고 있었다.

마침내 최종서명자인 사령관 락크 대장과 군목이면서 심리부장인 스미스 장군이 몸을 일으켜 조인대로 향했다. 모두 기립했다. 조인대 정면에 걸려 있는 성조기와 유엔기를 향해 사령관이 거수경례를 했다. 모두 따라했다.

스미스 장군과 락크 사령관이 서명했다. 계획안은 계획서로 바뀌었다. 스미스 장군의 기도가 장내를 감쌌다.

“천지 우주 만물을 창조하시고 그를 주관하시는 하나님, 은혜와 사랑에 감사합니다. 이 무거운 짐을 감당할 수 있도록 저희들에게 지혜와 용기와 힘을 주시옵소서. 저희들은 방금 많은 사람들의 희생 가능성마저도 포함된 작전 계획서에 서명을 마쳤나이다. 인도하여 주시옵소서. 하나님의 무한하신 가호가 있기를 간절히 바라오며 예수 그리스도의 이름으로 기도하옵나이다. 아멘.”

모두가 경건한 마음으로 축하했다. 이어서 파티가 벌어졌고, 웃음과 웃음으로 어우러졌다.

X-1은 이날 이 시각이 되기까지 한 달이라는 긴 진통기를 견디면서 극복했던 것이다.

서로의 잔을 부딪치며 웃고 마시는 가운데 파티는 절정에 달했다. 그때 홀 한가운데서 어느 전략관의 우람한 목소리가 터져 나왔다.

"여러분! 여러분! 주목해 주십시오!"

너무나 크고 갑작스러운 목소리에 장내는 잠시 조용해졌다. 그 전략관은 테이블 위로 뛰어올랐다. 그러고는 좌중을 향해 엄숙하게 선언했다.

"여러분! 작전에 큰 문제가 있습니다. 아주 큰 문제입니다."

장내는 아연 긴장했다.

"그것은 'M-1작전'의 주인공이 된 스톤 중령이 배신하는 경우입니다."

"와―."

순간 장내에는 떠나갈 듯한 폭소가 터져 나왔다. 쌓이고 쌓인 피로를 씻어내듯, 그렇게 웃음과 함성이 열렬한 박수 속에 번져 갔다.

〈2권에 계속〉